나의
식인
룸메이트

나의 식인 룸메이트

이종호 • 황희 • 우명희 • 김종일 • 신진오 • 김준영
전건우 • 장은호 • 엄성용 • 신지수

황금가지

차 례

나의식인룸메이트

신지수

1984년 출생. 국문학을 전공하고 영문학을 복수 전공하였다. 남은 학점으로 문예창작과 문턱도 넘나들었는데, 이를 계기로 소설을 쓰게 됐다. 학교 졸업 후 공포소설 창작 집단 〈매드클럽〉에 가입하면서 공포소설의 매력에 빠지게 됐다. 끈기가 없어 시작만 하고 끝내지 못한 소설 수십 개가 폴더에 아직 저장되어 있다. 지금은 그것들을 하나씩 해치우는 걸 목표로 하고 있다.

얼마 전 나에게는 뜻밖의 룸메이트가 한 명 생겼다. 우리는 처음 만난 자리에서 암묵적으로 계약을 맺었다. 계약서나 서명 따위가 필요 없었던 것은 룸메이트의 위협적인 실체와 나의 생존본능만으로도 계약이 유지되기 충분했기 때문이다. 어쩌면 녀석과 맞닥뜨린 순간부터 내게 선택권이란 없었는지도 모른다.

계약의 내용은 아주 간단했다. 하나, 나는 그에게 거주할 공간과 적당한 온도, 그리고 먹을거리를 제공한다. 둘, 위의 사항을 지키는 한 그는 나를 해치지 않는다. 보다시피 불평등 조약이다. 그럼에도 내가 그를 룸메이트라 부르는 이유는, 우리가 정말 룸메이트처럼 지내고 있기 때문이다.

오피스텔의 침입자는 어느 날 불현듯 나타나 내 인생에 끼어들었다. 그날 낮까지만 해도 나는 여느 때처럼 사무실 한구석의 내 자리에 앉아 원고를 손보는 중이었다. 내가 일하는 곳은 서울의 한 잡지사로, 스포츠나 연예 관련 정보를 다루는 월간지를 발간한다. 최근 나는 잡지 뒷부분에 흥미로운 귀신 목격담이나 괴담들을 묶어 소개하는 특집 기획을 맡았다. 스포츠 잡지에 웬 납량 특집이냐고 의문을 제기했더니 편집장은 그저 '온난화' 때문이라고 잘라 말했다.

처음엔 어느 누구도 그 기획을 맡으려 하지 않았다. 자신의 전문 분야와 관련이 없을뿐더러 기자로서의 경력에도 별로 도움이 되지 않기 때문이다. 나 역시 그걸 알고 있었지만, 언제 회사에서 쫓겨날지 모르는 불안한 처지에 놓여 있던 내겐 오히려 절호의 기회였다. 모두가 마다한 그 기획이 나에겐 지푸라기였던 것이다.

선뜻 맡기는 했지만, 신선하면서도 독자의 관심을 끌 만한 내용들을 모으기란 쉬운 일이 아니었다. 그러다보니 편집 회의에 초고를 내놓았을 때에도 반응이 그다지 좋지 않았다. 심지어는 기획을 빼버리자는 의견까지 나왔다.

편집장은 기껏 믿고 기획을 맡겼더니 이따위로밖에 못하냐고 불평했다. 하지만 나는 잡지 콘셉트에 맞지도 않는 귀신 얘기 따위가 기획이란 걸 믿지 않았다. 그저 다른 종류의 지면 채우기일 뿐이다. 지금까지 내겐 그런 일들만 주어졌다.

"잘 돼 가요?"

누군가 내 뒤에서 어깨 너머로 종이컵을 건넸다. 돌아보니 연희였다. 내 동료인 김 기자의 어시스트다. 아무 기자나 어시스트를 거느릴 수 있는 건 아니었다. 뜻밖에도 김 기자는 회사 내에서 유능하다는 평가를 받은 모양이다. 내겐 그저 더럽게 재수 없는 놈일 뿐이지만.

"잘 마실게."

"수정은 잘 돼 가요?"

"죽을 맛이야. 졸지에 소설을 쓰게 됐으니."

나는 투덜거리며 자판기 커피에 입을 댔다. 종이컵엔 아직도 그녀의 향수 냄새가 남아 있다.

"에고, 그래도 힘내요."

"그럴게."

연희가 커피가 담긴 쟁반을 들고 다른 자리로 걸어갔다. 그녀는 연예인만큼 예쁘진 않았지만 청순하면서도 꾸밈없는 매력이 있었다. 무엇보다 회사에서 나를 따뜻하고 친절히 대해 주는 사람은 그녀가 유일했다. 이런 천사 같은 아이를 비열한 김 기자가 데리고 있다는 게 불만스러울 따름이다. 마침 사무실 문을 열고 김 기자가 들어온다. 그는 뱀장어처럼 미끈거려 보이는 검은색 셔츠를 걸쳤다. 꼴도 보기 싫은 놈이다. 회의 때 내가 맡은 이번 기획을 빼자고 말한 것도 그였다.

"편집장한테 가 봐. 널 찾던데."

나는 그와 오래 상대하기 싫어 대충 고개를 끄덕이고 자리에서 일어났다. 그러나 그는 편집장실로 향하는 내 등에 대고 기어코 한마디 던졌다.

"보나마나 그 요상한 특집 때문이겠지. 안 그래?"

그는 특집이라는 단어에 유난히 힘을 주며 말했다. 나는 보지 않아도 그가 웃고 있음을 알 수 있었다. 돌아서서 놈을 향해 가운뎃손가락을 날려주고 싶다. 하지만 요즘 한창 잘나가는 그를 건드려서 좋을 건 하나도 없었다. 나는 고개를 푹 숙인 채 편집장실에 노크를 했다.

편집장은 업무로 사람을 죽이고 살렸다. 처음부터 원고를 다시 써오라는 말 한마디면, 그의 눈에 거슬리는 상대를 단번에 좌절시키기 충분했다. 문제는 그가 나를 몹시도 싫어한다는 것이다.

"눈뜨고는 도저히 못 읽어주겠구면."

편집장은 내가 내민 원고를 읽다 말고 책상 위에 탁 내려놨다. 그는 목살에 파묻힌 턱을 끌어당겨 안경 너머로 나를 올려봤다. 그는 뭔가 마음에 들지 않을 때 그런 제스처를 취했다.

"우리나라에 흡혈귀 출현이라니. 이게 무슨 흡혈귀 선짓국에 밥 말아먹는 소리야. 요즘 독자들한테 이런 게 먹힐 것 같아?"

그는 농담인지 진담인지 모를 말을 했다. 나는 어떤 표정을 지어야 할지 몰라 어쩐지 난감해졌다. 그와 마주보고 있노라니 벌써부터 피로가 밀려왔다. 나는 수시로 다리의 무게 중심을 번갈아가며 옮겼다.

"아예 제목을 바꾸지 그래.「믿거나 말거나」로 말이야."

"아아, 그것도 괜찮은데요?"

내가 무의식적으로 대꾸하자 그의 표정이 험하게 일그러졌다.

"뭐?"

"아뇨, 그런 게 아니라……."

그가 나를 빤히 쳐다봤다. 나는 그런 시선이 매번 부담스러웠다. 무슨 하찮은 짐승을 보는 듯한 눈초리다.

"죄송합니다. 다시 써 오겠습니다."

내가 말하자 그는 원고를 내 쪽으로 날리듯이 던졌다. 여러 장의 종이가 사방으로 흩어졌다.

"이거 하나만 명심해 둬. 만약 이번 달 판매량이 조금이라도 부진하면 그건 바로 자네 책임이야."

믿을 수 없었다. 스포츠 잡지가 고작 몇 페이지의 납량특집에 판매량이 좌지우지된다는 게 말이다. 나는 크게 심호흡을 했다. 이 자리에서 그대로 책상을 박차고 올라가 그의 면상을 후려갈기는 상상을 해 본다. 그의 안경이 깨지고 눈두덩이 벌겋게 달아오른 꼴은 상상만으로 통쾌했다. 그러나 현실에서 나는 그저 편집장의 눈치를 살피며 흩어진 종이를 주워 모을 뿐이었다.

"한 번 더 기회를 주지."

그가 말했다.

"다음 원고도 이따위면 다른 내용으로 대체할 거야. 그리고……."

그는 바닥에 침을 뱉은 다음 구둣발로 문질러 흔적을 없앴다.

"자네 자리도."

"고작 이것 때문에 말입니까?"

나는 따지려고 한 말이었지만 목소리에 힘이 하나도 없었다.

"고작? 네 주제나 알고 떠들어. 낱말 채우기나 만들던 놈한테 생각해서 맡겨줬더니 고마운 줄도 모르고……."

그 뒤에 내가 무슨 말을 했는지, 어떻게 편집장실에서 나왔는지 잘 기억이 나지 않는다. 퇴근을 하고 회사를 나선 나는 가끔 혼자 들르던 포장마차에 갔다. 빈속에 쉬지 않고 소주를 들이 붓

다가 그대로 엎드린 채 잠이 들었다. 문득 깨어나 시계를 보니 밤 10시였다. 속이 메스꺼웠다. 나는 포장마차를 나와 택시를 잡았다. 택시기사는 차 안에서 토하면 안 된다며 연신 내게 당부했다. 잠시 정신을 잃었다가 눈을 떠보니 내가 사는 오피스텔 앞이었다. 무슨 정신으로 여기까지 온 것인지 신기할 따름이었다. 나는 열쇠를 돌려 문을 열었다. 그리고 그를 만났다.

〈어서 오게.〉

문을 열자마자 들린 소리였다. 지나치게 낮고 음산한 목소리다. 처음엔 잘못 들은 거라 생각했다. 나는 숨을 죽인 채 가만히 귀를 기울였다. 조금 전 열쇠로 열고 들어온 곳은 내 집이 분명했다. 나를 반겨줄 사람이 있을 리 만무한 것이다. 나는 술기운에 반쯤 감긴 눈으로 컴컴한 집 안을 응시했다. 그때 거실 쪽에 검은 형체가 어른거렸다. 언뜻 봤을 때 그것은 족히 2미터는 넘어 보였다.

벽을 더듬어 불을 켰을 때 충격적인 광경이 눈앞에 나타났다. 만약 내가 술을 마시지 않았다면 곧바로 정신을 잃었을 것이다.

그것은 사람이 아니었다. 분명 두 발로 서 있었고 커다란 눈도 껌뻑거렸으며, 조금 전 들은 목소리의 근원지인 입도 달려 있었다. 하지만 적어도 내가 아는 인간이라면 악어 같은 이빨이 촘촘히 나 있지도 않을 것이며, 눈에는 흰자위 외에 눈동자라는 것이 있어야 했다. 그의 눈알은 온통 허옇게 되어 있어서 대체 어디를 보고 있는지 감 잡을 수가 없었다. 게다가 시뻘겋게 피를 처바른 입이란! 몸속의 알코올 기운이 순식간에 증발해 버리는 듯했다.

엄청난 크기의 발이 놈의 육중한 몸을 떠받치고 있고, 유난히 긴 팔은 거의 무릎 가까이까지 늘어뜨려져 있었다. 괴물의 얼굴은 멍든 것처럼 푸르스름했고 몸 전체가 두껍고 단단한 가죽 같은 것으로 덮여 있었다.

한 가지 다행인 것은 놈이 말을 할 줄 안다는 사실이었다. 말이 통한다는 건 협상의 여지가 있다는 뜻이 아닌가. 쉽사리 말이 떨어지진 않았지만 애써 용기를 냈다.

"저기, 워, 원하는 게 뭡니까."

〈먹이.〉

괴물의 입에서 흘러나온 소리였다. 놈의 징그러운 외관상으로는 영화에 나오는 에이리언처럼 쐐애액 하고 질러대는 소리가 더 어울릴 법했지만 신기하게도 사람 목소리가 나왔다. 마치 쇳조각으로 유리를 긁는 것처럼 메마르고 거친 음성이었다.

"먹이요? 저, 저기 냉장고를 열면 먹을 게 좀 있을 겁니다. 우선 그거라도……."

문득 그가 검은콩 우유나 식빵 같은 걸 좋아할지 궁금해졌다. 놈은 기다란 손톱으로 나를 가리켰다. 아마도 녀석이 선호하는 음식은 내 몸뚱이인 것 같았다. 보이지 않는 그의 시선이 내 몸을 훑는 것만 같아 나도 모르게 온몸에 소름이 끼쳤다.

집에서 기르던 구관조 메리 생각이 났다. 녀석은 누가 나타나면 쉴 새 없이 떠들어 대곤 했는데 지금은 이상하게 조용했다. 나는 놈의 입에 묻은 피가 메리의 것이 아니길 바랐다. 특별히 아껴서가 아니라 괴물에게 바칠 제물로 남아 있어야 했기 때문이다. 내가 새집이 있는 쪽으로 고개를 돌리자 놈이 말했다.

〈새는 먹지 않는다. 그러나 죽일 수는 있지.〉

그는 새장 틈에 기다란 손톱을 집어넣고 쿡쿡 찔러 댔다. 메리는 그 안에서 도망 다니기에 바빴다. 밀려드는 두려움과 슬픔에 몸을 가누기 힘들었다. 나의 처지도 저 속의 메리와 다를 바 없었다. 별 볼일 없는 인생이지만 벌써 죽기는 싫다. 아니, 죽더라도 저 괴물 뱃속에서 소화되고 싶지는 않았다. 금방이라도 쓰러질 것 같았지만 이를 악물고 정신을 집중했다. 정신을 잃고 깨어났을 때, 녀석이 내 몸을 뜯어먹는 장면을 보는 것만큼 참잡한 일도 없을 테니까.

〈삼 일에 한 번 인간을 먹는다. 오늘은 식사를 마쳤지만 다음은 네 차례다.〉

나는 일단은 목숨을 건졌단 생각에 가슴을 쓸어내렸다. 나중에 살아나가게 되면 괴물에게 먹혀 준 누군가를 위해 묘비라도 세워 주고 싶은 심정이었다.

〈하지만 그냥 죽여 버릴 수는 있다. 그것만큼 쉬운 일은 없으니까.〉

괴물의 손톱이 한순간 새의 머리를 관통했다. 메리는 조금 발버둥치다가 이윽고 박제가 돼 버린 듯 그대로 굳어버렸다. 이번에는 놈이 나를 향해 다가왔다. 육중한 덩치에 비해 움직임은 조용하고 민첩했다. 나는 더 물러날 곳도 없어 벽에 등이 달라붙었다.

"저기, 제발 부탁입니다. 아직 죽기에는 일러요. 어머니가 시골에 혼자 계시는데……. 당신도 낳아준 어머니가 있을 거 아닙니까!"

전에 없던 유머감각이 왜 이럴 때 자꾸 튀어나오는지 알 수 없었다. 괴물의 효심을 자극해서 대체 어쩌겠다는 건가. 게다가 놈에게 부모란 게 있기나 할까. 만약 있다면 식습관을 영 엉망으로 들여 놓은 게 틀림없다.

갑자기 놈이 달려들어 무지막지한 힘으로 나를 벽에 밀어 붙였다. 한 손으로 내 목을 잡고 들어 올린 다음, 흉측한 얼굴을 가까이 들이밀었다. 나는 극도로 긴장한 나머지 비명조차 지를 수 없었다. 놈은 코앞에서 날카롭고 촘촘한 이빨을 드러내보였다. 놈이 숨을 쉴 때마다 지독한 썩은 내가 코로 훅 끼쳐왔다. 그는 흰자위밖에 없는 눈으로 나를 집어삼킬 듯이 노려봤다(눈동자가 없으니 모를 일이지만 어쩐지 그렇게 느껴졌다.).

〈삼 일 후에 널 먹는다.〉

괴물의 말은 사형 선고나 다름없었다. 어쩌면 괴물과 마주친 순간부터 죽음은 예정되어 있었을지도 모른다. 그럼에도 상황 자체가 워낙 비현실적인 탓에, 마음은 오히려 조금씩 침착해졌다. 나는 한번 크게 심호흡을 한 뒤 괴물의 허연 눈을 똑바로 마주 봤다.

"한 가지 제안을 해도 괜찮겠습니까?"

나는 놈이 별다른 반응을 보이지 않는 걸 보고 말을 이었다.

"단지 먹을 게 필요하신 거라면 제가 다른 먹이를, 그러니까 다른 사람을 구해드리는 겁니다. 그것도 삼 일마다요. 그럼 굳이 절 죽이실 필요가 없지 않을까요?"

나는 내가 내뱉고 있는 말이 무얼 의미하는지 알고 있었다. 결국 나는 죽음 앞에서 이성을 잃어버린 걸까. 아니, 어쩌면 이게 지금 내가 할 수 있는 가장 이성적인 판단일지도 모른다. 아무래도 어쩔 수 없는 일이라고, 나는 생각했다.

놈은 나를 한 팔로 들어 올린 다음, 과일을 고르듯이 내 몸을 이리저리 돌렸다. 나는 눈을 질끈 감았다. 이제는 이 식인 괴물이 나를 머리부터 먹어치워 주기만을 바랄 뿐이었다. 발끝부터 잘근 잘근 몸이 먹혀들어가는 것처럼 지루한 죽음이 또 있을까? 우려와는 달리 괴물은 나를 바닥에 내려놓았다.

〈먹이를 준비한다고.〉

괴물이 말했다.

"원하는 건 뭐든지요! 남녀노소, 인종, 성격까지, 뭐든 말만 하세요."

나는 호객꾼처럼 입에서 나오는 대로 지껄였다.

〈우선 여길 따뜻하게 해.〉

지금은 7월 달이었다. 나는 그가 뭔가 잘못 알고 있다고 생각했다. 가만히 있어도 숨이 턱턱 막히는 이 계절에 '따뜻하게'란 표현은 도무지 어울리지 않았다.

"여긴…… 지금 더워요. 덥다는 건 지나치게 따뜻하고 땀이 난다는 뜻입니다. 그러니까 춥다는 건…."

〈알아. 여길 더 덥게 하란 말이다.〉

놈이 으르렁댔다. 어지간한 날씨에도 추위를 많이 타는 모양이다. 나는 지난 봄 이후로 사용하지 않던 보일러를 작동시키고, 벽장에 처박아둔 전기 난로를 꺼내 틀었다. 얼마가지 않아 집 안은 더운 공기로 가득 찼고, 몸에서 땀줄기가 흘러내렸다. 그렇게 괴물과의 동거가 시작됐다.

벽에 걸어놓은 온도계는 38도를 가리켰다. 온도가 그 이하로 떨어지면 나는 죽는다. 삼 일마다 먹잇감을 바치지 못해도 나는 죽는다.

지금껏 여러 종류의 죽음에 대해 생각해 봤지만, 괴물에게 잡아먹히는 죽음이란 과연 어떨지 상상조차 할 수가 없었다. 지금에 와서 고민해 봤자 결론은 오직 하나였다.

무지무지하게 아프겠다!

괴물은 벽장 속이 마음에 들었는지 대부분 그 안에 들어가 있었다. 그의 역겨운 얼굴을 보지 않아도 되는 나로선 무척이나 다행스러운 일이었다. 그는 별다른 경계심을 드러내지 않았다. 녀석은 종일 벽장 안에 있었고 나는 마음대로 집 안을 돌아다녔다. 마음만 먹으면 문 밖으로 뛰쳐나가 여길 벗어날 수도 있을 것 같았다. 계약을 어기고 도망치면 어떻게 될까. 정말 지구 끝까지 나를 쫓아올까. 결국 나는 아무 것도 행동에 옮기지 못했다. 괜한 시도로 죽음을 앞당기고 싶지 않았기 때문이다.

괴물이 예고한 시간이 닥치자, 나는 더 이상 주저할 수 없었다. 나는 조용히 전화기를 들어 112번을 눌렀다.

"제 집에 침입자가 있습니다. 당장 경찰특공대를 총동원해 주세요. 총도 꼭 가져와야 합니다. 될 수 있으면 위력이 좋은 걸로요. 놈은 괴물이에요. 곧 있으면 절 잡아먹고 말겁니다."

마지막 말은 하지 말았어야 했다. 잠시 후 내 집에 온 것은 어딘가 어설퍼 보이는 순경 한 명뿐이었다. 더더욱 나를 미치게 만든 건 그가 예의바르게도 초인종을 눌렀다는 것이다. 특공대원들이 레펠로 창문을 부수고 날아드는 장면을 내심 기대했던 나는 몹시 난감한 기분이 들었다.

"신고 받고 왔습니다. 괜찮습니까?"

괜찮을 리가 없었다. 아무래도 그들은 내가 미쳤다고 생각한 모양이었다. 순경 한 명에게 기대를 걸 수는 없다. 나는 지그시 눈을 감고 현관문에 이마를 기댔다. 그리고 문 너머를 향해 말했다.

"미안합니다. 전화를 잘못 걸었습니다."

그는 일단 신고가 들어온 것이니 잠깐 안을 확인해 보겠다고 했다. 문을 열자 그는 막무가내로 들어와 집 안 이곳저곳을 기웃거렸다. 그는 방을 전부 확인하더니 무전기에 대고 '이상 없음'이라고 말했다. 그리고 몹시 인상을 찡그린 채 나를 향해 말했다.

"나이도 있으신 분이 이런 장난을 치면 되겠습니까. 허위신고도 처벌받는 거 몰라요?"

"미안합니다. 그래서 아까 잘못 걸었다고……"

"이미 부른 다음에 그렇게 말하면 지나간 시간이 다시 생겨난답니까? 사람 죽여 놓고 미안하다면 다냔 말입니다."

"아니, 제가 무슨 사람을 죽였다는……"

"경우가 그렇다는 거요."

순경은 평소 맺힌 게 많았는지 목에 핏대까지 세우고 내게 들이댔다. 나는 그의 말을 귓등으로 흘리면서 마음 속으로 수십 번은 갈등했다. 신고를 받고 온 경찰을 먹잇감이 되게 할 순 없었다. 나는 그에게 조용히 속삭였다.

"만약 총을 가지고 계신다면 저 벽장에 대고 쏘세요. 그러지 않을 거라면 지금이라도 그냥 가세요. 위험하단 말입니다."

"이거 장난이 너무 심하시군요."

그는 험악한 표정을 짓더니 성큼성큼 거실을 가로질러 벽장 앞으로 갔다. 그리고 나를 한 번 쳐다본 뒤 거칠게 벽장 문을 열어 젖혔다.

괴물은 경찰을 먹어치운 뒤 머리털 뭉치를 바닥에 뱉어냈다. 다큐멘터리에서 어떤 포식 동물이 새를 잡아먹고 모구(毛毬)를 토해내는 걸 본 기억이 있다. 이것도 그와 비슷한 걸까. 나는 모구를 변기에 던져 넣고 레버를 눌러 물을 내렸다.

그는 죽기 전에 괴물을 보기나 했을까? 모를 일이다. 그는 잃어버린 시간 때문에 불평하다가 결국 영원히 시계를 볼 수 없게 됐다. 내가 죽인 거나 마찬가지라는 걸 애써 부인할 생각은 없다. 자신과 다른 사람의 목숨을 맞바꾸어야 하는 상황이 눈앞에 닥친다면, 결국 누구든 선택을 해야 하는 거니까. 설령 그게 살인이 될지라도 말이다.

어쨌거나 처음 의도와는 다르게, 녀석과의 계약을 충실히 이행한 꼴이 됐다. 앞으로 적어도 삼 일 간은 목숨을 연장할 수 있게 된 것이다. 경찰의 유언과도 같은 말이 떠오른다.

사람 죽여 놓고 미안하다면 답니까?

"미안해요. 그렇다고 다는 아니지만······."

나는 굳게 닫힌 벽장을 쳐다보며 중얼거렸다.

다음 날 일찍 경찰 두 명이 찾아왔다. 문을 열자마자 그들은 배지를 보이며 잠시 집을 살펴보겠다고 했다.

"어제 여기로 경찰 한 명이 오지 않았습니까?"

그들 중 나이가 더 많아 보이는 한 명이 물었다. 나는 내가 살인을 하기라도 한 것처럼 심장이 두근거렸다.

"네, 왔어요. 제가 술에 취해서 신고를 잘못하는 바람에요. 그런데 이상이 없는 걸 확인해 보고 곧바로 나가셨는데요."

나는 거짓말을 했다. 그들을 위해서이기도 했고 또 나를 위해서였다.

"네, 저희도 그 친구가 확인하고 돌아간다는 연락까지는 받았는데, 그 뒤로 소식이 두절됐어요. 그래서 확인 차 온 겁니다. 잠시 안에 들어가도 될까요?"

잠시 후 젊은 경찰이 내 옆에 바짝 붙어 나를 감시했고 다른 한 명이 집 안 곳곳을 돌아다니며 살폈다. 나는 그걸 지켜보면서 '괴물이 식사하기엔 조금 이른데'라고 생각했다. 경찰은 방과 거실, 화장실을 전부 살핀 다음 바닥까지 세밀히 관찰했다. 옆에 있던 경찰이 내게 물었다.

"벽장엔 뭐가 있죠?"

"벽장이요? 글쎄요, 열어 본 지가 오래돼서……."

내 목소리가 떨리는 걸 그들도 눈치 챈 듯했다. 한 명이 벽장으로 다가가 문을 열었다. 그러나 아무것도 없었다. 놀란 나머지 나도 모르게 어깨가 들썩거렸다. 그들이 미심쩍은 눈초리로 나를 쳐다봤다.

"아무것도 없군요."

그가 나를 뚫어지게 쳐다보며 말했다.

"그, 그래요. 이젠 없네요."

"뭐가 말이죠? 원래는 뭔가가 있었나요?"

"아아, 쥐요. 쥐새끼가 안에 살았거든요."

차마 괴물이 거기 있었다고 말할 수가 없었다. 놈이 사라져버린 지금, 괜한 소리를 했다가 나만 더 의심을 살 터였다. 그들은 또 올지도 모른다는 말을 남기고 돌아갔다. 얼굴에는 끝까지 의심의 그늘을 거두지 않은 채였다. 나는 잠시 멍하니 서 있었다. 다시 벽장으로 다가가 문을 열었다. 그리고 거기 괴물이 있었다.

"어어?"

나는 놀란 눈을 껌뻑거렸다. 놈은 허연 눈알을 부릅뜬 채 그 자리에 웅크리고 있었다. 나는 멍하니 선 채로 중얼거렸다.

"분명 없어졌는데……."

〈내가 원하면 아무도 나를 볼 수 없다. 그리고 어디든 갈 수 있지. 넌 나를 벗어날 수 없어.〉

괴물의 말은 절망 그 자체였다. 놈은 자신이 마음만 먹으면 몸을 감출 수 있다고 말하고 있었다. 안 그래도 이런 괴물이 내 집에 산다고 하면 정신병자 취급을 받을 텐데 경찰이 올 때마다 간단히 사라진다면? 나는 몸을 떨었다. 놈은 다른 사람에게는 실체조차 드러내지 않은 채 내 목숨을 위협할 수 있었다. 뿐만 아니라 놈은 내가 어디로 도망가든 눈 깜짝할 사이에 찾아내 죽일 수 있는 능력도 지니고 있다. 아무리 머리를 굴려도 이 괴물을 잡을 방법도, 달아날 방법도 떠오르지 않았다. 그날 이후로 나는 언젠가는 놈에게서 벗어날 수 있을 거란 실낱같은 기대조차 완전히 버렸다.

애초부터 괴물은 날 가둘 생각이 없었던 모양이다. 그는 순순히 나를 집 밖으로 보내줬다. 대신 놈은 자신의 능력을 한 번 더

상기시켰고 내겐 그걸로 충분했다. 절대적인 공포와 좌절을 겪고
나니, 오히려 내게 처한 운명에 빠르게 순응하게 된 것이다.

드디어 나는 며칠 동안 가지 못했던 회사에 나갔다. 마음 편히
회사 따위를 다닐 상황은 아니었지만 내게도 다른 생각이 있었다.

"어이, 그동안 대체 어디에 숨어 있던 거야?"

회사에 들어서자마자 김 기자가 시비를 걸어왔다.

"신경 꺼 줘."

내 말에 김 기자의 눈이 휘둥그레졌다. 그는 믿기지 않다는 얼
굴로 눈을 껌뻑거렸다. 그리고 잠시 숨을 고르더니 이내 입가에
웃음을 띠고 말했다.

"물론 그래야지. 어차피 우리는 더 이상 동료가 아닐 거니까.
무단으로 삼 일씩이나 결근을 해 놓고도 무사할 거라고 생각하나
보지?"

나는 대답하지 않았다. 편집장 따위가 날 자를 자격은 없다.
그도 내 말을 듣는다면, 내가 건져 올 특종에 조금이라도 관심을
보일 터였다.

"썩 꺼져."라고 편집장이 나를 보자마자 말했다. 괴물 얘기는
꺼내지도 못했는데 말이다.

"죄송하게 됐습니다. 하지만……"

"꺼져 버리라고! 대체 뭘 하다 이제야 나타난 거야. 그렇게 여
기가 우습게 보여?"

"그게 사실 집에……"

"네놈 문제는 조만간 실무진들과 논의를 거친 후 결정하지."

편집장은 책상 위의 모니터로 시선을 돌렸다. 그러고는 다시는 내게 눈길조차 주지 않았다.

"어이, 책상 치우는 거 도와줄까?"

편집장실을 나오자마자 앞에 서 있던 김 기자가 말했다. 비열하게도, 일부러 밖에서 기다린 게 분명했다. 얼굴엔 즐거운 기색이 역력했다. 그때까지도 나는 내일 룸메이트의 식사 메뉴로 편집장과 김 기자 중 한 명을 골라야 할지 갈등하던 차였다. 마침 그가 나서서 빈정대 준 덕분에 더 망설일 필요가 없어졌다. 이 친구라면 나라도 씹어 먹고 싶을 정도니까.

"뭐, 괜찮아. 그보다 내일 저녁에 우리 집에 올 수 있어?"

"네 집엘?"

뜻밖의 제안이었는지 그는 꽤 당황한 표정이었다.

"다른 게 아니라, 우리 집에 특종이 될 만할 걸 하나 모셔두고 있는데 자네 의견을 묻고 싶어서 그래."

"특종이라니, 집에 뭐가 있는데?"

"말로는 설명하기 힘들어. 자네가 직접 보는 게 나을 것 같은데."

사실이었다. 내 집엔 특종감이 있고 나는 그에게 보여주려는 것뿐이다. 혹시나 괴물이 그를 잡아먹더라도 내겐 책임이 없다. 생명을 보호해 주겠다는 약속 따윈 절대 하지 않을 테니까.

"어째서 특종감을 굳이 나한테 보여주겠다는 거야. 대체 무슨 꿍꿍이지?"

"기사를 쓰기 전에 자네 의견을 듣고 싶어서 그래. 난 아직 글 쓰는 감이 부족하잖아."

그는 유심히 나를 쳐다봤다. 그리고 내 의도를 파악하려는 듯 눈알을 위로 굴렸다.

"생각은 해 볼게."

그가 한층 누그러진 목소리로 말했다. 나는 그가 반드시 올 거라고 확신했다. 그는 특종이라면 밥상의 파리처럼 달려들곤 했으니까.

그날 나는 인터넷으로 온갖 괴물에 대한 정보를 검색했다. 예전 같았으면 코웃음도 안 칠만한 이야기들도 많았지만, 지금 상황에선 어느 것 하나 예사롭지 않았다. 한 시간이 넘게 자료들을 뒤적거린 끝에 몇 가지 흥미로운 정보를 얻을 수 있었다.

첫 번째는 1829년, 미국 조지아 주의 늪지대에 나타났다는 괴물 이야기다. 어느 날 그곳의 마을 사람 중 한 명이 숲에서 엄청난 크기의 발자국을 발견했다. 소문을 들은 7명의 사냥꾼들이 발자국의 주인을 잡기 위해 늪지대 탐험을 나섰다. 그들은 곰과 인간의 발을 합쳐 놓은 것 같은 대형 발자국을 추적했다. 사건은 그들이 야영 중일 때 일어났다. 갑자기 정체를 알 수 없는 초대형 짐승이 자신들을 향하여 달려오고 있었던 것이다. 사냥꾼들은 총을 들어 놈에게 발사했지만 놈은 꿈쩍도 하지 않고 계속해서 돌진해 왔다. 총을 맞으면서도 짐승은 일행을 잡아 찢어 죽이기 시작했다. 결국 거의 모두가 죽임을 당했고, 간신히 살아남은 사냥꾼들은 정신없이 그곳을 빠져나왔다. 이 자료에서 묘사된 유인원의 모습은 집에 있는 괴물과 매우 흡사했다.

두 번째는 1989년 구소련의 모스크바 남동쪽 보르네즈 지방에서 목격된 외계생명체에 대한 이야기다. 이 괴물은 온몸이 두꺼운 가죽으로 덮여 있었으며 키는 거의 3미터에 가까웠다. 그것은 사람들이 다가가자 순식간에 공중으로 사라져버렸다.

사라진다? 나는 그 부분을 자세히 읽었다. 사라진 외계인은 몇 초가 지난 뒤 원래 자리에서 100미터 가량 떨어진 위치에 스르륵 모습을 드러냈다. 그리고 한 번 더 모습을 감춘 뒤에는 두 번 다시 나타나지 않았다고 한다.

두 가지 정보 모두 내 집 괴물의 특징과 겹치는 부분이 있다. 문제는 여전히 괴물에 대항할 만한 뚜렷한 대책이 없다는 것이다. 설령 놈이 자료에서 말하는 괴물과 일치한다 하더라도 내가 할 수 있는 일은 없었다. 결국 나는 더욱 암담한 기분에 사로잡힌 채 그날 밤을 보냈다.

다음 날 저녁, 김 기자가 오피스텔에 찾아왔다. 그는 한 손에 카메라를 그러쥐고 있었다. 그는 현관에서 구두를 벗은 뒤 고양이처럼 살금살금 걸었다. 안으로 들어오자마자 그는 재빠른 눈짓으로 집 안 곳곳을 훑었다. 나는 그 프로다운 자세에 속으로 감탄하며 악수를 청했다.

"잘 왔어."

그는 내키지 않는 표정으로 나의 손끝을 살짝 잡았다가 놨다.

"이제 보여줘, 네가 말한 특종이 뭔지."

"역시 급하네. 우선 차라도 한 잔 마시면서 얘기하자고."

"이봐."

그가 짜증스레 말했다.

"난 너하고 차 마실 시간이 없어. 빨리 보여주기나 해."

"그냥 차를 마셔. 차분하게 지난 삶을 돌아볼 시간을 가지라고."

김 기자의 표정이 험악하게 일그러졌다.

"어이, 난 너하고 장난할 시간 없어. 게다가 여긴 너무 더워서 숨이 막혀버리겠어. 짜증은 이것만으로도 족해. 제발 나를 더 열받게 하지 마."

나는 입으로만 웃었다. 벽에 걸린 온도계를 보니 40도가 넘어 있다. 더운 건 나도 마찬가지였지만 아주 못 참을 정도는 아니라고 생각했다.

"나는 이제부터 자네가 아름다운 말만 했으면 좋겠어."

그는 눈을 가늘게 뜨고 나를 노려봤다.

"난 지금 간신히 욕을 참고 있어. 그걸 좀 알아줬으면 좋겠군."

그는 땀을 많이 흘렸다. 그가 입은 뱀장어 셔츠의 가슴팍과 겨드랑이 부분에 땀자국이 번져 갔다.

"어쩔 수 없구먼. 그럼 직접 열어 봐. 저기 벽장 속에 있어."

나는 그곳을 손으로 가리켰다. 괴물이 웅크리고 있는 그곳. 김 기자는 당장이라도 셔터를 누를 듯한 기세로 조금씩 다가갔다.

"안에 있는 게 뭔지 말해. 혹시 위험한 건가?"

여우 같은 놈이라고, 나는 생각했다. 녀석은 특종에 물불을 가리지 않았지만 한편으론 의심도 많았다.

"특종에는 위험이 따르지. 하지만 얻고 싶다면 그걸 감수해야 해야 하는 거 아닌가?"

"날 가지고 노는 거라면 널 가만두지 않을 거야."

김 기자가 나를 무섭게 노려보며 말했다.

"나라면 그걸 열지 않을 거야. 그 안엔 무시무시한 괴물이 있거든."

"무슨 그딴 개소릴……."

김 기자는 냉소를 흘리며 벽장문을 열어 젖혔다. 그때 그의 표정을 보는 순간 나는 악마적인 희열을 느꼈다. 괴물이 행동에 나서기도 전에 그가 먼저 놀라 죽어버리면 어쩌나 하는 걱정도 들었다.

김 기자는 그 자리에 붙박인 듯 서 있었다. 무거운 정적이 얼마간 흐른 뒤, 그가 셔터를 눌렀다. 찰칵 소리와 함께 플래시가 터졌다. 동시에 괴물이 그의 몸을 잡아챘고 무시무시한 힘으로 목을 비틀어 버렸다.

"인정하지. 자넨 역시 훌륭한 기자야. 아니, 기자였어."

나는 아직도 숨이 붙은 채 눈을 껌뻑거리는 김 기자의 눈을 쳐다보며 말했다. 아직도 무슨 일이 벌어졌는지 모르겠다는 눈빛이었다. 얼마가지 않아 그의 고개가 축 늘어졌다. 괴물은 놈을 벽장 속으로 끌고 들어가 문을 닫아버렸다.

문득 거실 거울에 비친 나를 봤다. 광기서린 눈빛의 남자가 나를 보고 웃고 있다. 내 자신이 점점 악마가 되어 가고 있는 것만 같다. 갑작스런 죄책감이 깊은 곳에서 솟구쳐 올랐다. 나는 얼마 전 죽어 버린 경찰에게서 빼돌린 권총을 서랍에서 꺼냈다. 벽장 속의 놈은 정신없이 식사에 열중하고 있겠지. 나는 놈의 머리가 있을 만한 위치를 가늠해 본 다음 조용히 총구를 겨눴다. 그리고 방아쇠를 당겼다.

철컥.

총알은 발사되지 않았다. 장전해 두는 걸 아예 잊고 있었다. 멍청하게 서 있는 사이 벽장 문이 거칠게 열렸다. 나는 얼른 총을 든 손을 뒤로 감췄다. 발치에 새까만 털 뭉치가 툭 떨어졌다. 녀석이 던진 것이다. 나는 이번에도 그걸 변기에 넣고 물을 내렸다. 또다시 무기력해져 버렸다.

내가 할 수 있는 건 아무것도 없다.

그 후로 나의 직장 생활은 확연히 달라졌다. 나는 회사에서 해고당하지 않았다. 오히려 실종된 김 기자의 일거리를 맡는 바람에 몹시 바빠졌다. 가장 놀라운 변화는 김 기자의 어시스트였던 연희가 나와 같이 일을 하게 된 것이었다. 기분 좋은 일이긴 했지만 이내 괴물이 떠올라 마음에 그늘이 드리워졌다. 놈이 그렇게 나를 붙들고 늘어지는데 내가 결혼이나 할 수 있을까. 매일같이 생명의 위협을 받으며 살아가는 나에게는 그런 기대조차 사치였다.

편집장이 나를 대하는 태도도 달라졌다. 내게 핀잔을 주는 일도 줄어들었으며, 가끔 마주치면 온화한 미소를 지어보이기도 했다. 어쩐지 나는 곤란했다. 룸메이트의 다음 식사 메뉴로 떠오른 그가 더 이상 나를 괴롭히지 않는다면 그를 제물로 바칠 구실이 약해지기 때문이다. 그래도 당장은 편집장을 대신할 만한 다른 인물이 떠오르지 않았다.

고민하는 사이 괴물의 식사일이 성큼 다가왔다. 나는 새로 쓴 괴담 원고를 편집장에게 가져갔다. 이번만큼은 나도 어느 정도 자신이 있었다. 그건 내가 가장 잘 아는 이야기였으니까.

"이번 것도 너무 비현실적이야. 아무리 독자들이 허구라고 생각할지라도 최소한의 리얼리티는 있어야 정말 무섭게 느껴지거든."

편집장은 원고를 모두 읽고, 책상 위에 탁 내려놓았다.

"그런가요?"

"그렇지. 악어 이빨을 가진 식인 괴물이 집에서 나를 기다리고 있다니. 꽤 재미있는 설정이긴 하지만 이런 건 할리우드 영화에나 어울릴 법해. 오히려 조금 오래된 감이 있지만 우리나라 독자들에겐 하얀 소복이 더 무섭게 와 닿을 걸."

"편집장님."

나는 비장한 표정으로 말했다. 그도 그걸 느꼈는지 눈을 들어 나를 바라봤다.

"더 이상은 못하겠습니다."

"못하겠다니. 그게 무슨 소리야."

편집장은 안경을 벗어서 책상 위에 내려놨다. 오늘따라 그의 둥글게 퍼진 얼굴이 귀여워 보인다.

"정말 처녀 귀신 이야기 따위에 리얼리티가 있다고 보시는 겁니까? 우리 잡지가 대체 왜 이런 지면에 공을 들여야 하죠? 우리가 무슨 삼류 잡지입니까?"

"그렇다고 일류는 아니잖아. 그리고 이런 온난화 시대엔 그런 아이템도 필요하다니까. 스포츠지에 온통 스포츠에 대한 기사만 실으면 오히려 독자들도 싫증을 낸다고."

"그럼 제가 진짜 온난화가 뭔지, 그리고 진짜 괴담이 뭔지 보여드리죠. 편집장님도 직접 경험하시면 꽤 흥미로우실 겁니다."

"지금 무슨 얘기를 하는 거야?"

"오늘 제 집으로 와 주십시오."

"갑자기 그게 무슨 얘기야. 자네 집으로 오라니."

"부탁입니다."

"이유를 알아야 갈 거 아냐."

"편집장님께도 도움이 될 만한 일입니다. 그렇게만 알고 꼭 와 주십시오."

그는 망설여지는지 마른세수를 했다. 그리고 썩 내키지 않은 투로 말했다.

"그럼 이따 시간을 봐서 가든지 하지."

나는 거듭 다짐을 받은 뒤 그의 사무실을 나왔다. 마음이 불안해졌다. 온다고 말은 했지만 말하는 태도가 석연찮았다. 방법이나 타이밍이 모두 좋지 않았던 것 같다.

초조한 마음으로 내가 맡았던 취재 내용을 정리하는데, 연희가 내 쪽으로 다가왔다.

"경찰한테 전화가 왔어요. 선배님을 찾으시던데요."

"나를 무슨 일로?"

"음, 저야 모르죠. 뺑소니라도 친 거 아녜요?"

"그럴 리 있겠어. 아무튼 그래서 뭐라고 대답했어?"

"편집장하고 얘기 중이라고 했어요. 나중에 전화해 달라고……."

"그랬더니 뭐래?"

"지금 여기로 오겠다고 하던데요."

"온다고?"

"네, 온대요. 그러라고 했는데, 혹시 제가 실수한 거예요?"

그녀가 천진난만한 얼굴로 반문한다. 나는 억지로 웃어 보이며 괜찮다고 말했다. 그들이 다시 나를 의심하기 시작한 모양이다.

얼마 전 신문에서 경찰 실종 사건이 실린 기사를 읽었다. 분명 경찰이 간단하게 넘어갈 만한 사안은 아니다.

퇴근 시간 즈음에 휴대폰으로 문자가 왔다. 엄마였다.

'나 지금 네 오피스텔 찾아가는 중이다.'

눈앞이 캄캄했다. 예전에 엄마가 반찬을 싸들고 서울로 오겠다고 말했던 걸 까맣게 잊고 있었다. 엄마는 내 오피스텔 열쇠를 가지고 있다. 곧바로 엄마에게 전화를 걸었다. 늘 그랬던 것처럼 엄마는 휴대폰을 받지 않았다. 워낙 귀가 어두워 평소에도 문자로 연락을 주고받았다. 맙소사! 난 급하게 문자를 보냈다.

'엄마, 오피스텔에 절대로 들어가면 안 돼! 절대!'

문자를 보낸 후 나는 미친 듯이 회사 밖으로 뛰쳐나갔다. 엄마는 대체 어디쯤 오고 있던 걸까. 제발 오피스텔 앞은 아니길 간절히 바랐다. 오늘따라 지나가는 택시가 뜸했다. 나는 택시 잡는 걸 포기하고 집까지 뛰어가기로 했다. 부지런히 뛰면 15분 안에 도착할 수도 있다. 그리고 그 다음엔…… 어찌해야 할지 나도 모르겠다. 더운 공기를 뚫고 전력 질주하는 동안 땀이 흘러내려 온몸을 적셨다.

한참을 달려서 오피스텔 문 앞까지 왔을 때에는 이미 20분이 지난 뒤였다. 나는 문을 열고 안으로 들어갔다. 기척을 들었는지 벽장 속에서 괴물이 움직이는 소리가 들렸다. 언뜻 보기에 집 안에 달라진 건 없어보였다. 절로 안도의 한숨이 새나왔다.

"조금만 기다려요, 먹이가 곧 올 테니."

나는 벽장을 향해 말했다. 어떡하지. 곧 엄마가 올 텐데. 문 밖에서 엄마를 기다리고 싶지만 놈이 눈치 챌 것 같아 섣불리 행동할 수 없었다. 놈은 식사시간이 다가오면 유독 모든 움직임에 예민하게 반응했다. 난 먼저 놈을 기습하기로 했다. 언제까지나 이렇게 가슴을 졸이며 불안하게 살 수는 없다. 내가 직접 놈을 해치워야 한다. 외계인이든 괴력의 유인원이든 생명체라면 분명 고통을 느낄 것이고 죽기도 할 것이다. 영화긴 하지만 에이리언도 죽었고 무적처럼 보이던 프레데터 역시 결국엔 죽었으니까. 놈은 불사신이 아닐 수도 있다. 단지 사라지고 공간을 이동하는 재주가 있을 뿐이다. 그렇게 생각하니 한결 용기가 솟구쳤다.

권총으로 놈을 해치우는 거다. 나는 천천히 부엌을 향해 걸음을 옮겼다. 벽장에서 부스럭 소리가 들렸다. 녀석은 지금도 벽장 속에서 신경을 곤두세운 채 내 행동을 예의주시하고 있을 것이다.

나는 최대한 자연스럽게 걸었다. 그리고 물 마시는 척을 하기 위해 식기 통에서 컵을 꺼냈다. 한 손으로 슬그머니 싱크대 서랍을 열었다. 손을 넣고 더듬자 차가운 금속의 감촉이 손끝에 전해졌다. 총은 얼마 전에 미리 장전해 두었다.

초인종이 울렸다. 나는 그 소리가 세상에서 가장 끔찍한 멜로디라고 생각했다. 나는 잽싸게 권총을 꺼내 뒤춤에 꽂아 넣었다. 괴물이 조용히 입맛을 다시는 모습이 보이는 듯했다. 현관문을 향해 걸어갔다. 최대한 침착해지려 애썼지만 다리가 몹시 후들거렸다. 문을 열자마자 엄마를 데리고 도망가자. 녀석이 쫓아오면 그때 총을 쏘는 거다. 아니, 어쩌면 편집장이 온 것일지도 모른다. 그를 제물로 바치면 간단히 지금의 고비를 해결할 수 있다. 나는 심호흡을 크게 한 뒤 문을 열었다.

"저에요."

연희였다. 나는 예상치 못한 인물의 등장에 잠시 머릿속이 혼란스러웠다.

"네가 여긴 어떻게……."

"편집장님이 보내서 왔어요. 원고 수정본도 갖다드릴 겸. 그리고 뭘 보여준다고 하셨다면서요. 편집장님이 저보고 대신 봐 달라고 하셨어요. 아, 그런데 여긴 무지 덥네요. 에어컨이 없나 봐요?"

'편집장 이런 망할 놈.' 그녀는 손가방에서 손수건을 꺼내 이마의 땀을 닦았다. 그리고 신고 있던 구두를 벗고 집안으로 들어왔다.

"자, 이제 제가 뭘 하면 되죠?"

그녀는 경쾌하게 말하고서 천진난만한 얼굴로 나를 쳐다봤다.

"먼저 할 말이 있어."

"네?"

"너를 좋아하고 있어."

"네에?"

"예전부터 좋아했어."

"선배님, 뭔가 오해를 하신 것 같은데요. 전 단지 심부름 때문에……."

"부탁이야."

"대체 뭘 부탁한다는 거죠? 결론부터 말하면 아니에요. 잘해주시긴 하지만 솔직히 제 스타일도 아니고요. 정말 미안해요."

그녀의 표정이 조금 전과는 달리 차갑게 굳어졌다. 그리고 난처한 기색을 감추려는 듯 더 열심히 손부채질을 해댔다.

"괜찮아. 네 말은 잘 알겠어. 난 그냥 그 말을 하고 싶었던 거야."

내가 말했다. 그녀는 안도했는지 다소 표정이 풀렸다.

"그럼 저 벽장에서 서류 좀 꺼내 줄래?"

나는 괴물이 들을 수 있도록 큰 목소리로 말했다.

"벽장이요?"

"응. 저기 보이지? 어제 했던 인터뷰 내용이야. 꺼내서 편집장님한테 갖다드려."

그녀가 벽장으로 다가갔다. 나는 심장이 죄여오는 고통을 느끼며 그걸 지켜봤다. 엄마를 살리기 위해선 어쩔 수 없는 선택이었다. 그녀가 내 고백을 받아들였다면 난 어떻게 할 생각이었을까. 역시 모르겠다. 갑자기 그녀가 그 자리에 멈춰 섰다.

"그런데 저 너무 덥고 목이 말라요. 물부터 좀 마실게요."

그녀가 답답한 듯 블라우스 앞섶을 손으로 펄럭였다.

"부엌으로 가 봐. 냉장고에 생수가 있어."

내가 말했다. 그녀가 냉장고로 가서 생수병을 꺼냈다. 그리고 식탁 위에 컵을 올려놓고 물을 따랐다.

"그런데 방금 보니까 냉장고에 밑반찬이 가득하던데요? 설마 직접 다 만들어 드시는 거예요?"

그녀가 의외라는 듯 물었다. 하지만 나는 집에서 반찬은커녕 밥조차 지어 먹은 적이 없다. 냉장고엔 날짜 지난 식빵과 캔 맥주 몇 개가 전부일 텐데. 순간 불길한 예감이 스쳤다.

"어?"

연희가 뭔가를 밟았는지 발 한쪽을 뒤로 뺐다.

"이게 뭐죠, 털실인가?"

그녀가 그걸 집어 들고 이리저리 살폈다. 나는 너무 놀라서 앗,

소리를 낼 뻔했다. 모구였다. 먹잇감이 들어왔음에도 불구하고 괴물이 바로 나타나지 않은 이유는 따로 있었다. 놈은 이미 식사를 끝낸 것이다.

나는 주저 없이 바지춤에서 권총을 빼들었다. 그리고 목표물을 향해 겨누었다. 그걸 본 연희가 놀라 소리쳤다.

"뭐, 뭐예요. 왜 저를······."

"비켜!"

내가 외쳤다. 그리고 그녀가 몸을 숙이자마자 벽장을 향해 방아쇠를 당겼다. 굉음과 함께 총알이 발사됐다. 벽장문이 벌컥 열리며 괴물이 솟구쳐 나왔다. 녀석은 총을 맞고도 개의치 않고 계속 돌진해 왔다. 나는 계속해서 총을 쐈다. 괴물은 그때마다 잠깐 주춤할 뿐 다시 달려들었다. 놈이 그르렁거리며 내 코앞까지 다가왔다.

"엄마한테 무슨 짓을 했어, 이 개새끼야!"

놈이 나를 툭 밀쳤고 나는 붕 날아가 벽에 부딪쳤다. 놈이 다시 내 쪽으로 공격할 자세를 취했다. 몸을 일으킨 나는 천천히 뒷걸음질 쳤다. 그리고 망연히 괴물을 바라봤다. 그때였다.

"어서 쏴요! 이놈을 죽여 버려요!"

놀랍게도 그녀는 괴물의 다리에 매달려 버티고 있었다. 그녀는 이미 총알이 다 떨어졌다는 사실을 모르고 있는 듯했다. 나는 힘없이 총을 바닥에 떨어뜨렸다. 연희는 그런 나를 공포에 질린 눈빛으로 바라봤다. 나는 무기력하게 그들을 바라볼 수밖에 없었다. 그리고 미끄러지듯 벽에 기대어 주저앉았다.

괴물은 연희를 한 팔로 잡아서 들어올렸다. 그리고 엄청난 힘으로 그녀의 가느다란 몸을 우그러뜨려 버렸다. 이제 그녀의 몸은 형체조차 알아볼 수 없게 됐다. 괴물은 나를 공격하지 않았다. 그 저 고개를 돌려 잠시 동안 나를 응시하다가 벽장 안으로 들어갔 다. 일종의 경고였다.

내 집에 경찰 여럿이 들이닥쳤다. 경찰특공대는 아니었지만 기 대 이상으로 많은 수였다. 손목에 수갑이 채워진 후에야 애초부 터 그들의 목표가 나였다는 걸 깨달았다. 그들은 내 양쪽 팔을 붙든 채 끌고 갔다. 나는 계속해서 벽장을 조심하라고, 괴물이 그 안에 있다고 외쳤지만 그들은 들은 척도 하지 않았다. 반으로 접 혀 버린 연희의 시체가 들것에 실려 나간다. 누군가 구역질을 하 는 소리가 들린다. 카메라 셔터 소리가 들리고 플래시가 번쩍인 다. 사람들이 좁은 오피스텔 안을 분주하게 뛰어다닌다. 나는 경 찰들에게 붙들린 채 그곳을 나왔다.

"나머지 시체들은 어디에 숨겼습니까?"
나는 어두컴컴한 공간에서 수갑을 찬 채 앉아 있다. 건장한 남 자 몇 명이 뒤에서 팔짱을 긴 채로 내 쪽을 주시하고 있었다. 내 게 질문을 던진 사람은 맞은편에 앉아 있는 남자였다.
"나한테 묻지 마시오. 그 괴물은 벽장 속에 있으니까."
내가 말했다. 그는 할 말을 잃은 듯 잠시 동안 나를 응시했다.
"벽장 속엔 아무것도 없습니다. 연극은 그만하고 사실대로 말 하시오. 당신은 경찰을 포함해 모두 세 명을 죽였습니다. 피해자들의 것으로 보이는 머리카락을 다수 확보해 놨고 조만간 검사 결과도 나올 겁니다."

"괴물은…… 사라지는 능력이 있어요."

"그다지 놀라운 얘기도 아니네요. 내 전 부인도 그런 능력이 있었으니까."

형사가 우스갯소리를 했다. 나는 웃었다. 뱃속 깊은 곳에서부터 웃음기가 올라와 숨도 쉬기 힘들 정도였다.

"단단히 미쳤군."

뒤에서 팔짱을 끼고 있던 남자가 그의 옆 사람에게 속삭이듯 말했다.

"그런데 그 여자 보조를 대체 어떻게 한 거지? 집에서 발견된 시체 말이오. 아주 처참하게 훼손되어 있던데. 무슨 기계라도 사용한 거요?"

괴물이 그랬다고 말하면 그들이 믿으려고 할까.

"식인 괴물 짓입니다. 그는 외계인, 아니 악마일지도 모르죠. 그놈은 몸집도 크고 힘이 셉니다. 저 역시 살기 위해 그놈이 시키는 대로 할 수밖에 없었고요."

남자가 손바닥으로 책상을 내리쳤다. 그가 자리를 박차고 일어서자 뒤에 있던 남자들이 다가와 그를 말렸다.

"주둥이 닥쳐! 네가 말하는 괴물 따윈 존재하지 않아. 모든 게 네놈 혼자 저지른 일이란 말이다. 회사에서 네가 썼던 글도 읽었어. 지어낸 이야기와 현실을 착각하지 말란 말이야. 진짜 괴물은 바로 너 같은 새끼야!"

그가 삿대질로 나를 가리켰다. 그는 진심으로 내게 분노를 느끼고 있다. 정작 그들이 분노해야 할 대상은 이미 어디론가 사라져 버렸는데 말이다. 속이 울렁거린다. 구역질이 넘어 올 것 같다.

내가 겪은 일들이 환상이나 착각이 아니라는 걸 나는 잘 안다. 그걸 설명할 수 없다는 게 너무 답답할 따름이다. 갑자기 감정이 북받쳐 올라 울부짖었다.

"우리 엄마는 어디 있어. 어머니가 위험해! 이 새끼들아!"

"당신 어머니는……"

경찰이 뭐라고 입을 열려하는 순간이었다. 나는 미친 듯이 소리를 지르며 달려들었다. 수갑을 찬 손으로 앞에 앉아 있던 남자를 내리찍었다. 남자의 머리에서 피가 솟구쳤다. 나는 그의 어깨를 물어뜯었다. 뒤에 있던 사내들이 나를 붙잡았고 나는 뒤통수에 묵직한 충격을 받고 정신을 잃었다.

머리가 깨질 듯이 아팠다. 서서히 정신이 들었다가 다시 몽롱해졌다. 몸을 움직이려 했지만 뜻대로 되지 않았다. 뭔가 단단한 것에 손발과 몸이 고정되어 있는 듯했다. 간신히 약간 눈을 떴지만 눈앞이 흐리고 침침했다. 그냥 다시 눈을 감아버렸다. 차차 주변의 소음이 들리기 시작하더니 곧 사람들의 대화가 귀에 들어왔다. 가장 먼저 들린 말은 "뭐라고?"하며 누군가 묻는 소리였다.

"그러니까 조금 전 집에서 카메라가 하나 발견됐다는데요. 단서라기엔 조금 애매한 거라서……"

"뭐가 어떻기에 그래?"

"죽은 피해자가 가지고 있던 카메라 같습니다. 용의자 집 옷장 속에 처박혀 있는 걸 찾아왔어요. 그런데 카메라 메모리에 이런 사진이 한 장 들어 있었습니다. 보세요."

"이게 뭐야?"

"사진이 워낙 흔들려서 자세히는 모르겠지만 사람은 아닌 것 같습니다. 그렇다고 짐승도 아닌 것이⋯⋯. 가만 보자, 아무래도 이건 이빨 같은데요."

"언제 찍힌 거지?"

"사진 정보를 확인해 봤더니⋯⋯, 음, 목격자가 기자를 마지막으로 봤다던 시각보다 한 시간 정도 뒤에 찍힌 거예요."

"그래? 그런데 이 괴상한 사진은 대체 뭐야."

"정말 이 자식 말대로 괴물이 아닐까요?"

"괴물?"

"농담입니다."

11월에 접어들면서부터 날씨가 제법 쌀쌀해졌다. 나는 길 옆에 차를 세웠다. 운전석에 가만히 앉아 있자니 저절로 몸이 움츠러들었다. 시동을 걸고 히터를 틀었다. 이내 차 안 공기가 훈훈해졌다.

꽤 늦는군.

나는 초조하게 손목시계를 들여다봤다. 얼핏 봐도 고가인 롤렉스 시계다. 원래부터 내 것은 아니었지만 꽤 마음에 들었다.

저기 소형 오토바이 한 대가 오는 게 보인다. 오토바이를 모는 여자는 위에 두꺼운 파카를 입었지만 미니스커트 아래로 다리를 훤히 드러내서 누가 봐도 다방 레지라는 걸 알 수 있었다. 여자가 내 차와 조금 떨어진 위치에 오토바이를 세운다. 나는 클랙슨을 아주 짧게 두어 번 쳐서 통통 소리를 냈다. 여자가 조수석 문 쪽으로 걸어온다.

"오빠, 참 별나네. 왜 밖에서 배달을 시켜?"

창문을 열자 여자가 고개를 들이밀고 말했다.

"타, 집으로 가자."

"안 돼. 오토바이 가져가야지."

"여기로 다시 태워줄 테니까, 타. 우선 이거 받고."

나는 만 원짜리 두 장을 내밀었다. 여자는 잠시 망설이는가싶더니 에라 모르겠다 하며 잽싸게 조수석에 올라탄 뒤 돈을 낚아챘다.

"꽤 머네, 오빠? 이럴 거면 처음부터 집으로 시키지."

나는 대답 않고 어깨만 으쓱했다. 라디오를 틀었다. 때마침 뉴스가 흘러나왔다.

"……소식입니다. 중국집 배달부들이 실종되었다는 신고가 이번 달 들어 다섯 건 이상 접수된 것으로 알려졌습니다."

"오빠, 여기 너무 덥다. 왜 이렇게 히터를 세게 틀어 놔?"

"춥잖아."

"오빠 추위 무지 많이 타나 봐?"

"응."

"……주문을 받고 나갔던 배달부가 며칠이 지나도 연락이 되지 않자 이 같은 신고를 한 것으로 밝혀졌으며……"

"와, 뭐 저런 일이 다 있냐."

여자가 말했다.

"뭐가?"

"아니, 배달부들이 자꾸 없어진다잖아. 대체 뭣 때문에 그런 사람들을 납치하는 거지?"

"범인이 배달 오토바이에 크게 치인 적이 있나보지 뭐."

그러자 그녀가 내 어깨를 살짝 밀쳤다.

"에이, 그것도 농담이야?"

"아니."

차를 세우고도 골목길을 한참이나 걸어 들어갔다. 오래된 5층 빌라 건물이 나왔다. 나는 그녀를 데리고 1층 복도로 들어섰다.

"오빠, 겨우 이런 데 살면서 오자고 한 거야? 정말 김샌다."

"으응, 미안."

나는 웃으며 말했다. '106호'라고 적힌 집 앞으로 가서 문을 두드렸다.

"나 왔어. 문 좀 열어 봐."

나는 안에다 대고 외쳤다. 안에선 아무런 기척이 없었다.

"안에 누가 또 있어?"

여자가 묻는다.

"아, 내 룸메이트."

나는 그렇게 말한 뒤 천천히 뒤로 물러났다. 잠시 후 문이 열렸다. 여자의 동공이 서서히 커졌다. 그녀는 들고 있던 보온병을 바닥에 놓쳤다. 쨍그랑 소리가 복도에 울린다. 곧이어 문이 닫히면서 여자의 비명 소리도 안으로 빨려 들어갔다.

끔찍한 연쇄살인범으로 몰려 세상을 떠들썩하게 하고 감옥에

간혔을 때만 해도 난 억울하다고 몸부림치며 분노했다. 하지만 약간의 시간이 흐르자 오히려 잘됐다는 생각이 들었다. 영원히 그 끔찍한 괴물과 동거하며 가슴을 졸이느니 차라리 감옥이 나았던 것이다. 하지만 그런 안도감도 오래가지는 못했다. 어느 날 밤, 감옥 안에 놈이 나타나 다짜고짜 내 몸을 붙잡아 들어올렸다. 그리고 무슨 일이 벌어졌는지 알아채기도 전에 이미 나는 다른 곳에 와 있었다. 그곳이 내 오피스텔이라는 걸 깨닫는 순간 난 실성한 사람처럼 비실거리며 웃을 수밖에 없었다. 괴물은 내게 보채듯이 말했다.

〈먹이.〉

나는 야구공만 한 레지의 모구를 골판지 상자 안에 던져 넣었다. 머리카락이 길수록 모구(毛毬)의 크기도 컸다. 이미 박스 안에는 서른 개 정도의 머리털뭉치가 쌓여 있다. 어느 순간부터 나는 이것들을 모으기 시작했다. 지금까지 괴물에게 몇 명이나 희생이 됐는지 모르고 있다면 어쩐지 무책임해 보일 것 같아서였다. 또, 모구는 나의 전리품이기도 했다. 그동안 내가 초대한 수많은 떠돌이, 범죄자, 그리고 배달부들의 마지막 흔적이 이 상자 안에 모두 담겨 있다. 여긴 그들의 무덤이다.

내가 언제까지 이 식인괴물과 지내게 될지, 또 얼마나 더 많은 모구를 모으게 될지는 알 수 없다. 분명한 건, 내 자신이 삶을 포기하지 않는 한 괴물과의 계약도 지속될 것이라는 점이다. 오랜 시간이 지난 지금도 나는 이 괴물의 정체를 알지 못하며 이젠 알고 싶은 마음조차 없다.

괴물이 있는 한 아직도 이곳은 열대기후처럼 덥다. 나는 더위를 피해, 또 먹이를 구하기 위해 삼 일마다 집을 나설 것이다. 모두 조심하기 바란다. 나와 내 룸메이트가 당신을 초대할지도 모르니까.

장은호

1980년 출생. 서산시 음암 보건지소장으로 근무하고 있다. 병원 실습으로 정신없고 피곤하던 시절에도 틈틈히 공포소설을 썼다. 현재도 진료실 책상 위엔 언제든 떠오르는 공포를 기록할 수첩 하나가 놓여 있다. 방문하는 환자 모두를 정성껏 진료하지만, 혼자 남겨질 땐 상상 속의 등장인물에게 고통을 선사한다. 상상 속에선 때로 수술 도구를 살인 도구로 사용하기도 하지만, 보건소 단골 할머니의 익살맞은 표정을 보며 빙그레 웃기도 한다. 웹에서 장은호의 공포연구소 (http://adultoby.com)를 운영하고 있다. 『한국 공포 문학 단편선』에 「하등인간」과 「캠코더」를 수록하였다. 무크지 《파우스트》에 단편 「순결한 칼」, 「첫 출근」을 수록하였다.

숨쉬기가 힘들다.

나는 서른에 가까운 몸을 질질 끌며 발코니로 향한다. 다시 얼굴을 찡그리며 멈춰 후드 티의 모자를 뒤집어쓴다. 어두운 그늘이 얼굴을 가린다. 바닥에 시체처럼 널브러진 만화책을 검은 발가락으로 툭툭 밀치며 결국 발코니의 타일을 밟았다. 빗방울이 5층짜리 임대아파트를 비스듬히 치고 들어온다. 습기에 묻어올라온 썩은 곰팡내가 익숙하다. 나는 난간에 조금 떨어져 찡그러진 시선을 옮겼다. 잘게 자른 내장 같은 구름이 하늘을 덮고 뒷산에 비를 뿌려대고 있었다. 쏟아질 듯 경사에 박힌 나무가 가지를 흔들어 댄다. 밤 동안 수면을 파고들던 고양이 소리는 더 이상 들리지 않는다. 나는 진통제의 효과가 나타나기를 기다리며 씁듯이 숨을 뱉어냈다.

아이들의 짧은 비명 소리가 빗속을 갈랐다. 몇몇의 아이들이 흠뻑 젖은 채 페인트가 벗겨진 정글짐 속을 돌아다닌다. 한 아이가 위태위태하게 공중에서 균형을 잡더니 곧 웅덩이로 뛰어내린다. 박수를 치던 아이들도 구조물에 올라선다. 도리어 내 심장이 뛰고 있었다. 자칫 미끄러지면 돌이킬 수 없는 상황이 생길지도 모른다. 해마다 많은 아이들이 순간의 경솔함에 목숨을 잃지 않았던가. 뒷산을 기어오르던 아이의 비명횡사가 떠오른 것은 당연한 일이다. 몇 년이 지나도 말뚝 박힌 기억은 나를 놓아주지 않는다. 놀이터의 아이들은 무아지경에 빠진 듯 거침없다. 뼈대 위에 올라선 여자 아이가 비틀거리다 겨우 균형을 잡는다. 가슴이 철렁 내려앉을 듯 조급하고 답답하다. 그 광경에 빠져 핸드폰이 울리는지도 모르고 있었다.

"엄마?"

우습지만 나는 아직 어머니를 엄마라 부른다. "괜찮니?"하고 묻는 엄마는 이어 주름 같은 한숨을 뱉어낸다. 내가 갑자기 어른이 된 사이, 엄마는 갑자기 노인이 되어 버렸다. 말하자면 젊은 노인이었다. 비가 오면 토실한 무릎을 붙잡고 끙끙대면서도, 역시 병원에 가는 날이라고 전화를 한 것이다.

"준비하고 있어. 엄마가 데리러 갈게."

엄마의 말투는 여전히 엄마였다. 초등학교 아이를 다루듯 조심스러운.

멍하니 빗줄기 사이에 시선을 멈췄다. 20년 전의 기억이 아이들의 외침 소리 가운데 불룩 솟아날 것만 같았다. 퍼즐 조각을 잃은 아이처럼 조바심이 앞선다. 기억, 기억이 문제였다. 다른 것보다 내 목을 조르고 있는 것은 떠오르지 않는 그것이었다. 내 친구 상우는, 아홉 살의 상우는 그때 죽었다. 바닥에 번지는 핏물처럼 아홉 살의 내 기억도 흐릿했다. 흐릿한 부분은 상우의 죽음을 바라보던 몇 초간이었다. 아니, 몇 분간일지도 모르겠다. 아니, 잘 모르겠다.

검붉은 살덩이 위로 돋아난 수염을 어루만지며 멍하니 빗줄기를 바라볼 뿐이다.

아줌마는 상우의 손을 잡고 엘리베이터 안에 서 있었다. 수녀 같은 검은 치마 아래로 하얀 발목을 드러낸 아줌마는 크레파스 통을 손에 쥔 채 해맑게 인사했다. 치와와 같은 눈동자에 샴푸 냄새 풍기는 머리카락이 비스듬히 내려와 앙상히 드러난 어깨를 감은 모습은 엄마가 자주 보는 드라마의 여주인공을 떠올리게 했다. 진주 귀걸이는 창백하고 긴 목덜미로 외롭게 흘러내렸다. 보통의 아줌마들에게서 찾아볼 수 없는 애잔한 분위기가 주위 공기를 물들이는 것 같았다.

나는 가방을 고쳐 매며 상우 옆에 섰다. 엘리베이터는 곧 붕 뜨는 느낌을 심장에 전달했다. 학교 친구들은 이 느낌 때문에 우리 아파트에 놀러오곤 했다. 88올림픽이 끝나면 엘리베이터 있는 고층 아파트들이 많이 생길 거라고 나는 친구들에게 자랑스레 말해 주었다. 물론 아빠에게 주워들은 얘기였다.

땡하고 열린 문 사이로 포개진 자전거들이 모습을 드러냈다.

아줌마의 눈빛이 상우의 얼굴에 부드럽게 내려앉았다. 엘리베이터 문이 등 뒤로 닫히는 동안 나는 슬쩍 뒤를 돌아보았다. 아줌마의 말, 그러니까 "학교 가서 공부 열심히 하고 와."가 분명했을 그 말은, 문이 닫히는 바람에 '공부'에서 토막 났다. 현관 계단을 단숨에 뛰어내린 나는 한 번 더 뒤를 돌아보았다. 왜 그리 쓸쓸한 기분에 젖어들었는지 모르겠다. 아줌마의 아련한 눈빛 때문인지…….

우리는 G.I. 유격대나 새로 나온 오락에 대해 이야기를 나누며 골목골목을 걸었다. 중간 정도 왔을 때 크레파스를 안 가져 온 것을 깨달은 상우의 얼굴엔 당혹한 표정이 역력했다.

"다시 돌아갈까?"

뿌연 먼지가 바람을 타고 골목을 휘저었다.

"그냥 가자, 내 것 빌려줄게."

집에 갔다 오면 지각할 것이 뻔했다. 색은 좀 적지만 내 것을 같이 쓰는 게 나을 거라 판단한 것이다.

사실 상우의 크레파스는 너무 컸다. 탐날 정도로 많은 색을 가지고 있었는데 금색과 은색도 두 개나 있었다. 상우가 조르지 않아도 아줌마는 최고 좋은 것으로 사주었다. 나도 그런 엄마를 가졌으면 좋겠다는 생각을 가끔 했다. 우리 엄마는 용돈도 200원밖에 주지 않았는데 그것으론 오락을 네 판밖에 못한다. 게다가 상우 엄마보다 훨씬 뚱뚱하고 머리카락도 너무 보글보글했다. 미술 시간에 엄마를 그리는데 딱 떠오르는 것이 보글보글한 파마머리였다. 검은색으로 돌리면서 퍼지게 하니 엄마랑 꽤 비슷한 모양이 나타났다. 상우는 그걸 보며 똑같다고 웃어 댔다.

나는 억지로 따라 웃었다. 상우의 스케치북 위에는 예쁜 아줌마의 얼굴이 그려져 있었다. 상우는 색을 칠하다 말고 점수가 매겨진 산수 시험지를 책상 밑으로 힐끔거리며 만족한 표정을 지었다. 나는 아빠의 얼굴을 옆에다 그리려다 생각이 나질 않아 대충 문질러댔다. 사우디에서 일하니까 분명히 얼굴이 까매졌을 테니, 검은색으로 칠해야 할 것이다. 상우가 시험지에서 눈을 돌려 까만 얼굴을 보더니 또다시 기분 나쁘게 실실 웃어댔다. 선생님이 상우의 머리를 쓰다듬으며, "어머니가 미인이시네."하고 말하자 상우의 입이 헤 벌어졌다. 나는 운동장에 날리는 먼지를 바라보다 배경을 노란색으로 쓱쓱 칠해버렸다.

청소가 끝나고 나는 슬쩍 상우에게 물었다.

"오늘 오락실 갈 거지?"

그는 대걸레를 어깨에 걸친 채 고개를 갸우뚱 했다. 갈망하는 눈빛을 뒤로 한 채 상우는 "모르겠어." 한 마디를 남기고 수돗가로 달려갔다. 나는 쫓아가 졸랐다. 꼭 '더블 드라곤'의 세 판 왕이 보고 싶다 솔직하게 얘기도 했고 같이 안 가주면 다신 안 놀아준다고 위협도 했고 아쉽지만 내 용돈으로 시켜준다고 입술을 깨물며 말하기도 했다. 제안에 살짝 끌린 듯한 표정이 일더니 "오늘 집에 빨리 가봐야 해." 툭 던진 뒤 복도의 그늘로 숨어버렸다. 노을이 번진 골목길을 지날 때도 나는 집요하게 부탁했지만 상우는 싱글벙글 웃으며 대답이 없었다.

그렇게 커다란 도로의 건널목 앞에 서 있는데, 가게 앞쪽에 몰려 있는 아이들이 우리의 시선을 끌었다. 내가 먼저 아이들 사이로 비집고 들어가자 상우가 따라 들어왔다. 아저씨가 나눠주는 책받침 한쪽은 속셈 학원 광고였고 반대쪽엔 초등학교 2학년에게 절실히 필요한 구구단이 적혀 있었다. 나는 책받침 두 개를 받아 하나를 상우에게 건넸다. 우리는 잠시 대화를 중단한 채 책받침을 황홀하게 쳐다보았다. 트럭 하나가 노란색으로 반짝이는 먼지를 날리며 지나가자 파란 불이 들어왔고 우리는 여전히 책받침에 시선을 둔 채 횡단보도를 밟았다.

중앙의 노란 두 줄 위에 멈춰선 나는 고개를 들었다.

"우리 하나 더 받아올까?"

그 다음, 기억이 희미하다. 상우의 눈이 반짝이며 몸을 돌리던 것까진 기억이 나는데 그 다음이 없다. 우리 몸뚱이 크기의 바퀴가 세상을 삼킬 듯 두터운 비명을 질렀고 상우의 살갗이 아스팔트 바닥에 듬성듬성 박혀 있었다. 빨간 물감이 내 눈동자 속에서 아롱거렸다. 타이어 냄새가 짙게 퍼지며 굳어버린 내 몸을 감싸 돌았다. 가슴팍이 휑하니 뚫린 것 같고 몸속의 내장이 엉덩이까지 축 처진 기분이었다. 누런 먼지가 바람을 타고 날아드는 하늘로 경적 소리가 엉겨 붙었다. 눈앞에서 뭔가 복잡하고 빠르게 돌아가는 것 같았다. 큰 일이 벌어진 걸까? 아닌가? 나는 부유하듯 그들을 바라보다 가방 끈을 쥐어 잡고 남은 횡단보도를 건넜다. 반짝이는 녹색 불빛이 어지럽게 눈동자를, 곧이어 뒤통수를 물들였다.

보도블록 틈새로 튀어나온 잡초들과 눈을 마주치며 걷다 보니 어느새 오락실에 닿아 있었다. 어두컴컴한 공간과 기계 맛이 나는 공기는 언제나 세상을 잊게 해준다. 나는 주머니를 비운 다음에도 한동안 모니터의 백색 불빛을 응시했다. 정말 상우가 죽은 것일까? 순간 머릿속이 멍해지면서 아무 생각도 할 수 없게 되었다. 근원 모를 죄책감이 목덜미와 어깻죽지를 무겁게 눌렀다. 하늘에 뜬 별들을 무심히 바라보던 나는, 산수 시험지를 꺼내 전봇대 구석에 묻었다. 엘리베이터의 노란 불빛은 무심하게 내 무게를 떠안았다.

엄마의 그늘에서 나는 곧 울음을 터뜨렸다.

"상우가 죽었대."

말을 흘리고 다시 울었다. 엄마는 파마약 냄새를 풍기며 나를 끌어안았다. 내 옷은 땀으로 축축했다. 엄마는 기진맥진한 나를 옆에 눕혀두고 한 손으론 내 얼굴을 쓰다듬으며 드라마에 시선을 두었다. 나는 엄마의 체온 아래 눈을 숨긴 채 병원으로 뛰어갔을 아줌마를 상상했다. 우는 모습이어야 할 텐데 상상 속의 아줌마는 지독히도 무표정을 유지했다. 엄마는 드라마 때문인지 아니면 상우의 죽음 때문인지 "쯧쯧쯧." 소리를 듬성듬성 뱉어냈다. 기름 보일러의 낮은 울음소리와 엄마의 체온 속에서 나는 금세 잠에 빠져 들었다.

88올림픽의 첫 금메달 소식으로 아침을 맞은 날, 나는 여느 때와 같이 도시락 통을 들고 집을 나섰다. 친구가 죽은 지 일주일이 지났고 새로운 짝꿍에 적응하던 중이었다. 오락실에선 혼자 할 수 있는 레슬링 게임만 했고, 나쁜 기억이 박힌 횡단보도를 피해 다른 곳으로 건넜다. 그러다 보면 잊게 될 거란 막연한 생각이었다.

10층, 땡.

아침 공기가 엘리베이터 안으로 흘러들었다. 두 명의 어른이 타고 있었는데 한 명은 모르는 사람이고 한 명은 상우 엄마였다. 나는 시선을 마주치고 움찔했다가 이내 엘리베이터에 올라타며 인사를 했다. 괜히 목소리가 떨렸다. 아줌마는 그때처럼 검은 치마와 하얀 티셔츠로 몸을 감쌌지만 공허한 눈동자 밑으로 엷은 살들이 금방이라도 퍼런 피를 토해낼 것 같았다. 귀밑머리 사이로 드러난 진주는 누런빛을 발했다.

"학교 가니?"

당연한 질문 하나에 나는 다시 움찔했다.

"네."

목소리는 죄지은 사람처럼 작았다. 머리를 한 번 긁적이고는 아줌마를 슬쩍 올려다보았다. 눈동자는 분명 앞을 향해 있었다. 아줌마의 앙상한 손가락이 내 목덜미로 올라왔다. 차가운 가스관이 살 속으로 기체를 불어넣는 느낌, 그 싸늘한 기운에 순간 움츠려 손가락을 피했다.

"공부 열심히 해라."

나는 대답도 못한 채 1층 현관으로 뛰어 나왔다. 책가방 안에서 도시락 통이 철렁거렸다.

아침부터 몸 상태가 좋지 않았다. 눈 안쪽에서 못 박는 소리가 새어나오는 것 같았고, 특히 관자놀이 부분을 누르면 아팠다. 참아볼까 하다가 결국 양호실로 향했고 알약을 삼킨 뒤 오후 내내 침대에 누워 있었다. 깨어나 보니 흠뻑 젖은 티셔츠는 침대에 달라붙었고 목가엔 땟물이 흘렀다. 꿈을 꾼 것 같은데 떠오르는 건 없었다. 집으로 가는 내내 기억을 짜내보려 했지만 결과는 마찬가지였다.

1층, 땡.

나는 무심코 안으로 들어가려다 익숙한 치마 앞에 우뚝 섰다. 아줌마는 나를 내려다보았다.

"안녕하세요."

인사를 한 뒤 시선을 피해 안으로 들어와 섰다. 끼이익 엘리베이터는 한 살이 채 되기 전에 신음소리를 배우기 시작했다. 버튼 주위에 동그랗게 때가 끼어 있었다.

"상우랑 같이 있었니?"

황사처럼 지독히도 건조한 목소리였다.

"네?"

5층, 6층. 엘리베이터는 느릿느릿 움직였다.

"상우랑 같이 있었니?"

"아니요."

나는 순간 거짓말을 했다. 그렇게 말해야만 할 것 같았기 때문이다. 순간으로, 거의 본능적으로 튀어나온 말로서 평소 행실과는 무관한 것이었다. 나는 거짓말이 싫었다. 엄마는 거짓말을 더욱 싫어했다. 내가 거짓말을 하다 들키면 비오는 날 먼지 날 정도로 맞는다. 엄마의 두툼한 손바닥은 꽤 아프다. 엉덩이가 벗겨지는 것 같다. 그러다 보니 어느새 나도 거짓말을 싫어하게 된 것이다.

7층, 8층…….

귀고리의 달랑거리는 소리가 점점 커지고 있었다. 빨갛게 떠오르는 숫자를 보는 동안 숨통이 조여드는 것 같았다. 심장은 전기밥솥처럼 요란하게 울려 댔다. 온몸의 닭살이 일제히 일어나 피부를 탈출할 듯한 기분에 휩싸였다. 치마의 검은 그늘이 엘리베이터 안을 밀봉하진 않을까. 결국 아줌마의 얼굴과 내가 남을 듯한 상상에 어깨가 저려왔다. 쓰러질 듯 아득한 느낌이 이어졌다.

나는 어느새 엘리베이터를 나와 복도를 달렸고 엄마의 품에서 불안한 숨을 씩씩 뱉어내고 있었다. 뒤통수가 따가웠다. 아줌마의 시선이 묻어온 듯했다.

"엄마, 상우네 엄마가 이상해."

저녁 식사를 준비하는 엄마를 뒤에서 껴안으며 말했다.

"아침에도 엘리베이터에서 보고, 저녁에도 보고……"

말하면서 문득 내가 바보 같다는 생각이 들었다. 엄마가 뭐라 말하기도 전에 나는 텔레비전 앞으로 뛰어가 앉았다. 유도 선수들이 화면 안에 엉켜 뒹굴고 있었다. 태극기를 흔드는 관중들이 환호성을 질렀다. 아줌마도 텔레비전을 보고 있을까. 순간 상우의 집이 떠올랐다. 가구가 꽉 차 있고 형형색색의 벽지로 도배된 상우의 방과는 대조적으로 거실은 무척이나 썰렁했다. 서랍장 위에 텔레비전 하나만이 빈 공간을 차지할 뿐이었다. 이유는 생각해 본 적이 없다. 그냥 그곳에서 풍겨 나오는 분위기가 싫었다. 공기도 싫었다. 나는 막연히 13층과 10층의 공기와 달라서 그럴 것이라 생각했다.

저녁 식사를 마치고 부른 배를 쓰다듬던 중에 어둠이 찾아와 창문에 달라붙었다. 엄마는 드라마를 보다 움찔하더니 계란 사오는 것을 잊었다고 말했다. 나는 엄마의 풍만한 허리에서 떨어져 나와 불만스런 표정을 지었지만 엄한 눈초리만이 돌아올 뿐이었다. 엄마는 내게 천 원짜리 두개를 건네더니 텔레비전의 볼륨을 올렸다. 나는 뒤돌아 울상을 지으며 복도로 나왔다.

철컥. 등 뒤에서 현관문이 닫혔다. 농도 짙은 어둠이 난간 위로 넘어오려는 것 같았고 복도의 노란 등은 겨우 자신의 존재만 밝힐 정도로 미약했다. 세 개의 현관을 지나는 동안 걸음이 점점 느려졌다.

아줌마가 엘리베이터 안에 있으면 어떡하지?

그럴 리가 없다고 생각하면서도 상상의 공간을 헤집어 들어오는 무언가를 나는 막지 못했다. 그곳에는 엘리베이터가 있었고, 아줌마가 있었고, 조각난 상우가 웃고 있었다. 고무 타는 냄새도 새어 들어왔다.

복도의 어둠을 헤치며 애써 좋은 기억을 떠올렸다. 상우 집에 놀러 가면 아줌마는 어김없이 과일을 잘라왔고 치와와 같은 눈으로 방긋 웃으며 내 볼을 살짝 당겼다. 내가 상우의 G.I. 유격대를 부러운 듯 바라보자, 아줌마는 그중 하나를 내게 건넸다.

"상우가 주는 거니까, 둘이 친하게 지내. 알았지?"

아직도 그 장난감은 내 책장 한 편에 자세를 잡고 서 있다.

주황색 불빛이 엘리베이터 앞에 떨어져 있었다. 엘리베이터는 18층에 머물러 있는 모양이었다. 걸어 내려갈까? 계단 쪽을 슬쩍 바라보다 용기를 내어 버튼을 눌렀다. 기다란 복도에 인기척은 없었고 난간 밖으로 비치는 하늘은 먹물을 먹은 듯 까맸다. 나는 심호흡을 하며 가슴에 힘을 주었다. 나는 주근깨 많은 상우보다 키도 한 뼘 정도 더 컸고 몸무게는 5킬로나 더 무거웠다. 팔씨름도 더 잘했고 밥도 더 많이 먹었다.

"14층, 13층……."

숫자를 따라 중얼거리던 나는 양쪽 허벅지살을 번갈아 주무르다 나도 모르게 계단으로 달려가 숨었다. 발소리가 삼킨 공기가 섬뜩한 찬기를 뱉어냈다. 10층과 11층 사이의 어둠 속에 소화전의 빨간 전구가 희미하게 빛났다. 나는 눈을 가늘게 뜨고 살짝 얼굴을 내밀었다. 바닥의 차가운 기운이 무릎을 타고 올라오는 사이 땡 하는 소리가 복도에 울려 퍼졌다.

비스듬히 열리는 문을 보는데 오줌이 마려워졌다. 설마, 설마 하면서도 마음이 놓이지 않았다. 문이 완전히 열리고 덩어리 같은 침묵이 찾아온 순간에도 마찬가지였다. 엘리베이터 안에서 노란 불빛이 새어나왔을 뿐, 인기척은 느낄 수 없었다. 나는 순간 크게 웃을 뻔했다.

계단 한쪽에 숨어 있는 꼴이라니.

문은 서서히 닫히고 있었다. 나는 재빠르게 몸을 움직여 버튼을 누를 생각이었다. 하지만 문 사이로 뻗어 나온 손가락이 내 생각을 가로막았다. 문이 열리고 누군가 미끄러지듯 모습을 드러냈다.

아줌마였다.

아줌마는 고장난 등대처럼 멈춰 서서 시선을 돌렸다. 복도 끝에서 계단까지. 나는 내밀었던 얼굴을 빼내고 몸을 움츠렸다가 슬며시 엉덩이를 끌어 반대편 벽에 붙었다. 소화전의 빨간 불빛과 마주친 나는 눈을 꽉 감고 무릎을 잡아당겨 안았다. 문이 닫히는 소리가 계단 위로 퍼져 올라왔다. 엉덩이로 계단의 한기가 스며들었지만 나는 꼼짝하지 않고 들려오는 발소리에 정신을 집중했다. 바닥 긁히는 소리는 불규칙한 간격으로 들려왔지만 거리감은 전혀 느낄 수 없었다. 숨소리를 숨기려는데, 심장이 말을 듣지 않고 뒤통수를 울려댔다. 설마 이쪽으로 오진 않을 거야. 아줌마의 얼굴이 떡하니 놓여 있을 것 같은 상상에 눈을 뜰 수가 없었다. 등줄기로 후끈한 열기가 땀을 타고 흘러내리고 있었다.

발자국 소리가 들리지 않았다. 나는 어둠 속으로 밀려드는 상상들을 뿌리치기 위해 눈을 떴다. 여전히 어두웠고 빨간 눈은 나를 바라보고 있었다. 멀리서 경적 소리가 울리더니 다시 정적이 찾아왔다. 지익 발 끄는 소리가 이어졌다. 다가오는 건가? 아니, 멀어지는 건가? 금방이라도 핏기가 올라 터져버릴 듯한 아줌마의 눈동자가 상상의 공간을 찌르고 들어왔다.

땡, 엘리베이터 멈추는 소리가 들렸고 문 열리는 소리가 이어졌다. 신발을 끄는 소리, 그리고 문 닫히는 소리. 나는 슬며시 복도 쪽으로 고개를 내밀었다. 주황색 불빛이 꿈틀거리는 복도엔 진득한 긴장감이 배어 있었다.

어두운 부분까지 살피던 나는 냅다 계단 아래로 뛰기 시작했다. 숨통이 터질 것 같았고 허벅지가 불이 오르는 듯 뜨거웠다. 내 발소리가 메아리쳐 울렸다. 아줌마가 쫓아오는 발소리가 아닐까. 1층에 닿은 후에도 멈추지 않고 쫓기는 사람처럼 뛰었다. 슈퍼마켓의 불빛 아래서 한참이나 숨을 골랐다. 돌아올 때도 계단을 이용했다. 10층까지는 상당한 시간이 걸렸지만 아줌마 옆에 서는 것은 죽기보다 싫었다.

다리가 후들거리며 집에 돌아온 나는 거의 녹초가 되어 침대에 쓰러졌다. 두통과 몸살은 밤새도록 내 몸을 쥐어짰고 결국 학교에 가지 못했다. 내가 하루를 쉬는 동안 학교에선 안 좋은 소문이 퍼지고 있었다.

다음 날 나는 억지로 엄마의 손을 끌어 엘리베이터를 같이 탔다. 어른들이 몇몇 타고 있었지만 아줌마는 보이지 않았다. 내가 너무 바보 같은 걸까. 아줌마를 하루에 세 번 마주치는 것은 충분히 가능한 일이다. 그런데 왜 자꾸 벌서는 기분이 드는 걸까. 좁은 골목의 양 담벼락이 조여들고 내 몸뚱이가 오그라드는 것 같았다. 쓰레기를 뒤지던 길고양이 한 마리가 나를 노려보더니 담벼락으로 뛰어올라 사라졌다. 늘 상우와 함께 걷던 골목길인데도 처음 지나는 듯 낯설게 느껴졌다. 나는 가방 끈을 쥐어 잡고 학교로 내달렸다.

교실엔 낮은 웅성거림이 깔려 있었다. 친구들의 눈초리가 왠지 심상치 않았다. 그냥 느낌 탓이라 생각했다. 아줌마의 송장 같은 얼굴과 거기에 박힌 검은 구슬 같은 눈이 아롱거려 오전 시간은 정신없이 지나갔다.

입맛이 없어 처음으로 밥을 남겼다. 계란 프라이가 반쯤 뜯긴 도시락을 덮고 멍하니 소란스런 운동장을 바라보는데, 산만하기로 유명한 동희라는 놈이 옆으로 다가왔다.

"네가 밀었다며?"

"뭐?"

"상우, 네가 밀었다는데?"

나는 할 말을 잊은 채 입만 벌리고 있었다. 동희는 고개를 끄덕이며 밥풀 묻은 입가에 썩은 미소를 그렸다.

"사람들 말이 맞구나?"

내가 왜 대답을 못했는지 모르겠다. 아마 갑자기 상우가 떠올랐기 때문일 것이다. 타이어와 아스팔트 바닥에 눌어붙은 잔해들이 머릿속을 꽉 채운 듯한 느낌이 들었다. 친구들은 저희들끼리 쑥떡거리기 시작했다. 그들의 모습이 뭉개져 보이고 있었다.

"왜 밀었냐?"

동희가 위협적으로 내 어깨를 밀며 말했다. 나는 일어서며 달

아오른 주먹을 휘둘렀다. 그 녀석은 턱 하는 소리와 함께 책상 모
서리를 붙잡으며 바닥에 널브러지더니, 참 서럽게 울어댔다. 울면
서도 뭉그러진 소리를 내뱉었다.

"개새끼야, 네가 죽였으면서, 왜 날 때려?"

나를 둘러싼 시선들이 따가웠다. 나는 소매로 새어나오는 눈물
을 훔치며 교실을 빠져나가려 했다. 내 앞을 가로막은 것은 담임
선생님이었다. 담배 냄새 풍기는 손가락이 귀를 끌어당겼다. 두꺼
운 뿔테 안의 눈동자가 나를 향해 흘러내렸다.

"그게 사실이냐?"

상담실 한쪽 구석에서 선생님은 다시 담배를 물었다. 나는 죄
지은 사람처럼 고개를 푹 숙인 채 피어오르는 담배 연기를 흘깃
거렸다.

"뭐가요?"

담배 연기가 진득하게 퍼져나갔다.

"선생님은 거짓말하는 사람을 정말 싫어한다. 그래서 거짓말
하는 학생을 보면 용서할 수가 없다. 초등학교 2학년 정도 되었으
면 자기 일에 책임을 질 줄 알아야 해. 그렇지?"

선생님은 담배를 문 채 정면으로 나를 바라보다 내 바지의 지
퍼 부분을 잡아 당겼다. 살이 씹히는 통증이 찌릿하게 전달됐다.

"열중쉬어! 그날, 상우랑 같이 있었어?"

"네."

대답 뒤에 신음 소리를 흘렸다. 선생님은 고추를 계속 꼬집었다.

"네가 밀었니?"

"아니에요."

나는 엉덩이를 뒤로 빼며 억울한 표정을 지어 보였다. 울음이 절로 나왔다. 눈물을 닦아내자 뿔테 사이로 주름이 또렷해졌다.

"내가 거짓말 하는 사람 싫어한다고 말했지."

나도 그런 사람이 싫고, 내가 하는 말도 거짓말이 아니라고 말하고 싶었다. 울컥하는 뭔가가 말을 가로 막았다.

"손바닥 올려."

눈물 묻은 손을 모아 앞으로 내밀었다. 회초리가 담배 연기를 갈랐다. 짝, 짝, 짝.

"장난으로 그랬겠지. 다 이해한다. 설마 죽이려고 그랬겠어? 어차피 사실을 말해도 잡혀가진 않는다. 중요한 것은 네가 거짓말쟁이가 되고 있다는 거야. 피해? 손 제대로 안 올려?"

짝.

"상우를 밀었어, 안 밀었어? 어차피 목격자가 몇 명 있으니까, 거짓말할 생각 마라."

"제가 안 밀었어요. 제가……"

순간 말문이 막혔다. 울음 때문에 목이 멘 건 아니었다. 희미한 기억이 설명 못할 어떤 감정과 섞여 목구멍을 막은 것이다. 상우는 분명 그때 스스로 돌아섰다. 다음은…….

짝.

손바닥과 눈 주위가 온통 벌게져 교실로 돌아왔다. 쏟아지는 경멸의 눈빛을 피하려 책상에 엎드려 어둠 속으로 시선을 묻었다. 수업 시간 내내 바늘방석에 앉은 듯 괴로웠다.

지나가는 사람들조차 나를 향해 비웃는 것 같아 고개를 푹 숙인 채 걸었다. 붉은 일광이 신발에 물들고 있었다. 잠깐 멈춰 서서 주머니 속의 동전들을 만지작거리다 그냥 횡단보도를 건넜다.

주택들 사이에 우뚝 솟아 있는 아파트 한 동이 굽어보는 동안 나는 눈을 가늘게 떴다. 기름 배달 오토바이가 책가방을 스치듯 지나갔다. 조심스런 발걸음으로 현관을 살피며 아줌마가 없음을 확인했다. 빨간 책가방을 들쳐 멘 꼬마가 문 위에 뜬 숫자를 바라보는 사이, 나는 계단으로 올라가려다 말고 잠시 주위를 살폈다. 엘리베이터 문이 열리고 꼬마는 안으로 들어갔다. 슬쩍 들여다보니 다른 사람은 없는 것 같아 얼른 올라탔다.

4층 버튼에 불이 들어와 있었다. 엘리베이터가 낮은 신음을 흘리는 동안, 나는 10층 버튼을 눌렀다. 발바닥의 압력이 불쾌했다. 그냥 계단으로 올라갈 걸 그랬나, 꼬마의 빨간 책가방에 시선을 박은 채 생각했다. 꼬마는 가방에서 로봇 하나를 꺼내 만지작거렸다.

땡 벨이 울렸다. 꼬마는 4층 복도로 사라졌다. 문이 닫히자 기계 소리가 더 요란하게 들려오기 시작했다. 드륵드륵 소리는 짐승의 내장에서 새어나오는 것과 비슷했다. 상상의 압박이 강렬해지는 순간, 땡 하는 소리와 함께 엘리베이터가 6층에 멈췄다.

뭐지? 떠오른 긴장감이 나를 한 발자국 뒤로 밀어냈다. 엘리베이터 벽에 몸을 붙인 채 벌어지는 문을 바라보았다. 보통 올라갈 때는 엘리베이터가 멈추지 않는 법인데. 혹시…….

마네킹이 복도에 걸려 있는 줄 알았다. 누군가 복도에 세워두고 오랜 시간 잊어버린 인형이 아닐까. 아니, 상우 엄마였다. 역시 긴 치마에 흰 티셔츠로 몸을 가린 채 나를 바라보며 서 있었다. 알 수 없는 눈빛이 그늘 아래 스쳤다. 나는 책가방 끈을 꽉 잡으며 반 박자 느리게 말했다.

"안녕하세요."

안녕할 리가 있을까, 아들이 아스팔트 위에서 반죽이 되어 죽었는데. 아줌마는 천천히 엘리베이터 안으로 걸어 들어왔다. 텔레비전에서 몽유병 걸린 아저씨가 무덤을 찾아가는 장면을 본 적이 있는데, 꼭 그 모양과 닮았다. 아줌마의 손가락이 닫힘 버튼을 누른다. 티셔츠에 번져 오른 얼룩과 진주 빠진 귀걸이가 내 동공에 닿았다.

7층, 8층……. 왜 이렇게 느리게 움직이는 것일까.

"그날 상우랑 같이 있었니?"

저번과 같은 질문이었다. 나는 대답을 머뭇거렸다. 화장품 냄샌지 향수 냄샌지 모를 것이 콧구멍으로 새어들고 있었다. 아줌마의 시선이 내 머리카락을 스칠 때 냄새는 더욱 농후해졌다. 지린내가 순간 코를 찔렀다. 냄새가 덩어리져 살갗에 달라붙는 섬뜩한 느낌…….

10층, 땡.

"아니요."

나는 거짓말을 흘리고 나왔다. 아줌마가 나를 보든 말든 복도를 뛰어 집의 초인종을 마구 눌렀다. 엄마는 놀란 눈길로 나를 맞았다. 나는 숨을 몰아쉬며 화장실로 뛰어 들어갔다. 찬물과 비누로 얼굴을 닦아냈고, 옷도 바로 갈아입었다. 한참 몸을 콩콩거린 다음에야 안도의 한숨을 내쉴 수 있었다.

"무슨 일 있었니?"

"사실은……."

나는 최근에 엘리베이터에서 있었던 일을 다 얘기했다. 탈 때마다 마주쳤다는, 어찌 생각해 보면 우스운 이야기였지만 엄마는 진지한 표정을 지었다. 곧 한숨이 쏟아져 내려왔다. 엄마는 풍성한 가슴에 나를 안고 말했다.

"상우가 죽고, 상우 엄마가 많이 아팠어. 몸도 아프지만 마음도 얼마나 아팠겠니? 상우를 마지막으로 본 곳이 엘리베이터였대. 그래서 마음이 불편하면 엘리베이터에 서 있는 거래."

크레파스 통을 든 채 승우를 바라보던 아줌마의 모습이 떠올랐다.

"그래야 마음이 좀 풀린다고. 불쌍하지? 우리 아들은 차 조심해. 알았지? 안 그러면 혼날 거야."

나는 차마 아줌마가 미친 것 같다고 말하지 못했다. 불쌍한 여자를 미친 사람으로 몰아가는 것만큼 나쁜 짓은 없다고 생각했기 때문이다. 나는 억지로라도 아줌마를 동정하려 노력했다. 하지만 아줌마의 잿빛 얼굴을 생각하면 이상하게 두려운 마음이 앞서는 것이었다.

이불 속으로 들어가 몸을 뒤집었다. 목덜미가 화끈거리고 숨이 불편했다.

땀처럼 솟아오른 긴장감에 잠을 깼다. 빗소리가 함성처럼 들려왔다. 나는 벽에 기대 앉아 바람에 떨리는 창문을 바라보았다. 그렇게 한참을 앉아 있었다. 한참 동안 빗소리를 듣고 있었다.

"아들, 조심해서 다녀와."

엄마는 우산을 건네며 나를 꼭 끌어안았다. 따스한 체온이 가슴과 어깨를 감쌌다.

"엄마, 다녀올게."

당번이라 삼십 분 이른 출발이었다. 우산 끝으로 고무장화를 콕콕 찔러대며 망설이던 나는 냅다 계단을 뛰어 내려갔다. 미끄러져 4층에서 굴렀지만 금방 일어나 달렸다. 달릴수록 두려워졌고 그래서 더 빠르게 뛰어 내렸다. 이대로라면 학교까지 한숨에 닿을 수 있을 것 같았다.

학교에 도착하자마자 불을 켰다. 교실 안까지 스며든 어둠은 백색 불빛에 흩어졌다. 친구들의 눈빛은 전처럼 사납지 않았다. 내일 있을 기말시험 때문에 다들 정신이 없어 보였다. 선생님은 저번 산수 점수가 우리 반이 최악이었으며 다시 그런 일이 있으면 다들 가만 안 둬둘 거라고 엄포를 주었다. 의기소침해진 친구들은 고개를 책상에 묻고 산수 문제를 풀어보는 데 열중했다. 나는 연습장에 긁적이다가 관자놀이를 눌렀다. 창문에 두드리는 빗물 사이로 잿빛 구름이 흔들렸다. 선생님은 내 머리를 지휘봉으로 툭툭 쳤다.

"저번 시험도 망치더니, 이번에도 망칠 셈이냐?"

나는 머리를 부여잡고 아픔을 달래다 이내 연습장에 숫자를 써내려가기 시작했다. 선생님은 못마땅한 눈빛으로 쯧쯧거리더니 지휘봉으로 자신의 어깨를 툭툭 치며 나를 지나쳤다. 앞쪽에 앉은 동희가 고소하다는 표정으로 킥킥거리더니, 이내 지휘봉을 맞고 잠잠해졌다. 마지막 시간에는 쪽지 시험을 봤는데 열 개를 다 맞춰 청소 벌을 면했다. 열 개 다 맞추다니……. 나는 그림자에 미소를 숨긴 채 시험지를 반듯하게 접어 책가방에 넣었다.

왠지 오락이 끌리지 않았다. 집에 빨리 가고 싶은 마음에 상우가 찢겨진 횡단보도로 건넜다. 심장 아래가 시렸지만 견딜 만했다. 기억이 조금 사그라진 것 같았다. 골목에 진 웅덩이를 폭폭 밟자, 물방울이 시원스레 퍼져 나갔다.

슈퍼에서 나오는데, 병원차가 녹색 불빛과 사이렌을 쏟아내고 있었다. 빗방울이 무겁게 떨어지기 시작했고 구름은 잔뜩 인상을 썼다. 과자 봉지를 뜯으려다 그냥 책가방에 쑤셔 넣었다. 병원차가 사라진 뒤에도 사이렌 소리는 남아, 현관까지 나를 따라왔다.

우산을 접으며 계단 쪽을 바라보았다. 신발 속에 물이 새어든 듯 발바닥이 차가웠다. 엘리베이터 앞에는 아무도 없었다. 하늘을 가로막은 구름이 축축한 어둠을 뿌려댔고 낮은 함성이 바닥에 깔려 나왔다. 나는 주저 없이 계단을 밟으려 했다.

자전거 사이에 떨어진 빨간 책가방이 눈에 들어왔다. 전에 꼬마가 들고 있던 것이 아닐까? 나는 가만히 그것을 바라보았다. 노는데 정신이 팔려 가방을 놓고 간 것일 테지. 내 눈동자가 호기심으로 반짝였다. 안에 뭐가 들었을까? 그냥 올라갈까? 빗소리를 등진 채 나는 슬며시 자전거 사이로 손을 내밀었다. 포개져 있는 녹슨 자전거 때문에 손이 짧았다. 어쩌면 로봇이 안에 들었는지도 모른다. 손가락 끝이 가방 끝에 닿았고, 자전거는 기울어지며 삐걱댔다. 그 순간에도 나는 고민하고 있었다. 그냥 올라갈까?

"학교 끝났니?"

돌아보자 아줌마가 우산을 들고 서 있었다. 나는 손을 빼고 도둑질하다 들킨 아이처럼 주춤주춤 일어섰다.

"아…… 네."

아줌마는 나를 지나쳐 엘리베이터 앞에 섰다. 역겨운 냄새가 얼핏 스쳐갔다. 아줌마가 버튼을 누르자, 엘리베이터의 진동음이 느껴졌다. 돋아난 부끄러움에 어쩔 줄 모르던 나는 느린 걸음으로 아줌마 옆에 섰다. 왼쪽 팔뚝에 닭살이 돋기 시작했다.

땡. 문이 벌어졌다.

왜 상우의 피부조각을 봤을 때의 느낌이 살아난 걸까, 그 서늘한 느낌이. 엘리베이터 안에 묻어 있는 노란 불빛이 아줌마의 치마로 번지고 있었다. 초점이 미세하게 진동하며 시야를 흐렸다. 커다란 전자레인지가 떠올랐다. 뜨겁게 데우기 보다는 짓누르며 녹여버릴 듯한 노란 불빛. 아줌마는 열림 버튼을 누른 채 나를 바라보았다. 어서 들어오라는 표정으로. 들어가야 하나? 핑계거리를 찾아내야 되는데. 현관 쪽에선 금방이라도 엄마가 나타날 것 같았다. 들어가면 안 돼……. 하지만 핑계도 찾아내지 못했고 엄마도 나타나지 않았다.

문이 빗소리를 토막 냈다.

윙하는 엘리베이터의 낮은 신음이 바닥에 깔렸다. 사면의 벽은 물감을 바른 듯 노랬다. 나는 아줌마 옆에 비스듬히 섰다. 오른발에 힘을 주어 설지 왼발에 힘을 주어 설지 고민하며 층수를 확인했다. 3층, 4층……. 책가방과 등가죽 사이로 땀이 배어들었다. 농후한 습기로 인해 숨쉬기도 불편했다. 역겨운 냄새는 자꾸만 콧구멍을 파고들었다.

아줌마는 불쌍한 사람이야. 속으로 중얼거렸지만 효과는 미미했다.

"그날 상우랑 같이 있었니?"

아줌마가 물었다.

"아니요."

목소리가 떨렸다. 다시 거짓말을 한 것이다. 그런데 왜 같은 질문을 계속하는 걸까? 게다가 엘리베이터 안에 있는 아줌마는 전혀 안정되어 보이지 않았다. 몸은 꼿꼿이 세우고 있었지만 가냘픈 몸은 금방이라도 무너질 것 같았고 커다란 눈동자는 빠르게 떨리며 핏줄기를 터트릴 장소를 찾는 듯했다. 진주 빠진 귀걸이는 노란 불빛에 물들어 빠르게 흔들렸고, 좁은 공간을 매운 지린내는 분명 아줌마가 오랫동안 씻지 않았다는 사실보다 더 많은 것을 말해 주고 있었다.

6층, 7층……. 앙상하고 축축한 손가락이 내 목덜미를 문질렀다. 그다음 거친 손톱이 살갗을 긁었다.

"우리 집에 갈래?"

나는 뻣뻣하게 굳은 채 애써 태연한 척 아줌마를 올려다보았다. 눈동자가 어디로 향하고 있는지 도무지 알 수가 없었다. 떨리는 흰자엔 노란색 불빛이 번지고 있었다.

"상우 크레파스 주고 싶어서 그래."

9층, 10층, 땡.

문이 열렸다. 한 발자국만 나가면 되는데, 한 발자국만……. 손가락이 내 귓불을 스쳐지나 닫힘 버튼을 꾹 눌렀다. 온통 뭉개진 손톱 끝에 내 시선 닿았다. 복도는 문 사이로 사라졌다. 빗소리가 다시 잘렸다. 그제야 나는 "네."하고 체념한 듯 대답했다.

불쌍한 아줌마야. 나는 중얼거림을 빠르게 했다. 목덜미의 차가운 느낌을 잊기 위해선 더 빠른 주문이 필요했다. 양말에 스며든 빗물은 발바닥을 저리게 만들고 있었다. 우산 손잡이를 꽉 잡은 채 참는 수밖에 없었다. 어차피 시간은 흘러가기 마련이니까. 엄마가 아빠 얘기를 꺼내면 언제나 하는 소리였다. 아, 엄마가 기다리고 있을 텐데…….

13층, 땡.

복도로 번진 노란 불빛을 밟았다. 13층의 복도는 하늘과 더 가까운데도 10층보다 칙칙해 보였다. 그새 구름이 더 짙어진 모양이었다. 계단 손잡이에 묶인 녹슨 세발자전거가 올림픽 포스터를 밟고 있었다. '올림픽의 성공적인…….' 아줌마는 어서 오라 손짓을 했다.

누군가의 목소리가 우리를 세웠다.

"상우 엄마."

아줌마가 돌아선다.

"아직도 기운이 없어요?"

검은 봉지 위로 튀어나온 파 다발이 매운 냄새를 풍겼다.

"괜찮아요."

"저녁에 반찬이라도 싸갖고 갈까요? 집에 아무도 없을 거 아니에요. 어쩜 좋아. 상우 엄마, 힘내요. 어차피 안 좋은 일 있으면 좋은 일도 있는 법 아니겠어요? 반상회 나올 거죠? 몸은 안 아파요?"

네, 하고 아줌마는 짧게 대답했다.

"어쩜 좋아. 야윈 것 좀 봐. 내가 안쓰러워 죽겠네. 나중에 고기 좀 삶아서 갈 테니 좀 먹어요. 전처럼 고스톱도 좀 치고."

여자의 말에 내 배가 꼬르륵거렸다.

"그래요."

"그럼 밤에 봐요."

우리는 여자가 사라진 대문을 지나쳐 복도 끝에 닿았다. 단단해 보이는 대문 앞에 우뚝 선 아줌마는 열쇠뭉치를 꺼내 자물쇠를 풀기 시작했다. 네 개의 열쇠가 돌아가는 동안 나는 아무 말 없이 아줌마의 뒷모습을 바라보고 있었다. 조급해 보이기도, 오히려 차분해 보이기도 하며 어찌 보면 그냥 인형 같기도 했다.

이미 아줌마가 죽은 게 아닐까?

문득 떠오른 생각에 입이 벌어졌다. 무서운 드라마를 본 것이 화근인 것이다. 오줌이 마려워져 다리를 꼬고 있는 사이 대문이 미끄러졌다. 아줌마는 문고리를 잡은 채 나를 기다렸다. 나는 어둠 속에 우산을 기대놓고 장화를 벗었다. 철컥, 철컥……. 뒤에서 자물쇠가 거친 금속음을 뱉었다. 아줌마는 뭐가 무서워서 이렇게 자물쇠를 거는 것일까. 거실의 불이 켜지자 생각이 바뀌었다.

거실은 쓰레기장을 옮겨놓은 듯했다. 벽지는 손톱으로 미세하게 긁은 듯 갈기갈기 찢어져 있고, 붉은 얼룩이 군데군데 묻어 있었다. 바닥엔 신문지가 갈가리 해체되어 바스락거렸다. 텔레비전이 치워진 자리는 비스듬히 세워진 영정 사진이 차지하고 있었다. 곰팡이가 먹어 들어간 듯 거뭇거뭇한 벽의 모서리. 어두운 구석에서 금방이라도 바퀴벌레들이 우르르 쏟아져 나올 것 같았다. 송충이를 삼킨 기분이랄까. 전율하는 의식 사이로 낮은 목소리가 파고들었다.

"밥…… 먹고 갈래?"

아줌마의 등줄기를 따라 그늘이 졌다.

"아뇨, 괜찮아요."

"그래…… 괜찮구나……"

아줌마는 퀭한 시선을 거실로 돌렸다.

"상우 방에…… 크레파스 있어."

말하고는 손을 뻗어 현관 옆쪽의 방 문을 밀었다. 파란색 벽지에 매달린 디즈니 캐릭터들이 새어든 빛을 받아 눈동자를 벌렸다. 나는 슬며시 방으로 들어가 문을 닫고 스위치를 올렸다. 문에 매달린 사진들 속에 살아있는 상우가 웃고 있었다. 침대 옆 벽, 책상 위, 심지어 복도로 난 창문에도 상우의 사진이 어지럽게 도배되어 있었다.

나는 발가락을 오므렸다. 바닥에 깔린 싸늘한 기운은 오랜 시간 그곳에 머물러 있었던 것 같다. 얕은 호흡을 내쉬었다. 괜찮을 거야. 아줌마는 단지 아플 뿐이야. 동화책들이 가지런히 꽂혀 있는 책장을 살피다 서랍을 당겨 열었다. 잠들어 있던 상우의 크레파스가 모습을 드러냈다. 꺼림칙했다. 나는 얼른 크레파스 통을 꺼내 들고 조심스런 걸음으로 문을 열었다. 역겨운 냄새가 파고들었다.

"상우야, 어떡하니? 우리 예쁜 상우……"

문틈으로 거실 한가운데 서 있는 아줌마의 모습이 보였다. 머리카락은 얼굴에 그늘을 만들어내며 떨리는 어깨까지 흘러내렸다. 그림자 전체가 꿈틀거리며 흐느끼는 것 같았다. 자물쇠는 여전히 굳건하게 문을 붙잡고 있었고 고무장화는 반대편으로 쓰러져 재빨리 신기는 힘들어 보였다. 손을 옮기는데 들고 있던 크레파스 통이 열렸다. 크레파스들이 바닥으로 나뒹굴었다. 아줌마의 시선은 영정 사진에 멈춰 있었다. 내가 손등을 깨물며 마음을 진정시키는 동안, 아줌마는 발치께에 놓여 있던 기름통을 들었다.

"네 친구가……, 네 가장 친한 친구가……, 너를 죽였대. 어떡할까? 너는 죽었는데……. 우리 상우는 죽었는데, 네 친구는 저렇게 멀쩡히 살아있고……. 상우야, 너는 어느 추운 곳에서 바들바들 떨고 있는 거니?"

얼음 같은, 하지만 금방이라도 터져나갈 듯한 긴장감이 목소리에 배어 있었다. 줄줄 영정 사진 위로 쏟아져 내리는 기름은 독한 냄새를 뿜어댔다. 신문지가 축축하게 젖어들며 아줌마의 맨발에 달라붙었다. 곧 발목, 검은 치마, 티셔츠, 머리카락으로도 기름이 흘러내렸다. 번들거리는 눈동자는 여전히 영정 사진을 향해 있었다.

'내가 안 죽었어요!'

말은 목구멍 안에서 턱 막혔다. 소매로 코를 누른 채 뒷걸음질치다 장화를 밟고 휘청거렸다. 이내 돌아서서 자물쇠를 흔들었다. 어려운 산수 문제를 마주친 듯 머릿속이 하얘졌다. 네 개의 자물쇠는 서로 다른 모양을 하고 있어 나는 그것을 어떻게 열어야 할지 짐작조차 할 수 없었다.

줄줄 흐르는 소리. 아줌마의 번들거리는 머리카락과 축축하게 흘러내리는 티셔츠. 허연 기름통은 아줌마의 손에 걸린 채 자신의 몸뚱이를 비워내고 있었다. 소매 사이로 새어든 기름 냄새가 뇌 바닥을 콕콕 찌르며 달팽이관을 흔들었다. 신문지 위에 기름통이 모로 누웠다.

아줌마는 입술을 바르르 떨며 말했다.

"상우야, 상우야……. 우리 예쁜 상우……. 왜 죽었니? 이 불쌍한 엄마를 혼자 놔두고, 왜 죽었어……. 왜…….."

도망가야 돼! 나는 자물쇠를 이리저리 만져보다 포기하고 우유 구멍으로 손을 내밀었다. 미친 듯이 팔을 휘젓고 문을 두드렸다. 구멍에 입을 대고 살려달라고 소리쳤지만 빗속을 떠돌던 날카로운 바람이 우유 구멍을 스쳐 지날 뿐이었다. 다른 방법이 없을까?

아줌마의 부서진 손톱 사이에 팔각 성냥이 아슬아슬하게 매달려 있었다.

"내가 갈게, 상우야. 네 친구도 데려갈게. 외롭지 않게, 우리 상우가 외롭지 않게…….."

성냥 머리가 자신의 몸을 태우며 아찔한 불빛을 뱉어냈다. 불꽃은 순식간의 아줌마의 팔목과 어깨, 머리카락을 타고 올라가 천장에 닿았다. 순간 달려든 후끈한 공기가 내 살갗을 쪼아대는 것 같았다.

"살려주세요! 여기 사람 있어요!"

다시 우유 구멍으로 힘차게 손을 뻗어 목구멍이 터져라 소리질렀다. 등에 닿은 열기에 고개를 돌렸다. 불꽃이 아줌마의 살갗을 먹어 들어가고 있었다. 원망스런 눈동자가 퍼런 불꽃 사이로 번뜩였다. 아줌마는 한 발자국씩 나를 향해 발을 내딛었다. 두 손은 불꽃에 감긴 채 기다란 혀처럼 내밀어져 있었다. 바닥에서 뿜어져 나온 검은 연기가 순식간에 아줌마를 감아 돌며 천장에 먹구름을 만들어냈다.

"살려주세요!"

나는 비명을 지르며 상우의 방으로 뛰어 들어가 문을 닫아 잠 갔다. 연기는 열기와 기름 냄새를 먹은 채 문틈으로 새어들었다. 퉁겨지듯 침대 위로 뛰어올라 창문을 열었지만 방범창이 앞을 가로 막았다. 뒤에서 불꽃의 고함은 터질듯이 들려왔고, 창살을 지난 빗소리는 비명을 막아섰다.

"살려주세요!"

축축한 복도를 향해 허파를 뱉어낼 듯 소리쳤다. 창살은 내 손을 붙잡은 채 꿈쩍도 하지 않았다. 발작하듯 흔들어 대도 소용없었다.

"아! 살려줘, 엄마!"

복도로 넘어온 새까만 어둠이 비명을 잘라 먹으며 인기척을 지웠다. 창에 붙은 사진들이 손에 걸려 후드득 떨어졌다.

"쿵!"

등 뒤에서 방 문이 부서질 듯 떨렸다. 이미 타죽었을 아줌마의 목소리가 이어졌다.

"네가 상우를 죽였어, 네가!"

연기가 짙어지고 있었다. 기침이 절로 튀어 나왔다. 곧이어 숨이 막혔다. 상우 방의 천장을 뒤덮은 연기는 금방이라도 검은 비를 뿌릴 것 같았다. 열기를 가리던 손으로 이불을 당겨 뒤집어썼다. 몸이 오들오들 떨렸다.

"상우야, 살려줘."

왜 그랬는지 모르겠지만, 나는 상우에게 부탁했다. 나도 모르는 사이, 손에 잡힌 사진 한 장이 구겨져 웃고 있었다.

쿵, 쿵…….

부서질 듯 울리던 소리는 점차 희미해졌다. 기침, 열기, 비명조차 의식과 함께 희미해지고 있었다.

"살려줘."

눈물과 오줌이 동시에 쏟아져 나온 것으로 기억난다. 곧 연기가 이불 속으로 새어 들었고 다음엔 열기가 따라 들어왔다. 뜨거운 통증이 발등의 살을 갉아먹는 동안, 나는 의식의 끈을 놓아버렸다. 머릿속이 온통 잿빛으로……

그리고 어른이 되었다.

내가 원하든 원하지 않든 나는 어른이 되어 버렸다.

십 년 넘게 꿈을 꾸다 돌아와 보니, 거울 속의 내 모습은 불완전한 인간에 가까워져 있었다. 혼수상태로 누워 있는 동안 꿈 속의 엘리베이터에 갇혀 있었던 것 같다. 아줌마의 안식처가 엘리베이터였듯이 내겐 죽음으로부터의 피난처가 아니었을까 그냥 추측해 볼 뿐이다. 어쨌든 나는 더 이상 엘리베이터를 타지 않는다. 불이 삼킨 왼쪽 다리가 엉망이 되었음에도 불구하고 나는 언제나 계단을 이용한다.

비가 내릴 때 두통이 이는 것은 여전했지만 어느새 나는 서른을 바라보는 아이가 되어 버린 것이다.

핸드폰이 다시 울렸다.

"엄마가 올라갈까?"

"아니, 조금만 기다려. 내가 내려갈게."

아이들의 웃음소리가 빗줄기에 녹아들고 있었다. 나는 소리가 퍼지는 허공으로 고개를 돌렸다. 시력 잃은 한쪽 눈에서 찌릿한 통증이 피어난다. 타버린 입술로 드러난 치아에 빗물이 새어들어

시리다.

하지만 나를 가장 괴롭히는 건 기억이었다. 근원모를 죄책감이 왜 내 심장 바닥에 깔려 있는지 도대체 모를 일이다.

비명 소리가 들렸다. 누군가 정글짐에서 떨어진 모양이었다. 조심스레 난간에 손을 얹고 놀이터를 내려다본다. 아이 한 명이 머리를 붙잡고 뒹굴고 있다. 크게 다친 게 아니어야 할 텐데. 아이는 웅덩이에 몸의 일부를 묻은 채 상처 입은 짐승처럼 꿈틀거리고 있다. 곧 몸을 활처럼 펴며 비명 소리를 높인다. 소리가 마치 상우의 마지막 비명 같다. 아니, 상우가 비명을 질렀던가. 트럭이 달려오고 상우가 깔리고……. 그리고, 그리고…….

내 입가에 엷은 미소가 떠올랐다.

횡단보도에서 내가 말했다.

"하나 더 받아올까?"

상우는 즐거운 상상을 하는 듯 표정이 환해졌다. 그리고 나보다 먼저 돌아섰다. 나는 그때 상우의 옆쪽에서 달려오는 트럭을 보았다. 운전사의 시선은 분명 다른 곳을 향하고 있었다. 나는 급히 상우를 향해 외치려 했다. 하지만 문득 떠오른 감정 하나가 내 말을 막았다. 그날 상우는 처음으로 나보다 산수 점수가 좋았다. 상우는 싱글벙글 웃으며, 의도한 건 아니겠지만 내 감정을 자극했다. 그가 오락실조차 마다한 것은 95점이 쓰인 시험지를 빨리 엄마에게 보여주고 싶었기 때문이었다. 나는 알고 있었다. 모른 척했을 뿐이다. 트럭이 달려오고 있다는 사실도 그렇고.

실수 하나가 평생을 짓누르는 법. 아이의 비명은 여전히 임대 아파트의 낡은 벽을 두드려 댄다. 아파트는 오래된 무덤처럼 아이를 굽어볼 뿐 아무런 말이 없다. 나도 모른 척 돌아선다. 비극을 목도하는 고통은 거울 하나로 충분하다.

나는 서른에 가까운 몸을 이끌고 현관에 섰다. 깨어난 그 순간부터 벌겋고 퍼렇게 부어오른 몸은 끊임없이 고통을 가져다준다. 그래……, 정말 끊임없는 고통이었다. 신경이 집혀 올라가고 불에 지져지는 느낌에 얼마나 많은 날을 뜬 눈으로 뒹굴었던가. 좁은 집에 틀어박혀 산송장이 되는 것은 죽는 일보다 고통스러운 법. 비명조차 말라버릴 오랜 시간이 흘렀지만 끝은 보이지 않는다. 신발장 위에 놓인 셔터 칼에 눈길을 주었다 곧 뿌리친다.

내겐 죽을 용기가 없다.

상우와 아줌마가 아직도 꿈에 스며든다. 고양이가 구슬프게 울던 어젯밤에도 소리를 타고 내 의식으로 들어왔다. 나는 두 사람의 기다림을 알고 있다. 내가 갈 때까지 꿈속에 스며들어 내 신경을 옥죄일 것도 알고 있다. 하지만 손목에 칼날을 대어 그들과 대면할 용기가, 두려움을 이겨낼 자신이 없다. 육신의 고통으로 죗값을 치렀다고 생각됐을 때, 그때 가면 될 것이다. 지갑 속에 잠들어 있는 사진 한 장을 꺼내 본다. 상우는 그때처럼 웃고 있었다.

나는 꽤 홀가분한 마음이 되어 젖은 계단을 밟았다.

공포 인자 恐怖因子

신진오

1979년 출생. 그 무엇보다 영화와 공포소설을 사랑하는 사람이다. 『한국 공포 문학 단편선』에
「상자」와 「압박」을 수록하였다.

1

　토요일 저녁인데도 거리는 한산하기만 했다. 최근 들어 이런 현상이 더욱 가속화되고 있었다. 사람들은 집 안에만 틀어박힌 채 밖으로 나오려 하지 않았다. 그들은 타인과 접촉하는 것을 몹시 꺼려했다. 정우는 을씨년스런 거리를 혼자서 걷고 있었다. 흰색 마스크를 쓰고 모자를 푹 눌러쓴 채 양손엔 식료품이 담긴 비닐봉지를 잔뜩 들고 있었다. 거리엔 지나가는 차들도 얼마 없었다. 아주 가끔씩 버스나 택시 몇 대만 지나갈 뿐, 다른 차들은 거의 눈에 띄지 않았다. 이제 이런 풍경은 일상이 되어버린 듯했다. 사람들은 중요한 볼일이 있을 때만 외출을 했고, 그때마다 반드시 마스크를 착용했다. 그것으로도 부족했는지 어떤 이들은 아예

민수용 방독마스크를 머리에 쓰고 다니기도 했다. 그것은 감기처럼 호흡기로 전염이 되기 때문에 외출 시 마스크는 필수품이 되어버렸다. 그래서 그들은 사람들이 많이 모인 공공장소나 혼잡한 번화가는 절대로 가지 않았다. 아니, 이제는 그런 곳을 찾아 볼 수조차 없었다. 사람들은 다른 사람들과의 접촉을 극도로 꺼리기 시작했다. 도시는 마치 생기를 잃어버린 묘지 같았다.

집에 돌아온 정우는 양손에 가득 든 식료품 봉지를 내려놓고 마스크를 턱 밑으로 내리며 길게 한숨을 내쉬었다. 정우가 들어온 소리를 듣고 아버지가 안방에서 문을 열고 나왔다.

"다녀왔니?"

"네"

"그래, 고생 많았다."

세형은 아들이 사온 식료품들을 들고 부엌으로 향했다. 정우도 봉지 한 개를 들고 아버지를 따라 부엌으로 들어갔다. 두 부자는 일사불란하게 움직였다. 세형은 장봐온 재료들로 요리를 준비하고, 정우는 남은 재료들을 냉장고에 집어넣고 나서 옆에서 아버지 일을 거들었다. 그들은 제법 능숙하게 일을 진행시켜 나갔다.

식탁에 앉은 사람은 세형과 정우, 막내딸 유미 이렇게 셋뿐이었다. 유미는 흰색 마스크를 턱 밑으로 내린 채 천천히 국을 떠먹었다. 그러다가 가끔씩 도저히 참을 수 없게 될 때면 고개를 옆으로 돌려 콜록콜록 기침을 해댔다. 두 부자는 그럴 때마다 자신들도 모르게 힐끔거리며 유미를 쳐다봤다. 그것은 불안에 의한 자연스런 행동이었다. 하지만 유미에게는 여간 기분 나쁜 일이 아닐 수 없었다. 결국 유미는 참다못해 숟가락을 내던지며 자리에서 일어섰다.

"유미야!"

세형이 딸을 불렀다.

"됐어요! 그만 먹을래요."

"아직 반도 안 먹었잖니."

"이런 분위기에서 밥이 목구멍으로 넘어가는 줄 아세요?"

유미는 화가 난 얼굴로 아버지와 오빠를 번갈아 쳐다봤다. 어린 소녀의 눈에 원망과 슬픔이 묻어나왔다. 두 부자는 서로의 얼굴을 마주본 후 말없이 고개를 돌렸다.

"앞으론 나도 내 방에서 밥 먹을래."

유미는 그 말을 남기고 자기 방으로 돌아가 문을 쾅 닫아버렸다.

두 부자는 잠시 침묵을 지키며 앉아 있었다. 그러다 정우가 먼저 자리에서 일어나 자기가 먹은 식기들을 치우기 시작했다. 세형은 아무 말 없이 식탁을 지키고 앉아 남은 밥을 마저 먹었다.

세형은 거실 소파에 앉아 정우가 타준 커피를 마시며 TV를 시청했다. TV에서는 연일 세상을 뒤덮은 공포에 대해서 떠들어 대고 있었다. 각계 전문가들, 정치인들이 나와 사태의 심각성과 정부의 시급한 대책 마련에 대해 설전을 벌였지만, 결국 뾰족한 대안 없이 토론은 늘 흐지부지하게 끝나버리고 말았다. 세계 의학계에서도 이 병의 실체를 정확히 파악해 내지 못하는 듯했다. 병리학적인 접근 방식에도 큰 어려움이 있었다. 이것을 생물학적인 차원에서 접근해야 하는지, 아니면 정신의학적인 차원에서 접근해야 하는지도 아직 모르고 있었다. 그들은 서로의 분야가 맞다 틀리다만 놓고 싸움을 벌일 뿐이었다. 세형은 그만 보고 있던 TV를 꺼버렸다. 안 그래도 뒤숭숭한 세상에 TV마저도 사람들을 공포로 몰아놓고 있다니. 한심하기 짝이 없다는 생각이 들었다. 세형은 자리에서 일어나 안방으로 향했다. 안방 문을 열고 들어가자 바닥에 내려놓은 쟁반이 보였다. 쟁반 위에 음식이 그대로 놓여 있었다. 아내는 그가 가져다 준 음식에 일절 손도 대지 않았다. 은숙은 남편이 들어오는 소리를 들었는데도 계속 이불을 뒤집어쓴 채 자는 척만 했다. 세형은 바닥에 내려놓은 음식을 보며 길게 한숨을 내쉬었다.

"……뭐라도 좀 먹어야지. 계속 이렇게 굶기만 한다고 해서……."

아내는 아무 대답도 하지 않았다. 하지만 세형은 아내가 깨어 있다는 사실을 알고 있었다. 그녀는 하루 종일 방 안에만 틀어박혀 이불을 뒤집어쓴 채 꼼짝도 하지 않았다. 그 병에 걸리고 나서 아내는 완전히 다른 사람처럼 변해버렸다. 세형은 침대로 다가가 아내 옆에 걸터앉았다. 그러곤 이불에 덮힌 아내의 어깨 위에 살며시 손을 얹었다. 그러자 은숙은 움찔하면서 몸을 옆으로 피했다. 세형은 쓸쓸한 표정으로 손을 거둬들였다.

병 때문에 달라진 것은 비단 아내뿐만이 아니다. 그들의 생활 환경도 은숙에게 맞춰 달라질 수밖에 없었다. 이제 집 안에서 뾰족한 물건들은 찾아 볼 수가 없었다. 모두 갖다 버리거나 보이지 않는 곳에 꼭꼭 숨겨둬야 했다. 은숙은 뾰족한 물건을 극도로 무서워했다. 그녀는 '모서리 공포증'에 시달리고 있었다. 하지만 그 병을 앓기 전까진 주사나 바늘을 두려워했어도, 그리 심각한 수준은 아니었다. 그것이 자신의 일상에 영향을 끼칠 정도로 병적이지는 않았다. 하지만 그 병을 앓고부터 그녀의 상태는 완전히 달라졌다. 이젠 바늘뿐만이 아니라 뾰족한 모든 것이 다 공포의 대상이 되어버렸다. 그녀는 뾰족한 것만 봐도 그것에 찔리지 않을까 무척 두려워했다. 칼끝만 봐도 심장이 벌렁거리고 얼굴이 창백해질 정도여서 이제는 부엌일도 할 수가 없었다. 방 안에 있는 물건들도 뾰족한 모양, 각진 모양이 아닌 모두 둥글둥글하거나 뭉뚝한 것들로 대체됐다. 그러다보니 이만저만 불편한 것이 아니었다. 뾰족한 것을 피해 생활한다는 것은 거의 불가능에 가까웠다. 우리 주변에서 뾰족하고 각진 것들을 찾으라고 한다면 제일 가까운 곳에서도 수십 개는 발견할 수 있을 것이다. 그러니 그런 것들과 차단된 생활을 해야 된다는 것은, 방 안에만 틀어박혀 있으란 말과 다를 바가 없었다. 그녀는 젓가락도 쓸 수 없어 오로지 숟가락으로만 음식을 먹어야 했다. 앞에 포크가 달린 숟가락도 쓸 수가 없었다. 조금이라도 뾰족하면 그녀는 벌벌 떨었다. 세형은 착잡한 심정으로 이불을 뒤집어쓴 아내를 내려다봤다. 언제까지 이런 생활을 해야 되는지 알 수가 없었다. 이 병에 대한 해결책이 나오지 않는 이상 앞으로도 계속 이런 생활을 지속해야만 할 것이다. 그것은 그 나름대로 끔찍한 공포였다.

2

처음에 그것은 가벼운 감기 증상으로부터 시작됐다.

공식적인 발표에 의하면, 최초의 발병 환자는 미국 매사추세

츠에 사는 스물여섯 살의 스티븐 홉스라는 백인 남성으로, 사진 작가인 그는 발병 석 달 전부터 세계 각국을 돌아다니며 사진 촬영을 하고 있었다고 한다. 유럽과 아시아를 거쳐, 마지막으로 아프리카 케냐에서 일주일을 보낸 후에 그는 다시 고향으로 돌아왔다. 귀국 후에 그는 가벼운 감기 증상을 보였다. 두 나라 사이의 극심한 기온 차 때문에 감기에 걸린 것이라고 그는 처음에 그렇게 생각했다. 가벼운 오한과 발열, 기침, 콧물, 가래……. 전문의가 봐도 그것은 영락없는 감기 증상이었다. 하지만 이 병의 진정한 무서움은 감기가 끝나고부터 시작된다는 것을 그는 모르고 있었다.

초기 감기 증상은 그리 오래 가지 않는다. 길어야 1,2주 정도면 완전히 사라지고, 병원 치료를 받게 되면 그보다 좀더 빨리 낫는데, 약간의 개인차는 있어도 대략 일주일 정도 감기 증상이 지속된다. 그리고 감기가 끝나는 시점부터 이 병의 진정한 공포가 시작되는 것이다.

공포. 이 병을 가리키는데 이보다 더 정확한 표현이 있을까? 최초 발병 환자인 홉스는 이 2차 증상이 일어나는 시기를 '검은 보름'(black half a month를 줄여 black half라고도 함)이라 불렀다. 2차 증상은 1차 증상이 끝나는 시기부터 정확히 보름 동안 지속되며, 여기에 개인차는 존재하지 않는다. 마치 타이머를 켜둔 토스터처럼 보름이 지나면 '땡' 하고 끝나버린다. 그래봤자 보름쯤이야 라고 생각할 수도 있겠지만, 그 보름 동안 환자는 지옥과도 같은 경험을 맛봐야 한다. 홉스는 2차 증상이 시작되던 날, 자기 집 욕조 안에 누워 있었다. 감기 기운이 완전히 사라졌다는 것을 알고 뜨거운 물로 목욕을 하는 중이었다. 욕조에 몸을 담그고 있던 그는 갑자기 목이 터져라 비명을 지르기 시작했고, 함께 있던 그의 약혼녀 제이미가 비명소리를 듣고 화장실로 급히 뛰어 들어왔다. 당시 그녀가 본 홉스의 상태는 너무도 절박한 사람의 모습이었다고 한다. 홉스는 낮은 욕조 안에서 허우적거리고 있었다. 마치 물에 빠진 사람처럼 살려달라고 부르짖는 그를 보며 처음에 그녀는 장난인 줄 알고 화를 냈다. 그런데 그의 얼굴이 새파랗게 질려 있고, 금방이라도 숨이 넘어갈 것처럼 헐떡이는 모습을 보고는 곧 장난이 아님을 알아차렸다고 한다. 홉스는 정말로 자신의 집 욕조 안에서 익사의 공포를 체험한 것이다.

익사의 공포를 체험한 홉스는 어렸을 때 강물에 빠진 적이 있어 물에 대한 두려움을 가지고 있었다. 그때의 공포심은 성인이 되어서도 사라지지 않고 그의 심층의식 깊숙한 곳에 똬리를 틀고 있다가, 이 병으로 인해 그 시커먼 공포가 갑자기 고개를 쳐들기 시작한 것이다. 홉스는 자신이 환각에 시달리고 있다고 호소했다. 그가 겪는 물에 대한 공포증은 보통의 경우와는 차원이 달랐다. 그는 물에 관련된 갖가지 환각과 악몽, 망상에 시달렸다. 의사는 그의 증상이 마치 마약을 끊었을 때 일어나는 금단현상과 흡사하다고 생각했다. 그가 혹시라도 여행 중에 마약을 복용하지 않았을까 하고 의심이 들어 의사는 그에게 몇 가지 약물 반응 테스트를 실시했지만, 검사 결과 그는 그런 종류의 마약을 복용한 적이 없는 것으로 나타났다. 그때까지도 의사는 이것이 감기와 연관성이 있다는 사실을 알아차리지 못했다. 그의 문제는 어디까지나 정신병적인 것이라 판단, 그에게 정신과 치료를 받도록 조치를 취했을 뿐이었다.

그러던 중 그와 유사한 증상을 보이는 환자가 또 한 사람 나타났다. 그 환자는 바로 홉스의 약혼녀인 제이미였다. 그녀는 예전부터 거미를 두려워했는데, 감기 몸살을 앓고 나서 거미에 대한 두려움이 몇 배로 증가했다. 그 증상도 홉스의 경우와 매우 유사했다. 실제로 거미가 없는데도 그녀는 온 집 안에 거미가 득실댄다고 믿고 있었다. 거미가 사방 천지에 깔려 있어 방 안에서 꼼짝도 할 수 없던 그녀는 결국 911에 전화를 걸어 자신을 구해달라고 도움을 청했다. 구조대원들이 문을 열고 들어갔을 때, 그녀는 몸을 웅크린 자세로 침대 한가운데 앉아 공포에 질린 얼굴로 벌벌 떨고 있었다. 구조대원 중 한 명이 이유를 묻자 그녀는 "당신들은 이 방안에 가득한 거미가 보이지 않나요? 지금 당신들 옷위로 기어오르고 있잖아요."라고 대답했다. 구조대원이 가까이 다가가 그녀의 증상을 살피던 중 반팔 티셔츠 밖으로 드러난 팔에 심하게 긁힌 상처들을 발견했다. 그 상처는 팔뿐만이 아니라 그녀의 온몸에 가득했다. 어떤 상처는 너무 심해서 아예 살갗이 벗겨져 염증이 나 있는 곳도 있었다. 구조대원이 원인을 묻자 그녀는 자신이 그런 거라고 대답했다. "거미가 몸을 기어다니는 것같아서 견딜 수가 없었어요. 지금도 가려워 죽겠어요. 혹시 제 몸에 알을 까려는 건 아니겠죠?" 구조대원은 그녀의 손톱에 박힌 살점들을 보고는 경악을 금치 못했다고 한다.

약혼자가 있는 병원으로 후송된 제이미는 홉스를 치료했던 의사에 의해 똑같은 약물 테스트를 받았지만, 역시 결과는 마찬가지였다. 그녀에게서도 마약을 복용한 흔적은 찾을 수 없었다.

병원에서 치료를 받는 동안 이 두 사람은 계속해서 환각 증세에 시달리다가, 보름이 지난 후부터는 갑자기 그 증세가 사라져버렸다. 하지만 환각이 사라지고 난 후에도 그들의 공포증은 전혀 나아지지가 않았다. 오히려 전보다도 훨씬 더 자신들을 억압하는 공포의 대상 때문에 더 큰 두려움을 보이기 시작했다.

그 후로 홉스와 제이미 같은 환자는 계속해서 증가했다. 그들이 사는 집에서 집으로, 마을에서 마을로, 도시에서 도시로, 심지어 바다를 건너 다른 나라로까지 급속도로 병이 번지기 시작했다. 이 질병이 짧은 시간 안에 그렇게 빠르게 확산될 수 있었던 이유는 바로 낮은 사망률 때문이었다. 질병에 의한 사망률은 오히려 보통 감기에 의한 사망률보다도 훨씬 낮았다. 그래서 정부에서도 방역 대책이나 역학조사와 같은 번거로운 일들을 게을리 했던 것이다. 하지만 결국 그들도 사태의 심각성을 알고는 발 벗고 나서지 않을 수 없었다. 이 병이 확산된 후로 자살 사망률과 살인, 방화, 총기난사와 같은 강력 범죄 사건들이 급격히 증가했기 때문이다.

결국엔 국제사회가 나서서 이 병의 심각성을 경고하는 수준까지 이르렀다.

그들은 공식적인 발표에 의한 인류 첫 번째 환자인 홉스의 이름을 따서 이 병의 이름을 '홉스 증후군'이라 명하게 되었다.

3

정우는 교내 식당 한쪽 구석 자리에서 혜정과 함께 조용히 점심을 먹고 있었다. 지금쯤 학생들로 붐벼야 될 시간인데도 테이블은 듬성듬성 비어 있었다. 식사를 하러 온 학생들마저도 정우와 혜정처럼 한쪽 구석 자리에 따로 몰려 앉거나 한 테이블씩 띄엄띄엄 건너 앉아서 밥을 먹었다. 그러면서도 그들의 턱 밑에는 하나같이 마스크가 걸려 있었다. 그것은 정우와 혜정도 마찬가지였다. 식판에 밥을 타기 위해서 기다릴 때나 식사를 마친 후 일어설 때도 항상 마스크를 쓰고 움직였다. 그것은 반드시 지켜야 되는 어떤 불문율처럼 보였다.

오늘따라 식욕이 없는 혜정은 밥알을 깨작깨작 씹고 있었다. 그러다 문득 생각이 났는지 고개를 들어 정우를 보며 말했다.

"은영이 알아?"

정우는 국을 한 숟가락 떠먹고 나서 대답했다.

"누구? 송은영?"

은영은 혜정과 같은 과 친구로 정우도 몇 번 본 적이 있었다.

"응, 걔도 걸렸대나 봐. 안 그래도 요즘 안 보인다 했거든. 오늘 우리 과 애들이 모여서 얘기하고 있기에 가서 물어봤더니, 얼마 전에 걔도 포비아(phobia. 공포증, 대중적으로 홉스증후군을 지칭하는 또 다른 이름.)에 걸려서 2층 자기 방에서 뛰어내렸다는 거야."

"증상이 뭔데?"

그러자 혜정은 누가 들기라도 할까봐 얼굴을 바싹 들이댄 채 눈치를 살피며 작게 속삭이듯 말했다.

"바늘 공포증이었대. 다른 말로는 모서리 공포증이라고도 하나 봐."

젓가락으로 반찬을 집던 정우의 손이 순간 움찔했다. 그것은 자신의 어머니와 같은 증상이 아니던가. 혜정은 아직 그 사실을 모르고 있었다.

"그래서…… 어떻게 됐는데?"

"한쪽 다리가 부러졌대. 그나마 다행이지. 왜 그랬냐고 하니까, 어머니가 긴 대바늘로 자신을 찌르는 줄 알고 도망치려다 그랬다는 거야. 근데 걔 어머니가 주려고 했던 건 그냥 빨대였대."

그 말을 듣는 순간 정우는 등골이 오싹했다. 지금 정우네 가족이 살고 있는 집은 아파트 13층이었다. 만약 자신의 어머니가 은영처럼 뛰어내린다고 한다면, 다리 하나 부러지는 것만으론 끝나지 않을 것이다.

"어떤 사람들은 이게 종말을 암시하는 거래."

"그만 둬. 그런 불길한 소리."

"요즘은 교회에 가도 목사님이 요한 계시록을 낭독할 정도라니까."

"다 헛소리일 뿐이야. 인류는 그리 쉽게 멸망하지 않아."

"지금까지 질병이 사회에 이정도로 영향을 끼친 적이 있을까?"

"있다고 한다면, 페스트 정도겠지."

"페스트도 이 정도는 아니었을 거야. 사람들은 이 병의 심각성을 제대로 인식하지 못하고 있어. 단순히 치사율이 높은 질병만이 위험한 것은 아니란 걸 이 병이 보여주고 있다고. 세계는 금방 대공황 상태에 빠지게 될 거야."

정우는 도저히 못 듣겠다는 듯 젓가락을 식판 위에 내려놓았다. 그러자 혜정도 입을 다물었다.

"다 먹었니?" 하고 정우가 말하자, 혜정은 고개만 끄덕였다.

"그만 일어나자."

정우와 혜정은 마스크를 끌어 올려 입과 코를 가린 후 식판을 들고 자리에서 일어섰다.

식당을 나온 두 사람은 근처 자판기에서 커피를 뽑아 밖으로 나갔다. 그러곤 플라타너스 나무 밑에 있는 벤치로 가서 나란히 앉았다.

젊음의 열기로 가득 차야 할 캠퍼스는 그저 썰렁하기만 했다. 그것은 어디를 가도 마찬가지였다. 세상은 그녀의 말대로 어쩌면 대공황 상태에 빠져들고 있는지도 모른다. 하지만 정우는 아직 희망을 버리고 싶지 않았다. 언젠간 이 병을 치료할 수 있는 신약이 개발될 거라고, 그래서 인류가 다시 한 번 한 단계 진보할 거라고 생각했다.

"만약에 있잖아……."

혜정이 종이컵에 담긴 커피를 바라보며 말했다.

"내가 그 병에 걸려서 이상해져 버리면……, 그땐 어떻게 할 거야?"

"바보같이. 그런 질문이 어딨어?"

"나…… 버리지 않을 거야?"

"그걸 말이라고 해?"

정우는 혜정의 눈시울이 촉촉이 젖어드는 것을 볼 수 있었다. 그는 살며시 혜정의 어깨를 감싸 자신의 품에 기대도록 했다.

"나 무서워 죽겠어. 세상이 점점 미쳐가는 것 같아."

"나도 그래. 나도 무서워."

"곧 좋아질까? 앞으로?"

"응, 그럴 거야. 반드시. 그때까지 내가 널 지켜줄게."

혜정은 정우의 따뜻한 품 안에서 어느 정도 안정감을 되찾을 수 있었다. 정우는 혜정의 종이컵에 담긴 짙고 어두운 빛깔의 커피를 물끄러미 바라보며 마치 지금의 세계를 보고 있는 듯한 착각에 빠져 들었다.

4

화장실에 가는 것을 제외하곤 은숙이 방 안에서 나오는 일은 좀처럼 없었다. 은숙은 한밤중에 자다가 갑자기 소변이 마려워 잠에서 깼다. 오늘로서 2차 증상이 시작된 지 13일이 지났다. 앞으로 이틀만 더 버티면 이 끔찍한 악몽에서 벗어날 수 있었다. 하지만 다시 예전처럼 돌아갈 수 있을지는 자신이 없었다. 그동안 너무나 끔찍한 고통에 시달렸던 터라 환각을 보지 않는다고 해도 그 공포감은 그대로 남아 있을 것이기 때문이다. 오히려 이 병에 걸리고 난 후 한 달 동안이 더 고비라고 말하는 사람도 있었다. 통계상으로도 한 달 내에 자살하는 사람들의 수가 '검은 보름' 때보다도 무려 다섯 배나 높았다. 그들은 더 이상 일상적인 생활을 할 수 없을 정도로 정신이 붕괴되어 버린 것이다. 공포가 사람들을 잡아먹고 있다는 주장이 틀린 말은 아니었다. 물론 그렇다고 모두가 다 그런 것만은 아니다. 공포를 극복해 낸 경우도 자주 매스컴에 보도되곤 했다. 매스컴에선 오히려 그런 예를 더욱 부각시켜서 방송에 내보냈다. 당신들도 공포를 극복할 수 있다는 자신감을 심어주려는 것이었다. 하지만 그것은 어디까지나 병에 걸리지 않은 사람들을 위한 것일 뿐, 한 번이라도 그것을 체험한 사람들에겐 씨알도 먹히지 않는 소리였다.

은숙은 옆에서 자고 있는 남편이 깨지 않도록 조심스럽게 자리에서 일어났다. 하루 온종일 누워 있다가 간만에 일어나려니까 갑자기 머리가 어질어질했다. 그녀는 가만히 서서 정신을 가다듬은 후에 조용히 문을 열고 밖으로 나갔다.

서실은 어둠이 짙게 깔려 있었다. 은숙은 차라리 어두운 편이 낫다고 생각하고 불을 켜지 않았다. 불을 켰을 때 뾰족한 것들이 눈에 들어 올까봐 겁이 났기 때문이다. 게다가 그녀의 눈은 이미 어둠에 익숙해져 있어서 길을 찾는데 별 어려움이 없었다. 화장실 문 앞에 도착하자 그녀는 불을 켠 후 안으로 들어갔다. 화장실에서까지 불을 꺼놓고 볼일을 보고 싶지는 않았다.

볼일을 보고 나서 물을 내린 후 세면대 앞에서 손을 씻었다. 문득 세면대 옆에 놓여 있는 칫솔과 면도기가 그녀의 눈에 들어왔다. 칫솔의 길쭉한 모양과 뾰족뾰족한 솔들이 점점 확대되어 보이기 시작했다. 면도기의 날카로운 면도날은 금방이라도 자신의 목을 향해 날아 들어올 것만 같았다. 은숙은 질끈 눈을 감고 숨을 크게 들이쉬었다. 그러곤 속으로 되뇌었다.

'이건 환상이야. 현실이 아냐. 환상이야. 환상……'

잠시 마음을 진정시킨 은숙은 용기를 내서 천천히 눈을 떴다.

눈을 뜬 순간, 세면대 위에 놓여 있는 칫솔의 머리 부분에서 뾰족한 가시들이 솟아나고 있는 모습을 볼 수 있었다. 그것들은 마치 기괴한 식물마냥 계속해서 자라나고 있었다. 게다가 옆에 놓인 면도날은 이상한 소리를 내며 부르르 떨고 있었다. 그녀의 얼굴이 백지장처럼 하얗게 질려버렸다. 숨이 가빠지고 심장이 요동쳤다. 칫솔모에서 나온 가시들은 세면대 거울을 타고 가시덤불마냥 계속해서 자라나고 있었다. 은숙은 얼른 화장실을 빠져나가야 된다는 생각에 재빨리 뒤로 돌아 문고리를 잡아당겼다. 그런데 어찌된 일인지 문이 열리지가 않았다. 아무리 잡아당겨도 문은 꼼짝도 하지 않았다. 그녀는 문을 두들기며 살려달라고 소리쳤다.

"여보! 이 문 좀 열어줘……. 정우야! 유미야! 얼른 이 문 좀 열어봐! 어서!"

칫솔모에서 자라난 가시들이 화장실 내부를 휘감기 시작했다. 날카로운 가시들이 당장이라도 그녀를 찌를 것처럼 덤벼왔다. 은숙은 울며불며 소리쳤다.

"여보! 제발 살려줘!"

그때, 부르르 떨고 있던 면도기에서 갑자기 날카로운 면도날이 팅, 소리를 내며 날아왔다. 면도날은 정확히 그녀의 목에 가서 박혀버렸다.

"히익 —"

외마디 비명과 함께 목에서 피가 분수처럼 뿜어져 나오기 시작했다. 화장실은 온통 그녀의 피로 붉게 물들었다. 그녀는 어떻게든 뿜어져 나오는 피를 막아보려고 두 손으로 목을 꽉 쥐었다. 부들부들 떨리는 손 사이로 피가 계속해서 꾸역꾸역 쏟아져 나오고 있었다. 그녀는 화장실 안에서 죽음의 공포에 직면해 있었다.

갑자기 문이 벌컥 열리면서 남편이 들어왔다. 문은 처음부터 잠겨 있지 않았다. 세형은 아내를 보자마자 상태가 심각하다는 것을 알아차렸다. 그는 바닥에 쓰러진 채 패닉 상태에 빠져 있는 아내를 붙잡아 흔들었다.

"여보! 정신 차려! 여보!"

은숙은 여전히 손으로 목을 누르고 있었다. 어찌나 세게 붙잡고 있는지 기도가 막혀 숨도 제대로 쉬지 못하고 있었다. 처음 봤을 때 그녀의 얼굴이 몹시 창백했던 이유도 바로 그 때문이었다. 이대로 있다가는 질식해 버릴지도 모른다. 세형은 목을 잡고 있는 아내의 손을 힘껏 잡아당겼다. 하지만 손을 내리면 피가 뿜어져 나올 거라는 두려움 때문에 은숙은 끝까지 손을 놓지 않으려고 안간힘을 썼다.

"여보! 제발 목을 놔! 어서!"

"아, 안 돼…… 요. 크윽…… 피…… 피가 나온…… 단……, 큭."

"무슨 피가 나온다고 그래! 피 같은 건 안 나온다고. 그러니까 얼른 놔! 제발!"

아내는 막무가내였다. 이제 그녀의 얼굴은 창백하다 못해 퍼렇게 변해가고 있었다.

"아빠, 왜 그래?"

"무슨 일이세요?"

뒤늦게 방에서 나온 유미와 정우가 아버지에게 물었다.

"정우야! 얼른 이리 와서 엄마 손을 좀 풀어봐! 어서!"

그때서야 정우는 퍼렇게 질린 얼굴로 자신의 목을 움켜잡고 있는 어머니를 볼 수 있었다.

"엄마!"

깜짝 놀란 정우는 재빨리 아버지 옆으로 다가가 어머니의 목에서 손을 풀기 시작했다. 유미는 그 모습을 보고 비명을 질러댔다.

"꺄악 —!"

"시끄러! 넌 얼른 가서 119에 신고나 해. 어서!"

세형이 딸을 향해 크게 소리쳤다. 유미는 겁먹은 얼굴로 주춤주춤 뒤로 물러나 거실로 향했다. 그러곤 전화기를 들어 119 버튼을 눌렀다.

"엄마! 제발 이 손 좀 놓으세요!"

"여보! 힘 풀어!"

두 남자가 달려들어 힘을 쓰는데도 손은 목에서 떨어지지가 않았다. 그녀는 악착같이 버티고 있었다. 손을 놓기에는 죽음의 공포가 너무도 컸기 때문이다. 그녀는 차츰 의식을 잃어가기 시작했고, 그 순간 손에 힘이 약해졌을 때 두 부자는 드디어 은숙의 손을 풀 수가 있었다. 은숙은 곧바로 쇼크 상태에 빠져들었다. 두 부자는 은숙을 들어 거실 바닥에 눕혔다. 곧바로 세형이 인공호흡과 흉부압박을 실시했다. 그것을 몇 차례 반복하고 나서야 은숙의 호흡이 어느 정도 안정 상태에 접어들 수 있었다. 세형은 갑자기 맥이 풀려 소파에 등을 기댄 채 길게 한 숨을 내쉬었다. 그것은 정우도 마찬가지였다. 유미는 그 옆에서 젖은 수건으로 엄마의 얼굴을 닦아주며 흐느껴 울고 있었다. 은숙의 목에는 자신의 손에 의해 눌린 손자국이 선명하게 나 있었다.

잠시 후, 119 구조대원들이 집에 도착해서 그녀를 병원으로 후송해 갔다.

5

은숙이 집으로 돌아왔을 때는 유미의 감기 증상이 사라진 후였다. 은숙은 목이 졸린 것 말고는 아무런 외상도 없었고, 2차 증상도 끝난 뒤여서 곧바로 집으로 귀가할 수 있었다. 그녀는 병원에서 받은 안정제를 꾸준히 복용하며 어느 정도 심리적 안정을 되찾아 갔다. 하지만 그녀의 의식 속에 내재되어 있는 공포의 인자는 그리 쉽게 사라지지 않았다. 의사는 그녀에게 지속적인 정신과 상담을 받도록 권유했다.

감기 증상이 사라진 후로 유미는 언제 2차 증상이 나타날지 몰라 두려움에 떨고 있었다. 감기는 어제부로 끝이 났다. 그것은 아침에 눈을 뜨자마자 바로 알 수 있었다. 더 이상 머리도 무겁지 않았고, 기침도 나오지 않았다. 컨디션도 꽤 좋았다. 유미는 감기가 사라진 것을 알고 처음엔 기분이 좋았지만, 곧 엄청난 불안감에 휩싸였다. 이것이 혹 보통 감기가 아닌 엄마가 앓고 있는 포비아라고 한다면 언제 2차 증상이 시작될지 알 수 없기 때문이다.

유미는 감기가 끝난 하루 동안 심한 불안감에 사로잡혀 있었다. 그러곤 가만히 생각해 보았다. 만약 이것이 정말로 포비아라고 한다면, 자신이 진정으로 두려워하는 것은 무엇일까. 높은 곳? 새? 어둠? 벌레? 주사바늘? 고양이? 파충류? 밀폐된 공간? 치과? 피부병? ……하지만 이런 것들은 누구나 다 조금씩 가지고 있는 공포증이 아니던가. 자신이 진정으로 심각한 패닉 상태에 빠질 수 있는 그런 것을 찾아야만 한다. 그러나 아무리 생각해도 쉽게 떠오르지가 않았다. 자신이 진정으로 무엇을 두려워하는지 단 한 번도 진지하게 고민해 본 적이 없기 때문이다.

그런 고민에 빠져 있는 동안, 어느덧 하루가 지나버렸다. 그때까지 유미에겐 포비아라고 부를 만한 그 어떤 증상도 나타나지 않았다. 유미는 가슴을 쓸어내리며 안도했다.

"휴우, 역시 그냥 감기였구나. 그럼 그렇지. 괜히 걱정했네."

그녀는 조용히 침대에 누워 잠을 청하려 하고 있었다.

그런데 갑자기, 알 수 없는 불안감이 그녀를 엄습했다.

"아냐. 그럴 리 없어. 이건 그냥 착각일 거야. 착각."

유미는 머리를 흔들며 강하게 부정했다. 그러곤 가만히 눈을 감았다. 눈을 감고 있으면 헛것이 보이지 않을 거라 생각했다. 하지만 전혀 그렇지가 않았다. 눈을 감고 있을수록 실체를 알 수 없는 두려움은 점점 더 커져만 갔다. 온 몸의 털들이 쭈뼛쭈뼛 서는 느낌이 들었다. 목 뒤쪽으로부터 서늘한 냉기가 올라와서 자기도 모르게 몸이 부르르 떨렸다. 유미는 천천히 눈을 떴다. 그러곤 어두운 방 안을 둘러보았다. 아무것도 없는 듯했지만, 동시에 뭔가가 있는 것 같은 기분이 들었다. 그때였다. 그녀의 눈 속으로 이상한 것이 하나 들어왔다. 그것은 옷장 옆에서 서서히 일어서고 있었다. 검은 형체!

유미는 재빨리 침대 위에서 일어나 문 옆에 있는 스위치를 찾아 불을 켰다. 방에 불이 들어오자 순식간에 어둠이 물러갔다. 유미는 크게 한숨을 내쉬었다. 다시 옷장 옆을 봤지만, 거기엔 아무것도 없었다. 안정을 되찾은 그녀는 방금 전 자신이 본 것을 애써 부정하려고 했다.

'잘못 본 게 틀림없어. 감기 때문에 몸이 약해져서 그래. 한 숨

푹 자고 나면 괜찮아 질 거야.'

그런 식으로 스스로를 설득하며 다시 불을 끄려고 했다. 그러나 손이 말을 듣지 않았다. 다시 어두워지면 그것이 또 나올지도 모른다는 두려움이 그녀의 손을 가로막고 있었다.

"그, 그래. 오늘 밤만 불을 켜두고 자자."

긴장을 했던 탓인지 갑자기 목이 말랐다. 유미는 방에 불을 켜 둔 채 거실로 나갔다. 다들 자고 있을 시간이라 거실은 어두컴컴했다. 또다시 불안감이 엄습했지만, 유미는 거실이니까 괜찮을 거라 생각하고 부엌으로 걸어갔다. 냉장고 문을 열고 안에서 차가운 생수 한 병을 꺼냈다. 뚜껑을 따서 유리컵에다 물을 따르는데, 갑자기 거실 TV가 탁! 소리를 내며 켜졌다. 유미는 깜짝 놀라서 하마터면 유리컵을 바닥에 떨어뜨릴 뻔했다. 그녀는 재빨리 뒤로 돌아 거실을 쳐다봤다.

"뭐야, 엄마였어? 깜짝 놀랐잖아. 아무도 없는 줄 알고……. 안 자고 TV 보게?"

아무 대답이 없자 유미는 이상하다는 듯 고개를 갸웃거리며 유리컵에 물을 마저 따랐다. 차가운 생수는 머리가 찡 할 정도로 시원했다. 물을 마시고 나서 컵을 제자리에 놓은 뒤 유미는 자기 방으로 돌아가기 위해 거실을 가로질러 갔다. 엄마는 여전히 TV를 보고 있는 모양이었다. 유미는 돌아보지 않고 "엄마, 잘 자." 하고 인사를 하며 자기 방으로 들어가려고 했다. 그런데 갑자기 등골을 타고 서늘한 기운이 올라오기 시작했다. 그건 방금 전에 마신 차가운 생수 때문이 아니었다. 유미는 그때서야 거실에 앉아 있는 여인이 어쩌면 엄마가 아닐지도 모른다는 의심이 들기 시작했다. 왜 처음부터 엄마라고 생각했는지 자기 스스로도 의아했다. 어쩌면 이 집 안에 여자라곤 엄마와 자기뿐이라는 생각이 그런 선입견을 만들어낸 것인지도 모른다. 게다가 모습도 비슷하지 않은가. 저 여자도 엄마처럼 약간 살이 찐 타입이다. 하지만 유미가 결정적으로 엄마가 아닐 거라고 생각한 이유는, 바로 머리 모양 때문이었다. 헤어스타일이 전혀 달랐다. 아까는 왜 그것을 눈치 채지 못했을까?

거실을 등지고 멈춰선 유미는 머리 뒤꼭지가 쭈뼛 설 정도로 강한 두려움에 사로잡혀 있었다. 이대로 그냥 방으로 돌아가도 될까? 아니면 뒤돌아서 누군지 확인해야 하나? 시간이 흐를수록 더 더욱 결단을 내리기가 힘들었다. 이젠 서 있기 조차 힘들 정도로 오금이 저려왔다.

마침내 방으로 돌아가기로 결심한 유미는 천천히 다리를 들어 움직이려고 했다. 그런데 어찌 된 일인지 바닥에 붙은 다리는 떨어질 줄을 몰랐다. 강한 공포가 그녀의 다리를 꽉 옭아매고 있던 것이다. 그때 뒤에서 발자국 소리가 들려왔다.

'저벅 — 저벅 — 저벅 —'

소리가 점점 가까워지고 있었다. 유미는 도저히 다리를 움직일 수가 없었다. 다리는 빳빳하게 굳은 채 꼼짝도 하지 않았다. 몸이 덜덜 떨렸다. 소리는 더욱 가깝게 들려왔다. 이제 바로 등 뒤에 와 있는 것처럼 느껴졌다. 유미의 얼굴은 핏기 하나 없이 창백했다. 금방이라도 심장이 오그라들 것만 같은 강한 공포가 그녀를 휘감았다.

갑자기 발소리가 뚝 끊겼다. 바로 등 뒤에서!

유미는 숨을 한번 들이 쉰 후 최대한 용기를 내서 고개를 천천히 왼쪽으로 돌렸다. 목 근육이 굳어서 목을 돌리는 데도 여간 힘이 드는 게 아니었다. 고개를 돌려 뒤를 돌아보았을 때, 거기엔 아무것도 없었다. 그저 시커먼 어둠만이 눈에 들어올 뿐이었다. 어느새 TV도 꺼져 있어 적막함은 더했다.

그녀는 길게 한숨을 내쉰 후 다시 고개를 돌렸다. 긴장감이 사라지자 다리에 힘이 풀려 자기도 모르게 털썩 주저 앉아버리고 말았다. 유미는 곧바로 자리에서 일어나 자기 방으로 돌아갔다.

방 문을 닫고 나서야 비로소 안심할 수 있었다.

"빨리 자자. 자고 나면 괜찮아 질 거야."

침대로 다가가던 유미는 순간 이상한 느낌이 들어 그 자리에 우뚝 멈춰서고 말았다.

"스윽 — 스윽 — 스윽 —." 하는 소리가 이 방 어디선가 들려오고 있었다. 하지만 어디서 나는지는 알 수 없었다.

"스윽 — 스윽 —스윽 —."

유미는 자기도 모르게 점점 뒷걸음질을 치기 시작했다. 이것으로부터 빨리 도망쳐야 된다고 마음의 소리가 경고를 보내오고 있었다. 유미는 재빨리 몸을 돌려 방 문 손잡이를 잡았다. 손잡이를 돌려 문을 열고 밖으로 나가려는 바로 그 순간, 자기도 모르게 뒤를 돌아다보고 말았다.

그것은 "스윽 — 스윽 —." 소리를 내며 침대 밑에서 기어 나오고 있었다. 방금 전 거실에서 보았던 바로 그 여인이었다.

"꺄악!"

날카로운 비명소리를 듣고 제일 먼저 달려온 사람은 정우였다.

그는 방 문 앞에 쓰러져 있는 동생을 발견하고는 팔로 감싸 안아 정신을 차릴 수 있게 뺨을 몇 대 살살 때렸다.

"유미야! 야! 정신 차려!"

뒤이어 방에서 나온 아버지가 정우에게 다가와 물었다.

"왜 그러니? 무슨 일이야?"

"모르겠어요. 비명소리를 듣고 나와 보니까 얘가 방 문 앞에 쓰러져 있는 거예요."

"그럼 역시……."

세형이 의미심장한 얼굴로 아들을 보며 말했다.

"아무래도 그런 것 같아요. 어머니한테서……."

두 부자는 심각한 얼굴로 잠시 서로를 마주보고 있었다. 그때 유미가 정우의 품에서 살며시 눈을 떴다.

"유미야, 이제 정신이 좀 드니? 대체 뭘 본 거야?"

"저…… 저기……."

그녀는 고개를 돌린 채 손가락으로 침대 밑을 가리켰다. 정우는 그곳을 쳐다봤지만 거기엔 아무것도 없었다.

"거기에 뭐가 있었는데?"

세형이 딸에게 물었다.

"귀, 귀신이 있었어."

"귀신?"

"귀신을 본 거야?"

"응……. 귀신이 있었어. 분명해. 나 너무 무서워. 무서워서 죽을 것 같아. 제발 어떻게 좀 해봐."

유미는 흐느껴 울기 시작했다.

이로써 이 집에서 홉스 증후군을 앓는 사람은 두 사람으로 늘었다. 유미가 앓고 있는 포비아 증상은 바로 '귀신 공포증'(Phasmophobia. 유령공포증이라고도 함)이었다.

6

갑자기 정규 방송을 중단하고 긴급속보를 알리는 뉴스가 흘러나왔다. 수학여행을 떠난 K 중학교 학생들과 교사가 숙박업소인 J모텔의 화재로 인해 큰 변을 당했다는 보도 내용이었다. 사망자가 무려 오십 명에 육박했고, 중화상을 입은 환자는 스무 명에 달했다. 대부분 방 안에서 잠을 자다 유독가스를 들이마시고 사망한 것으로 추정됐다. 화재의 원인은 고의적인 방화였고, 함께 수학여행을 떠났던 K 중학교 2학년에 재학 중인 김모군의 소행인 것으로 밝혀졌다. 그는 사건 당일 보일러실에 몰래 들어가 등유통을 들고 나와 이 같은 짓을 저질렀다고 자백했다. 김군은 방마다 돌아다니며 등유를 뿌린 뒤 미리 준비해 간 성냥으로 불을 붙였던 것이다. 그러고 나서도 그는 태연하게 밖으로 나와 불이 난 광경을 구경하고 있었던 것으로 전해졌다. 그 당시 김군을 목격한 J 모텔 직원의 짤막한 인터뷰가 얼굴만 모자이크 처리된 채로 화면에 나타났다.

김군은 평소에 말도 없고 내성적인 학생으로 그동안 반 친구들에게 집단 따돌림을 당해오던 것으로 밝혀졌다. 김군 어머니의 증언에 따르면, 김군은 수학여행을 떠나기 두 달 전부터 감기몸살

증세를 보였는데 그 후로 자주 헛것을 보거나 환청을 듣는 것 같았다고 했다. 현장에서 붙잡힌 김군의 자백 내용에도 어디를 가든 그들이 눈앞에 나타났으며, 자신을 심하게 학대해서 무서웠다고 진술한 것으로 드러났다.

전문가들은 이를 바탕으로 김군이 그동안 사회공포증 및 대인공포증, 조롱 공포증 등이 복합적으로 뒤섞인, 이른바 '왕따 공포증'에 시달려 온 것으로 추정했다.

뉴스는 이번 사건이 최근에 일어났던 일련의 공포증 관련 사건들 중에서 '종말 공포증' 환자의 일가족 독극물 살해사건 이후로 가장 큰 파장을 일으킬 사건이라며 크게 떠들어댔다.

하늘도 K 중학교 학생들의 넋을 기리는지 아침부터 심하게 비가 쏟아지고 있었다. 동아리 방에 모인 정우와 혜정, 그 외 몇몇 학생들은 큰 이슈가 되고 있는 이번 수학여행 방화 사건과 함께 세상을 뒤덮고 있는 공포의 실체에 대해 토론을 벌이고 있었다.

"이번 사건은 이미 예견되었던 일이나 다름없어요. 세상은 언제 터질지 모르는 화약고 같다고요."

"맞아. 사람들은 서로를 두려워하고 있어. 그건 단순히 병이 옮을까봐 두려워하는 것하곤 차원이 다르다고."

"공포가 사람들을 병들게 하고 있는 거야."

"전 가끔 버스를 기다릴 때 사람들의 표정을 관찰하곤 해요. 요즘 들어 그들의 얼굴은 마치, 서로를 감시하고 있는 눈초리랄까. 이상한 긴장감마저 감돈다고요. 혹시 저 사람이 미쳐서 나쁜 짓이라도 저지르지 않을까 하는 그런 걱정들을 하는 것 같았어요. 사실 저부터도 그렇지만요."

"나도 느꼈어."

"그건 비단 남들 얘기만은 아냐. 우리 주위에도 그런 기운이 팽배해 있다고."

그들은 서로의 얼굴을 한 번씩 쳐다봤다.

"이건 어쩌면…… 종말을 예고하는 것인지도 몰라요."

그렇게 말한 건 뜻밖에도 혜정이었다. 정우는 눈치를 주듯 혜정을 한번 힐끔 쳐다봤다.

"그래. 어쩌면 이건 인류에 대한 경고의 메시지인지도 모르지."

"결국 공포가 인류를 멸망시킬 거란 뜻이야?"

"공포의 확산만큼 무서운 질병이 또 어디 있겠어. 천연두도, 흑사병도, 에이즈도, 결국 인류를 멸망시킬 만큼 강력하진 못했던 거야. 하지만 지금은 어때? 이만큼 빠르게 확산되는 병을 너는 본 적이 있니? 사람들은 치사율이 낮다고 해서 이 병을 우습게 보고 있어. 그게 가장 큰 문제라고."

"그래. 나도 그 말에 동의해. 지금까지 인류에게 이 정도로 무서운 질병이 나타난 적은 없었어. 이건 정말 전대미문의 사건이야. 어쩌면 녀석들은 진화를 하고 있는지도 모른다고."

"진화요?"

"지금껏 녀석들은 잘 버텨왔어. 천연두나 흑사병, 에이즈 같은 것으로 인류를 매 세기마다 죽음의 공포로 몰아넣었다고. 그만큼 우리 인간의 개체수도 감소했지. 하지만 그것들은 현재 인류에 의해 거의 정복되어 버렸어. 이미 역사의 뒤안길로 사라진 질병들도 꽤 있고. 그 만큼 인류가 강력해졌다는 증거지. 이것이 무엇을 의미하는 줄 알아?"

"개체수의 증가로 인한 포화상태?"

"맞았어. 포화상태가 돼가고 있는 거라고. 그것도 진화하지 않고 그대로 정체된 상태에서 개체 수만 늘리고 있는 거지. 이것은 고여 있는 물이나 다름없어. 오랫동안 물이 고여 있으면 결국 썩어버리고 말지. 인류도 그렇게 돼가고 있는 거라고."

"그건 너무 심한 비약이 아닐까요? 이건 단순히 질병일 뿐이잖아요."

"이건 단순한 질병이 아냐. 그 어떤 질병이 인간을 정신적인 공황상태에 빠지게 하느냔 말이야. 이건 약으로 치료조차 불가능해. 녀석들은 정말 멋지게 진화해 버린 거라고. 인간이 계속해서 신약을 개발해서 자신들을 궁지에 몰아넣으니까 더 이상 약으로 치료가 불가능한 형태로 진화를 한 거란 말이야."

그때까지 입을 다문 채 가만히 듣고만 있던 정우가 드디어 입을 열었다.

"하지만 바이러스도 인간이 없으면 살아남지 못하죠. 녀석들도 결국 우리와 공생하는 길을 찾을 거예요. 어쩌면 이것은 그들이 우리와 함께 살아남기 위한 일종의 테스트인지도 모르죠. 특이하게도 이 질병은 정신적인 부분을 공략하고 있어요. 그것이 인간에게 있어 가장 취약한 부분이란 점에서 볼 때 녀석들의 그런 진화는 매우 적절했다고 생각해요. 하지만 그렇다고 해서 방법이 아예 없는 것은 아니죠. 이것은 처음부터 치료 방법을 가지고 태어났어요."

"그게 무슨 뜻이야?"

"인간은 처음부터 공포라는 감정을 지니고 태어나죠. 그것은 이미 우리의 유전인자 속에 각인되어 있던 거고요. 외부로부터의 위험을 알리는 경보 시스템이라고 할 수 있겠죠. 최초의 인류도 그런 본능적인 시스템이 있었기 때문에 먹이사슬에서 살아남을 수 있었을 거예요. 그런데 인류가 급속도로 발전하게 되면서 그런 시스템이 점점 도태되기 시작했어요. 대신 그 경보 시스템이 오히려 인간 스스로를 억압하는 도구로 전락해 버린 거죠. 시대가 변화할수록 공포의 대상은 점점 더 모호하고 실체가 없는 것으로 바뀌었어요. 하지만 결국 그것들은 전부 하나로 귀결되죠. 그건 바로 근원적인 공포. 죽음에 대한 원초적인 두려움이에요. 모든 것은 거기서부터 시작된 거라고요."

"그래서 네가 말하고 싶은 것이 뭔데?"

"죽음에 대한 공포를 이겨내야 한다는 거죠. 그것 말곤 방법이 없어요."

"그럼 모든 사람이 다 성인이 되면 되겠네."

누군가 비아냥거리듯 말했다.

"강박관념과 공포증은 모두 죽음과 깊은 관련이 있어요. 그것들은 하나같이 비정상적으로 죽음에 대해 두려움을 갖기 때문에 나타나는 거라고요. 그것들에게서 벗어나기 위해선 스스로 벽을 허무는 수밖에 없어요. 자신을 억압하는 공포라는 벽을 말예요."

"네 말은 충분히 이해하지만, 그건 그저 무책임한 발언에 지나지 않아. 결국 스스로 해결하란 뜻 아냐. 그럴 수 있는 사람이 대체 몇이나 되겠어."

"혼자선 불가능해요. 모두의 도움이 필요하다고요. 특히 가족의 도움이 절실하죠. 함께 극복하면 불가능할 것도 없어요. 그런 식으로 차근차근 정복해 나가는 거예요. 이것으로 어쩌면 인류는 한 단계 진일보할지도 모르죠. 잠재되어 있는 공포를 극복하는 것이야 말로 인간이 다음 단계로 진화하는……"

"그만 둬. 지금은 질병의 대책 마련이 더 시급할 때야. 인류의 진화가 어쩌고 하는 것은 토론 주제와 맞지도 않다고."

"하지만……"

"그래. 넌 너무 앞서가는 것 같아. 모두가 다 너처럼 긍정적인 사고방식을 가지고 있으면 얼마나 좋겠니. 하지만 인류는 나약해. 병에 걸리면 병원에 가는 게 우선이라고 생각하는 사람들이라고."

"전 정우의 말도 일리가 있다고 생각해요."

갑자기 그렇게 말한 사람은 혜정이었다.

"하나님은 우리가 그렇게 쉽게 죽도록 내버려 두진 않을 거예요. 우리가 좀더 믿음을 갖고 서로를 위한다면 분명 기적이 일어날 거라고 전 생각해요."

"또 하나님 타령이군. 왜 안 나오나 했다."

같은 학번 동기인 진용이가 한심하다는 투로 말했다.

"너 말이 너무 심하잖아!"

정우가 화를 내며 말했다.

"아, 그만, 그만. 오늘 토론은 여기까지 하자. 비도 오는데 이런 칙칙한 얘기 더는 못 듣겠다. 다들 할 일 없으면 술이나 마시러 가자. 어때?"

"죄송해요, 전 먼저 가봐야 될 것 같아요."

혜정이 어두운 표정으로 일어서며 말했다.

"저도 가봐야 돼요. 집에 일이 좀 있어서."

정우가 눈치를 살피며 말했다.

"알았어. 그럼 나머진 괜찮은 거지? ……좋아. 그만 일어나자."

7

집 안의 공기는 무겁게 가라앉아 있었다. 은숙은 포비아의 후유증에서 벗어나지 못한 채 방 안에서 꼼짝도 하지 않았고, 유미는 날이 갈수록 악화되고 있는 증상 때문에 병원에서 타온 안정제를 먹고 일찌감치 잠자리에 들었다.

이 집에서 오직 병에 걸리지 않은 두 남자만이 저녁을 먹기 위해 식탁에 앉아 있었다. 식탁 위엔 어제 먹다 남은 된장찌개와 김치, 마른 반찬 몇 개만이 썰렁하게 놓여 있었다.

세형은 밥맛이 없는지 기계적으로 젓가락질을 하고 있을 뿐이었다. 그것을 보다 못한 정우가 아버지에게 말했다.

"계란 프라이라도 할까요?"

"아니다. 난 이걸로 됐어. 먹고 싶으면 너라도 해서 먹으렴."

"저도 별로 생각 없어요……. 근데, 아버지는 좀 어떠세요?"

"응? 뭐가 말이냐?"

"어디 아프시거나 그러지 않으세요?"

"난 뭐…… 괜찮다. 아무 이상 없어. 그런 넌 어떠니?"

"전 멀쩡해요."

"다행이구나. 너랑 나까지 병에 걸리면······, 큭······."

세형은 손으로 입을 가린 채 고개를 돌려 기침을 해댔다.

"아버지? 괜찮으세요?"

불안해하는 표정으로 정우가 물었다.

"어? 어, 그, 그래. 괜찮다. 괜찮아. 갑자기 사레가 들려서."

"정말 괜찮으세요?"

"그래. 괜찮대도. 그냥 사레가 들린 것뿐이야."

정우는 여전히 불안함이 가시지 않은 얼굴로 아버지를 바라보고 있었다.

"글쎄, 아니래도 그러네. 어여 밥이나 먹으렴."

세형은 아무렇지도 않다는 얼굴로 된장찌개를 한 숟가락 떠서 입으로 가져갔다. 정우는 그런 아버지가 여간 걱정스러운 게 아니었다.

K 중학교 사건 이후로도 세상을 떠들썩하게 만드는 사건들이 꼬리를 물고 계속해서 일어났다. 그것은 비단 국내 문제만이 아니었다. 전 세계적으로 공포증과 관련된 범죄와 사고들이 끊임없이 발생하고 있었다. 방화사건, 총기 난사, 폭탄 테러, 자살, 연쇄살인, 유기, 납치, 실종, 충돌, 추락 등······ 하루에도, 아니 한 시간에도 수십 건에 달하는 대형 사건과 사고들이 연일 뉴스의 일면을 화려하게 장식하고 있었다. 그럴수록 사람들은 더욱 밖으로 나오기를 거부했고, 자신을 제외한 주위 모든 사람들을 적개심 가득한

시선으로 바라봤다. 민심은 날이 갈수록 흉흉해져서 이웃이나 심지어 가족들 간에도 대화를 거의 하지 않는 대화 단절 현상이 일어났다. 이럴 때일수록 서로에게 더욱 관심을 가지고 보살펴 줘야 하는데도 실정은 그렇지가 않았다. 세계는 마치 하나의 거대한 무덤처럼 변해가고 있었다.

어느 덧 유미의 '검은 보름' 기간도 끝이 나버렸다. 눈만 뜨면 눈앞에 아른거리는 망령들 때문에 유미는 하루하루가 지옥과도 같았다. 수능을 눈앞에 둔 고3 수험생으로서 일 분 일 초가 아까울 때인데 보름 동안 감금된 생활을 하면서 공부도 할 수 없었으니, 그녀가 느낀 초조함이 오죽했겠는가.

2차 증상이 끝나기야 했지만, 이젠 도저히 공부에 집중을 할 수가 없었다. 계속되는 귀신에 대한 공포가 그녀의 정신을 야금야금 갉아먹고 있었기 때문이다. 어두운 곳만 봐도 거기에 귀신이 있을 것 같아 밤에 잘 때도 항상 불을 켜놓고 자야 했다. 유미는 이러다가 자신이 정말 미쳐버리는 것은 아닌지 걱정이 됐다. 은숙도 불안하긴 마찬가지였다. 뾰족한 것을 피해서 생활하는 자신이 너무도 비참해서 하루에도 수십 번씩 자살을 생각할 정도였다.

지금 이 두 모녀에게는 공통적으로 심각한 우울증 증상이 일어나고 있었다. 이것은 이 병이 가지고 있는 비공식적인 제3차 증상이기도 했다.

세형은 일을 마치고 일찍 집으로 귀가했다. 그는 자기 집 현관문 앞에 서서 초인종을 누르려다가 말고, 주머니에서 열쇠를 꺼내 직접 문을 땄다. 요즘 들어 초인종을 누르는 일이 거의 없었다. 아내도 딸도 모두 그 병을 앓고부터 방 안에서 은둔 생활만 하고 있으니, 초인종을 눌러도 누가 나와서 자기를 반겨주겠는가. 게다가 정우도 요즘 학교 도서관에 틀어박혀서 밤늦게까지 있을 때가 많아 저녁도 거의 매일 혼자서 해결해야만 했다.

홉스 증후군이 만연한 이후로 다른 가정에서도 이런 모습을 흔히 볼 수 있었다. 포비아는 개인의 정신뿐만 아니라 가정이라는 울타리마저도 붕괴시키려 하고 있었다.

세형이 문을 열고 집으로 들어가려고 할 때, 한 집 건너 이웃에 살고 있는 중년의 남자가 흰 마스크를 턱 밑으로 내린 채 열쇠를 어디다 뒀는지 몰라 열심히 찾고 있는 모습이 눈에 들어왔다. 그도 자신과 똑같다고 생각하니 왠지 모르게 동질감이 느껴지면서 동시에 측은한 마음이 들었다. 세형은 자기도 모르게 그를 계속 지켜보고 있었다. 그도 세형의 시선을 느꼈는지 열쇠를 찾다 말고 고개를 들어 세형을 쳐다봤다. 세형은 가볍게 고개를 끄덕여 인사했다. 그는 약간 쑥스러운 듯 미소를 지으며 "이놈의 열쇠가 어디로 갔지?"라고 변명하듯 말하고는 다시 열쇠를 찾기 시작했다. 그때 갑자기 문이 벌컥 열리는 바람에 남자는 깜짝 놀라서 고개를 쳐들었다. 집 안에서 나온 사람은 그의 아내였다.

"뭐야, 집에 있었던 거야?"

남자가 아내를 보며 말했다.

"응, 나 오늘 모임에 안 갈 거라고 했잖아. 문자 못 받았어?"

"아, 그랬구나. 하도 정신이 없어서. 하하."

"으이그. 하여튼."

아내는 문을 열고 서 있는 세형을 보더니 남편에게 눈치를 주며 빨리 들어오라고 재촉했다. 세형은 괜히 무안해져서 머리를 긁적였다. 집 안으로 들어가는 남자를 보며 부럽다는 생각이 들었다.

문을 닫고 안으로 들어온 세형은 여전히 쥐죽은 듯 조용한 거실을 멍하니 바라보며 길게 한숨을 내쉬었다. 그러곤 넥타이를 느슨하게 풀면서 "여보, 나왔어." 하고 안방 문을 열고 안으로 들어갔다.

방 문을 열었을 때, 아내는 침대 위에 없었다. 대신 그의 눈앞에는 아내의 것으로 보이는 두 다리가 공중에 대롱대롱 매달려 있었다. 세형은 입을 벌린 채 위를 올려다봤다. 거기엔 줄로 목을 매달은 아내가 혓바닥을 쭉 내민 무서운 얼굴로 그를 내려다보고 있었다. 마치 그를 향해 '어서 오세요.' 라고 하는 것처럼.

세형은 너무 경악한 나머지 비명조차 지르지 못했다. 대신 그의 입에서 무슨 소린지 알아들을 수 없는 말들이 울음과 뒤섞여 계속해서 흘러나왔다.

"여…… 여보……, 안 돼……. 어째서…… 이런 짓을……. 왜…… 하필……."

그는 머리를 쥐어뜯으며 괴로워했다.

비틀거리며 거실로 나온 그는 유미의 이름을 부르며 딸아이의 방으로 향했다. 문을 열고 안으로 들어가자 거기엔 또 다른 시체가 있었다. 침대 위에 누워 있는 유미는 한쪽 팔을 침대 바깥으로 내민 채 잠들어 있는 것처럼 보였다. 하지만 바깥으로 빠져나온 팔의 손목에서 피가 뚝뚝 떨어지고 있었다. 바로 아래엔 커다란 피 웅덩이가 고여 있었다. 세형은 그대로 바닥에 주저앉은 채 숨을 헐떡이기 시작했다. 갑자기 심장에 무리가 왔는지 호흡 곤란 증세를 보이고 있었다.

"헉…… 허억…… 커어억……."

금방이라도 숨이 넘어갈 것처럼 얼굴이 창백했다. 그는 가슴을 쥐어짜듯 움켜쥐며 괴로워했다. 그때 누군가 자신을 부르는 소리가 들려왔다.

"아빠? ……아빠, 왜 그래!"

침대 위에서 자다 깬 유미가 바닥에 쓰러진 채 숨을 헐떡이고 있는 아빠를 발견하고는 소리쳤다.

"엄마! 이리 와봐! 아빠가 이상해! 엄마!"

소리를 듣고 안방에서 나온 은숙이 쓰러진 남편을 보고 얼른 그를 끌어안았다.

"여보! 왜 그래요?"

방금 전까지 그녀도 약에 취해 완전히 곯아 떨어져 있었다.

세형은 가슴을 쥐어짜며 고통스러운 신음을 토해냈다. 그의 눈 앞엔 여전히 죽은 두 모녀의 모습이 아른거렸다.

집으로 돌아오는 길에 아파트 단지 안을 황급히 빠져나가는 앰뷸런스를 보고 정우는 갑자기 불길한 생각이 머리를 스쳤다. 그는 불안한 마음에 재빨리 집으로 달려갔다.

집에 도착했을 때, 아니나 다를까 유미가 거실 소파에 앉아 울고 있었다.

"왜 그래? 무슨 일이야? 어머니는?"

"오빠!"

유미는 오빠를 보자 더욱 큰 소리로 울기 시작했다.

"어머니한테 무슨 일이 생긴 거야?"

"아냐, 엄마가 아냐. 아빠가 그랬어."

"아버지가?"

"아빠가 갑자기 가슴을 움켜쥐고는……."

유미는 차마 말을 잇지 못했다.

"어머닌 지금 어디 계시니?"

"아빠하고 같이 병원에 갔어……. 오빠 어떡해. 아빠한테 무슨 일이라도 생기면……."

정우가 동생의 어깨를 다독이며 말했다.

"괜찮아. 괜찮으실 거야. 아버진 건강한 분이시잖니."

말은 그렇게 했지만 불안하긴 그도 역시 마찬가지였다.

생사의 기로에서, 다행히 세형은 목숨을 건질 수 있었다. 그는 일반 환자실에서 산소 호흡기를 입에 댄 채 흐릿한 눈으로 가족들을 올려다보고 있었다.

그에게 2차 증상은 정말 느닷없이 나타났다. 평소 감기라는 것을 모르고 살아온 건강한 사람이라 세형은 정작 자신이 감기에 걸린 줄도 모르고 있었다. 그저 일이 힘들어서 피곤할 뿐이라고 생각했을 뿐이었다. 보통의 감기 증상에도 다소 개인차가 있듯이, 홉스 중후군도 그와 마찬가지였다. 어떤 사람에게는 감기 몸살로도 나타나고, 또 어떤 사람에게는 단순한 코감기 정도로만 나타나기도 했다. 세형 같은 사람은 자신이 포비아에 걸린 줄도 모르고 있다가 갑자기 2차 증상이 나타나서 당황하는 그런 부류였다.

세형은 근심이 가득한 얼굴로 자신을 내려다보고 있는 가족들에게 이젠 괜찮다며 손을 들어 안심시켰다. 은숙은 그런 남편의 손을 꼭 잡은 채 눈시울을 붉혔다.

너무 어릴 때여서 잘 기억은 나지 않지만, 과거 어린 시절 그는 어머니를 잃어버리고 잠깐 동안 미아가 된 적이 있었다. 다행히 한 달여 만에 기적적으로 어머니와 다시 재회했지만, 그 한 달 동안 어린 세형은 평생 잊지 못할 충격을 받고 말았다. 그때의 끔찍한 고독감이 그의 심층의식 속에 또렷이 각인되어져 성인이 되어서도 외로움을 병적으로 싫어하는 습성을 만들게 된 것이다.

그런 세형의 포비아 증상은 바로 '고독 공포증(monophobia)'이었다.

8

그 후로 가족들은 서서히 안정을 되찾아 갔다. 세형은 2차 증상이 완전히 사라질 때까지 전문적인 정신과 치료를 받아야 했다. 은숙과 유미도 전문의와의 카운슬링을 통해 조금씩 후유증에서 벗어나는 모습을 보였다. 무엇보다 가족이 한 마음이 돼서 병을 이겨내고자 하는 의지가 강했기 때문에 그들의 증상은 날이 갈수록 빠르게 호전되어 갔다. 그 과정에서 그들은 잊고 있던 가족애의 중요성을 다시 한 번 깨닫게 되었다. 그것은 무엇과도 바꿀 수 없는 매우 소중한 경험이었다.

어느 학자가 TV에 나와서 했던 연설이 갑자기 떠오른다. 그것은 지금의 상황과 비추어 볼 때 더욱 인상적인 연설이라 할 수 있겠다. 그는 대중들을 향해 이렇게 말했다.

"하나님은 우리에게 시련을 이겨낼 수 있는 지혜를 주셨습니다. 하지만 우리는 그분의 뜻을 충분히 이해하지 못했습니다. 결국 혼자서는 아무것도 할 수 없다는 것을 우리는 이번 기회를 통해 다시 한 번 뼈저리게 깨닫게 되었습니다. 지금 주위를 한번 둘러보십시오. 고통 받고 있는 가족이 보이지 않습니까? 공포에 떨고 있는 친구가 보이지 않으세요? 이제 우리 모두가 나서서 도와줘야 할 때입니다. 그들을 어둠 속에서 끌어올려 밝은 곳에서 살 수 있게 만들어야 합니다. 그것이 곧 가족애이고, 형제애입니다. 그것만이 이 무서운 질병을 이겨낼 수 있는 진정한 치료제인 것입니다."

그런 의미에서 세형의 가족은 상당히 모범적인 사례라 할 수 있겠다.

혜정과 연락이 끊긴 지 벌써 2주가 지났다. 정우는 휴대폰도 꺼놓고 집 전화도 받지 않는 그녀 때문에 초조해서 미칠 지경이었다. 불길한 생각이 자꾸만 그를 괴롭혔다. 최근 들어 학교에도 모습을 드러내지 않자 학과 친구들은 혹시 그녀도 포비아에 걸린 것은 아닐까 하고 저희들끼리 수군덕거렸다. 도저히 견딜 수 없게 된 정우는, 결국 그녀의 집에 직접 찾아가 보기로 결심했다.

그녀가 사는 곳은 빼곡히 늘어서 있는 평범한 단독 주택들 중에 어느 한 집이었다. 아까부터 초인종을 아무리 눌러대도 대답은 돌아오지 않았다. 그저 공허한 초인종의 울림만이 되돌아 올 뿐이었다. 정우는 대문을 두드리며 혜정의 이름을 불러댔다.

"혜정아! 나야, 정우! 혜정아! 집에 있니? 있으면 대답 좀 해 봐!"

한참을 그렇게 불러대도 안에선 누구 하나 코빼기조차 내밀지 않았다. 대신 그 옆집에 사는 어떤 성질 더러워 보이는 아줌마 한 분이 밖으로 나와 계속 이런 식으로 시끄럽게 굴면 경찰에 신고해 버리겠다고 으름장을 놓았다. 정우는 하는 수 없이 입을 다물 수밖에 없었다.

결국 집까지 찾아갔지만 그녀를 만나 보지도 못한 채 이대로 발길을 돌려야만 했다. 정우는 어깨를 축 늘어뜨린 채 터벅터벅 걸어가고 있었다. 그때 등 뒤에서 누군가 자신을 부르는 소리에 재빨리 뒤를 돌아보았다.

"이봐, 학상. 이 집을 찾아 왔는가?"

그렇게 말한 사람은 어떤 할머니였다. 아무래도 이 동네에서 오랫동안 사신 분 같았다. 그런데 이상하게도 할머니는 마스크를 쓰지 않고 있었다. 병이 두렵지 않은 것일까? 정우는 할머니를 보며 말했다.

"네, 할머니. 혹시 이 집 사람들 지금 어디 있는지 아세요?"

"근디 무슨 일로 찾아왔누?"

할머니는 약간 의심스러워하는 눈으로 그에게 물었다.

"대학 친구가 여기 살아요. 혜정이라고. 계속 연락이 안 돼 걱정이 되서 와본 거예요. 할머니는 이 집 식구들이 어디 갔는지 아세요?"

"잉……. 그 사람들 말이지. 다들 뭔가에 단단히 홀린 것 같아. 세상이 이리 뒤숭숭하다 보니께 종말이다 뭐다 하고 아주 난리여, 난리. 에이그. 쯧쯧."

"그래서요? 지금 어디 있는 거죠?"

"저기 저 십자가 보이는가?"

할머니가 손으로 가리킨 것은 높다란 첨탑 위에 우뚝 솟은 붉은 십자가였다.

"저기 교회 지하실에 가면 아마 있을 것이여. 저기서 매일 밤낮으로 기도를 드린다고 하니께."

"아, 그래요?"

"우리집 며늘아기도 미쳐서 저기 가려는 걸, 우리 아들이 몇 번이나 머리끄덩이 잡고 데려온지 몰러. 아주 상것들이여. 상것. 에이 퉤퉤."

할머니는 욕을 해대며 바닥에 침을 뱉었다.

"감사합니다. 할머니……. 아, 그런데 할머니, 이렇게 마스크도 안 쓰고 돌아다니셔도 돼요? 병에 걸리면 어쩌시려고."

"이 나이에 무서울 게 뭐가 있겠는감. 히히. 오늘 죽으나 낼 죽으나 마찬가지제. 안 그려? 차라리 죽으면 영감도 볼 수 있고 좋지 뭘."

"아, 네……. 그렇더라도 몸조심하세요."

"내 걱정 말고 학상이나 걱정 혀. 앞으로 살 길이 창창한디. 히히."

"네, 그럴게요. 그럼 전 이만."

정우는 할머니에게 꾸벅 인사를 한 뒤 서둘러 붉은 십자가가 보이는 교회로 향했다.

'휴거　재림'이라는 큼지막한 글씨가 새겨진 현수막이 제일 먼저 눈에 들어왔다. 교회 앞에 다다르자 찬송가 노랫소리가 시끄럽게 울려 퍼지고 있었다. 그 소리는 분명 지하에서 올라오고 있었다. 정우는 교회 정문을 통해 들어가 오른쪽으로 나 있는 계단을 걸어 내려갔다. 벌써부터 후끈거리는 열기가 전해져 오는 듯했다. 밑으로 내려가자, 문에도 휴거라는 글씨가 붉은색 스프레이로 조잡하게 칠해져 있었다. 정우는 문을 열고 안을 들여다보았다. 갑자기 확하고 밀려나오는 열기 때문에 정우는 순간 몸을 움찔했다. 안에는 어림잡아도 이백 명은 족히 넘어 보이는 신도들이 다닥다닥 붙어 앉아 한 목소리로 그들의 신을 부르짖고 있었다. 그 엄청난 광경에 정우는 그만 압도당하고 말았다. 그는 재빨리 정신을 차린 뒤 혜정의 모습을 찾기 시작했다. 다들 반쯤 넋이 나가 있어 누가 문을 열고 안을 살펴보는지도 모르고 있었다. 정우는 계속해서 두리번거리며 혜정의 모습을 찾았지만, 신도들이 너무 많아서 쉽게 찾을 수가 없었다. 그러다 결국 집회의 담당 목사로 보이는 사람이 정우를 발견하고 말았다. 그는 마이크에 대고 이렇게 말했다.

"자, 보십쇼. 또 다른 어린 양이 길을 잃고 헤매다가 드디어 주님의 안식처에 도착했습니다. 어서 들어오십쇼. 무엇을 망설이십니까. 어서 들어오십쇼. 주님은 언제나 여러분을 환영합니다."

그러자 이백 명이 넘는 신도들이 거의 동시에 뒤로 돌아 낯선 방문객을 쳐다보았다. 정우는 갑자기 쏟아지는 수많은 시선에 어찌할 바를 몰라 쭈뼛거리고 있었다. 그때 딱 한 사람이 그의 시선에 들어왔다. 앞에서 세 번째 줄에 앉은 여인. 혜정이였다. 혜정도 그를 알아봤는지 깜짝 놀란 얼굴로 정우를 쳐다보고 있었다. 정우는 손짓으로 혜정을 불렀다. 그러자 그녀는 잠깐 망설이다가 고개를 돌려 옆에 앉은 사람과 뭔가 얘기를 나누기 시작했다. 자세히 보니 그들은 혜정의 부모님 같았다. 그녀는 곧바로 자리에서 일어나 정우를 향해 걸어오기 시작했다. 신도들은 그런 그녀의 모습을 이상한 눈빛으로 쫓고 있었다. 그 광경이 정우에겐 무척이나 기괴하게 느껴졌다.

혜정과 함께 잠시 교회 밖으로 나온 정우는 대체 무슨 말부터 해야 좋을지 알 수가 없었다. 그가 망설이고 있자 혜정이 먼저 입을 열었다.

"깜짝 놀랐어. 네가 올지는 꿈에도 몰랐거든. 어떻게 알고 온 거야?"

그렇게 말하는 그녀의 모습은 어딘지 꿈속을 헤매고 있는 듯해 보였다. 역시 정상이 아니다. 그런 생각이 정우의 머릿속에 번뜩 들었다.

"언제부터 시작된 거야?"

"뭐가?"

"솔직히 말해. 너 포비아에 걸렸었지?"

정우의 말에 혜정은 잠깐 당황한 듯하더니 이내 웃으면서 태연하게 말했다.

"아냐. 그런 거."

"거짓말 마. 포비아에 걸린 거잖아. 왜 나한테 말하지 않았어!"

"글쎄. 아니래도. 난 멀쩡해. 봐. 아무렇지도 않잖아."

"뭐가 아무렇지도 않아! 지금 네 모습을 봐. 완전 광신도 같다고."

"그렇게 말하지 마! 저기엔 우리 부모님도 계셔."

혜정은 전에 없이 단호하게 잘라 말했다.

"혜정아. 정신 차려. 너 대체 어쩌려고 그래!"

"정우야. 너도 함께 기도드리자. 응? 그럼 너도 구원 받을 수 있어."

"기도는 집에서 드려도 되잖아."

"안 돼. 여기서 해야 돼. 여긴 그냥 단순한 교회가 아냐. 여긴 방주라고. 휴거 때 하나님이 우리를 끌어올려 주실 곳이란 말이야. 여기 사람들은 모두 선택 받았어. 너도 들어와. 응? 정우야. 우리 함께 구원받자."

"바보야! 휴거 따윈 일어나지 않아! 전부 사이비일 뿐이라고!"

"그런 말 할 거면 돌아가!"

혜정은 얼굴을 붉히며 화를 냈다.

"혜정아!"

정우는 혜정의 단호한 태도에 화가 나기보단 측은한 마음이 들었다.

"혜정아. 제발 정신 차려. 응? 내가 이렇게 부탁할게."

정우는 혜정을 힘껏 끌어안았다. 그의 눈에서 뜨거운 눈물이 흘러내렸다.

"모두 다 내 잘못이야. 내가 널 지켜줬어야 했는데. 그러지 못했어. 미안해. 미안하다 혜정아."

그제야 혜정도 마음이 풀렸는지 그를 끌어안으며 작게 속삭였다.

"보고…… 싶었어. 너무나."

"나도 보고 싶었어. 내가 얼마나 걱정했는지 알아?"

"미안해. 나도 어쩔 수가…… 없었어. 흑흑."

혜정은 끝내 참았던 눈물을 보이고 말았다.

"너무 무서웠어. 무서워서 도저히 견딜 수가 없겠더라고. 세상이 대체 왜 이렇게 되어버린 걸까?"

"나도 무섭긴 마찬가지야. 하지만 이겨낼 수 있어. 우리 가족들도 전부 병을 앓았지만, 이제는 많이 나아졌어. 모두 함께 노력한 덕분이야."

"아, 그랬구나. 너희 가족들도."

"혜정아, 내가 도와줄게. 전에 약속했지? 내가 널 끝까지 지켜주겠다고."

"응, 나도 기억해. 그래서 네가 이렇게 날 찾아와준 거잖아."

"혜정아……. 사랑해. 누구보다도."

정우는 더 힘껏 그녀를 끌어안았다.

"아, 숨 막혀. 바보."

"미안."

"날 지켜주겠다고 한 약속, 정말 끝까지 지킬 거지?"

"응, 물론이지."

정우는 그녀의 얼굴을 똑바로 보며 말했다.

"그럼 너도 우리와 함께 하자."

"……뭐?"

순간 정우는 벙한 얼굴이 되어 혜정을 쳐다봤다. 어느새 혜정의 얼굴엔 아까와 같은 꿈꾸는 듯한 표정이 나타나 있었다.

"끝까지 지켜주겠다고 했잖아. 우리랑 함께 하자. 응? 나도 너하고 같이 천국 가고 싶어. 네가 없는 천국은 무척 쓸쓸할 거야."

"혜정아!"

"이제 얼마 안 남았어. 곧 하늘에서 그분이 내려오실 거야. 그럼 우리는……"

정우는 자기도 모르게 혜정의 뺨을 힘껏 때리고 말았다. 뺨을 얻어맞은 혜정은 너무 놀랐는지 한동안 멍한 얼굴로 정우를 쳐다봤다. 그도 때리고 나서야 자신이 실수했다는 사실을 깨달았다. 하지만 그렇게 해서라도 혜정의 정신을 차리게 해주고 싶었다.

멍해 있던 그녀의 얼굴이 서서히 일그러지기 시작했다. 정우는 한 번도 사람의 표정이 그렇게 섬뜩하게 변하는 모습을 본적이 없었다. 치켜 올라간 양쪽 눈에선 살의마저 느껴졌다. 혜정은 표독스런 얼굴로 정우를 쏘아보며 말했다.

"두고 봐. 그날 하늘에서 불기둥이 쏟아질 테니까. 그때 가서 아무리 울고불고 매달려 봤자, 너와 너희 가족은 구원받지 못할 거야."

"혜, 혜정아……."

정우는 큰 충격을 받은 나머지 말을 잇지 못했다.

"너 같은 새끼는 지옥에나 가버려!"

그녀의 입에서 이런 험한 소리가 나오리라곤 상상도 하지 못했다. 지금 그녀의 모습은 정우가 아는 혜정이 아니었다. 그것은 완전히 세뇌되어 버린 광신도의 모습, 그 자체였다. 혜정은 정우를 남겨둔 채 그대로 교회 지하 예배실로 내려가 버렸다. 정우는 차마 혜정을 붙잡을 수가 없었다. 그러기엔 이미 너무 늦어버렸다는 사실을, 그녀의 눈을 보고 알 수 있었다.

곧이어 찬송가가 끝나고 통성기도가 시작됐다. 광기로 가득 찬 그들의 기도 소리가 교회 건물 전체에 울려 퍼지고 있었다. 정우는 그들의 목소리를 뒤로 한 채 쓸쓸히 걸어갔다. 그러곤 그들 속에서 한 목소리로 외치고 있을 혜정의 모습을 떠올리자 소름이 끼치면서도, 한편으론 몹시 서글픈 생각이 들었다.

9

아마 누구도 이런 세계를 상상하진 못했을 것이다. 각자 자신들만의 공포에 빠져버린 세계. 그 파급 효과는 실로 엄청나서 벌써부터 어느 소국가는 무정부 상태에 빠지기도 했다. 내란이 일어나고, 쿠데타, 테러, 폭동, 학살 등이 여러 곳에서 거의 동시다발적으로 발생했다.

처음엔 지극히 개인적인 문제로 시작됐던 이번 사태가 이제는 걷잡을 수 없을 정도로 번져서 결국 인류를 위협하는 현재의 상황까지 오고 만 것이다.

누구도 개인적인 공포가 이정도의 사태까지 불러오리라고는 상상도 하지 못했다. 사람들은 서로를 너무도 두려워했다. 이웃뿐만이 아니라 심지어 가족들조차도 서로를 믿지 못하는 모습이었다. 하지만 그것이 공포증에 의한 것인지, 아니면 그들 스스로가 그렇게 만들어버렸는지는 알 수가 없었다.

인류는 이 전대미문의 질병 앞에서 최후의 울타리인 '가족공동체'마저 서서히 붕괴되고 있는 모습을 말없이 지켜볼 뿐이었다.

그런 와중에도 가장 심각한 문제를 안고 있는 것은 역시 강대국들이었다. 인류를 파멸로 몰고 가는 공포증 중에서도 가장 무서운 것이 바로 전쟁과 핵에 대한 공포이기 때문이다. 각국의 지도자들이 상대국을 두려워한 나머지 언제 핵 버튼에 손을 댈지 알 수 없는 일이었다. 그 누가 그런 사태가 일어나지 않을 거라 장담할 수 있겠는가. 결국 이러한 걱정은 사람들에게 또 다른 공포를 안겨줄 뿐이었다. 세상은 불길에 휩싸여 있는 화약고나 다름없었다.

그렇지만 정우의 가족들은 끝까지 희망을 포기하지 않았다. 물론 그들뿐만 아니라 다른 가족들, 또 다른 가족 공동체들도 그런 작은 희망의 불씨를 살리기 위해 열심히 공포와 싸워나가고 있었다. 그들은 자신들을 구원해 줄 수 있는 유일한 희망은 바로 '사랑', 그중에서도 '가족애'라는 것을 그 누구보다 잘 알고 있었다. 잿더미 속에서 피어나는 꽃이 있다고 하지 않던가. 그들이 바로 그런 꽃이었다.

정우는 긴 고통에서 헤어난 사람처럼 막 잠에서 깨어났다. 늦게까지 잠을 잤더니 머리도 한결 개운하고 기분도 좋았다. 그는 침대 위에서 내려와 기지개를 쭉 편 후 크게 한 번 하품을 했다.

오월의 햇살이 창가를 통해 들어오고 있었다. 아직 오월인데 밖은 벌써 한 여름 같기만 하다. 이번 여름은 이상 기온으로 인해 예전보다 한 발 앞서 다가왔다. 벌써부터 반팔에 미니스커트를 입고 돌아다니는 사람들을 심심찮게 볼 수 있었다. 어딜 가도 여름의 향기가 물씬 났다. 거리를 활보하는 사람들의 표정에서 어두운 그림자는 찾아볼 수가 없었다. 다들 밝게 웃으며 화창한 여름 날씨를 즐기고 있었다.

정우는 시계를 쳐다봤다. 오후 1시 30분, 잘하면 아직 도서관에 자리가 남아 있을지도 모른다. 그러려면 지금부터 빨리 서둘러야 한다. 그는 방 문을 열고 밖으로 나가려 했다.

그런데 그 순간, 정우는 문지방 밖으로 뻗었던 다리를 다시 거둬들일 수밖에 없었다. 그는 문 옆에 몸을 기댄 채 거친 숨을 몰아쉬었다.

"하…… 하마터면…… 떨어질 뻔했어."

지금 그가 서 있는 문지방 아래는 끝을 알 수 없는 낭떠러지였다. 수백 아니, 수천 미터는 되어 보이는 어마어마한 높이의 절벽. 자칫 발을 헛디뎠다간 밑으로 추락해서 죽고 말 것이다.

문지방 위에 서 있는 정우의 두 다리가 오들오들 떨리고 있었다. 등에선 식은땀이 흘러내렸고, 머리는 청룡열차를 탄 것처럼 어질어질했다. 갑자기 구토가 올라오려는 것을 그는 간신히 참아넘겼다. 더 이상 밑을 내려다보기 힘들었다. 정우는 눈을 감고 고개를 옆으로 돌렸다.

드디어 2차 증상이 시작된 것이다. 속으론 설마설마 했는데, 역시 2차 증상은 고소 공포증이었다. 그것은 가장 흔한 타입이면서, 또 가장 까다로운 타입이기도 했다.

정우는 지금 이것을 이겨내지 않으면 죽어도 방을 빠져나올 수 없을 거라는 것을 잘 알고 있었다. 그는 여태껏 가족들이 공포를 이겨내 왔던 모습들을 떠올리면서 자신도 용기를 내서 그것과 맞서 싸워야 된다고 다짐했다. 하지만 막상 눈을 뜨고 밑을 내려다보면, 그런 다짐이 순식간에 사그라지는 것을 그도 어쩔 수가 없었다. 도저히 할 수 없을 것만 같았다. 공포는 너무나 막강했다.

하지만 그는 다시 한 번 용기를 내서 눈을 부릅뜨고 밑을 내려다봤다. 천 길 낭떠러지 밑에서 바람이 불어오고 있었다. 정말 오금이 저릴 정도로 아찔한 광경이었다. 그는 심호흡을 한번 크게 하고 나서 천천히 오른 발을 문지방 밖으로 내밀었다.

"좋아, 간다!"

심장이 미친 듯이 뛰기 시작했다.

그가 내민 첫발은 그를 공포에서 구원해 줄 것이다. 인류가 그렇게 해서 살아남은 것처럼.

담쟁이집

우명희

1972년 부산 출생. 공포소설을 쓰기 전 8년 동안 전문 바텐더로 일했다. 일에 열정과 자부심을 가졌으나 결혼을 앞두고 일을 포기할 수밖에 없게 된다. 아쉬움 때문에 희노애락이 담긴 일기를 펼쳐 과거를 되짚다가 글을 쓰기 시작했다. 공포소설을 쓰는 이유는 인간에게 공포, 두려움 등의 감정이 없다면 행복 또한 느끼지 못하기 때문이다. 공포와 행복 사이를 오가는 우리들의 일상이 재미있다는 것을 서늘한 이야기를 통해 보여주고 싶다. 『한국 공포 문학 단편선』 첫 번째 단편집에서 「들개」를 수록했다.

보슬비가 내리는 흐릿한 날씨 때문인지 그 집은 어딘지 모르게 기이하고 음산한 분위기를 풍겼다. 훈훈함이라곤 전혀 느껴지지 않은 잿빛 콘크리트 벽과 새빨간 지붕, 그리고 붉은 기가 도는 담쟁이. 담쟁이덩굴은 콘크리트 벽의 정중앙을 가로질러 삼각형 모양의 빨간 지붕 위로 넓게 퍼져 있었는데 이상한 건 그 집엔 대문도 없었고 창도 보이지 않았다. 도대체 대문을 어디에 감춰 둔 거지. 나는 문득, 대문이나 창문이 '원래부터 없는 집'이 아닌 누군가 '감췄다'라는 생각이 들었다.

"주란아, 거기서 뭐해? 이리와 봐"

언니였다. 땀으로 끈끈한 손으로 언니는 내 팔뚝을 덥석 잡았다. 그리고 담쟁이 집 앞으로 천천히 데려갔다.

"영란아."

언니와 나는 동시에 뒤를 돌아보았다. 까까머리에 보기만 해도 어지러운 돋보기안경을 낀 사팔뜨기, 웅이 오빠였다.

"저 집에 들어가려고?"

"엉."

언니는 아무 거리낌 없이 답했다. 나는 처음부터 으스스해 보이는 담쟁이 집이 싫었다. 하지만 언니는 웅이 오빠의 말을 무시한 채 무엇에 홀린 사람처럼 앞으로 계속 걸어갔다.

"언니, 그냥 집에 가자. 대문도 없잖아."

문이 없는 집. 담쟁이덩굴로 뒤덮인 집은 외부인의 방문이 싫어 대문을 감췄을 거란 막연한 느낌이 든다.

알 수 없는 붉은 빛깔의 식물은 내가 본 덩굴과는 달랐다. 타원형 모양의 잎맥은 사람의 얼굴처럼 두 개의 눈과 한 개의 코, 단 세 개뿐이고 내 엉뚱한 상상이 적중이라도 하듯 입이 있어야 할 자리엔 신기하게도 아몬드 모양으로 구멍이 뻥 뚫려 있다. 모든 잎이 그랬다. 언니는 잎자루를 잡고 톡 떼어 잎 몸을 유심히 살폈다.

"신기하게 생겼네. 꼭 사람 얼굴 같아. 그치? 들어가 보자!"

나보다 한 살 더 많은 언니는 엄마 대신으로 내 숙제와 도시락을 챙길 만큼 조숙했다. 그런 반면 아무리 뜯어말려도 한 번 마음먹은 일은 꼭 그렇게 해야 직성이 풀리고 궁금한 것이 있으면 기든 아니든 눈으로 직접 확인을 해, 끝장을 보는 지독한 고집쟁이이기도 했다.

"대문 찾았다!"

언니는 기어코 집으로 들어가는 입구를 찾았다. 문은 덩굴 집

뒤편으로 나 있고 교묘하게 덩굴에 가려 자세히 보지 않고서는 찾을 수 없었다. 게다가 가지를 다듬을 때 쓰는 양손가위나 쇠톱으로 덩굴 일부를 잘라내지 않고서는 열 수 없을 정도로 단단하고 촘촘하게 대문을 감싸고 있었다.

다음 날, 언니는 집에 오자마자 가방을 던져 놓고 급히 밖으로 나갔다가 한 시간 후 땀을 뻘뻘 흘리며 집으로 돌아왔다. 다음 날도, 그 다음다음 날도 그랬다.

"언니, 매일 어디 가는 거야. 나 빼놓고."

"이제 다 끝났어. 내일 보여줄게."

다음 날 언니가 나를 데리고 간 곳은 담쟁이로 휘감긴 그 집이었다. 나는 그 앞에 서자 까닭 모를 불안감에 사로잡혔다. 바람 한 점 없는 쾌청한 날씨에도 불구하고 처음 발견했을 때보다 더 그늘지고 황량하게 느껴졌다. 언니는 대문 옆에 세워 둔 양손가위를 집어 들고 대문의 아랫부분을 막고 있는 덩굴을 싹둑싹둑 잘라내고 있었다.

"언니, 이거 때문에 집에 오자마자 만날 나갔던 거야?"

"응."

언니는 가위질을 멈추지 않고 내 말에 건성으로 대답했다.

"다 됐다!"

언니는 나를 돌아보며 들뜬 목소리로 외쳤다. 직사각형의 대문이 완전히 드러났다. 붉은 페인트칠을 한 평범한 철문이었다.

"언니, 여기 누가 살면 어떡해?"

"넌 왜 그리 겁도 많고 의심이 많니? 여긴 아무도 안 살아. 대

문이 이렇게 막혀 있었잖아. 누가 살고 있다면 어떻게 들락날락
하겠어?"

"들어가기 싫어. 귀신 나올 거 같아."

"잔말 말고 따라와. 뭔가 있을 거 같지 않니? 너 마론 인형 갖
고 싶어 했잖아?"

언니는 그 집 안에 뭔가 대단한 물건이 있을 거라 믿고 있는
듯했다.

마론 인형. 이제껏 그것보다 더 갖고 싶은 건 없었다. 친구 집에
서 처음 그 인형을 봤을 때부터 상사병보다 더한 열병을 앓았다.
인형에 대한 지독한 열병으로 매일 밤 퇴근하고 집으로 돌아오는
어머니의 치맛자락을 붙잡고 인형을 사달라고 매달렸다. 하지만
어머니는 그때마다 '다음에, 다음에' 하시며 계속 미뤘고 결국은
나를 포기하게 만들었다. 언니도 갖고 싶은 게 있었다. 오래 전부
터 포스터물감을 가지고 싶어 했는데 단 한 번도 어머니께 떼를
쓴 적이 없다. 우린 가난했으니까. 그런 투정을 부려봐야 가질 수
없다는 걸 언니는 이미 알고 있었던 것이다.

"자, 들어가자."

언니는 대문 손잡이를 잡고 힘껏 당겼다. 문은 쉽게 열렸다. 마
치 우리가 오는 것을 반기기라도 하듯.

언니가 먼저 집 안으로 들어갔다. 나는 두 눈을 동그랗게 뜨고
대문 밖에 서서 언니가 들어오라 손짓할 때까지 숨을 죽이고 있
었다. 집으로 들어가는 입구의 오른쪽에 진한 황토색의 신발장이
있다. 오동나무나 참나무로 만든 것인데 흔히 볼 수 없는 기하학
적인 문양이 신발장 표면에 빽빽이 새겨져 있었다. 그리고 그 위

로 두 쌍의 빨간 구두가 있다.

"언니, 여기 구두……."

나는 언니에게 내 발에 꼭 맞을 것 같은 예쁜 구두가 있다고 말하려는 순간 언니는 어둠 속, 저편으로 스르르 사라졌다.

"언니!"

대답이 없다. 나는 고개를 삐죽 내밀고 집 안을 들여다보았다. 실내는 어두웠고 쥐 죽은 듯, 괴괴한 정적이 흘렀다. 오랫동안 비어놓은 집이라고 하기엔 실내는 꽤 말끔하게 정리된 모습이었다.

"언니!"

언니는 저만치 떨어진 곳에 있었다. 어둑한 공간의 가장자리에 서서 유심히 뭔가를 올려다보고 있었다. 언니 옆으론 밖에서는 보지 못했던 작은 창이 있다. 덩굴은 작은 창을 가리고 있지만 덩굴의 좁은 틈을 통해 채광이 들고 그 빛은 거실 중앙에 있는 둥근 탁자 위로 비를 쏟아내듯 곧게 뻗어 있다. 탁자 위엔 커피 잔 두 개, 음식물 찌꺼기가 굳어 지저분한 접시 한 개와 반으로 접힌 신문 한 부가 놓여 있었다.

언니는 그때 한쪽 벽면을 차지하고 있는 두 개의 커다란 사진을 들여다보고 있었다. 나는 언니에게로 다가가 물었다.

"무슨 사진이야?"

벽에 걸린 사진을 한참 올려다보던 언니가 툭 내뱉듯 말했다.

"소풍가서 단체로 찍은 사진인가 봐. 그 옆엔……."

열댓 명이 넘는 아이들의 단체사진 바로 옆에는 손을 잡고 찍은 두 여자아이의 전신사진이 있었다. 자매인 듯하다. 그들은 똑같은 빨간색 벨벳 원피스를 입고 신발장에서 본 빨간 구두를 신고 있었다. 언니로 보이는 여자아이는 눈이 크고 야윈 반면, 옆에 있는 여자아이는 너부데데한 얼굴에 쌍꺼풀이 없는 작은 눈을 가졌고 통통한 체격이었다. 눈을 씻고 찾아봐도 닮은 구석이라곤 전혀 없었지만 뭔가 비슷한 분위기가 있었다. 으레 사진을 찍을 때 표정이 굳어지는 아이들이 있지만 그들의 어색한 표정은 그것과는 달라보였다. 두 아이의 과장된 미소 속엔 그것과 정반대의 두려움 같은 게 숨어 있는 것 같았다.

"방에 들어가 보자."

언니가 내 어깨를 감싸며 다시 재촉한다. 사진이 걸린 벽 좌측과 우측에 각각 방이 있다. 언니는 먼저 좌측에 있는 방 문의 손잡이를 잡고 시계방향으로 비틀었다. 문이 열렸다. 방 안은 휑하니 비어 있다. 이상할 것도 없었다. 문을 닫고 우측에 있는 방으로 가기 위해 발을 옮겼다. 그때, 쿵하는 둔탁한 울림이 지붕에서 들려왔다. 그 소리에 언니와 나는 화들짝 놀라 동시에 몸을 움찔했다. 곧이어 통통거리는 발자국소리가 들렸다. 나는 언니 옆으로 바짝 달라붙어 울먹이며 말했다.

"언니야, 나가자. 누가 있는 거 같아."

나의 심장 박동 소리가 통통거리는 발자국 소리에 맞춰 발작적으로 뛰었다. 언니는 내말을 듣기나 했는지 계속 천장을 올려다보고 있었다.

"고양이일 거야. 여긴 아무도 없다니까. 저 방으로 가보자."

나처럼 놀란 건 언니도 마찬가지지만 애써 태연한 척 말을 돌렸다. 그러곤 내 손을 꼭 잡고 우측에 나 있는 방 문 앞으로 천천히 걸어갔다. 방 문 앞에 서서 손잡이에 손을 뻗으려던 언니가 갑자기 동작을 멈추고 나를 쳐다보았다. 언니가 그런 표정을 지은 건 아버지가 돌아가셨을 때 이후로 처음이었다.

학교에서 돌아오니 아버지는 바닥에 엎드린 채 시커먼 피를 토하고 있었다. 당황한 언니는 어머니에게 전화를 하려고 수화기를 들었고 그걸 본 아버지는 언니의 수화기를 잡아채며 신음했다.

"아빠는, 이제, 병원, 안 가. 전화 하지 마. 아빤, 병원 가봐야 소용없어."

나는 그때, 언니 옆에서 엉엉 울기만 했다. 언니는 무슨 생각에선지 수화기를 내려놓고 나를 끌어안았다. 나는 언니의 품에 얼굴을 묻고 있었지만 언니는 피를 토하고 쓰러진 아버지의 모습을 덤덤하게 쭉 지켜보았다. 그때 아버지를 바라보던 언니의 얼굴, 그 표정이 그랬다. 추하고 병든 아버지의 그늘에서 벗어난다는 해방감과 곧 있을 어머니의 호된 질타. 언니는 기쁨과 두려움이 교차하는 묘한 표정을 짓고 있었다. 그날 밤 어머니가 집으로 돌아왔을 때 아버지는 이미 죽은 후였고 어머니는 한 달 동안 언니와 말하지 않았다. 그때 어머니에게 전화만 했더라도 어쩌면 아버지는 좀더 살 수 있었는지도 모른다.

"언니, 갑자기 왜 그래?"

"아냐, 아무것도. 그냥 무슨 소리를 들은 거 같아서."

"고양이라며?"

언니는 뭔가 말하려다 말고 입을 꾹 닫아버렸다. 그리고 문손잡이를 잡기 위해 팔을 쭉 뻗었다. 그런데 그때 언니의 손이 닿기도 전에 딸칵하고 잠금 장치가 풀리는 소리가 났다. 가슴이 철렁 내려앉았다. 그건 언니도 마찬가지였으리라. 언니는 휘둥그레진 눈으로 가슴 쪽으로 재빨리 손을 당겼다.

쿵—쿵—쿵—쿵—쿵—

누군가 급히 계단을 뛰어올라가는 소리였다. 그 소리를 듣자마자 언니와 나는 뒤도 돌아보지 않고 도망치듯 그곳을 빠져나왔다.

그날 밤, 언니는 내가 묻는 말에 어떠한 대답도 하지 않았다. 그 일이 있고 난 후 일주일이 지났을 때였다. 언니는 어스름한 저녁이 되어 집으로 돌아왔다. 나는 TV 만화를 보면서 숙제를 하고 있었는데 언니는 집으로 들어오자마자 내게로 오더니 손에 들고 있는 것을 내 얼굴에 들이댔다.

"자, 선물!"

그건 내가 그리도 갖고 싶던 마론 인형이었다. 그것도 핑크빛 드레스를 입은! 꿈만 같았다. 나는 그날 밤 인형의 몸과 머리를 정성스레 씻겼고 인형의 등에 '캔디'라고 이름을 썼다.

겨울옷을 넣어둔 서랍장에서 언니가 그렇게 갖고 싶어 하던 포스터물감을 발견한 건 그로부터 일주일 뒤였다.

"언니, 이 포스터물감, 어디서 난 거야?"

"누가 줬어."

"누가?"

언니는 내 질문에 잠시 생각에 잠겼다. 그리고 대뜸,

"담쟁이 집."

"뭐? 담쟁이 집?"

"너도…… 같이 갈래? 인형이랑 장난감이 무지 많아. 엄청나다니깐."

"싫어."

"싫으면 관둬. 대신 엄마한텐 말하지 마."

나는 결국, 엄마에게 이 사실을 숨기기로 했다. 언니는 가끔 내게 인형 옷을 선물했고 그럴 때마다 나는 아무런 의심 없이 그것들을 받아 챙겼다. 그러던 어느 날이었다. 그날도 언니는 기쁨에 들뜬 표정으로 내게 인형 옷을 내밀었다.

"주란아, 오늘은 까만색 드레스 가져왔지. 예쁘지?"

"잃어버렸어. 캔디가 없어졌다고."

"어디에 뒀기에?"

"어젯밤까지 머리맡에 놔두고 잤단 말이야!"

"바보, 인형이 사람이야? 혼자 도망가게?"

"몰라, 몰라! 캔디 찾아야 돼!"

다음 날 저녁 집으로 돌아온 언니는 내게 최신형 오락기를 선물했다.

"이제 가지고 싶은 거 있으면 말만 해. 이 언니가 다 해줄게."

"오락기 필요 없어."

시무룩한 표정을 보고 언니가 물었다.

"아직 캔디는 못 찾았니?"

"응……."

"담쟁이 집에 가볼래? 거기 캔디랑 똑같은 인형이 있을지도 몰라."

캔디랑 똑같은 인형이 있을 리가 없다. 언니는 그 후로도 내게 담쟁이 집으로 가보지 않겠냐고 몇 번을 물어왔지만 난 딱 잘라 거절했다. 내가 갖고 싶은 인형이나 장난감이 아무리 많아도 희한하게스리 나는 담쟁이 집 근처에도 가고 싶지 않았다.

언니가 점점 달라지기 시작한 건 차가운 바람이 부는 11월의 어느 날이었다. 졸린 눈을 비비며 잠자리에 들기 위해 방으로 갔다. 언니는 내가 들어온 것도 모르고 열심히 책을 읽고 있었다. 나는 평소처럼 언니 옆에 찰싹 달라붙어 넌지시 물었다.

"무슨 책이야?"

"저리 가."

언니는 찬바람이 쌩쌩 부는 말투로 짧게 답했다. 나는 언니가 들고 있는 책 표지를 보려고 손을 뻗었다.

"만지지 말라고!"

언니는 거칠게 내 손을 뿌리치며 나를 밀쳤다. 나는 깜짝 놀랐다. 그렇게 화를 내는 모습은 처음이었다. 나를 쏘아보는 언니의 눈빛이 예사롭지 않다. 언니는 예쁜 축에 속하진 않지만 커다랗고 까만 두 눈은 화를 낼 때조차 언제나 맑고 깨끗했다. 그런데 친근해야 할 언니의 눈빛은 삶에 찌든 노파의 눈처럼 앙칼지고 위협적이었다. 더럭 겁이 났다. 평소라면 나는 울음을 펑펑 터뜨리며 언니를 꼬집고 달아났을 텐데 그러기엔 나는 너무 당황해, 울어야 할 타이밍을 그만 놓쳐버린 것이다. 서러움에 복받쳐 울음을 터뜨린 건 늦은 밤 어머니가 집에 도착했을 때였다. 나는 어머니를 보자마자 닭똥 같은 눈물을 흘리기 시작했고 어머니가 나의 등을 토닥토닥 두드리며 달랬을 땐 급기야 대성통곡을 했다.

"왜 그래? 갑자기 왜 우는 거야?"

나는 이제껏 언니가 한 일에 대해 모두 까발릴 각오로 어머니의 가슴 품으로 파고들며 말했다.

"언니가……"

내가 말을 막 시작했을 때 어머니의 어깨너머로 언니의 모습이 보였다. 한 뼘 정도 열린 방 문 사이에 언니가 서 있다. 눈물이 앞을 가려서인지 언니의 모습은 공기 속을 떠도는 시커먼 기체덩어리처럼 보였다. 나는 두 눈을 질끈 감고 다시 크게 떴다. 언니는 잔주름이 많은 늙은 수탉의 퀭한 눈을 하곤 어둠이 깃든 그늘진 표정으로 나를 쳐다보고 있다. 무서우리만치 낯설다. 내가 시선을 돌리자 방 문 닫히는 소리가 났다. 근심어린 어머니의 얼굴이 나를 내려다보고 있다.

"언니가 왜?"

언니의 무서운 표정에 주눅이 들어서인지, 친구나 다름없는 언니를 배신하기 싫어서인지, 아니면 보이지 않는 무언가의 압력 때문인지, 나는 더 이상 아무 말도 할 수 없었다.

언제부턴가 언니는 멍하니 창밖을 보다가 갑자기 사라졌고 해질 무렵 집으로 돌아오곤 했다. 방학숙제도 하지 않았고 학교친구들을 만나는 일도 없으며 예전처럼 나와 놀아주지도 않았다. 또, 방 안에서 혼자 밥을 먹거나 책을 읽는다는 핑계로 방 문을 수시로 잠가놓기도 했다. 더 이상 내게 선물도 주지 않았고 웃는 얼굴로 쳐다보는 일도 없었다.

그러던 어느 날이었다. 하루 종일 오락 게임을 하다 일찍 잠자리에 들었다. 잠이 든 지 얼마 되지 않았을 때였다. 이불 밖으로 삐죽 튀어나온 언니의 발이 보였다. 발, 언니의 발들. 저건 언니의 발이기도 했지만 또 다른 누군가의 발이기도 했다. 누군가 있다!

손을 뻗어 이불을 사납게 들췄다. 이불 속에는 흙탕물을 뒤집어 쓴 것 같은 새까만 얼굴을 한 여자아이가 독기서린 시뻘건 눈으로 나를 노려보고 있었다. 커다란 머리와 앙상한 몸, 사람이라고 하기엔 너무 기이한 모습이었다. 얼굴을 반쯤 덮은 덥수룩한 머리와 찢어지는 듯 낭창한 웃음을 흘리는 여자아이는 시체를 갉아먹는 구더기처럼 언니의 작은 뱃속으로 점점 파고들었다. 구멍이 뚫린 언니의 작은 복부에선 시커먼 피가 콸콸 쏟아지고 있었다.

안 돼! 저리가! 우리언니한테 떨어지라고!

내. 장. 닌. 감. 내. 냐.

쾅!

눈을 떴다. 방 문을 닫고 나가는 언니의 뒷모습을 보며 나는 잠에서 깼다.

방학 첫날 아침, 언니는 나를 남겨놓고 대문을 나섰다. 언니가 집을 나가자마자 나는 그 뒤를 쫓아가 보기로 했다. 언니가 가는 쪽은 시내와 반대 방향으로, 그곳은 아이들이 공놀이를 할 수 있는 다듬어지지 않은 공터가 있다. 공터에서 십여 분을 걷다보면 숲으로 들어가는 좁은 산로가 있는데 산로 입구엔 작은 약수터가 있다. 그러나 언니는 산로가 아닌 무성한 나무들 사이를 비집고 그 속으로 사라졌다. 언니는 담쟁이 집으로 가고 있었다.

담쟁이 집으로 가는 길은 꽤 험한데다 피부병을 일으키는 풀이나 나무들 때문에 동네사람들은 거기에 가는 것을 꺼려했다. 예전엔 동네꼬마들이 죽은 개나 고양이를 묻거나 사내아이들이 총싸움을 하는 숲이었지만 몇 년 전부터는 그런 아이들의 발길조차 뚝 끊겼다. 이유는 따로 있었다.

십여 년 전 숲에서 놀던 아이들이 흔적도 없이 사라진 일이 무려 4년에 걸쳐 일어났다. 실종된 아이들은 모두 아홉 명. 집으로 돌아온 아이도 없었으며 시신조차 발견되지 않았다. 말 그대로 사라져버린 것이다. 그 일은 시간이 지날수록 점점 미궁 속으로 빠졌고 동네어른들은 아이들의 실종을 마을 이름 탓이라고 여겼다.

'곡식이 많이 난다'는 뜻으로 지은 '다곡(多穀)리'는 1968년, 마을이장의 실수로 '다곡(多哭)'라는 엉뚱한 이름이 붙었다고 한다. 이 뜻은 '곡소리가 많다'는 뜻으로 죽는 이들이 많다고 해석된다. 얼마나 불길한 이름인가. 1979년 여름, 구청에서는 마을이름을 '도담'(어린이들이 잘 자라는 모양)이라고 바꾸었고 더 이상 아이들의 실종사건은 일어나지 않았다. 그리고 시간이 흐르면서 그 사건은 동네사람들의 머릿속에서 점점 사라졌다.

나는 언니의 모습을 놓치지 않고 열심히 뒤를 쫓았다. 겁 많은 내가 어떻게 그런 용기가 생겼는지. 그래도 그 당시엔 그것만이 언니와의 사이를 예전처럼 되돌려 놓는 유일한 길이라고 여겼다. 언니가 달라진 것도, 언니만의 비밀이 생긴 것도 나는 받아들이기 힘들었다.

언니는 빽빽한 나뭇가지들을 피해 요리조리 몸을 움직였다. 잠시 후 담쟁이 집이 보였다. 크게 심호흡을 하고 대문이 보이는 쪽의 커다란 나무 기둥 뒤에 숨어 언니의 행동을 예의주시했다. 변한 것은 없다. 달라진 거라곤 스스럼없이 집 안으로 들어서는 언니의 행동이다. 그것만 봐도 언니는 담쟁이 집을 매일같이 드나

들었던 것이 틀림없다. 친구라도 생긴 걸까. 언니의 얼굴은 여느 때보다 행복해 보였다. 언니를 쫓아 안으로 들어가고 싶었다. 언니를 집 안으로 끌어들인 사람이 누구인지, 무엇에 혹해 매일 언니는 담쟁이 집으로 가는지 그 이유가 몹시 궁금했다. 언니는 한 시간이 되도록 나오지 않았다. 그냥 집으로 돌아갈까 생각도 했지만 삼십 분만 더 기다려보기로 했다. 겁쟁이인 나는 그 집 안으로 쳐들어갈 생각은 꿈에도 하지 못했다.

언니는 정확히 삼십 분 뒤에 담쟁이 집을 나왔다. 언니에게 달려가려고 나무 기둥을 빠져나오려는 찰나, 이상한 광경을 목격했다. 대문을 나서는 언니가 누군가에게 인사를 하듯 손을 흔들어 보였다. 누군가 그 안에 있는 걸까. 나는 얼굴을 쭉 빼고 담쟁이 집, 대문 안을 자세히 살폈다. 그런데 거기엔 아무도 없었다.

며칠 동안 언니와 나 사이엔 엄청난 두께의 빙벽이 가로놓여 있는 듯했다. 나는 이런 사실을 어머니에게 먼저 이야기해야겠다는 생각을 하면서도 한편으론 어머니 쪽에서 먼저 알아주길 바랐다. 언니와 나는 자매이자 절친한 친구였고 우린 서로 고자질이라곤 해 본 적이 없었다. 끈끈한 우애라는 이름으로 맺은 약속 같은 것이다. 여하튼 어머니는 냉랭한 기운이 흐르는 우리 둘 사이를 전혀 눈치 채지 못하셨다.

어머니와 함께 잠을 자기 시작한 지 사흘이 지났을 때였다. 그 날 밤도 피곤에 절은 어머니의 코고는 소리를 자장가 삼아 잠을 청했다. 그러나 내 머릿속은 온통 담쟁이 집에서 본 언니 생각뿐이었다. 친구가 생긴 것은 언니에게 잘된 일이지만 나와 점점 멀어지는 것이 속상했다. 꼭 그럴 필요까지 있을까. 독불장군이지만 리더십이 강한 언니에게는 친구들이 꽤 많고 나는 언니 없이는 외톨이나 다름없었다. 무엇보다도 혼자라는 것이 두려웠다. 언니를 따라 담쟁이 집에 같이 놀러갔다면 이렇게까지 되지 않았을 텐데. 그러나 나는 담쟁이 집과 무슨 원한이라도 있는 사람처럼 담쟁이 집의 '담'자만 들어도 소름이 돋고 기분이 나빠졌다.

내― 장― 난― 감― 내― 놔!

얼마 전, 꿈에서 본 여자아이를 생각하면 담쟁이 집에서 가져온 장난감이며 인형들을 가지고 놀았다는 자체가 끔찍했다. 나는 이런 생각을 지우기 위해 이불을 푹 뒤집어쓰고 어머니의 등허리를 감싸 안았다. 어머니의 거친 숨소리가 잠잠해질 무렵 어디선가 입을 다문 채 흥얼대는 허밍소리가 들려왔다.

즈…… 라…… 아…… 나…….

더블베이스의 묵직한 울림처럼 낮고 둔탁한 소리였다. 처음엔 두터운 이불을 머리까지 뒤집어 쓴 탓에 불분명하게 들리는 어머니의 잠꼬대라고 생각했다. 나는 숨을 죽이고 그 소리에 귀를 기울였다.

주란아……, 노올자…….

대문 밖에서 나는 소리였다. 이 시간에 누굴까. 누가 날 부르는 걸까. 나는 이불을 들췄다. 방안은 그리 어둡지 않지만 요요한 푸른 달빛은 그날따라 몹시 끔찍하게만 느껴졌다.

주란아……, 노올자…….

이번엔 마치 여러 사람이 목소리를 맞춘 합창처럼 높낮이가 뚜렷하게 드러났다.

섬뜩하고 차가운 전율이 온몸으로 퍼진다.

끼익 — 끼이익 —

누군가 집 안으로 발을 들였다. 대문 밖에서 들려오던 소리가 차츰 가깝게 느껴진다. 한발 한발 내게 다가오는 것처럼. 나는 어머니를 깨우려고 어깨를 흔들어보았지만 어머니는 꿈적도 하지 않는다.

주란아……, 노올자……. 끼이긱 — 끼익.

집 마룻바닥을 밟는 발자국 소리와 내 이름을 부르는 모호한 소리는 급기야 어머니의 방, 바로 앞에서 뚝 멈췄다.

주란아……, 이리 나와서 우리랑 노올자…….

내 심장은 미친 듯이 벌렁댔다. 나는 이불 자락을 붙잡고 식은 땀을 뻘뻘 흘리며 그 소리가 사라지길 기다렸다.

똑. 똑.

노크소리에 나는 화들짝 놀라 다시 이불을 뒤집어썼다. '엄마, 엄마, 일어나봐!' 나는 마구잡이로 어머니의 몸을 붙들고 흔들었다. 그러나 아무 소용이 없다. 어머니는 막 죽은 시체처럼 내 힘에 이리저리 흔들릴 뿐 깨어나지 않았다. 나는 이성을 잃은 사람처럼 쉬지 않고 어머니의 몸을 마구 흔들었다.

'엄마, 일어나 봐! 일어나라고.'

얼마나 지났을까. 내 몸이 점점 지쳐갈 때쯤, 발자국 소리는 어머니의 방으로부터 점점 멀어졌다.

누굴까.

궁금했다. 겁은 났지만 그들이 내 눈앞에서 사라지기 전에 확인하고 싶었다. 자리에서 일어난 창가로 슬그머니 다가갔다. 그때,

창문으로 시커먼 그림자가 쑥쑥 지나간다. 나는 소스라치게 놀라 억 하는 신음을 냈다. 하얀 커튼으로 비치는 그림자는 사람의 형상을 하고 있었고 한 명이 아닌 둘 이상이었다. 아니, 그건 한 무리에 가까웠다.

저것들은 도대체 누구란 말인가. 밖을 볼 수 있을 만큼 커튼을 젖혔다. 붉은 가로등은 좁고 황량한 주택가 골목을 흐리게 덮고 있었다. 저 멀리로 시선을 돌렸다. 움직임이 보인다. 일정한 걸음걸이로 으슥한 골목, 저 끝으로 사라지는 그것들의 뒷모습이 보였다. 그들이 누구인지 아는 순간, 으스스한 한기가 든다.

동네 아이들이다!

야심한 밤 동네 아이들이 왜 몰려다니는 걸까. 나는 커튼을 활짝 젖히고 고개를 쭉 내밀었다. 행여나 그 무리들 속에 언니가 끼어 있지 않는지 궁금했다. 공교롭게도 그때, 무리들 틈에 낀 한 아이가 스르르 고개를 돌렸다. 나는 피할 틈도 없이 여자아이와 정통으로 눈이 마주쳤다. 가슴이 철렁 내려앉았다. 언니였다.

"주란아! 어서 와서 밥 먹어. 여기 네가 좋아하는 소시지도 있어."

다음 날 아침, 언니는 나를 보자마자 환한 얼굴로 나를 맞았다. 며칠 전만 해도 나와 말도 않고 눈도 마주치지 않더니 하루아침에 달라진 모습을 보니 어안이 벙벙하다. 언니는 내 손을 잡고 밥상 앞에 끌어 앉혔다. 밥을 먹는 동안 언니는 나와 자주 눈을 마주쳤고 이제까지 미안했다는 듯 잔잔한 미소를 보냈다. 어쨌든 한결 나아진 기분으로 아침밥을 먹었다.

문득 어젯밤에 있었던 일이 떠올랐다. 자정이 가까운 시간에 언니가 밖을 나간 걸 알면 어머니는 언니를 호되게 꾸짖을 것이다.

아침 식사를 끝내고 어머니와 함께 밖으로 나왔다. 날은 쾌청하고 햇빛은 따사로웠다. 이런 날은 동네 아이들은 우르르 몰려나와 고무줄뛰기며 공놀이를 하느라 동네가 북적북적한데 개미새끼 한 마리 보이지 않을 만큼 거리는 휑했다.

어머니는 여느 때처럼 통이 넓은 모직바지에 두툼한 오리털 점퍼를 걸치고 두 딸아이의 배웅을 받으며 힘차게 걸었다. 버스 정류장이 점점 가까워오자 나는 어머니와 언니 사이를 비집고 들어가 슬그머니 손을 잡았다. 그런데 오른손을 맞잡은 어머니의 손바닥에서 따뜻한 온기가 느껴지는 반면, 언니의 손이 닿는 나의 왼손엔 차고 축축한 불쾌감이 물밀듯이 몰려왔다. 까칠하고 축축한 생선 비늘을 만진 것 같은 그런 느낌이다. 손을 놓을까 말까 망설여졌다. 당장이라도 옷자락에 쓱쓱 문질러 깨끗이 닦아내고 싶은 심정이었다.

어머니는 포장이 안 된 도로를 볼 때마다 혀를 찼고 철거되기 직전의 허름한 판잣집을 보며 불평불만을 늘어놓기 시작했다. 나는 그때 차갑고 무른 언니의 손이 몹시 거슬렸기 때문에 옆에서 쉴 새 없이 떠드는 어머니의 불평이 짜증날 지경이었다. 게다가 언니는 나를 놀리기라도 하듯 끈끈한 손바닥으로 내 손을 쥐었다 놓았다 했다. 버스 정류장 앞에 다다랐을 때쯤, 나는 언니의 손을 놔 버렸다. 그러나 언니의 손은 더듬더듬 내 손바닥으로 기어들어왔고 이내 거부할 수 없을 만큼 힘 있게 내 손을 움켜잡았다.

버스가 도착했다. 나는 언니의 손을 뿌리칠 새도 없었다. 어머니는 버스 위로 올라타기 전에 주머니에서 동전 세 개를 꺼내 언니에게 건넸다.

"동생 과자 사주고 집에 일찍 들어가. 자기 전에 양치질 하고."

언니는 버스가 떠날 때까지 그곳에 서서 어머니에게 손을 흔들어주었다. 마치 어딘가 멀리 떠나보내는 사람처럼, 다시는 못 볼 사람처럼.

"언니, 우리 고무줄뛰기 할래?"

나는 기대에 찬 얼굴로 언니를 쳐다보며 말했다. 언니는 내 말을 들은 체 만 체하며 내 눈을 피했다. 주택가 입구로 들어섰을 때 갑자기 언니가 나를 돌려세웠다. 나를 쳐다보는 언니의 눈빛은 무서울 정도로 차갑다. 내 얼굴을 찬찬히 뜯어보며 다소 차분한 말투로 내게 물었다.

"주란아, 언니 따라갈래?"

"어디?"

"어딘진 묻지 마. 거기 가면 없는 게 없어. 거기 가지 않을래?"

언니는 담쟁이 집을 말하는 듯했다. 싫다. 거긴 싫다.

"싫어. 그냥 고무줄뛰기하고 놀자. 명희네 가서."

내 말이 떨어지기가 무섭게 나를 향한 언니의 눈동자엔 형용할 수 없는 증오가 서렸다. 심장이 뜨끔거렸다.

"너, 집에 가!"

언니는 갑자기 나를 밀치고 붉은 흙먼지가 일도록 달리기 시작했다. 내게서 멀어져가는 언니를 향해 나는 소리를 꽥 질렀다.

"언니! 야, 강영란!"

태어나 처음으로 언니가 원망스럽고 야속했다. 나는 이성을 잃은 사람처럼 바락바락 소리를 지르며 악을 썼다.

"야, 나쁜 계집애! 넌, 언니도 아냐! 두고 봐! 두고 보자고!"

언니는 필사적으로 달렸다. 내게서 멀리 달아나고 싶은 사람처럼. 언니는 다시 돌아온 게 아니었다. 그대로였다. 언니를 굳이 쫓아갈 필요가 없었다. 어디로 가는지 알고 있으니까. 나는 반쯤 남은 초코바를 입에 밀어 넣고 그곳으로 향했다.

얼마나 걸었을까. 내 몸통만 한 나무에 무릎이 걸렸을 때 정신이 번득 들었다. 나는 쓰러진 나무 위를 폴짝 뛰어 넘었다. 그런데 누런 잡풀 사이로 빛을 받아 반짝이는 금속성 물체가 눈에 띈다. 안경이었다. 두꺼운 렌즈는 어디서 본 듯 낯이 익다. 이런 안경을 쓰는 사람이라곤 동네 할아버지 두 분과 웅이 오빠뿐이다.

갑자기 불길한 기분이 든다. 오빠를 마지막으로 본 건 보름 전이었다. 오빠는 그날 안경을 쓰지 않았는데 그런 모습을 본 건 처음이었다. 넓은 미간은 더 넓게, 안경으로 커버됐던 사팔뜨기 눈과 긴 얼굴까지, 게다가 납빛으로 보이는 창백한 피부 때문에 그날 오빠의 모습은 참으로 낯설고 우스꽝스러웠다. 나는 손을 흔들며 아는 체했지만 오빠는 나를 그냥 지나쳤다. 옷깃이 스칠 만큼 가까운 거리였음에도 나를 알아보지 못한 것이 놀라웠지만 안경 없이는 눈 뜬 봉사나 다름없었기에 그러려니 했다.

그런데 오빠의 안경이 이 숲 속에서 발견된 것이 꺼림칙하다. 나는 안경을 발견하기 전까지 나를 따돌린 언니에 대한 분노로 가득 차 있었다. 오기가 발동해 언니의 뒤를 쫓았지만, 누군가 밟은 것처럼 찌그러져 깨진 웅이 오빠의 안경을 보자 으스스한 기분이 들었다. 담쟁이 집이 있는 방향으로 고개를 돌렸다.

가야 하나 말아야 하나. 담쟁이 집에 갔을 때 언니가 없다면 나는 집으로 오기까지 2킬로가 넘는 길을 달려야 한다. 내키지는 않지만 그렇다고 이대로 돌아갈 순 없다. 언제까지나 호기심만 잔뜩 안고 있을 수만은 없으니까.

대문을 열었다. 조용하다. 처음에 왔을 때처럼 음침하고 칙칙한 실내 분위기는 여전했다. 나는 다시 언니를 불러보았다. "언니. 언니." 대답이 없다.

거실 탁자를 지나 벽에 걸린 사진을 보았다. 사진을 중심으로 두 개의 방이 있는데 한쪽은 텅 빈 침실이고 다른 한쪽은 문을 열어보기도 전에 언니와 도망쳐 나온 곳이다. 문을 열까말까 망설이고 있을 때 방 안에서 인기척이 났다. 누군가 방 안에 있다.

음악 소리였다. 맑고 청명한 실로폰 소리였는데 연주를 하는 사람은 음감이 전혀 없는 듯했다. 리듬도 불규칙적이고 음의 높낮이가 들쑥날쑥해, 악보에 적힌 대로 곡을 연주하는 것이 아니라 제 맘 가는대로 그저 두드리는 것 같았다. 그런데 그때, 놀랍게도 실로폰 소리에 파묻힌 어린 아이의 목소리가 나지막이 들렸다. 숨을 죽이고 귀를 쫑긋 세웠다. '아파'라고 하는 건지 '배고파'라고 하는 건지 정확하진 않지만 그 목소리는 금세라도 꺼질 촛불처럼 간들간들하고 힘이 없었다.

나는 덥석 손잡이를 잡고 문이 열렸다. 언니일 수도 있다는 불안감 때문이었다. 문을 열자, 희한하게도 그곳에 좁은 계단이 있었다. 여느 집과는 달리 2층으로 올라가는 계단 앞에 방 문과 똑같은 문이 있다는 것이 뜻밖이다. 계단의 한 단은 얼추 25센티로 꽤 가팔랐고 끝은 어둠 속에 가려져 있었다. 나무로 만든 계단은 발을 움직일 때마다 끼익끼익, 기분 나쁜 소리를 냈다.

하나, 둘, 셋, 넷, 다섯, 여섯, 일곱…… 여덟…… 아홉.

나는 무의식적으로 숫자를 세며 계단을 올랐다. 마지막 계단을 밟고 올라섰을 때 맨 먼저 채광이 드는 장방형의 창이 보였다. 환기가 되지 않아서인지 퀴퀴한 곰팡내와 역한 비린내가 났다. 나는 코를 막고 주위를 빙 둘러보았다.

한쪽 벽면은 책으로 가득 찬 커다란 책장이었다. 놀랍게도 거기엔 세계명작전집부터 과학도감까지, 세상의 모든 책을 여기에 옮겨놓은 듯한 착각이 들 정도로 많은 책이 있었다. 뿐만 아니라 붙박이 선반 위에 갖가지 인형과 장난감, 오락기들과 여자아이들이 혹할 만한 플라스틱 장신구들도 눈에 띄었다. 머리핀과 꽃반지는 두말할 것도 없고 심지어 인형이 입는 분홍색 드레스도 있었다!

내 입에선 절로 '와'하는 감탄사가 흘러나왔다. 보는 것만으로도 황홀할 지경이다. 언니가 말한 대로 담쟁이 집엔 없는 게 없었다. 어쩌면 캔디와 똑같은 인형이 있을지도 모른다. 나는 여기에 온 목적도 잊은 채 캔디와 닮은 마론 인형이 없는지 여기저기 살피기 시작했다. 정신없이 방 안을 뒤지는 동안 문득 이상한 기분이 들었다. 방 안엔 나 이외에도 누군가 있는 것 같다. 조심스럽게 뒤를 돌아보려는 찰나, 나는 깜짝 놀라지 않을 수 없었다. 가장자리에 우뚝 선 그림자가 말을 꺼냈다. 여자였다.

"뭘 그리 찾고 있니?"

나긋한 말투였다. 여자치고는 키나 몸집이 꽤 컸다. 발목까지 오는 자주색 홈드레스에 어깨엔 까만색 숄을 걸쳤고 금빛이 나는 핀으로 머리를 꼬아 올린 뒷모습은 위엄하고 단아한 자태를 풍겼다. 내가 무슨 말을 먼저 꺼내기를 기다리는 사람처럼 여자는 아무 말이 없었다.

어색한 침묵이 흐르자 나는 점점 초조해졌다. 빨리 이 자리를 뜨고 싶은 마음이 굴뚝 같았지만 선뜻 발이 떨어지지 않았다. 그때, 여자가 말문을 열었다.

"장난감이 참 많지? 뭘 찾고 있었니?"

여자는 말을 마치자마자 머리를 매만지며 뒤돌아섰다.

"혹시 이거 찾고 있니?"

담쟁이 집 주인은 내게 파란 드레스를 입은 인형 하나를 들이밀었다. 구슬장식이 달린 파란색 드레스를 입은 마론 인형. 두어 달 전에 캔디를 잃어버리기 직전, 나는 이것과 똑같은 드레스를 입혔다.

설마, 비슷한 인형이겠지. 나는 속으로 그렇게 말하면서도 내 추측이 빗나갈 거란 예감이 번득 들었다. 나는 여자에게서 마론 인형을 받아들었다. 두 다리를 잡고 드레스자락을 조심스레 들어올렸다. 등허리 부분이 드러났다.

아니나 다를까 거기엔 내가 새겨 넣었던 '캔디'란 한글이 또렷이 나타났다. 으스스한 소름이 불시에 온몸을 휘감았다. 이게 왜 여기에 있는 거야! 나는 얼빠진 표정으로 캔디라고 쓴 삐뚤삐뚤한 글씨를 뚫어져라 쳐다보고 있었다. 집요한 눈빛으로 나를 관찰하는 담쟁이 집 주인의 시선이 느껴진다. 여자가 물었다.

"네가 찾는 게 이거 맞니?"

"네……."

나는 캔디를 여자에게 다시 돌려주었다. 그러나 내가 건네는 인형을 여자는 받지 않았다.

"가져가렴."

"괜찮아요."

나는 거짓말을 했다. 그 무엇보다도 나는 캔디가 필요했다. 얼마나 갖고 싶었던가. 하지만 왠지 받기가 꺼려졌다. 모르는 사람이 주는 값비싼 물건을 덥석 받는 게 아니라는 어머니의 말씀도 그 순간에 떠올랐다. 나는 어쩔 수 없이 그걸 돌려주어야만 했다.

"엄마가 모르는 사람한테 이런 거 받지 말라고 가르쳐줬니?"

내가 고개를 끄덕였다.

"너는 엄마 말씀을 아주 잘 듣는 착한 아이구나."

담쟁이 집 주인은 마치 내 머릿속에 들어앉은 사람처럼 희한하게 내 생각을 읽어냈다. 그러나 나는 대답하지 않았다.

"캔디는 네 꺼야. 가져가도 돼. 엄마에겐 비밀로 하면 되잖아."

나는 못이기는 척 인형을 내 품안에 감싸안고 담쟁이 집 주인에게 가볍게 목례를 했다.

"고맙습니다."

그러고 보니 담쟁이 집 주인은 어디에선가 본 적이 있는 낯익은 얼굴이다. 줄잡아 쉰 살은 되었을 것 같은 그녀는 입술이 얇고 아래턱이 도드라지게 넓은 것 외엔 둥근 얼굴에 크지도 작지도 않은 눈과 끝이 뭉툭한 코를 가진 흔히 볼 수 있는 중년의 얼굴이었다.

그런데 낯익은 그 얼굴은 뱀의 차가운 살갗처럼 징그럽게 느껴졌다. 왜일까. 어딘지 모르게 어색했다. 나는 이런 생각을 감추려고 어깨에 걸친 담쟁이 집 주인의 검은색 숄만 쳐다보았다. 가까이 다가가기에 오싹한 무언가가 있다. 살짝 튀어나온 코를 제외하면 너무 평면적인 얼굴이라던가, 마치 압침으로 고정시켜 논 듯 위로 올라간 입 꼬리나, 그리다 만 것처럼 좌우의 길이가 다른 눈썹 때문만은 아니라고 생각했다.

나의 시선은 무의식중에 여자의 얼굴로 옮겨졌다. 눈이 마주쳤다. 그제야 알 것 같다. 여자는 나를 바라보는 내내 흐뭇한 미소를 짓고 있는데 딱, 한 가지 눈에 거슬리는 그 이유를 발견했다. 주름, 그녀에게 주름을 찾아볼 수 없었다. 눈가며 눈 밑이며 심지어 미소를 짓는 입가조차 주름이 없다. 어른을 흉내 내는 아이 같기도 하고 아이의 모습을 한 어른 같기도 했다.

"우리 언니 보셨어요?"

"맛난 거 먹고 친구들과 벌써 집에 갔지."

동네 아이들을 말하는 건가. 여하튼 나는 그 여자의 말을 믿을 수 없었다. 거짓말이다. 언니가 집으로 돌아갔다면 적어도 숲 속에서 나와 마주쳤을 것이고 생일 케이크를 먹었다면 내가 여길 처음 왔을 때처럼 때 묻은 접시와 커피 잔 그리고 반으로 접힌 신문이 거실 탁자 위에 그대로 놓여 있을 리 없다.

갑자기 집으로 돌아가고 싶어진다. 나는 여자의 시선을 피하며 꾸벅 인사를 했다.

"안녕히 계세요."

"또 놀러와."

"……."

"그리고 참, 오늘 있었던 일은 우리 둘만의 비밀인 거다."

"네?"

"아줌마와 너, 그리고 캔디만의 비밀이라고."

대문이 닫혔다. 나는 집까지 힘껏 달렸다.

집에 거의 도착했을 때 명희의 집 앞에는 동네 아이들이 몰려 있었다. 족히 다섯은 넘었는데 대부분 언니의 친구들이고 언니와 웅이 오빠도 거기에 끼어 있었다. 명희가 나오기를 기다리는지 아이들은 집 앞에 멍청이 서 있었다. 나는 아이들이 있는 곳으로 가보고 싶었지만 그들은 미동도 없이 하나같이 입을 꾹 닫고 페인트칠이 벗겨진 푸른 대문만 바라보고 있었다. 그들은 보고 있자니 참으로 괴기하고 표현하기 힘든 무거운 분위기가 느껴졌다. 아이들은 합창이라도 하듯 명희의 이름을 불렀는데 기분 나쁘게도 며칠 전 새벽, 집 밖에서 나를 부르던 목소리와 똑같았다.

나는 그길로 곧장 집 안으로 들어갔다. 화장실로 들어가 담쟁이 집 주인 여자가 선물로 준 캔디를 깨끗이 씻기고 언니가 볼 수 없는 곳에 감춰두었다. 그런 다음 책상 서랍에서 스케치북과 크레파스를 꺼냈다. '방학 동안 가장 즐거웠던 일' 이것이 나의 미술 숙제였다. 그것은 두말할 것 없이 캔디를 만난 것이다.

노란색 크레파스를 하얀 백지 위로 가져가는 순간, 담쟁이 집에서 본 여자의 얼굴이 불쑥 떠올랐다. 주인 여자의 음침한 시선은 여전히 내 주위를 맴도는 것 같다. 언니의 변화가 담쟁이 집과 연관이 있을 거란 생각이 머리 깊숙이 와 박혔다. 그 집은 보통 평범한 집이 아니었다. 처음부터 그랬다. 괴기스런 뭔가가 존재하는 불길한 기운이 도는 집, 그 느낌을 지울 수가 없다.

어머니가 나를 흔들어 깨운 건 자정에 가까운 늦은 밤이었다.

"언니 어디 갔니?"

나는 그림을 다 그리고 책을 읽다가 잠이 쏟아지는 바람에 오후 6시경에 그대로 잠이 들었다. 그때까지 언니를 보지 못했다.

"몰라."

"모르다니!"

어머니는 이미 집 안을 살핀 후였고 비몽사몽인 나를 붙들고 다그쳤다.

"어디 갔는지 몰라?"

"내가 그걸 어떻게 알아."

나는 그렇게 말해 놓고 언니가 어디에 있을지 짐작이 갔다. 어머니는 나를 보며 한숨을 푹 내쉬었다. 그리고 자리에서 벌떡 일어나 외투를 챙겨 밖으로 나가버렸다. 뒤따라 나갔을 땐 어머니는 골목 사이사이를 샅샅이 뒤지며 언니를 찾고 있었다. 나는 안절부절 못하는 어머니의 뒤를 졸졸 따르며 담쟁이 집에 대해 말을 할까, 말까 망설였다. 급기야 어머니는 명희네 집으로 가 초인종을 눌렀다. 잠시 후 근심이 가득한 얼굴을 한 명희의 어머니가 대문을 열어주었다.

"늦은 시간에 웬일이야."

"영란이가 집에 안 들어왔네요."

"저런, 영란이 못 봤는데. 엊그제부터 우리 명희는 아파 누워 있어."

"그래요? 웅이네 있으려나."

"아냐. 어제 병원에서 웅이 엄마 만났어. 웅이도 아픈 걸."

나는 아주머니의 말을 듣자 이상한 생각이 들었다. 병원에 갈 정도로 아픈 오빠가 왜 동네 아이들과 함께 명희네 집 앞에 몰려 있었는지 이해가 되질 않았다. 이야기를 마친 아주머니는 집 안으로 들어갔고 어머니는 어깨를 축 늘어뜨린 채 으슥한 골목을 걸었다. 불안했다. 나는 결국 시린 손을 비비며 어머니에게로 달려갔다.

"엄마!"

어머니는 대답은 하지 않고 뒤를 돌아보았다.

"언니가 갈 만한 곳이 한군데 있긴 한데……."

"왜 이제야 말하는 거야. 거기가 어디야?"

어머니는 버럭 화를 내며 나를 앞세워 걷기 시작했다. 우리는 동네를 빠져나와 약수터가 있는 방향으로 발길을 옮겼다.

언니가 없으면 어떡하지. 아냐. 틀림없이 거기에 있어.

나는 담쟁이 집에 언니가 있을 거란 확신이 들면서도 한편으론 집 주인과 한 약속을 깨는 것이 마음에 걸렸다. 어쨌든 언니를 찾는 게 급선무였고 그곳에 언니가 있기를 내심 바랐다. 나는 걷다가 이상한 기분을 느꼈다. 평소라면 쉴 새 없이 잔소리를 늘어놓았을 어머니는 그날따라 아무 말이 없었다.

약수터 입구에 섰다. 담쟁이 집으로 가는 좁은 숲길은 앞을 볼 수 없을 만큼 캄캄했다. 뒤를 돌아보니 어머니는 고개를 떨어뜨린 채 힘겹게 내 뒤를 따라오고 있었다. 담쟁이 집으로 가는 숲길엔 도저히 혼자 들어갈 용기가 나지 않는다. 나는 가로등 아래서서 어머니가 다가오길 기다렸다. 흙길을 밟는 어머니의 발자국 소리가 귀에 거슬릴 정도로 크고 기분 나쁘게 들린다.

잠시 후, 건조한 목소리로 어머니는 내게 물었다.

"어디야?"

"저…… 기. 저 숲 속으로 쭉 걸어 들어가면 나와."

어머니는 내가 가리키는 방향을 넌지시 바라보았다.

"앞장서."

"엄마는?"

"뒤따라갈게."

저 새카만 어둠 속으로 먼저 들어가라니.

"무서워."

나는 주둥이를 삐죽 내밀며 어머니 옆에 바짝 붙었다. 못마땅한 듯 나를 힐끗 쳐다보던 어머니는 높게 뻗은 두툼한 나무사이를 비집고 들어갔다. 놓칠세라 어머니의 외투자락을 붙들고 캄캄한 어둠 속을 향해 나는 첫발을 내딛었다. 내가 눈을 뜨고 있는 지조차 분간할 수 없을 만큼 앞은 깜깜했다. 어둠 속에서 누군가 내 뒷덜미를 낚아챌 것 같은 두려움에 다리가 후들후들 떨렸다. 내가 말했다.

"엄마, 내일 아침에 다시 오면 안 돼? 앞이 하나도 안 보여."

"……"

갑자기 어머니의 걸음이 빨라졌다. 한치 앞을 볼 수 없을 만큼 어둡기만 한데 어머니는 아무런 장애 없이 앞으로 나아갔다.

"엄마, 천천히 가."

어머니는 대답도 없고 조금도 걸음을 늦추지 않았다. 나는 잠고 있던 어머니의 외투자락을 그만 놓쳐버렸다. 나는 손을 뻗어 허공을 향해 본능적으로 팔을 휘둘렀다. 그때, 시커먼 공간에서 뭔가 불쑥 나타나 내 팔을 낚아챘다. 나는 중심을 잃고 바닥으로 쓰러졌다. 어, 엄마! 그 순간, 차가운 손이 내 목덜미를 움켜잡았다. 나는 허공을 찢는 비명을 내질렀다.

"아악!"

성난 산짐승처럼 온몸을 웅크린 채 광기어린 눈빛으로 나를 노려보는 것은 어머니였다. 엄마! 어머니는 한 손으로 내 목을 움켜잡은 채 하늘 높이 치켜세웠다. 기다란 손톱은 살갗을 파고들며 내 숨통을 서서히 조였다. 숨이 막힌다. 백지장처럼 허연 어머니의 얼굴엔 붉은 실핏줄이 살아 꿈틀댄다.

"내가 말하지 말라고 했지! 비밀이라고 했지? 약속을 안 지키는 어린이는 벌을 받는 거야."

의식을 잃어가는 순간 마지막으로 본 것은 어머니의 얼굴이 아닌 우악스럽게 웃는 담쟁이 집 여자의 음흉한 얼굴이었다.

정신이 돌아왔을 때 나는 딱딱하고 축축한 나무 바닥에 널브러져 있었다. 나는 빛의 한 가운데에 있었고 주위는 깜깜했다. 윙윙거리는 소리를 내며 빛 속을 선회하던 날벌레들이 어둠 속으로 다시 사라졌다. 상체를 일으키고 숨을 몰아쉬었다. 어디서 나는지 썩어가는 음식물 냄새가 코를 찔렀다. 진동하는 악취는 잇몸이 곪아 터졌을 때 목구멍으로 스며드는 고름의 맛과 흡사한 냄새였다.

떼구르르…….

작은 물체가 내가 누워 있는 빛의 공간으로 굴러 들어왔다. 빨간색 얌체공이다. 작년 가을운동회 때 학교 앞 문방구에서 산 내 것과 똑같은 것이었다. 공이 굴러온 어둠 저편을 응시했다. 누군가 거기에 있다. 나를 주시하는 수많은 시선이 느껴진다. 나는 빛이 드는 자리에서 기어 나와 어둠 속에 자리를 잡고 앉았다. 그때였다.

끼익 ― 끼이익 ― 끼익.

누군가 이쪽으로 걸어오고 있다. 발자국 소리가 가까워질수록 사방이 차츰 밝아졌다. 익숙한 느낌이 드는 공간, 이곳은 수많은 장난감이 있던 방, 담쟁이 집 2층이었다. 누군가 이 층 계단을 놀라오고 있었다.

나는 눈을 크게 떴다. 방 안엔 나 이외에도 다른 누군가가 있다. 여자아이였다. 난장이처럼 작은 체구에 뼈만 앙상하게 남아 있는 모습이 대충 깎아 만든 목각인형 같았다. 여자아이는 흉하게 야위었고 산송장처럼 파리한 몰골로 등을 벽에 기댄 채 허공만 바라보고 있었다.

여자아이는 날 보지 못하는 듯했다. 나는 무슨 말이든 하고 싶었지만 입 밖으로 소리가 나오지 않았다. 그 순간 문이 열렸다. 시커먼 그림자가 아이 앞으로 스멀스멀 기어들어왔다. 가슴이 철렁 내려앉았다. 담쟁이 집 주인이었다. 그 여자는 허리에 두 손을 얹고 짐승의 이글거리는 눈으로 여자아이를 내려다보았다.

"오늘은 우리 민정이 생일이란다. 민정이를 만나거든 이 인형을 전해주렴."

여자가 아이에게 내민 것은 캔디와 똑같이 파란 드레스를 입은 마론 인형이었다.

"그리고 미안하다고, 또 사랑한다고 전해 줘."

여자는 잠시 시무룩한 표정을 짓더니 다짜고짜 손을 뻗어 축 처진 여자아이의 멱살을 잡았다. 그리고 커다란 손으로 아이의 얼굴을 감싸고 꾹 눌렀다. 나는 너무 놀라 그 자리에서 비명을 질렀지만 소리는 나오지 않았다. 아이는 목이 꺾인 채 몸을 비틀었다. 노란 오줌이 사타구니를 타고 흘러나왔다. 짙은 눈썹 밑 아래로 허연 흰자위를 드러낸 담쟁이 집 주인은 아이의 목을 비틀며 아랫니를 꾹 깨물고 있었다. 여자아이의 가냘픈 몸뚱이는 바닥에 떨어진 잉어처럼 서너 번 팔딱대다가 이내 축 늘어졌다. 창백하고 무표정하던 담쟁이 집 주인의 얼굴에 그제야 화색이 돌기 시작했다.

"우리 민정이에게 친구가 또 한명 생겼네. 민정아, 좋지?"

여자는 낄낄거리며 한 손으로 아이의 왼쪽 발목을 잡고 질질 끌고 갔다.

그러다 통, 하고 뭔가가 바닥을 치는 소리가 들렸다.

통. 통. 통.

인형처럼 축 늘어진 아이의 다리를 잡고 계단을 내려가는 주인 여자의 모습이 머릿속에 그려진다. 한 발씩 뗄 때마다, 아이의 머리가 계단을 때린다. 통. 통.

망가져버린 피아노의 건반을 두드리는 것처럼.

귀를 막았다. 그래도 소용없다.

통. 통. 통. 통.

아이의 머리는 아홉 개의 계단을 남김없이 건넜다.

도망가야 한다!

나는 담쟁이 집 여자가 대문을 열고 나가는 소리를 듣자마자 계단 아래로 내달렸다. 대문을 열자 담쟁이 집 주인은 보이지 않았다. 대신 집 앞에 깊게 파놓은 구덩이가 있었다. 못 보던 구덩이다. 언제 오줌을 지렸는지 가랑이 사이가 차갑다. 지체할 시간이 없다. 담쟁이 집 주인에게 발견되기 전에 달아나야 한다!

나는 입술을 꽉 깨물었다. 앞만 보고 달리는 거야. 그때 내 뒤에서 바스락거리는 소리가 났다. 나는 뒤돌아보지 않고 뛰기 시작했다. 죽을 힘을 다해 필사적으로 달렸다. 히히히. 담쟁이 집 주인의 웃음소리가 귓가에 맴돈다.

집 앞에 도착하자마자 나는 울음을 터뜨렸다. 제발 이 모든 것이 꿈이었으면 얼마나 좋을까. 나는 대문을 박차고 집 안으로 뛰어 들어갔다. 예전, 그대로였다. 그러나 이상한 기분이 든다. 내가 살던 집이 아닌 것 같다. 나는 침침한 거실을 지나 언니 방으로 들어갔다. 가지런히 정리된 방, 그러나 언니는 없었다.

엄마!

나는 곧바로 안방으로 갔다. 그리고 문을 열었다. 거기에 어머니가 있었다. 어머니는 어두운 방구석에 쭈그리고 앉아 전화기가 놓인 탁자 위에 얼굴을 묻고 있었다.

"엄마!"

나는 한걸음에 달려가 어머니를 얼싸안았다.

"엄마! 엄마?"

바닥으로 떨어지는 사진 한 장. 그건 작년 언니 생일날 찍은 언니와 내 사진이다. 어머니는 울고 계셨다. 내가 이렇게 돌아왔는데도 어머니는 얼굴을 묻고 훌쩍대고 있었다. 어머니는 날 알아보지 못했다.

그때 밖에서 나를 부르는 소리가 들려온다.

"주란아…… 노올자……."

언니일지도 모른다. 나는 거실을 지나 밖으로 나갔다. 거기엔 명희도 있고 웅이 오빠도 있다. 그리고…… 언니도 있었다. 아이들은 내가 온 것이 기쁜 듯 활짝 웃었다. 하지만 그들의 얼굴 표정은 하나같이 뒤틀어졌고 목에는 선명한 손자국이 남아 있었다. 나는 언니 앞으로 다가갔다. 언니의 목에도 손자국이 남아 있었다. 날 보고도 언니는 아무 말도 하지 않았다. 대신 언니는 말없이 내 목을 뚫어지게 쳐다보며 희미하게 웃었다. 마치 이젠 너도 우리하고 같아 라고 말하는 것 같았다. 언니가 앞서 걷기 시작하자 아이들은 조용히 그 뒤를 따른다. 나도 왠지 그들과 함께 가야 할 것 같은 생각이 든다. 난 홀로 있을 어머니를 뒤로 한 채 묵묵히 언니와 아이들의 뒤를 따라간다.

엄성용

1980년 출생. 한때 배우가 되고 싶은 꿈을 가지고 연극반에서 활동하기도 하였다. 현재 디자인 목 업(Design Mock Up: 출시되기 전 제품들의 디자인과 워킹 상태를 보기 위한 모형 제작법) 분야에 종사하는 모델러로 일하고 있다. 하나의 제품 디자인이 나오기까지 수십 가지 제품 디자인이 만들어졌다가 폐기되는 것처럼, 무수한 이야기 중에서 독자가 가장 무서워할 만한 감성을 글로 뽑아 쓰는 것을 목표로 하고 있다. 『한국 공포 문학 단편선』 첫 번째 단편집에서 「감옥」을 수록했다.

스트레스(Stress)
적응하기 어려운 환경에 처할 때 느끼는 심리적·신체적 긴장 상태.
장기적으로 지속되면 심장병, 위궤양, 고혈압 따위의 신체적 질환을 일으키기도 하고
불면증, 노이로제, 우울증 따위의 심리적 부적응을 나타내기도 한다.
'긴장', '불안', '짜증'으로 순화.

내가 근무하는 곳은 대형 마트 안 인테리어 전문 매장이다.

이 일을 시작하면서도 이렇게 꾸준히 하게 되리라고는 전혀 생각지도 못했다. 소심한 성격에 고객에 대응 판매를 하는 서비스 업종에서 버틴다는 건 불가능한 일이라 믿었기 때문이다.

그러나 벌써 2년 째. 한 곳에서 오래 자리 잡으려는 습관 때문일까. 고비를 넘기면 그나마 적응한다고, 초반에 힘들었지만 어떻게든 참아낼 수 있었던 건 감정적 부분들을 배재한 내 그 소심한 부분의 역할이 컸다. 아주 아이러니한 일이다.

매장을 찾는 대부분의 고객은 주로 주부들이었다. 갓 결혼한 것으로 보이는 새댁부터, 손자들도 훌쩍 장성했을 희누르스름한 머리를 꼬아 올린 할머님들까지 가지각색이다. 초기에는 그들 각

각이 내뱉는 질문 공세가 두려워서, 피하자 싶은 고객으로 보이면 자리를 뜨고는 했었다. 슬그머니 사라지려다가 결국 몇 걸음을 채 떼지 못하고 붙잡히고는 했지만.

사실, 2년이 지나면서부터 슬슬 버티기 힘들어지고 있긴 했다. 피곤하다거나 야근을 밥 먹듯 하는 거는 각오했기에 버틸 수 있어도, 정신적 문제는 참기가 힘들었다. 가난하고 내세울 거 하나 없어도 우리는 다 같은 사람이다. 그런데 진열대 걸린 상품 마냥 취급하는 꼴들을 보니, 아무리 나라도 속 깊숙한 곳부터 배알은 꼬이기 마련이다.

"문의에 답변해 드리겠습니다. 그 상품의 가격은 12,900원입니다."

이런 기계적인 말투에 익숙해진 지도 오래, 그렇기에 그들이 더욱 우리를 사람으로 대우하지 않는 건지도 모른다. 첫 단추를 잘못 꿰면 틀어질 대로 틀어지는 셔츠를 보라. 옛말 하나 틀린 것 없다.

"너 그만둔다고 하지 않았냐?"

준영이 슬쩍 곁에 붙어 말을 걸었다. 준영은 나와 같이 근무하는 동료다. 그는 내 옆자리에서 생활용품과 전기부속품 등을 팔았다. 나는 그가 싫었지만, 배워야 할 점이 있다고 생각해서 말은 트고 지냈다. 근무 평가는 좋지 않지만 타고난 처세술로 지금까지 버텨온 나름 대단한 놈이다.

"벌어 놓은 건 좀 있냐? 야, 무턱대고 그만두면 되겠냐?"

"좀 작게 말해. 다른 사람 들을라……."

"지랄. 그만두는 마당에 여전히 소심하게 갈 거냐? 나 같으면

이 재수 없는 새끼들 죽빵 한 대씩 날리고 튀겠구먼."

내게는 절대 불가능한 일이야. 어깨를 으쓱했지만, 눈치를 못
채고 여전히 침을 튀겨가며 입술을 실룩인다.

"약하게 가면 안 돼. 우리가 참은 게 얼마냐. 특히나 너, 요전
번에도 아주 쓰레기 같은 인간한테 걸려서 점장한테까지 욕먹었
잖아. 뭐 물론 그 쓰레기가 보는 앞이라 어쩔 수 없었다지만, 무
슨 배웅 인사 안했다고 점장 나오라고 소리치는 시추에이션은 뭔
데?"

"좀 작게 말해. 누가 듣는다니까……."

"듣긴 누가 들어. 시파 들으라지. 여기 오는 사람들은 딱 입구
에 들어서면서 마인드가 변한다고. 나는 왕이다, 이렇게."

"준영아, 그만 하자. 나 없는 물건 좀 챙겨 올게."

끝나지를 않는다. 듣기 싫어 창고로 향했다. 아직 오전 중이라
고객은 그리 많지 않았다. 조금 있으면 점심시간이다. 유일하게
휴식을 취할 수 있는 꿀 같은 한 시간. 창고에서 살짝 시간을 보
내다가 매장에 들어와 마무리 후 식당에 올라가면 된다.

철제문을 열고 창고 안으로 들어섰다. 찬 공기가 얼굴을 에워
싸며 덮쳐온다. 내내 실내에서 뜨거운 공기만 먹고 있던 피부가,
찬 공기에 놀랐는지 얼굴이 얼얼해진다. 뺨을 몇 번 어루만지며
물건이 쌓인 적재 공간으로 향했다. 여기저기 굴러다니는 박스들
이 보였다. 하나를 잡고 끌어와 위에 앉았다. 담배를 필 수 있으면
좋으련만. 화재예방이라 이곳에서 담배를 태우면 바로 모가지다.
후유. 한숨을 쉬고 멍 하니 물건들을 쳐다보았다. 뭐랄까, 최근 들
어 극심히 겪는 이 스트레스에 두통이 말이 아니다. 머리는 지끈

거리고 속은 메스꺼워 식사마다 곤욕을 치른다. 뭘 먹기만 하면 속이 뒤틀리고, 퇴근시간까지 욱신거리는 통증 때문에 정말 최악의 기분이다.

어지러이 놓여 있는 제품 박스들이 서로 겹쳐 보였다. 일부러 눈을 가운데로 모아 보는 것처럼, 흐릿하게 잔상이 보이는 그런 현상은 극심한 피로감에 의해 나타나는 증상이라는 걸 알고 있었다.

'나도 안다고.'

이것이 위험하다는 경고성 알람인 걸 이미 느끼고는 있다. 하지만 생계수단이 어디 하늘에서 툭 떨어지는 것도 아니고, 2년의 경력을 쉽사리 버리기란 어려운 일인지라, 그저 참는 수밖에 없었다.

시계를 보았다. 11시가 조금 넘어가고 있었다. 식사는 12시부터였으니, 슬슬 들어가 매장을 지키고 있으면 되었다. 너무 창고에서 시간을 보낸다면 농땡이를 피우는 줄 알고 추가 근무를 시킬 수도 있다. 물건을 채우려 봐 두었던 작은 전구 박스 하나를 들고 출구로 향했다. 지나가는 다른 근무 직원들이 길을 비켜 준다. 그들도 하나같이, 나와 같은 멍한 표정들이다.

"야."

매장에 들어서자마자, 갑자기 둔탁한 소리가 귀를 때렸다. 돌아보니 거구의 사내가 나를 바라보고 있었다. 잠깐 아는 사람이었나 하고 머리를 굴렸다.

"야."

갑자기 반말을 해서 나를 아나 했지만 아무리 생각해도 모르는 사람이었다.

"아……. 네."

어리둥절해하며 무심코 대답했다. 사내가 슬그머니 다가온다. 손에는 커다란 수박 하나를 들고 있다. 우물쭈물 하는 내게 갑자기 그가 수박을 코앞에 쑥 들이밀었다.

"이거 뭐야."

"네?"

"안 보여? 여기 안 보여?"

"아, 잠시 만요."

들고 있던 박스를 내려놓고 얼른 주위를 살폈다. 인테리어 직원이 농산 쪽을 알 리가 없다. 모두 쉬러 간 모양인지 아무도 보이지 않았다. 최소 인원은 남겨두고 가는 것이 규칙이지만, 고객 수가 그리 많지 않을 땐 보통은 눈치를 봐 삼삼오오 짝을 지어 다녀오곤 한다. 연락책으로 무전기가 있지만 지금 소지하고 있지 않았기에 연락할 방도도 없었다. 단지 가격 확인뿐이길 하고 빌며 공손히 대답했다.

"어떤 문제가 있는지 말씀해주시면……."

"보라고!"

사내가 소리를 빽 질렀다. 주위에서 물건을 보던 사람들이 수군거렸다. 놀람과 당황스러움에 얼굴이 순식간에 붉어졌다. 시선이 즉시 그가 내미는 수박으로 향했다.

도대체 뭐가 문제야. 검은 줄에 녹색 바탕에 동그란 게 알차 보이는데. 뭐가 문제기에 소리를 지르는 거야.

"글쎄요. 제가 보기에는 그다지 이상은 없는 것 같아 보이는……."

"이런 시팔! 눈까리가 뼜나. 너 등신이야? 야 이 새끼야. 여기 잘 봐봐. 눈알 처내밀고 잘 들여 보란 말이야."

"아, 네."

그가 시키는 대로 다시 자세히 수박을 살펴보았다. 살짝 금이 가 있었다. 당혹스러웠다. 이런 실금 하나로?

"저기……. 금이 살짝 간 것 말인가요?"

"살짝 갔다고? 야 이 새끼야. 내가 이것 때문에 마누라한테 욕을 들어 처먹어야 하냐? 너는 네 여편네가 너한테 바가지 안 긁어? 니미 시팔. 수박 사오래서 사갔더니, 이런 병신 같은 걸 사오냐고 지랄하고. 교환하러 다시 이리로 오다가 접촉 사고 날 뻔하고, 주차 직원도 병신 같은 새끼라 한참 헤매고. 내가 이 시팔 수박 때문에 이 개고생을 해야겠냐고!"

남자가 갑자기 흥분하며 소리를 지르기 시작했다.

"이 따위 걸 돈 받고 팔아?"

남자가 수박을 던져버렸다. 바닥에 퍽 하고 부서지는 수박 파편을 피해 몇 몇 사람들이 서둘러 피했다. 목소리가 심하게 떨린다. 그가 몸을 팩 돌리더니 옆에 있는 쇼핑 카트를 발로 걷어찼다. 카트가 최악 앞으로 밀려간다.

"점장 나오라 그래!"

역시. 이들의 마지막은 가장 윗선을 찾아 보상받으려는 것이다.

이런 상황에서 그저 직원일 뿐인 내가 무슨 일을 할 수 있겠는가, 말을 걸 수가 없었다. 사내는 지금 너무 화가 나 대화가 불가능 했다. 얼른 허리를 굽히고, 눈을 흘겨 농산 쪽 직원을 찾았다. 이 자식들은 도대체 어디를 간 거야.

"어이."

그가 숙인 내 뒤통수에다가 말을 내려치듯 뱉는다.

"내 말 안 들려?"

"아, 고객님. 일단 죄송하다는 사과의 말씀부터 드리겠습니다."

서둘러 머리를 조아리며 사과를 전했다. 대상이 굽히고 들어가는 모습을 보이면, 상대는 자신이 인정받았다는 사실의 확인에 잠시 긴장을 풀게 된다. 그 틈을 타고 변명이든 거짓말이든 해야한다는 걸 다년간의 노하우로 잘 알고 있던 나였다.

"저는 인테리어 매장을 맡고 있는 직원입니다. 지금 문의하시는 농산품을 맡고 있는 직원 분은 지금 자리에 없으니 제가 찾아드리겠습니다. 잠시만 기다려 주시면……"

"나랑 지금 장난하는 거야?"

사내의 목소리가 차갑게 식어간다. 극도로 분노가 차오를 때 내는 표현이다. 난감하기 그지없는 일이었다.

이건 내 잘못이 아니잖아. 우연히 당신 눈앞에 나타난 게 죄라면 죄라고.

"그게 아니라……"

그때 헐레벌떡 누군가가 뛰어 왔다. 복장을 보니 흰 앞치마를 두르고 있는 게 농산 쪽 직원인 것 같았다. 안도의 한숨을 쉬며 이 상황을 당장 인계하기 위해 몸을 돌려 그에게 자초지종을 설명했다.

"이분이 구매하셨던 수박에 문제가 있어서 지금 몹시 화가 나신 상태거든요. 수박에 금이 가 있는 걸 집에서 발견하신 모양입니다. 많이 화가 나시고 그래서 홧김에 저기 던져서 깨졌고요. 금은 제가 봤으니 문제가 있었다는 건 틀림없는 사실입니다. 지금 담당 직원 말고도 윗분을 찾으시니까 잘 응대해 주세요. 저는 바빠서 이만."

속사포처럼 빠르게 설명한 뒤 재빨리 걸음을 옮겼다. 돌아보지 않고 걸었다. 뒤에서 나를 부르는 듯했지만 그냥 모른 척 넘어갔다. 재수 없게 시리. 짜증이 이는 걸 억지로 참으려니 속이 아팠다. 굳어지는 인상은 어찌할 수 없어 살짝 고개를 숙였는데, 인상을 쓰고 있는 것도 우리 서비스업 직원들에게는 감점의 요인이 된다.

"이제야 오냐."

어느새 또 준영이 다가와 슬금슬금 말을 건넨다. 관자놀이가 지끈거리며 쑤셨다. 이 일을 그만두려고 생각한 큰 이유가 바로 이 두통이었다. 약사나 병원이나 한결같이 똑같은 대답뿐이었다.

"직업적인 스트레스가 그 원인입니다."

"스트레스를 해소할 만한 취미나 방법을 찾아보세요."

빌어먹을.

망할 놈의 취미란 취미는 다 해봤다. 내 능력 한도의 범위 내에서. 스포츠, 경마, 영화 몰아보기에 집에 쌓인 책만 수십 권이 넘는다. 그러나 아무 소용이 없었다. 오히려 더 심해질 뿐이었다. 풀려고 봤자 쌓이고 쌓이는 일이 반복된다면 그저 뫼비우스의 띠처럼 돌고 돌 뿐이다. 내가 이 직업을 때려치우지 않는 이상은 고통에 시달려야 한다는 얘기다.

"뭔 일 있었냐? 똥 씹은 표정이네."

"괜찮아. 그냥 머리가 좀……."

"뭐 네가 괜찮다면 괜찮겠지. 아까 농산 쪽에 사람들 좀 몰려 있던데 가봤냐? 뭔 일 있었다니?"

방금 전 일을 생각하니 짜증이 밀려왔다. 두통이 심해지니 서 있기도 힘들었다.

"어떤 새끼가 또 지랄하던데. 누가 걸렸는지 열라 불쌍하다. 아 진짜 나도 너처럼 얼른 이 직장 때려치워야 하는데 말이다. 그런데 나야 그렇다 쳐도, 너는 조금만 버티면 담당급으로 진급되지 않냐. 연봉이 삼백은 오를 텐데 조금만 더 버티는 게 어때? 말이 나왔으니 하는 말이지만 솔직히 너 너무 답답한 거 알아?"

거기까지만.

참을 수 없어 손을 들어 이마에 대고 고개를 이리저리 흔들었다. 준영이 어리둥절한 표정으로 쳐다본다. 내가 손바닥으로 관자놀이를 두드리며 인상을 찌푸렸다.

"미안. 머리 깨질 것 같아. 말하기도 힘들다."

"뭔 놈의 두통이 말도 못하게 심하냐. 원인이 뭐야, 감기몸살이라도 있냐?"

'너! 너! 너! 조금만 조용히 해!'

소리를 지르고 싶었지만 차마 하지 못했다. 화를 억누르고 그냥 그대로 출구를 향해 걸음을 옮겼다.

"어디가?"

준영이 뒤에서 불렀지만 무시했다. 바람을 쐬고 싶었다. 뭐랄까, 숨이 턱 끝까지 차올라 있는데 내뱉지를 못하는 느낌이다. 질식할 것 같았다. 수심 천 미터는 더 깊게 가라앉아 발버둥을 치고 있는 기분. 그물에 머리가 걸려 물 밖으로 걸려 나가는 생선대가리가 된 기분.

직원 조끼를 착용한 채 그냥 출구를 나섰다. 담배라도 물어야 좀 안정될 것 같았다. 불을 붙이려다 조끼를 벗어야 한다는 규정이 떠올라, 벗어 접어 옆구리에 끼고 근처 의자에 앉았다.

치익. 담배에 불을 붙였다.

후우. 연기가 묘한 곡선을 그리며 흩어진다.

후우. 콧구멍으로 내리쏟는 이 뿌연 구름은 화장터를 맴도는 썩은 공기 같기도 하다.

"엄성식 씨."

"!"

화들짝 놀라 담배를 비벼 껐다. 고개를 돌려보니 인사 담당자인 김 과장이 차가운 표정으로 서 있는 게 보였다. 외부에서 점심을 먹고 들어오는 길인 것 같았다. 사실 큰 잘못을 한 것도 아니지만, 습관처럼 고개를 푹 숙이고 그의 눈을 피했다.

"아, 뭐라고 하는 건 아닙니다. 일단 조끼를 벗는 다는 규정은 지켰으니까요. 그렇지만 고객들이 오고가는 출구 앞에서, 그렇게 다 보이도록 조끼를 옆에 끼고 담배를 피운다는 건, 좀 더 생각해 봐야 할 문제겠죠?"

"네……."

"우리는 서비스업입니다. 서비스가 최고로 중요한 직업이에요."

"네. 알고 있습니다……."

"앞으로는 휴게실에서 피우도록 하세요."

"죄송합니다……."

일진이 안 좋다. 그런 예감이 들었다. 허겁지겁 매장으로 들어서며 몸조심 해야겠다는 생각을 했다. 이런 날은, 꼭 무언가 사고가 터진다.

불길한 예측은 보통 대부분 들어맞는다. 점심 식사부터 내 예감은 적중했다. 식당에서 배식을 기다리는 두 줄 중에, 내가 기다리고 있던 쪽의 반찬이 동난 것이다. 직원이 많은 관계로 식당은 식사를 두 줄로 나누어 공급했다. 반찬이 없다는 데 꼼짝없이 밥만 꾸역꾸역 집어넣는 수밖에 없었다.

"좆도 시팔. 이 병신 같은 식당은 허구한 날 반찬 부족하대. 돈은 어디다 쓰는 거야? 시팔 놈들. 이러면서 남겨 챙기는 거 아냐? 지 집구석에 갖다 짱 박아놓고 애새끼들 존 나게 처먹고 있겠지. 아 미치겠네. 공짜 밥도 아니고 내 돈 내고 내가 먹는데 왜 만날 밥만 쳐 넣어야 하는 거야."

"좀 조용히 해라. 들릴라."

내가 낮 춰 말했지만 준영은 들은 척도 하지 않았다. 입가에 묻은 밥풀이 그가 입을 열 때마다 구더기처럼 꿈틀거렸다.

"들어야 정신을 차리지 엿 먹을 놈들. 내가, 우음, 오늘 반찬이 제육볶음인 걸 알고 얼마나 기대했는데, 우음, 야 그거 안 먹냐?"

"너 먹어."

"좀 씹고, 우음, 니미 암튼 우리가 소냐? 채소만 처먹이게."

밥은 다 삼키고 말하지 그래. 이번에도 그냥 화를 삭이기는 마찬가지였다. 그래, 말해 봤자 듣지도 않는 놈이니까.

불만은 나도 많았다. 단지 표현하지 못하는 것뿐이다. 솔직히 일을 그만둔다고 말한 것도 준영만 알고 있었다. 사실, 그만 둘 자신도 용기도 없었다.

참아라. 버텨라. 말은 쉽게 나오지만, 그게 그렇게 쉬운 일이던가.

진급이 되면 두통이 좀 나아지려나. 오직 그것 하나만 믿고 지탱해 낼 뿐이었다.

잔반이 반이나 남았지만 그대로 들고 자리에서 일어섰다. 차라리 조금이나마 더 쉬는 게 나을 것 같아서였다. 쳐다보는 준영에게 간단히 쉰다고 말을 한 후, 잔반을 버리고 얼른 휴게실로 향하는 계단을 올랐다.

직원들이 북적이는 좁은 휴게실은 쪼그리고 앉을 자리도 없어서, 항상 그랬듯 라커룸 바닥에 돗자리를 깔고 앉는 수밖에 없었다.

"바닥 안 차나?"

소파 위에 앉아 있던 남일 형이 안쓰럽게 물었다. 행사 아르바이트를 뛰는 남일 형은 사람이 좋아 직원들에게 인기가 많았다. 나는 쓴 웃음으로 답했다. 휴게실에서 쉬고 있던 직원들이 한마디 씩 내던진다.

"그렇게 휴게실을 넓혀달라고 해도 들어 처먹어야지."

"대가리에 돈만 들은 놈들이 그런 생각이나 하겠어?"

"직원 알기를 똥으로 알아."

분노가 섞인 말들이 여기저기서 흘러나왔다. 이들도 하나같이 스트레스에 시달리고 있었다. 원한이 깃든 유령들의 수군거림 같아서, 그들의 얼굴이 보기 싫어 라커룸과 휴게실을 연결하는 문을 닫아버렸다. 수십의 살기어린 눈빛이 번뜩이는 장면은 내게는 부담이 너무 컸다.

"하아."

한숨을 내쉬고 자리에 드러누웠다. 냉기가 등을 쑤시며 파고든다. 몸을 뒤척여 옆으로 누웠다. 잘못하면 입이 돌아갈 판이다. 얼굴 밑으로 팔을 낀 채 눈을 감았다. 30분은 잘 수 있나?

"덜컹."

갑자기 문이 열렸다. 깜짝 놀라 바라보는 내 눈에 준영의 모습이 들어왔다.

"야. 너 내려오래."

"뭐?"

"드릴 고장. 완전 미친년 하나 와서 생지랄이야. 장난 아냐. 난리 났어. 얼른 내려가 봐."

"아, 진짜……."

두통이 다시 몰려온다.

"점심시간이잖아."

"아 몰라. 네가 맡은 구역이잖아. 담당 직원 오라는데 그럼 어떡해. 재수 없게 이 대리가 지나가다 그년한테 딱 걸렸나 봐. 이 대리 새끼 의류 쪽인데 개뿔 드릴을 알기나 하냐? 자기는 담당이 아니라서 모른다고 아무리 말해도 이년이 들은 척도 안 하나 봐. 말이 나왔으니 말이지, 인간들 왜 그렇게 개념 없냐? 담당 직원 아니면 당연히 모르지. 무슨 시팔 수백 가지 상품의 특성이랑 그런 걸 다 기억해야 돼? 우리가 컴퓨터냐? 좆나 그렇게 똑똑하면 여기서 이 짓거리 쳐 하고 있겠냐? 서울대 갔지."

쉴 새 없이 떠드는 그의 목소리가 앵앵거리는 모기 날갯짓 소리처럼 귓가를 파고들었다. 몸을 일으켰다. 가기 싫어도 어쩔 수 없었다. 바닥에 깔았던 돗자리를 접으려 하자 준영이 냉큼 드러누웠다.

"놔 둬. 피곤한데 잠 좀 자야지."

얄미운 새끼. 누워 있는 그놈의 머리통을 걷어차고 싶은 충동이 확 일어났지만, 그냥 참고 문을 닫고 밖으로 나왔다. 소파에 앉아 책을 읽고 있던 남일 형이 의아한 눈으로 쳐다본다.

"고객 클레임이래요."

억울한 말투로 내가 대답했다. 안쓰러운 표정으로 나를 지켜보는 몇 사람들을 뒤로 하고, 휴게실을 나섰다.

계단을 내려가는 내내 두통이 관자놀이를 송곳처럼 쑤셔댔다. 손바닥을 펴 몇 번 툭 쳐봤지만 의미 없는 짓이라는 건 알고 있다. 엉뚱하게도, 준영은 왜 그렇게 쉴 새 없이 욕을 할까하는 생각이 들었다. 욕쟁이 새끼. 하는 말마다 욕이 감초야 감초. 어느 편으로는 그런 그의 면이 부럽기도 했다. 눈치코치 보지 않고 나도 당당히 이 연놈들에게 핏대가 선 눈알을 부리며 악을 지르고 싶었다.

개새끼. 시팔 새끼. 병신. 등신. 쓰레기 같은 놈들아.

내려와 보니 낯이 익은 여자였다. 바로 어제 판매한 고객이다. 그 여자의 쉴 새 없는 질문에 일일이 답변하느라 진땀을 흘린 기억이 났다. 이 대리가 구원받은 표정으로 얼른 나를 소개했다. 여자의 고개가 내 쪽을 돌아보았다. 어제 마주쳤던 얼굴임을 확인한 그녀의 콧대가 더욱 꼿꼿이 서는 것 같아 몸서리가 쳐진다.

"당신 직업이 뭐예요?"

다짜고짜 그녀가 툭 말을 뱉어냈다. 얼떨결에 답했다.

"판매 직원입……"

"사기꾼이잖아. 그렇죠?"

"네?"

"당신이 나한테 사기 쳤잖아요. 그렇죠?"

"그게 무슨……"

"이 드릴 말이야. 이거. 어떻게 불량품을 버젓이 팔아요? 아니, 벽은 왜 갈라지는데? 구멍을 뚫으려고 샀지 벽 쪼개려고 샀나요? 새것 마냥 아주 그냥 떡 하니 진열해 놓으면 다예요? 염치도 없어. 어제 종일 부스러기 떨어진 거 쓸고 담고 아주 난리도 아니었다고요."

잠깐. 이제야 생각났다. 이 여자가 왜 이 지랄을 하는지.

그녀는 벽에 구멍을 뚫기 위한 드릴을 사려 했었고, 나는 간편하고 힘이 덜 드는 제품을 추천했다. 주의사항도 잊지 않고서.

벽, 그러니까 콘크리트는 '콘크리트 전용 드릴 날'을 사용해야 한다. 그리고 전기로 연결하는 전동드릴을 사용해야 제대로 구멍을 낼 수 있다. '해머 기능'이 가능해야 하는 것이다. 예를 들자면, 도로 공사 시에 땅을 파는 거대한 드릴의 덜덜거리는 상하 떨림을 생각하면 된다. 만약 길게 늘여지는 전기 줄이 싫어 간편한 충전 전동드릴을 원한다면, 힘이 최소 14V이상 되는 제품을 사용해야 해머 기능을 발휘할 수 있다. 특성을 제대로 파악하고 사용하지 않으면 벽이 갈라질 우려가 있고, 구멍이 일직선으로 뚫리지 않는 거다.

"콘크리트 벽이시죠?"

나는 분명히 설명을 했었다.

'이런 제기랄!'

언제나 이런 식이었다. 설명을 아무리 줄줄 늘여놓으면 뭘 하겠는가. 들어먹지를 않으니. 붉으락푸르락 해지는 표정을 관리하자니 죽을 노릇이었다. 이를 꽉 물으며 웃으려 애썼다. 속병이 도진다. 먹은 지 얼마 되지 않는데, 이런 일을 겪게 되면 하루 종일 위산과다에 고생하는 건 뻔할 뻔자다.

"제가 어제 설명 드렸는데 깜박하신 것 같네요. 콘크리트 벽에 사용하시려면 콘크리트에 쓰이는 전용 드릴 날을 사용해야 한다고 말씀드렸는데. 잠깐 줘보실래요?"

"아니, 드릴이 아무 날이나 꼽고 돌리면 그만이지 뭔 소리래요?"

여자가 투덜거리며 드릴을 건네주었다. 아니나 다를까, 검은 광택을 띤 날이 보인다. 이 드릴 날은 금속에 쓰는 것이다.

"날을 잘못 끼우셨네요. 이 날은 금속류에 사용하는 날입니다."

"철을 막 뚫는 날이 왜 콘크리트를 못 뚫어요!"

여자가 버럭 소리를 질렀다. 또, 또 사람들이 쳐다본다. 미칠 노릇이다. 나는 아무 잘못 없지만, 멀리서 상사들이 이 광경을 본다면 십중팔구 불친절한 대응 업무를 하고 있다 볼 터였다. 당황한 내가 여자를 진정시키며 말했다.

"힘이랑, 그 벽을 뚫는 거랑은 조금 개념이 다르거든요."

"쉽게 말해 봐요!"

"저, 고객님. 철을 뚫을 때는 아무 상관없지만, 벽을 뚫는 것은 그대로 돌려버리면 구멍이 삐뚤어지고 틀어져요. 벽에 구멍 뚫는 것은 못 같은 걸 박으려 하시는 거죠? 그렇죠?"

"네."

"그러면요. 콘크리트 못을 박을 수 있는 앙카라는 걸 구입해서, 그 구멍에 박아놓고 못을 박아야 하는 거예요. 그래서 앙카가 들어가려면 일직선으로 곧게 구멍이 뚫려 있어야 한다고요. 지금 사용하시는 드릴은 전동 드릴이 맞으니까, 해머 기능은 되는데 그러려면 여기 스위치를 해머 그림이 그려진 쪽으로 돌리시고……"

여자가 멍한 표정으로 나를 바라보고 서 있기만 한다. 이런 붕어 대가리 같은 넌! 입만 헤 벌린 채, 여자가 여기저기 돌아보며 누군가를 찾는다. 그녀는 다른 직원을 찾고 있었다. 감으로 알 수 있다. 이 여자는 나보다 윗선의 사람을 찾아, 어떻게든 이 물건을 변상 받으려 하는 것이다. 설명은 어려우니 패스, 산 건 어제이니 무조건 교환 가능. 이년의 머리에 박힌 변하지 않는 똥 같은 개념.

"저기, 그러면 제가 수리는 해드릴 수 있습니다."

얼른 화제를 바꿨다.

"교환은 불가능해도, 고장은 고쳐 드릴게요."

이런 일로 계속 변상해 준다면 꼭 나중에 욕을 들어먹게 되는 것은 나였다. 왜 설명을 제대로 하지 않았냐. 등신이냐. 이러쿵저러쿵. 상사에게만 욕을 먹는 것은 아니다. 드릴 담당 업체에서도 한소리 툭 던진다. 돈은 그냥 줍니까? 관리 차원에서 주는 건데, 이렇게 관리하면 어떡하시려고 그래요? 따따부따. 생각만 해도 머리가 터질 것 같다. 어떻게든 수리 차원에서 해결하는 방법밖에는 도리가 없었다.

"뭘 수리요? 아저씨, 그냥 바꿔 줘요."

"그건 좀 힘듭니다. 고객님 실수라서……"

"바꿔 줘요."

"제가 깨끗하게 고쳐 드리겠습니다."

"바꿔 줘요."

집요하기도 하다.

"죄송합니다."

"바꿔 줘요. 얼마나 한다고. 치사하네. 그렇게 치사하게 물건 팔면 차라리 장사를 하지 말던가."

치사하다고? 울컥 울분이 치솟는다. 어떻게 생각이 제대로 박힌 사람이 이렇게 말을 할 수 있지? 내가 사장이야? 내가 점장이야? 왜 내가 치사한 인간이 되는 거야?

참기가 힘들어 나도 모르게 입에서 한숨이 터져 나온다. 겨우 겨우 화를 눌러 참아낸 결과이지만, 그런 한숨도 고객 앞에서는 쉬어서는 안 되는 거다. 여자의 눈이 번쩍 빛나는가 싶더니 너 이놈 잘 걸렸다는 식으로 주위를 둘러보며 고래고래 소리를 지른다.

"여기 아무도 없어요? 여기 이 직원 좀 불친절 사원으로 신고할 테니, 누가 좀 와 봐요!"

'1시 입니다.'

휴대 전화 알람이 울린다. 이제 점심 시간은 다 지나갔다. 정확히, 3분 쉬었다.

누웠다가 그대로 일어나서, 이 미친년에게 걸려 쓰레기 취급을 당하고 있는 중이다. 나는 분명히 친절하게 제대로 설명을 해 주었다. 젠장. 다시 반복해서 설명하는 지겨움을 참고 차분히 쉽게 말해 주었다. 그런데 불친절 사원이라고?

이년은 내 설명을 이해를 못하는 게 아니라, 단지 이해하기 귀찮은 거다. 결국, 어쩔 수 없이 허리를 굽혀 새 제품을 꺼내 들었다. 여자가 눈을 동그랗게 뜨며 급히 방긋한다. 좋다고 입을 헤 벌린다. 미소가 입가에 걸치며 찢어질 듯 히죽인다.

"교환해 드리겠습니다……."

"진작 좀 해주지. 왜 그렇게 뜸 들이고 그래요. 사람 바쁜데."

아무리 소심하고 사람 좋기만 한 사람이라도, 참을성에 정도가 있는 법이다. 지금 내 머릿속엔, 여자의 히죽이는 입을 드릴로 뚫어버리는 장면이 생생하게 재생되고 있었다.

'바꿔주니 그렇게 좋아? 이 쌍년아! 내가 몇 번을 말했어! 몇 번을 말했냐고! 왜 그렇게 사람 말을 못 알아 처먹어! 야 이년아, 콘크리트는 콘크리트 날을 쓰고, 철판에는 철판 날을 쓰는 게 왜 어려워! 머저리냐? 설탕 소금도 구분 못하냐? 너희들은 손님으로 오면 머리를 아예 굴릴 생각도 안 하지? 이 대가리에 똥만 쳐든 연놈들아!'

아아. 입을 최대한 크게 벌리고, 숨을 깊게 들이마시고 싶었다. 잠깐만 시간을 멈출 수 있다면 얼마나 좋을까. 이년을 빨리 보내버리고 담배를 피우고 싶어 속으로 발만 동동 굴렀다. 그러나 여자는 갈 생각을 안 하고 뭔가 뜸 들이는 기색이다.

"이런 것 사면 드릴 날 같은 거 증정으로 주지 않아요?"

"네?"

"가격도 만만찮겠다, 증정도 주고 그러잖아요. 보통 이런 데는."

"……증정이 지금은 없어요."

"하나 아무거나 주면 안 돼요?"

아주 돌아버릴 것만 같았다.

"제 마음대로 드릴수가 없어요. 다 파는 물건을 어떻게 막 증정으로 줍니까."

언성이 높아진 걸 느꼈는지 여자가 인상을 찌푸렸다.

"알았어요."

"안녕히 가세요."

빨리 보내버리고 싶어 냉큼 배웅 인사를 했다.

"……."

대답을 하지 않고 가만히 노려보던 여자가 몸을 돌려 가버렸다.

나는 여자에게 받은 드릴을 든 채로 그 자리에 우두커니 서 있었다. 옆에 위치한 가전 매장의 직원들이 혀를 끌끌 차며 안쓰럽게 지켜보고 있었다. 그들을 잠깐 보며 내가 어처구니없다는 표정으로 씩 웃어 보였다. 그들도 멋쩍은 미소를 보낸다. 그래, 참 불쌍하겠지. 그렇게 보이겠지. 그러는 너희들도 다 똑같잖아. 이런 거.

드릴을 가져다 놓기 위해 창고로 발걸음을 옮겼다. 움직이기가 힘들었다. 뭔가 터질 것 같은데, 이성이 마음대로 하지 못하도록 겨우 막고 있다. 총을 쥔 것처럼 드릴을 움켜쥐고 뚜벅뚜벅 창고로 걸었다.

"시팔!"

분노가 끈을 잘라내 버린다. 창고 문을 열고 안으로 들어서자마자, 있는 힘껏 쥐고 있던 드릴을 내던졌다. 부메랑처럼 휘릭 돌며 통로 옆 철제 기둥에 부딪히고 파편을 튀기며 땅에 연착륙한다. 달려들어 발로 걷어찼다. 퍼억. 드릴이 통통 튕기며 바닥을 쓸었다. 다시 달려가 또 걷어찼다. 퍼억. 벽에 부딪혀 뱅글 도는 드릴은 완전히 부서져 만신창이가 되어 버린다.

"아아악!"

소리를 지르며 다시 집어 들어 벽을 향해 내동댕이쳤다. 너덜거리는 드릴이 저만치 굴러갔다. 그 자리에 털썩 주저앉아 머리를 부여잡고 두통의 공격을 막으려 애썼다. 하지만 어림도 없는 일이다. 시계를 보았다. 1시 반이었다. 퇴근까지는 아직 여섯 시간이나 남아 있었다.

"경력도 되는 사람이 왜 그렇게 모릅니까."

박 대리가 커피를 홀짝이며 신문을 접었다.

"성식 씨 정도면 알만한 건 다 알 텐데요. 고객이 아무리 짜증나는 행동을 해도, 해줘야 할 게 있고 해주지 말아야 할 게 있어요. 점장님 지시대로라면, 그런 막무가내 교환은 절대 불가라고 알고 있을 텐데요?"

"죄송합니다. 하지만……."

변명을 하려 했지만 말이 떨어지지가 않았다. 그저 코만 몇 번 만지다가 그냥 그만두었다. 트러블 안 생기도록 한 번 혼이나 나고 말지 하는 생각이 자꾸만 내 감정을 억제하고 있었다.

"그 고객이 뭐 워낙 그 방면으로 유명한 사람이라고 하니까 이번 일은 넘어가겠어요."

"네."

"말이 안 통하니 뭐 어떡해."

나는 대답 없이 고개만 끄덕였다.

"내가 과장님한테 잘 말해 놓을 테니까 걱정은 말고."

"감사합니다."

박 대리가 어깨를 으쓱하며 턱을 앞으로 쭉 내밀었다. 표정은 자부심으로 가득했다.

"당연히 해야 할 일인데 감사까지야. 이런 건 지금 내 위치에서 항상 신경 쓰며 진행해야 할 일인 거고, 이제 성식 씨도 곧 느끼게 될 거예요."

커피 잔을 내려놓으며 박 대리가 중얼거렸다.

"내려가 보세요. 차후 결과는 다시 알려드리죠. 이제 곧 진급 심산데, 조심합시다. 우리."

"알겠습니다."

힘없이 대답하고 사무실을 나섰다. 박 대리는 우리 인테리어 관련 부서의 담당이었다. 그의 평판은 좋은 편이다. 직원들이 하는 만큼 대우해 주었기 때문에 그나마 머리가 깬 상사라고 평가를 받고 있었다. 그러나 자세히 들여다보면 무조건 그런 건 아니었다. 그는 자신의 이익에 관련된 것이면 잘해 주지만, 아니면 신경을 쓰지 않았다. 원래대로라면, 이번 고객 클레임 사건은 이대로 쉽게 끝날 일이 아니었다. 내가 진급 대상이고, 내가 자신의 자리에 올라오면 자연스럽게 그 위의 자리로 이동하리라는 걸 알고 있는 그가 내세우는 일종의 '선물'인 것이다.

나는 고개를 절레절레 흔들며 매장으로 돌아갔다. 턱을 치켜세우며 보란 듯이 과시하던 그의 행동을 생각하니 눈꼴이 시리다.

"성식아! 구세주야!"

뜬금없이 준영이 반기며 나를 덥석 안았다. 당황하며 그를 뿌리치자 그가 다시 안겼다.

"왜 그래."

"도와줘. 나 일 터졌다."

그가 정색을 하며 말했다. 의아해하는 내게 그가 휴대 전화를 꺼내 문자 메시지 하나를 보여주었다.

'아파서 죽을 것 같아, 오빠.'

준영의 여자친구의 문자였다. 전화를 다시 집어넣으며 그가 미안한 목소리로 말했다.

"아파서 빨리 오라는데 어쩌냐. 나 잠깐 다녀올게. 누가 물어보면 화장실이나 휴게실 갔다고 말 좀 해줘라. 지금 시간이…….."

시계를 보면서 중얼거린다. 내가 그렇게 해주겠다고 대답도 하지 않았는데도 그는 이미 떠날 채비를 하고 있었다.

"4시 반 좀 넘었으니까 5시 반까지 올게. 부탁한다."

'거절 좀 해봐.'

잘못 들었나? 주위를 살폈다. 내게 말을 건 사람은 없는데.

'속에서 들린 거야.'

마음속에서 누군가가 속삭였지만, 그의 부탁을 거절할 수 없었다. 같이 일하는 동료라 서로 불편해지는 게 싫은 것이다. 퇴근 시간까지 얼마 안 남았으니 좀 더 기다렸다가 가 보지 그래. 빈정거리는 말투가 목구멍 까지 올라왔지만 밖으로 뱉어낼 수가 없었다. 언제나와 마찬가지로, 나는 고개를 끄덕였다.

"땡큐다!"

준영이 빠른 속도로 매장을 벗어났다.

그가 이런 식으로 근무 시간에 도망치는 것은 한두 번이 아니었다. 물론 내가 계속 받아 준 결과이기도 했다. 아니, 어쩌면 쉽게 거절 못 하는 내 약한 성격을 잘 아는 그가 이용하고 있는 것일지도 모른다. 준영이 건네준 무전기를 차고 천천히 진열 매대를 돌며 점검했다. 재미가 없다. 정말로 재미가 없다. 그만두고 싶었다.

항상 느끼는 거지만, 오늘은 더 힘이 들었다. 아침부터 겪은 이상한 고객들의 시비와, 상사의 느글거림과, 준영의 이기적인 행동들까지. 지금 바로 작업 조끼와 무전기를 던져 버리고 뛰쳐나가고 싶었다. 주체할 수 없는 분노가 쌓이고 쌓이면서 내 몸을 야금야금 갉아먹고 있었다. 그러나 적금은. 카드 값은. 방세는. 이러지도 저러지도 못한 채 끌려 다니는 걸 잘 알고 있기에, 차라리 이상한 생각들을 안 하려고 머리를 비우는 편이 현실적으로 나았다. 생각을 하지 않으려면 일에 열중하는 것이 제일이다.

"어라?"

뒤로 들어가 있던 물건들을 앞으로 빼내어 진열하다가, 이상한 점을 발견했다. 분명 상자는 그대로였지만 속은 빈 것이다. 교묘한 솜씨였다. 허탈한 기분이었다. 재고 조사 때 또 지적받고 의심받을 일이 생겼다. 가만히 빈 상자를 빼내어 작업용 카트에 넣었다. 눈을 부리나케 뜨고 있어도 가져갈 것은 다 가져가는 인간들.

"여기 오는 연놈들은 왜 다 이렇게 이상한 거야."

중얼거렸지만, 아무도 듣지 못할 혼자만의 아주 작은 목소리였다.

퇴근 시간 까지는 한 시간이 남았다. 역시 준영은 오지 않는다. 그 동안 준영의 위치를 물어본 사람도 없다. 차라리 인사과장이나 박 대리가 집요하게 물어봐서 그가 땡땡이를 치고 있다는 사실을 눈치 챘으면 싶었다. 운도 좋은 새끼. 어쨌든, 퇴근이 다가오니 기분이 조금 좋아지며 쓰린 속과 두통도 어느 정도 다시 제자리를 잡아 가는 것 같았다. 이제 좀 살 거 같았다.

"지직."

그때, 무전기가 울렸다. 내 허리춤에서 들리는 잡음 소리다. 누군가가 인테리어 매장 쪽으로 메시지를 보내고 있는 것이다.

"생활용품 박준영 씨, 고객센터로 이동해 주세요."

쳇, 운도 지지리 없지. 하필이면 퇴근 시간을 한 시간도 안 남기고 또 걸려 버렸다. 준영이 맡고 있는 생활용품 쪽은 유달리 불량이 많아서 교환이 자주 있었다. 분명 고객센터 또한 교환 문제로 준영을 찾는 것이 틀림없었다.

"이동합니다."

대신 짧게 대답한 뒤 고객센터로 향했다. 센터 쪽으로 다가가니 마르고 머리를 기른 남자의 모습이 보였다. 고개를 숙여 인사하고 무전을 친 고객센터 직원을 찾았다. 그녀가 그 긴 머리 남자에게 나를 인도해 주었다.

"안녕하세요? 무슨 일 때문에……."

"예약한 물건이 있습니다."

"네?"

순간 당황해서 되묻고 말았다. 아차 싶었다. 그저 교환이나 수리일 거라 예상했는데, 이 고객은 오늘 예약한 상품을 찾으러 온 것이다. 박준영. 빌어먹을 놈 같으니라고. 고객과 약속한 날에 자기 여자친구를 만나러 나 몰라라 가버렸군. 잠시만 기다려달라는 말을 한 뒤, 전화번호를 눌러 그를 찾았다.

"여보세요?"

한참 신호가 가더니, 준영이 받는 게 들렸다.

"어, 아, 무슨 일 있냐?"

5시까지 쳐온다더니. 화가 치솟았지만 급한 업무라 고객의 예약 상품에 대해 먼저 물었다.

"오늘 그 36와트 전등 행사 상품 예약한 분 오셨는데."

"어? 누구?"

"36와트 등. 주광색 전구 두개 들어가는 벽 등 있잖아. 행사 하는 거. 그거 오늘 입고한다고 네가 말했다며."

"우와, 맞다 맞아."

준영의 목소리가 크게 울려 귀가 아파 눈살을 찌푸렸다.

"아 시팔 좆 됐네. 그거 나 깜박 하고 발주 안 넣어서 물건 다음 주에나 들어 와."

"뭐?"

어이가 없었다.

"야. 대신 사과 좀 해 줘라. 그 사람 성격 좋은 것 같으니까 말 잘하면 돼. 우리가 이런데서 일하면서 느는 게 거짓말이랑 대화 스킬 아니겠어?"

"야 그게 무슨……."

옆에서 여자의 신음 소리가 희미하게 들린다. 그건 아파서 내는 소리가 아니다.

"끊는다. 간호해야 돼. 여친 아파서 죽으려 그래. 부탁해."

"죽을 것 같아 미치겠어. 호호호."

툭.

이 시팔 연놈들이. 얼어붙은 채로 서 있으니, 기다리던 고객이 조심스레 묻는다.

"통화는 끝나셨나요? 물건은 언제 가져다주실 거죠?"

나를 그렇게 만만히 보지 마.

"이봐요. 물건 있기는 한 거예요?"

'참는 것도 한도가 있어 씹새야.' 남자가 어깨를 툭 밀쳤다. 움찔하며 내가 고개를 획 돌렸다. 눈이 마주친 남자가 놀라며 뒤로 물러섰다. 그건 주변에 있던 고객센터 직원들도 마찬가지였다. 그들 또한 내 표정을 보고 놀라는 기색이 역력했다. 고객센터 측면 벽 쪽으로 거울이 있었다. 내 얼굴이 거울에 비쳐 보였다.

그건 태어나서 처음 보는, 살기와 광기가 가득한 표정의 나였다.

화들짝 정신을 차렸다. 뭐야 방금. 다시 멀쩡한 상태로 돌아온 내가 황급히 남자 고객에게 말을 꺼냈다.

"아, 지금 담당자와 통화했는데 오늘 들어올 예정이었던 물건이 재고 부족으로 배송되지 않았다고 합니다. 죄송합니다. 연락처랑 주소를 알려 주시면 들어오는 대로 직접 가져다 드리도록 하겠습니다. 죄송합니다."

몇 번이고 허리를 굽히는 나를 보며 남자가 질린 표정으로 중얼거렸다.

"아, 아뇨. 다시 오죠. 괘, 괜찮아요."

겁을 먹었는지, 그가 별 말 없이 자리를 떠났다. 허리를 펴는 내게 안면이 있는 센터 직원인 선희 씨가 말했다.

"성식 씨, 딴 사람인 줄 알았어요. 그런 무서운 표정 지으면 어떡해요. 고객들이 뭐라 그래요……."

"아, 알아요. 제가 잠시 다른 생각을 했거든요."

'죽여 버려.'

또, 이상한 목소리가 머릿속을 맴돌았다. 정신을 차리려고 뺨을 몇 번 치고 좌우로 고개를 흔들었다. 더는 목소리가 들리지 않았다. 그러나 그 감정은 여운이 남았다. 신기하게도, 그 표정을 본 이후 두통이 느껴지지 않았다.

퇴근 시간이 다 되었다. 조금 있으면 교대조가 올 것이다. 마무리를 하기 위해 마지막으로 진열 상품들을 점검했다. 저녁 식사 시간이라 고객들도 조금 뜸했다. 준영은 근무 시간의 반을 그냥 도망쳤다. 그리고 걸리지도 않았다. 운 좋은 놈 같으니.

"어이!"

교대조인 남일 형이 저만치서 손을 흔들며 다가온다. 나도 반기며 손짓했다. 그, 사람 좋은 남일 형이다. 저녁 시간에 일을 시작하지만 항상 일찍 출근해서 독서를 하거나 일이 많을 때 돕는, 정말 말 그대로 낙천주의자였다. 부러웠지만 내가 그처럼 될 수 있다고는 생각지도 않았다. 그가 가진 성격은 나와는 완전히 다른 그런 부류였으니 말이다.

"성식아! 물건 꽉꽉 채웠나?"

"네. 빠진 거 좀 정리했어요."

"니밖에 없다. 칼이네 이 자식. 마음 든든하다니까. 아, 준영이는?"

"먼저 갔어요. 일 있다고."

남일 형의 표정이 살짝 굳었다.

"또 땡땡이?"

"하하. 아냐. 여자 친구가 아프다고……. 조금 전에 갔어요."

"성식아."

남일 형이 슬그머니 나를 잡더니 진열 매대 안쪽으로 끌고 갔다.

"니는 인마. 사람이 너무 좋아서 탈이여. 화나도 참으면 그기 속 버리는 게 문제가 아니라 나중에 한꺼번에 터져버린다고마. 그럼 걷잡을 수 없어진다고. 지금 니 얼굴 거울로 봤나?"

"아뇨."

아까 고객센터에서 보았던 표정이 잠깐 떠올라 몸을 흠칫 떨었지만 형은 눈치 채지 못한 것 같았다.

"창백한 거이 환자 나부랭이여. 나가 봤을 때, 니 상태 심각하다."

"괜찮아요."

말은 그렇게 했지만, 정곡을 찌르는 말이었기에 대답하는 내 목소리가 갈라져 들린다.

"나도 그런 적이 있다. 처음 여기 들어와서 한동안 죽도록 고생한 적이 있어. 나는 그리 냉정한 인간이 못 되는 기라, 니도 알제? 두개골이 깨지는 줄 알았다. 두통. 스트레스 뭐시기가 원인이라던 두통 말이여."

"아……."

그가 나와 같은 현상을 겪으리라고는 상상도 하지 못했었다.

"와 그리 놀라나. 여기 다니면 다 그라잖냐. 니처럼 나도 못 풀고 참다가 죽는 줄 알았다. 다행히 분출할 수 있는 해소법을 찾아서 버팅긴 거지."

"그게 뭔데요?"

"당구. 한동안 당구장에서 살았다."

그가 당구 치는 시늉을 해보였다. 씩 웃으며 남일 형이 말했다.

"아무 생각 없이 TV를 보는디, 당구 대회 중계가 나오더라. 그 순간 당구를 쳐보라 하며 누가 말을 거는 것 같았다, 이거여. 왜 그런 거 있지 않냐. 마음의 소리. 아무튼 그 말대로 했더니 고 다음부터 두통이 싹 사라지는 게, 살 것 같더라."

그가 잠시 말을 멈추고 시계를 보더니 미안한 표정을 지었다.

"아이쿠, 얼른 퇴근해라. 내가 너무 오래 붙잡았네."

'마음의 소리라.'

알았다고 대답하며 출구를 향해 걸었다. 걷는 동안 내 머리는 온통 그가 한 말을 생각하고 있었다. 이끄는 대로 하면 나아질 것이라는 그 말. 그러나 당구 같은 것과는 차원이 다르잖아 이건. 죽이라는 소리를 따르는 건 미친 짓이다.

그러나 오늘 하루 동안의 일들이 내가 살의를 품게 만들 목적이었다면 충분히 달성했고, 심지어 내게 죽이라고 강요하는 마음 속 존재의 얼굴(그 광기어린 표정의 소유자)까지 목격했었다. 그건 내 얼굴이었지만 내가 아니었다. 아니, 어쩌면 오히려 그 얼굴이 내 본 모습일지도 모른다.

라커룸으로 올라가 옷을 갈아입는 순간에도 잡다한 생각들은 끊이지가 않았다. 지금은 들리지 않지만, 그 목소리는 분명 다시 들릴 것이다. 한 번 그 생각에 빠져버리니, 계속 맴돌게 된다. 두통도 속쓰림도 이 짜증스러움도 전부 그 목소리와 연관되어 생각하게 되어 버리는 것이다.

"마음의 소리는 개뿔. 그렇다고 해볼 수 있는 것도 아니고……."

고개를 절레절레 흔드는 것도 이젠 버릇이 되어 버렸다. 작업 조끼를 벗어 라커룸에 걸쳐 놓고, 외출복으로 갈아입은 후 직원 탈의실을 나섰다. 집에 가자. 샤워하고 푹 자는 거다. 악몽 같은 하루는 이제 끝났다. 내일이면 또 찾아올 테지만 일단 지금은 끝났다.

"성식 씨."

탈의실을 나서자마자 누가 나를 부른다. 고개를 돌리니 박 대리였다. 그는 나를 기다리고 있었던 것 같았다. 표정이 안 좋다. 굳게 다문 입술 위로 약간 치켜세운 눈이 무언가 긴장어린 상황을 연출하고 있다.

"사무실로 와요."

"네?"

"사무실에서 잠깐 면담 좀 합시다."

이건 또 무슨 일인가. 십중팔구 좋은 일은 아닐 텐데. 퇴근 시간에 걸리다니, 이 저주받은 날은 끝까지 내 발목을 잡고 놓아주려 하지 않는다. 아랫입술을 질끈 물며 박 대리 뒤를 따라 갔다. 나도 모르는 새 잘못을 한 게 있었던가하고 속으로 생각해 봤지만 그리 걸리는 건 없었다.

사무실 문을 열고 박 대리가 자신의 책상 쪽으로 걸어가 의자에 턱 하니 앉는다. 눈짓으로 내게 옆 소파에 앉으라고 신호를 보낸다. 근심이 가득한 얼굴이다. 그가 시키는 대로 소파에 앉았다. 박 대리가 잠시 뜸을 들이더니, 마우스를 몇 번 클릭 한다. 모니터에 화면이 뜬다. 그가 마우스를 잡았던 손을 떼며 한숨을 내쉰다.

"뭡니까?"

내가 질문을 했지만 그는 대답하지 않았다. 그냥 내게 다가오라고 손짓할 뿐이다. 몸을 굽혀 모니터로 바짝 다가섰다. 화면에 보이는 사이트는 우리 할인점의 공식 홈페이지다.

"성식 씨, 이것까지는 내 능력 밖이에요."

박 대리가 중얼거렸다. 그가 말하지 않아도 알 수 있었다. 이를 너무 악 물어 어금니가 시렸다. 몇 번이고 눈을 깜박거리고 다시 확인했지만 틀림없었다.

불친절 사원을 신고합니다. 오늘 xx지점 마트에서 구매한 불량 물건을 교환받으러 들렸습니다. 분명 제품에 문제가 있는 게 확실한데도, 담당 직원인 엄성식 씨는 교환은 불가하다면서 자꾸만 수리를 맡기라고만 했습니다. 이해가 안 되는 설명만 주저리 늘어놓으면서 자꾸 저를 말로만 설득하려는 것 같아 기분이 상하기 시작했는데, 한숨을 푹푹 내쉬고 이상한 사람 보는 눈빛으로 절 쳐다보는 수준까지 오자 화가 나 참을 수가 없더군요. 제가 다른 직원을 부르려 하자 그제야 부랴부랴 제품을 교환해 주었습니다. 너무 이기적인 직원입니다. 고객은 왕이라면서요? 이런 식의 서비스를 받는다면, 왕은커녕 무시당해 기분만 상해 돌아갈 것입니다. 자주 이용해 왔지만 앞으로 들리지도, 구매하고 싶지도 않습니다. 그래도 교환받은 것까진 좋다 이겁니다. 표정을 싹 바꾸면서 얼른 나가라는 식으로 말도 없이 무턱대고 배웅 인사를 합니다. 쫓아내는 느낌에 집에 와서도 계속 열이 받아 씩씩거렸어요. 응분의 조치가 필요한 직원이라 생각해서 이렇게 글을 올립니다. 사장님, 물론 경영에 매진하시는 것도 좋지만, 부하 직원들이 물을 흐리면 피해를 입는 것은 마트 전체의 이미지입니다. 고려해 주시면 감사하겠습니다.

"재수 없어도 아주 제대로 걸렸어."
쌍년 같으니.
"성식 씨 잘못이 아닌 걸 누구나 다 알지만, 어떡합니까. 서비스 업종인 것을. 고객의 힘은 막강합니다. 설마, 이렇게까지 할 줄은 몰랐네요. 이 여자도 참. 여기서 벌어진 일은 여기서 해결하던가……."
새 드릴을 교환하고 헤벌쭉 웃던 여자의 모습이 떠올랐다. 그리고 증정품을 안 준다고 노려보던 얼굴도 떠올랐다. 천천히 몸을 뒤로 빼내어 소파에 등을 기댔다. 완전히 뒤통수 맞은 기분에 어떡해야 할지를 몰랐다. 박 대리가 미안하다는 말투로 내게 말했다.
"진급 심사에서 누락 됐습니다. 뭐 예상은 했겠지만. 안 좋게 보인 부분이 있었나요? 새로 교환해 주고 그랬는데도 이렇게 신고한 걸 보면."
'사장에게 한마디'라니. 점장도 아니고. 머리가 하얗게 비어 버린다. 그 멍청한 년도 인터넷을 할 줄 안다는 게 믿겨지지가 않는다.

어느새 자취방 현관이 보였다.
집 앞이었지만 어떻게 왔는지 기억도 나지 않았다. 숨이 차다.

하아. 하아. 진정시키려 해도 몸이 마음먹은 대로 되지를 않는다. 생각해 보니 전력으로 달린 것 같기도 했다.

"허억, 허억."

주머니를 뒤져 열쇠를 찾았지만 손에 잡히지가 않았다. 아악! 갑자기 치솟는 짜증에 고함을 지르고 싶었다. 눈을 질끈 감고 차분해지려 애써본다.

"컹. 컹컹."

얼씨구. 어디선가 개가 짖는 소리가 들린다. 돌아보니 요즘 근방을 어슬렁어슬렁 돌아다니는 들개다.

"컹. 컹."

똥개까지 나를 놀리네. 저리 가라고 팔을 휘둘러보았다. 가라 좀. 미치겠다고. 폭발 일보 직전이란 말이다. 그러나 개새끼가 내 말을 들을 리가 없다. 쫓는 걸 단념하고 주머니를 계속 뒤졌다. 도대체 이 열쇠는 어디 간 거야.

"컹. 컹."

바지주머니가 아니라 점퍼 안쪽 주머니에 넣었다는 걸 뒤늦게 깨닫고 열쇠를 찾아 꺼내 들었다. 현관 자물쇠에 꽂고 돌렸다. 철컥.

"컹. 컹."

저 빌어먹을 개새끼가.

"컹. 컹. 컹."

무시하고 들어가 현관을 쾅 소리가 나게 닫아 버렸다. 우두커니 서서 호흡을 길게 들이마셨다.

제기랄, 생각하기 싫지만 회사에서 있었던 일이 떠오른다.

드릴가지고 지랄하던 그년은, 새 제품을 교환해 갔으면서도 인터넷으로 나를 불친절 사원으로 신고해 버렸다. 그것도 사장에게 직접 올리는 글로. 진급은 누락되고, 앞으로 6개월을 더 기다려야 한다. 아무리 생각해도 내가 잘못한 것은 하나도 없었다.

"컹. 컹. 컹."

뭐가 그렇게 불만인지, 똥개는 떠나지 않고 현관 밖에서 자꾸만 짖고 있다. 두통이 심해진다. 지끈거리는 그 고통은 최고조에 다다라 나를 괴롭히고 있었다. 이 고통이 재수가 더럽게 없는 오늘만이 아니라, 평생 따라다닐 수도 있을 거란 두려움이 고개를 바짝 쳐든다. 일을 그만 둬야 한다. 그러나 카드 값은? 젠장. 적금은? 젠장. 돈. 돈. 빌어먹을.

"컹. 컹."

저 개새끼가 진짜.

'죽여 버려.'

또 들린다. 마음의 소리라고 했지. 남일 형이 당구를 치는 시늉을 하던 게 떠올랐다. 두 눈을 감고 다른 생각을 하려 했다. 그래, 일단 밥을 먹자. 냉장고로 향해 문을 열어보니, 반기는 건 물통뿐이다. 이런 젠장.

'죽여 버려.'

도대체 어쩌라고. 방에 서서 고개를 마구 흔들었다. 쿡쿡쿡, 송곳이 이렇게 머리를 찌르는 데 피가 안 나는 게 이상할 지경이다. 우연히 시선이 우산꽂이로 향했다. 살의가 훅 솟구친다. 아니, 이건 필연인가?

"컹. 컹. 컹."

아 진짜 저 미친 개새끼가.

'죽여 버려.'

"으아아악! 죽이면 되잖아! 시팔 새끼야! 그만 떠들고 좀 닥쳐 이 개새끼야!"

고함을 지르며 우산꽂이에서 긴 붉은 우산 하나를 꺼냈다. 끝이 뾰족한 게, 구형 우산이었다. 안성맞춤이다. 목에서 무언가 그르륵 걸리는 게 느껴진다. 내뱉고 싶다. 밖으로 내뱉고 싶다. 현관을 벌컥 열었다. 문이 부서져라 벽에 부딪힌다. 컹. 컹. 개 짖는 소리. 아주 미쳐도 단단히 미친 개새끼다. 보란 듯이 나를 보고 짖는다. 아주 나를 물로 보고 지랄을 떤다. 보잘것없는 동물에게도 무시를 받으니 더는 참기 어렵다. 번개같이 개를 향해 뛰어갔다. 놀란 들개가 서둘러 도망치려 했지만 내 행동이 더 빨랐다. 그대로, 우산의 끄트머리로 개의 옆구리를 쑤셔버렸다.

"깨갱!"

비명을 지르며 개가 나뒹굴었다. 우산을 뽑으며 개의 뒷다리를 발로 질끈 밟았다. 툭, 하며 뼈가 으스러지는 느낌이 들었다. 피가 튀며 개새끼가 찢어져라 울부짖는다. 다른 발로 개의 주둥이를 걷어차 버렸다.

"깨갱!"

"깨갱은 무슨 깨갱이야 시팔 놈의 개새끼야! 이 빌어먹을 똥개 새끼야! 네가 뭔데 나를 무시해! 내가 그렇게 병신으로 보이냐! 아주 같잖은 개새끼가 죽으려고 지랄을 떨어!"

우산으로 개의 머리를 내리쳤다. 퍼억. 피가 땅에 흩뿌려졌다. 달아나려는지 몸을 꿈틀 거리기에, 다른 발도 밟아 으스러뜨렸다.

개가 몸을 덜덜 떨며 바동거린다.

"죽어! 죽어! 죽어라! 죽어라!"

몇 번이나 내리쳤는지 모른다. 극심한 피로감에 행동을 멈추고 숨을 몰아쉬었다.

붉은 액체로 뒤덮인 고깃덩어리가 보인다. 말 그대로 너덜거리는 고깃덩어리가 바닥에 뒹군다. 발로 걷어차 버리니 축 미끄러지며 핏길을 만들었다. 눈을 부라리며 주위를 돌아보았다. 교복을 입은 한 고등학생이 멀찌감치 서서 경악하는 눈으로 쳐다보는 게 보였다.

"뭘 봐, 씨팔!"

우산을 집어 던지며 악을 바락 질렀다. 남자 학생이 걸음아 날 살려라 도망친다. 침을 뱉으며 몸을 돌렸다. 현관문을 닫고 방에 대자로 드러누울 때까지 흥분은 당최 가시지를 않았다. 마음의 소리가 이끄는 대로.

우습게도, 정말로 두통이 사라지고 있었다. 그 기분은 오묘해서 말로 설명할 수가 없었다. 일종의 흥분된 상태이기는 한데, 엔돌핀이 마구 치솟는 것 같다. 고통은 가고, 쾌락은 오는 완전히 반전되는 상태.

'어때 죽이지?'

대답은 하지 않았지만, 고개를 끄덕였다.

물론이지. 충분히 수긍할 수 있는 쾌감이라고.

다음 날, 출근하자마자 준영을 찾아갔다. 벼르고 벼른 분노가 폭발한 것이다. 아침 조회를 서기 전에 항상 담배와 커피를 가지는 습관이 있는 그인지라 어렵지 않게 찾을 수 있었다. 그가 나를 발견하고 씩 미소를 지어 보였지만, 내 대답은 이거였다.

"야, 이 새끼야. 너 어제 5시에 쳐 온다더니, 뭐 했어?"

"뭐라고?"

그가 당황하며 두 눈을 동그랗게 떴다.

"야 너 왜 그래?"

"뭘 왜 그래야 새끼야. 내가 참다 참다 못 참아서 터진 거다 왜. 꼽냐? 십새끼, 만날 받아주니 좆도 나를 물로 보는데, 너 시팔 죽는다. 그럼."

"말이 심하잖아. 아침부터 미쳤나, 이 새끼가."

준영이 담배를 툭 던지며 쏘아본다. 눈알을 뽑아버릴라. 화가 치밀어 터질 것 같다.

"그래 미쳤다, 이 새끼야!"

고함을 지르며 발로 그의 배를 걷어찼다. 갑작스런 내 공격에 그가 엉덩방아를 찧었다. 서둘러 일어나려는 그의 면상에, 미리 준비해 왔던 작은 칼을 겨눴다. 예전에 지인이 선물해 준 군용 나이프였는데, 굽은 날이 곧게 선 섬뜩한 물건이었다. 어제 밤새 고민한 결과였다. 어떻게 하면 제대로 겁을 주고 내 분노를 보여줄 수 있을까 하는.

'버릇을 고쳐줘.'

"말 안 해도 알아."

내가 대답하며 준영의 머리칼을 쥐었다.

"까불지 마. 그동안 참았는데, 꼴사나워 못 봐주겠더라고. 어제 땡땡이 쳤으면 약속 시간에 돌아와야지. 시팔. 고객 예약도 나한테 떠맡기면 어쩌라는 거야. 언질을 하던가. 다시 한 번 말하지만, 멋대로 행동하지 마라. 진짜 죽는다. 말만 이러는 게 아니야. 나 무서운 놈이거든? 확 그어버린다. 봐봐 날 선거. 긋든가, 눈깔을 뽑든가 그건 내 마음이고. 알간?"

칼을 쥐고 그의 눈앞에 이리저리 흔들어 보였다. 그가 대답을 못 하고 눈만 껌벅였다.

"앞으로 조심 해. 쥐도 새도 모르게 죽기 싫으면."

자리에서 일어서 바지에 묻은 먼지를 툭툭 턴 뒤, 칼을 접어 주머니에 넣었다. 표정이 창백해진 채로 준영도 일어섰다. 그는 나를 돌아보지도 않고 서둘러 휴게실을 나섰다. 담배를 하나 꺼내 문 뒤, 연기를 길게 내뿜었다. 후우. 기분 좋은 걸?

"완전 딴 세상이네."

두통의 두자도 보이지 않는 하루의 시작이 몇 년 만인지 몰랐다.

준영은 전처럼 마음대로 쉬러 가거나 자리를 이탈하지 않았다. 아주 좋은 현상이다. 반대로, 그 동안 준영이 했던 행동들을 내가 하기 시작했다. 담배를 피러 가 죽치고 있다던가, 커피 한 잔 마시면서 시간을 때우는 그런 것들 말이다.

"성식아, 나 담배 한 대만 잠깐 피고 오면 안 될까."

그가 부탁을 다 하다니. 대수롭지 않다는 말투로 대답해 주었다.

"빨리 갔다 와라. 시간 잰다."

이 얼마나 통쾌한 상황인가! 그 동안 참고 지내오던 나날이 바보같이 느껴질 정도로, 이 파급효과는 대단하다. 단지 개새끼 한 마리 죽였을 뿐인데. 진열 매대에 걸려 있는 판매용 거울을 보았다. 입가에 미소가 걸친 내 얼굴이 보인다. 웃는 모습을 보는 건 아주 오래 되었지만, 낯설지가 않다. 잇몸을 드러내고 더 크게 미소를 지어보았다. 지금 이 기분이라면 일을 그만두지 않고도 버텨낼 수 있을 것 같았다. 남일 형이 왜 그렇게 항상 웃으며 일하는지 알 것 같았다. 스트레스는 해소법을 찾아야 한다. 내 스트레스 해소법은 분노의 표출이다. 막혔던 우물이 터지는 것같이, 쌓고 쌓였던 감정이 폭발하면서 주체 못할 쾌락을 주는 것이다.

"하하."

소리 내어 웃어 보았다. 아직까지는 그다지 어울리지 않는다.

"하하."

"뭐가 그렇게 기분 좋아 웃습니까?"

뒤에서 말소리가 들렸다. 얼른 돌아보았다. 박 대리가 서 있었다. 미소를 닫고 정자세를 취했다. 가까이 다가온 그가 살짝 웃음 띤 얼굴로 내게 말했다.

"기분 좋은 게 있나본데, 같이 좀 나눕시다."

"아닙니다. 뭐 특별히 기분 좋은 일은 없어요."

"어제까지만 해도 울상이던 사람이 하루 만에 달라질 만한 이유가 뭘까요?"

묘하게 비꼬는 말투 같아 언짢아졌다.

"아무것도 아닙니다."

큰 의미를 둔 말은 아닌 것 같았다. 그가 헛기침을 몇 번 하더니 입을 매만지다가 내 어깨에 손을 얹고 다시 말을 꺼냈다.

"성식 씨를 찾아온 이유는, 음, 기분 좋은 사람에게 이런 말 하기는 좀 그렇지만……. 일이 하나 들어왔는데 말입니다."

말꼬리가 흐리게 들린다.

"무슨 일인데요?"

"그 드릴 고객 알죠?"

"……네."

순간 욱 하는 감정이 터질 뻔했지만 가까스로 참아 냈다.

"또 고장이라고, 아주 난리를 치더랍니다. 그래서 방문 수리를……."

그 시팔 년. 물귀신처럼 나를 붙잡는 군. 좋았던 기분이 순식간에 가라앉는다. 다시 현실로 돌아오기까지는 그리 오래 걸리지 않았다.

"성식 씨가 가기에는 좀 그렇고 하니까, 내가 준영 씨에게 부탁해 볼게요."

박 대리가 선심 쓰듯 말을 했다. 그가 고개를 이리저리 돌리며 준영을 찾았다.

"이 사람 어딜 갔지?"

머리가 지끈거리며 아파왔다. 그 여자의 얘기를 듣는 순간, 두통이 다시 재발 되었다. 스트레스가 다시 시작되는 것이다. 강력한 해소법이 필요하다.

'더 세게.'

더 세게? 개새끼로는 부족해?

순간, 기가 막힌 해소법이 떠올랐다.

"준영은 잠시 화장실에 갔습니다. 제가 전해 드릴게요. 그 방문 요청 시간이 언제인가요?"

"점심 식사하고 가면 될 것 같아요. 자기 점심 먹으러 집에 12시쯤에 온다고 하니까, 오후 1시나 2시 사이에 와달라고 하더군요. 다른 시간은 아무도 없어 집이 비었다고."

지금 시각은 오전 11시가 조금 넘었다.

"그렇게 전하도록 하겠습니다."

"흠."

박 대리가 씩 웃으며 말했다.

"성식 씨, 웃는 모습 보기 좋은데 앞으로도 계속 그렇게 일해 주면 좋겠어요. 우리 서비스업은 미소가 약이니까. 안 좋은 일에도 불구하고 열심히 하려는 모습 보기 좋네요. 내가 과장님에게 잘 말해서, 어떻게 다시 진급 후보에 들어갈 수 없나 방법 한 번 알아볼게요."

"감사합니다. 대리님밖에 없습니다."

방금 전 연습해 본, 잇몸이 드러나는 웃음을 지어 보이니 그가 만족한 듯 헤벌쭉 웃는다.

"내 위치라면 다 챙겨줘야 하는 건데, 그렇게 고마워하지 않아도 됩니다. 이 자리에 있는 사람들은 다들 부하 직원 관리에 많은 공을 들이곤 하죠."

"네. 잘 알겠습니다."

그러나 속으로는 킬킬 비웃어주었다.

"아무튼, 잘 전해주세요. 그럼 수고하고."

박 대리가 떠났다. 심장이 쿵쾅거렸다. 방금 떠오른 해소법은, 상상만으로도 너무 흥분되는 일이었다. 과연 내가 할 수 있을까. 정말 할 수 있겠어? 개새끼 한 마리 죽였다고 너무 자만하는 거 아냐?

'할 수 있어.'

"나는 할 수 있다."

좋았어. 중얼거리는 내 눈에, 저만치 휴게실에서 돌아오는 준영의 모습이 보였다. 얼른 그에게 다가가자 경계의 눈초리로 나를 쳐다본다.

"일 생겼다. 있다가 1시쯤에, 전에 드릴 교환해 갔던 년 집에 가서 드릴을 수리해 줘야 돼. 네가 가라. 박 대리가 너 보내래."

"왜 내가……."

그는 변명을 하려 했지만 내가 매섭게 노려보자 더 말을 잇지는 못했다.

"야, 그동안 내가 네 부탁 들어준 게 얼마나 되냐. 일일이 다 열거해야 되냐? 말을 하면 알아들어 야지. 내가 시킨 것도 아니고 박, 대, 리, 님이 가라잖아. 싫으면 싫다 그래. 바로 사무실에 무전쳐서 준영이가 싫다는데요 전해주면 되니까."

"아니, 일단 드릴은 네 담당이……."

대답을 제대로 마무리 하지도 못하고 있었다.

"좋게 말 할 때 들어 씁새야."

귀찮다는 듯 중얼거리자 그가 고개를 서둘러 끄덕인다. 등신같은 놈. 이제 계획을 시행할 때였다. 몇 번 머리를 긁적이던 내가, 준영에게 조용한 목소리로 다시 말을 꺼냈다.

"그건 그렇고, 누가 나 찾아와서 잠깐 자리 좀 비울게. 아마 밖에서 점심 먹고 들어올 거야. 좀 봐줄 수 있냐?"

"뭐?"

아무리 내가 변했다지만 이런 행동은 처음이었기에 그가 놀라 되물었다.

"땡땡이친다는 말?"

"땡땡이가 아니라 중요한 일이라 그래. 나중에 밥 한 번 쏠게, 새꺄."

그의 어깨를 툭툭 치며 협박조로 얘기하니, 어깨를 수그리며 기가 죽는 모습을 보인다. 강한 자에게는 약하고 약자에게는 강한 전형적인 하이에나 스타일 인간이었다. 그동안 속은 내가 바보 같이 느껴져 허탈한 기분마저 든다.

"자리 잘 지켜라. 알아서 잘 둘러대고."

손을 흔들어 보인 뒤 출구를 향해 뛰었다. 시간이 없었다.

그년의 주소를 알아내기란 식은 죽 먹기였다. 고객센터에 주소와 연락처가 고스란히 남겨져 있던 것이다. 제집 들락거리듯 고객센터를 찾아오던 년인지라, 일부러 찾으려 하지 않아도 AS 관리 장부에 그년의 이름이 수두룩했다. 전에 수리해 준 걸 조사한다는 핑계로 슬쩍 훑어 본 뒤, 눈치를 보다가 매장 출구를 나섰다. 지금 시각은 12시. 모두가 점심을 먹는 시간. 그년은 마지막 점심이 되겠지만.

택시를 타고 그년의 집으로 향했다. 얼마 되지 않는 거리라 금방 도착 할 수 있었다. 아파트가 쭉 들어선 게 보인다. 년이 사는 곳은 101동 1301호였다. 사람들의 시선을 피해 재빨리 아파트 안으로 들어섰다. 엘리베이터를 타고 조금 기다리자 금세 13층에 도착했다. 문이 열리고 몸을 내미니 바로 좌측에 1301호라 적힌

문이 보인다. 들고 온 작은 공구 가방을 조심스레 확인하고, 벨을 눌렀다.

"누구세요?"

"드릴 수리 때문에 왔습니다."

"아, 마트에서 왔어요? 그런데 왜 이렇게 일찍? 내가 1시 넘어서 오라 그랬는데?"

여자의 칼칼한 목소리가 귓가에 울린다. 그 소리는 내 감정을 폭발시킬 기폭제 역할을 충실히 수행하고 있었다.

"아, 12시 아니었나요? 이거 죄송하게 됐네요. 너무 일찍 왔나요?"

목소리를 가다듬고 차분히 대답했다.

"뭐 됐어요. 잠깐만 기다리세요."

덜그럭거리는 소리가 들리나 싶더니, 문이 끼익 하며 열렸다. 여자가 문을 열다 말고 멀뚱히 나를 쳐다보았다.

"어머, 당신은……"

"기억하냐 씨발년아?"

대답과 동시에 여자를 안으로 밀치고 문을 닫았다. 여자가 비명을 질렀지만, 곧바로 내가 꺼내든 드릴을 보고 말문이 막히는지 입을 닫아버린다. 14볼트 충전 드릴을 든 내가 말했다. 배터리는 잘 충전해 두었다.

"어디가 고장 났어? 고쳐 주러 왔는데."

"다, 당신 뭐야. 겨, 경찰 부를 거야!"

"입 닥치고 조용히 있어. 죽기 싫으면. 고쳐 준다니까. 수리하러 왔다고."

내가 드릴을 들고 다가서자 여자가 바닥에 주저앉아 뒤로 엉금 엉금 기었다. 내 입이 멋대로 미소 짓고 있었다. 잇몸이 훤히 드러 나는 그 웃음이 내 얼굴에 걸쳐지고 있었다. 기분이 점점 좋아진 다. 스트레스의 원천을 뿌리 뽑는 일을 시작하려니 말이다.

드릴을 누르자 위잉 하며 날이 돌아가기 시작했다. 위잉. 위잉. 눌렀다 뗐다 하며 다가가자 여자가 공포에 질린 표정으로 내 모 습을 올려다본다. 계속 뒤로 도망가는 여자에게 다가가다 보니, 어느새 벽과 나 사이에 끼어버린 형국이 되어 버리고 말았다. 여 자가 눈물을 떨어뜨린다.

"살려 주세요."

"뭘 살려 줘. 나 고치러 왔어. 고장난 게 뭔데."

히죽거리며 내가 물었다.

"교환한 드, 드릴이 말을 잘 안 들어서……"

"새 거잖아. 내가 새 걸로 줬잖아."

"잘 안 돼요……."

"내가 설명한대로 했어야지, 이 병신 같은 년아!"

소리를 버럭 지르며 드릴을 여자의 눈가로 들이밀었다. 날이 파 고들 듯 회전한다. 까악 비명을 지르며 여자가 엎드렸다. 흐느끼 는 그녀의 머리맡에 드릴을 연신 휘두르며 장난기 어린 말투로 물었다.

"새 건데 고장 날 리가 없어. 내가 확인했어. 고로, 고장 난 거 는 드릴이 아니야. 안 그래?"

"아, 아니에요. 정말 고장 났어요……."

"내가 드릴 담당이야. 너는 그냥 고객이고. 누가 더 잘 알아?

내가 사기 쳤다는 거야? 아 그러고 보니, 네가 그랬지? 나보고 사기꾼이냐고. 나 사기꾼 아니거든?"

"죄, 죄송해요. 제발 목숨만……."

여자가 흐느끼는 소리가 시끄러워 귀에 거슬렸다.

"조용히 해."

"흐흐흑."

"안 닥칠래?"

내가 드릴을 목에다 겨누자 여자가 뚝 울음을 그쳤다,

"살려 주세요."

여자가 작은 목소리로 중얼거렸다. 내가 들은 척도 하지 않고 그녀에게 말했다.

"시간이 없거든? 그래서 본론만 말할게. 네년이 장난처럼 올린 글 때문에, 내 진급이 날아갔어. 그거 굉장히 기분 더러운 거 알아? 전부터 생각하던 건데, 왜 너희들은 직원 보기를 개똥같이 보지?"

"아니에요. 오해세요."

"지랄하고 자빠졌네. 입장 바꿔 생각해 봐. 네가 장사하는데 손님이 와서 만날 행패 부리고 가면 기분 좋겠냐고. 너희들은 개념부터 썩었어. 그게 바로 내가 고쳐야 할 부분이야. 드릴 따위가 아니라."

"원래 마트 같은 데는 다 그렇게 해주잖아요. 나만 그러는 게 아니라요……."

여자는 변명을 하려 했겠지만, 오히려 내 화만 더 돋우는 꼴이 되었다.

"뭐?"

"아니에요."

말을 실수했다는 것을 금방 깨달은 여자가 머리를 조아리며 사과한다.

"잘못했어요. 제발 살려주세요. 제발!"

"방금 뭐라 그랬냐? 미쳤냐?"

분노가 머리끝까지 차오르고 있었다. 정말, 말 그대로, 이년은 자기 무덤을 파고 있다.

"말을 잘못 했어요. 너, 너무 무서워서 나도 모르게······"

"말이 되는 소리를 해. 무서워서 변명이냐? 그것도 헛소리를?"

"······."

여자는 대답하지 못했다.

"똘아이 같은 년이네. 네 눈엔 이 드릴이 안보이냐?"

"제발······."

시간이 많이 남은 게 아니었기에 슬슬 끝을 봐야지 싶었다.

"자, 다시 설명해 줄게. 드릴 날은 크게 콘크리트, 철, 목재 이렇게 세 가지로 구분됩니다. 각기 용도에 맞게 사용해 주시면 됩니다. 그런데 아주 쓰레기 같은 연놈에게는, 아무거나 써도 확실한 효과를 보입니다!"

"끼아아!"

탄성을 내지르며 드릴을 밀어 넣었다. 여자의 발이 바닥을 탁탁 치는 소리가 묘하게 리듬감 있게 들려온다. 기이잉. 눈에 피가 튀어 한 쪽 눈이 감겼다.

"시팔!"

비명도 못 지르고 꺼억 하는 소리만 내던 여자가 몸을 덜덜 떨더니 힘없이 바닥에 털썩 드러누웠다. 스트레스 해소는 끝났다. 쉽잖아? 가장 먼저 든 생각은 그렇게 어렵지 않다는 거였다. 시계를 보니, 12시 반이 조금 지났다. 1시 전에 여기를 나가야 했다. 준영이 와서 여자를 발견한다면, 아주 재밌는 상황이 벌어질 것을 생각하니 웃음이 멈추지를 않는다. 드릴 날을 빼서 주머니에 넣었다. 나중에 가다가 길가에 버리면 된다.

하하하.

한 방에 풀리는 기분이었다. 말 그대로 한 방이다. 얼른 공구를 챙기고 자리를 수습했다. 내 흔적만 찾아 지우면 되는 거라 시간은 많이 걸리지 않았다. 장갑도 꼈고, 내가 이곳에 온 것을 아무도 모를 테니 말 그대로 완전 범죄인 것이다. 후후. 무엇보다도 이 망할 년이 그렇게 나를 괴롭히던 드릴로 죽여 버린 것이 마음에 들어 견딜 수가 없다. 피가 튀는 걸 막기 위해 착용한 작업복을 벗어 공구함에 넣은 뒤, 옷매무새를 고치고 거울을 보며 단장했다. 고객센터에서의 그 표정, 얼굴이 웃고 있는 게 보였다.

"자, 수리는 끝났습니다."

여자에게 마지막으로 인사말을 던지고, 몸을 돌려 현관으로 향했다.

"철컥."

그때였다. 문고리가 돌아가는 소리와 함께, 현관문이 끼익 하고 열렸다. 가슴이 철렁했다. 몸이 굳어버려서 한 발자국도 꼼짝할 수가 없었다.

"엄마. 나 오늘 머리가 아파서 조퇴했……."

고등학생으로 보이는 여자 아이가 현관 앞에서 신발을 벗으려다 우뚝 멈춰 섰다. 우리는 둘 다 그대로 경직 되어 마주본 채 서로 움직이지를 못했다. 그녀의 눈이 내 몸을 훑고 곧바로 옆쪽으로 옮겨졌다. 바닥에 뒹굴고 있는 '엄마'와 피가 범벅인 장판을 발견한 그녀의 표정이 경악으로 일그러졌다.

"까아악!"

난감했다. 여자의 말만 믿고 아무도 없을 거라 생각했는데, 이런 상황은 예상치 못한 것이다. 딸로 보이는 그 여학생은 바들바들 떨며 비명을 내지르고 있었다. 빨리 판단해야 했지만 혼란스러워 금방 떠오르지가 않는다.

'죽여.'

그래? 마음의 소리가 이끌어 준다. 어차피 이년에게서 나온 자식은 년과 별 반 다를 게 없을 것이다. 차라리 내가 미리 싹을 잘라줌으로, 다른 누군가가 겪을 스트레스를 막아 주는 방법도 나쁘지는 않다.

"서."

짧지만 강렬한 목소리로 여학생에게 소리쳤다. 동시에 몸을 움직여 그녀에게 다가갔다. 내가 다가오는 것을 본 그녀가 황급히 문을 닫았다. 쾅. 시팔! 손잡이를 얼른 돌리고 재빨리 밖으로 나와 보니, 엘리베이터를 향해 뛰어가는 모습이 눈에 들어온다. 공구함을 꾹 쥐고, 전력으로 그녀에게 달려갔다.

"서. 거기 서라고."

"살려줘요!"

여자 아이가 소리를 지른다. 엘리베이터 앞에서 미친 듯이 내려가는 버튼을 눌러대고 있다. 주위를 살펴 누군가 소리를 듣고 나오는지 확인해 보았지만, 아무도 없었다. 언젠가 책으로 읽었던 적이 있는데, 이런 걸 방관자 효과라고 했던가. 시계를 보니 1시가 거의 다 되었다. 얼른 끝내야 한다.

"시팔, 말 안 듣네."

"아악! 아아악!"

엘리베이터가 열렸다. 여학생이 문을 손톱으로 긁다시피 발악하며 몸을 들이밀었다. 작은 체구가 엘리베이터 안으로 쑥 들어간다. 찰나로 도착한 내가 손을 뻗어 그런 그녀의 뒷머리 채를 잡아당겼다. 손가락 사이로 흘러내리는 여자 아이 머리칼의 느낌이 독특하다는 생각과 함께, 비명을 지르며 그녀가 뒤로 질질 끌려온다.

"나와 시팔."

여학생은 나오지 않으려고 양 손으로 엘리베이터 문을 붙잡았다. 힘을 줘 다시 잡아당겼다. 고통스러운 모양인지 그녀가 울부짖는다. 도와주세요! 방금 전 이년 어미가 죽기 전 살살 빌던 그 모습이 떠오르며 다시 화를 돋우고 있다. 시끄러워. 속으로 중얼거리며 여학생의 몸을 뒤로 넘어뜨려 버렸다. 벌러덩 자빠지는 여학생의 발목을 붙잡고 쪼그려 앉은 채 다른 손으로 공구함을 열어 드릴을 꺼내 들었다. 피 묻은 드릴 날을 주머니에서 다시 꺼냈다. 시커먼 바탕색을 보니, 지금에야 사용하는 날이 철판을 뚫어버리는 금속용 날이라는 걸 알았다.

도망을 치지 못하게 발목을 드릴로 뚫어버리려 했다. 그리고 여자 아이의 입을 막은 채 방으로 끌고 들어가 확실하게 처리할 심산이었다. 차라리 쇠뿔도 단김에 빼랬다고, 이제는 마음의 소리가 서서히 준비해 뒀던 계획들을 한방에 해결하라고 소리치고 있었다. 준영이 수리하러 오면 기다렸다가 그도 죽이라고 말하고 있었다. 남김없이 모두 다 뿌리 뽑아 두통과 스트레스를 소멸시키라고 계속 내게 명령하고 있었다.

버튼을 눌렀다. 위잉. 복도에는 기괴한 드릴 소리가 진동했다.

"어차피 너도 네 어미랑 똑같을 거라면 내가 여기서……."

퍼억.

눈앞에 빛이 번쩍인다. 아찔한 충격이 뒤통수를 타고 머리 전체를 울린다. 손으로 뒤를 만져보니 찐득한 액체가 묻어난다. 강하게 흔들거리는 머리를 겨우 붙잡아 멈춰 세우고, 고개를 돌렸다. 바지가 보이고, 다리가 보였다.

"이 미친 새끼가!"

강한 외침과 함께 뭔가가 휘익 날아든다. 나도 모르게 두 손으로 머리를 감싸 쥐어 버렸다. 퍼억. 고통이 이번에는 손등을 타고 팔 전체를 휘감는다. 뼈에 금이 갔을 것이다. 내 입에서 외마디 비명이 터져 나왔다. 뭐야, 지금 이 상황은. 누구야 이 인간은.

"여보! 신고했어? 신고했냐고!"

몸이 기우뚱 하며 앞으로 기운다. 여자 아이는 이미 몸을 저만치 뒤로 뺀 상태다. 울먹이며 여자 아이가 바들바들 떤다. 제기랄. 머리가 멍해지고 있었다. 손을 움직일 수가 없어 부자연스러운 움직임으로 팔을 앞으로 빼내었다. 찢어지고, 튀어나온 뼛조각들이 보였다.

아팠다.

뒤에 선 남자(목소리로 보아 남자가 분명했다.)가 뭐라고 외치는 게 들렸지만 그 의미를 정확히 알아들을 수가 없었다. 지금 중요한 것은 갑자기 튀어나온 이 머저리 같은 정의의 사도의 헛소리가 아니라, 나를 이끄는 마음의 소리였다. 그러나 침묵만이 반길 뿐이다. 이제 어떡하란 말이야. 죽이라며. 네 말대로 죽였고 죽이려 했는데 왜 이런 상황이 온 거야. 이대로 있으면 다시 남자가 휘두르는 배트에 맞고 뒹굴 게 뻔했다. 엉금엉금 기어 달아나려 해 보았다.

"이 미친 사이코 새끼. 비명 소리랑 드릴 소리가 다 들리는데 대낮부터 뭘 믿고 이런 미친 짓을 하는 거야!"

화가 치밀어 올랐다. 이 상황에서도 화가 치솟는 걸 견딜 수가 없었다.

"저 시팔 년이 나를 똥개 취급 했어! 스트레스 받아서 죽을 지경이었단 말이야! 네가 뭘 알아! 네가 뭔데 간섭이야!"

악을 쓰며 엘리베이터를 힐끔 쳐다보았다. 아까 여자 아이가 타려고 했던 엘리베이터는 이미 내려가고 없었다. 다른 쪽의 엘리베이터를 보니, 올라오고 있는 중이었다. 힘을 다해 몸을 일으킨 뒤 그 쪽으로 죽어라 달렸다.

"야!"

남자가 뒤에서 소리를 지르며 나를 쫓아왔다. 제기랄. 머리가 어지러워 몸이 흔들려 지탱할 수가 없었다. 우연의 일치인지, 엘리베이터가 13층까지 올라와 멈춰 섰다. 땡 하는 소리와 함께 문이 열렸다.

박준영.

공구 가방을 든 준영이 엘리베이터에서 내리다가 내 모습을 보고 입을 반쯤 벌린 채 멍하니 쳐다보았다. 남자가 뒤에서 그에게 소리치는 게 들렸다.

"그 새끼 잡아요! 사람 죽였어요!"

"네?"

준영이 남자를 돌아보며 반문 하는 사이, 그의 몸을 옆으로 밀치고 엘리베이터 안으로 뛰어 들었다. 어이쿠 하며 준영이 넘어진다. 공구 가방이 떨어지며 드릴과 부속물들이 쏟아졌다. 나는 손을 뻗어 드릴을 잡아챘다. 위잉 하며 드릴이 돌아가기 시작했다.

"오지 마 시팔!"

남자가 주춤했다. 준영이 영문을 모르는 표정으로 나와 남자를 번갈아 쳐다보았다. 1층으로 향하는 버튼을 힘겹게 누르자 말로 설명할 수 없는 통증이 머리끝까지 오른다. 문이 닫혔다. 벽에 붙어 있는 거울을 보니 전혀 처음 보는 낯선 이가 서 있다. 눈은 붉게 충혈되고, 관자놀이를 타고 흘러내리는 검붉은 핏물, 두 손은 뼈가 튀어나올 정도로 만신창이에, 입술은 뒤틀리고 기묘하게 일그러진 광기 어린 남자의 모습이.

이것이 스트레스를 해소한 결과란 말인가?

이것이 스트레스 해소법이란 말이야?

머리가 쿵 하고 울렸다. 손에서 드릴이 툭 떨어졌다.

쿵. 쿵. 쿵.

쿵. 쿵. 쿵. 쿵. 쿵. 쿵. 쿵.

그만. 빌어먹을 두통은 이제 그만. 나는 비명을 질러댔다. 엄청난 괴성이었다. 낼 수 있는 한도로 최대한 크게 절규하고 있었다. 분노도 아니고 고통도 아닌, 답답함이었다. 왜 내게 이러는 건지.

왜 내게 붙어 괴롭히는 건지. 스트레스가 원망스러워 저주하는 외침이었다.

문이 열렸다. 비틀거리는 걸음으로 그대로 밖으로 나섰다. 머리가 너무 아파서 손의 통증도 잊어버릴 정도였다. 양팔로 머리를 마구 내려치면서 계속 걸었다. 여러 가지 생각들이 하나 둘 떠오르기 시작한다. 그동안 가지고 있었던 고민들과 함께, 이제는 그 갑절은 더 되는 스트레스들이 암세포가 분열하듯 퍼지고 있었다.

사람을 죽이면 징역. 어쩌면 사형. 인생은 끝났다. 달아날 수 있을까.

눈을 질끈 감았다. 고통에 눈을 뜰 수가 없었다. 걱정거리가 태산이다. 잡히면 감옥에 갈 테고, 틈틈이 모은 돈도 모두 카드 회사가 압류할 테지. 어떻게 모은 돈인데. 개같이 일하며 겨우 겨우 참고 버텨오며 번 돈인데. 쓰레기 같은 인간들 때문에 왜 내가 끝장이 나게 되는 거야. 나는 잘못 없어. 왜 나만. 왜 나만!

'다 죽여.'

지랄하고 있네. 죽이라고 해서 죽였더니 이제는 내가 죽게 생겼잖아. 도대체 너는 누구야. 내게 지껄이는 너는 정체가 뭐야. 그렇지. 이놈은 스트레스다. 교묘히 자신의 정체를 감추고 나를 구슬려 온 것이다. 하나같이 이성이 붙잡고 있는 끈을 살짝 건드려 걷잡을 수 없는 상황으로 만들어 버린 뒤, 그때 겪는 엄청난 압박을 즐기고 조롱하는 것이다. 이건 모두에게도 해당되는 일이다. 재수 없게 내가 걸려 든 것이다.

어디선가 소리가 들려온다. 감았던 눈을 뜨고 소리가 들린 쪽으로 몸을 돌렸다.

'콰앙.'

몸이 공중에 붕 뜬다. 눈앞이 캄캄해지며 시야가 사라져간다.

마지막으로 떠오르는 것은, 나를 치어버린 택시 기사가 앞으로 겪게 될 스트레스에 대한 동정심이었다.

아니, 동질감일지도.

붉은비

김준영

1979년 출생. 서울에서 태어나 유년기는 대전, 청소년기는 대구, 청년기는 수원에서 보냈다. DVD 플레이어에 「새벽의 저주」를 걸어 놓은 채 「온에어」를 보다가 곧 바닥에 던져 둔 「노다메 칸타빌레」를 집어들고 킬킬거린다. 공포영화는 좋아하지만 어두운 곳은 싫어하고, 고어 영화에 익숙하지만 첨단 공포증에 시달린다. 근무 시간 몰래 자판을 두드리며 글을 쓰지만 자신이 쓴 글은 당당히 읽혀지기를 바라고 있다. 『한국 공포 문학 단편선, 두 번째 방문』에 「통증」을 수록 하였다.

붉은 비는 200X년 5월 22일 오후 3시 무렵부터 5시를 조금 넘어서까지 두 시간 동안 쏟아졌다. 서해안 휴전선 바로 위에서 형성된 비구름은 남동쪽으로 빠르게 진행하며 일본 규슈 섬 북단으로 내려갈 때까지 전국에 걸쳐 비를 뿌렸다. 지상에서 올려다보았을 땐 그저 평범한 먹구름이었지만 나중에 인터넷에 공개된 항공사진에선 검붉은 기운이 짙게 드리워진 구름층을 확인할 수 있었다. 그 유별난 색을 제외하면 그날의 비는 딱히 별다를 것은 없었다. 평소와 같이 차가웠고 눅눅했으며 연한 물비린내를 머금고 있었다. 도로 위의 흰색 자동차를, 건물 외벽의 하얀색 타일을, 외근 나온 샐러리맨들의 와이셔츠와 아가씨들의 흰색 원피스를 붉게 물들이는 빗물에 사람들은 놀라 황급히 몸을 피했고 그 두 시간 동안 거리는 이례적으로 한산했다. 저녁 무렵 비가 그치자 여기저기서 비를 피하고 있던 사람들이 거리로 쏟아져 나와 붉은 비가 남기고 간 흔적들을 신기한 듯 관찰했다. 그것은 빨간색이란 단어보다는 붉은색이란 표현이 더 어울리는 것이었다. 보도블록 사이 작은 틈에 고인 빗물의 색은 매우 엷어서 녹물처럼 보였지만, 보다 큰 웅덩이에 고여 색이 짙어진 물은 언뜻 핏빛 같아 보이기도 했다. 사람들의 옷을 적신 빗물은 마르면서 좀 더 색이 진해졌는데 녹물과 핏자국의 중간쯤 되는 색이었다. 누군가 버려놓은 음료수 페트병에 고인 빗물을 처음 보았을 때, 나는 붉은 잉크를 풀어놓은 것 같다는 느낌을 받았다. 나중에야 알게 되었지만 그건 꽤 적절한 비유였다. 붉은 비는 온전히 붉은색이라기보다는 정상적인 빗물 속에 붉은색을 띤 '무언가'가 섞이면서 생긴 현상이었던 것이다.

그 다음 날까지도 붉은 비는 큰 화젯거리였다. 뉴스에선 밤사이 뽑아낸 추측과 분석들을 첨가하며 이 기이한 기상현상에 대해 떠들어 댔고, 사람들은 모였다 하면 비에 대한 얘기로 수군댔다. 그들의 가장 큰 관심사는 과연 이 비가 건강에 해로울 것인가에 관한 것이었다. 소문으론 중국 사막 지역에서 날아온 황사가 섞인 비구름이 원인이라고 했고, 바닷물이 증발할 때 섞여 올라간 미생물이 비와 함께 내린 거라는 설도 있었다. 어느 쪽이 되었든 그리 듣기 좋은 설명은 아니었다. 혹시나 하는 불안감에 비를 맞았던 사람들은 너나 할 거 없이 병원으로 달려갔다. 덕분에 병원과 119 업무가 거의 마비 상태가 되자 방송에선 오늘 내린 비에서 어떤 유해물질도 검출되지 않았다며 사람들을 안심시켜야 했다. 그 말대로 늦은 오후 무렵까지도 여기저기 생긴 붉은 얼룩들 외엔 붉은 비로 인한 특별한 피해 소식이 없었고, 사람들은 그제야 서서히 안정을 찾기 시작했다. 그리고 그날 저녁,

비를 맞았던 모든 동물들이 발작을 일으키며 죽었다. 붉은 비가 그치고 24시간이 경과한 무렵의 일이었다.

그 일은 우리 집에도 벌어졌다. 딸아이가 애지중지 하던 두 살배기 시추 '초롱이'가 입가에 거품을 물더니 배를 까뒤집으며 발작을 일으켰고, 채 한 시간이 못 되어 죽고 말았다. 내가 퇴근하여 집으로 막 돌아왔을 때였다. 아이는 자기 눈앞에서 처참한 몰골로 죽어가는 개를 보곤 그 자리에 주저앉더니 눈물을 쏟기 시작했다. 나는 부랴부랴 죽은 초롱이를 검은 비닐로 덮어 세탁실에 치워 두고 아이를 달래야 했다. 울다 지친 딸아이가 엄마 품에 안겨 잠이 든 것을 확인하고서야 나는 초롱이가 든 봉지를 들고 집밖으로 나설 수 있었다. 땅거미가 내려앉은 골목은 낯익은 얼굴들로 분주했다. 나와 연배가 비슷해 형, 동생하며 지내던 앞집의 최씨는 난처한 표정으로 옆에 놓인 라면 박스를 내려다보고 있었다. 반쯤 열려 있는 박스 안으로 쥐색 바탕에 검은 얼룩이 박힌 털가죽이 보였다. 그의 집에서 기르던 고양이임이 분명했다. 한집 건너 옆에 살고 있는 노부부는 둘 다 밖에 나와 있었는데 곱게 늙은 부인 품에는 갈색 털이 덥수룩한 강아지가 힘을 잃고 축늘어져 있었다. 잡종견이긴 하지만 영리하고 사람을 잘 따르던 녀석은 주말이면 부부와 함께 공원을 산책하곤 했었다. 70년대 지어진 구식 양옥들이 모여 있는 주택가엔 거의 모든 집이 한 마리

씩은 애완동물을 기르고 있었다. 그리고 그 동물들 대부분이 비슷한 시간에 죽음을 맞이한 것이다. 처음엔 가족과도 같은 동물의 죽음에 슬퍼하던 사람들도 하나 둘 그런 사실을 눈치 채기 시작했다. 그 순간 사람들의 뇌리에 스친 건 한 가지뿐이었다. 평소와 달랐던 특이점 한 가지. 전날 내렸던 붉은 비와 그 비를 맞고 있던 동물들의 모습. 가장 먼저 움직인 건 최씨였다. 그는 들고 나온 라면 박스를 버려둔 채 황급히 집으로 뛰어 들어가며 소리쳤다.

"예은아!"

예은이는 초등학교 6학년인 최씨의 딸이다. 어제는 평일이었고 비가 오던 시간과 예은이의 하교 시간은 맞물려 있었다. 아마 그 아이도 비를 맞았을 것이다. 나도 초롱이를 묻어주려던 계획은 일단 미루고 다시 집 안으로 들어갔다. 봉투는 아이의 눈에 띄지 않도록 현관 계단 뒤에 숨겨두었다. 내 딸 희선이는 아직 초등학교 2학년이다. 어제라면 오전 수업을 마치고 곧바로 집으로 와서 점심을 먹었을 것이다. 격일제로 나가는 학원은 쉬는 날이었으니 놀이터에라도 나가지 않은 이상 비가 오던 시간에 밖에 있었을 리는 없다. 하지만 확인은 해야 했다. 순간 정원 저편에서 무언가 떨어지는 소리가 들렸다. 심상치 않은 상황에 잔뜩 긴장하고 있던 나는 흠칫 놀라며 그쪽을 보았다. 소리의 정체는 고양이였다. 갈색 털에 뚱뚱한 몸통이 눈에 익은 녀석은 종종 우리 집 마당을 가로지르며 쓰레기봉투를 찢어놓곤 하던 도둑 고양이었다. 아마도 담벼락 위에 걸려 있었을 녀석의 시체가 균형을 잃고 바닥에 떨어진 모양이다. 당연히 녀석도 붉은 비를 맞았겠지. 나는 좀 전 보다 빠른 걸음으로 집으로 향했다.

"여보, 유린아."

아이 방에 있던 아내는 희선이를 깨우지 않으려 조심하며 밖으로 나왔다. 잔뜩 긴장한 내 목소리와 표정을 눈치 챈 아내가 걱정스런 표정으로 물었다.

"왜 그래, 상원 씨. 무슨 일 있어?"

갑작스런 초롱이의 죽음에 그녀 역시 불안해하고 있었다. 나는 잠시 머뭇거리다 침실 쪽으로 아내의 손을 잡아끌었다. 영문을 몰라 어리둥절해 하는 아내를 침대에 앉힌 후 난 방금 본 일들에 대해 설명하기 시작했고 내 얘기를 듣던 아내의 안색은 점차 파랗게 변해갔다.

"그게, 그게 무슨 소리야 상원 씨. 동물들이 전부 죽다니? 그러니까 당신 말은……."

나는 어느새 가늘게 떨고 있는 아내의 어깨를 감싸 안으며 물었다.

"잘 기억해 봐, 어제 그 비가 올 때 희선이 어디 있었어?"

멍하니 허공을 바라보며 기억을 더듬던 그녀의 표정이 갑자기 일그러지더니 엉엉 울기 시작했다. 순간 나의 가슴속에서 무언가 철렁 내려앉는 것만 같은 기분이 들었다. 하지만 이어진 아내의 말에 겨우 안심할 수 있었다.

"집에. 나랑 집에 있었어. 초롱이는 정원에서 놀고 있었지만. 나랑 애는 안에서 비 오는 거 보고만 있었어."

"그래, 그럼 됐어. 다행이네."

믿기지 않는 얘기에 대한 공포와 아이가 무사하다는 안도의 감정이 섞이며 아내는 눈물을 쏟고 있었다. 그런 그녀를 다독이며 진정시킨 뒤 나는 거실로 나와 텔레비전을 켰다. 이 기이한 일이 우리 동네에서만 벌어진 것인지 궁금했다.

"……이 현상은 비슷한 시간, 동시에 발생했으며, 지금까지 전국적으로 수만 건의 피해 제보가 접수되었습니다."

텔레비전을 틀자마자 들려오는 앵커의 멘트와 함께 보이는 화면은 충격적인 것이었다. 카메라는 어느 양돈장을 비추고 있었다. 금속봉으로 구획이 나누어진 축사 우리 안에는 수십 마리 돼지들이 혀를 빼문 채 쓰러져 있었다. 다음 장면에선 중장비를 이용해 죽은 돼지들을 땅에 묻고 있는 모습도 볼 수 있었다.

"아직까지 인체에 대한 증상이 보고 되지 않은 가운데 보건당국은 이번 사태와 관련하여 어제 오후 내린 붉은 비와의 원인 관계를 조사 중에 있다고 밝혔습니다."

정체를 알 수 없는 죽음은 사람들에게 나타나진 않은 모양이었다. 하지만 과연 그것이 위안이 될까? 나는 혹여 방에 있는 아내나 아이가 들을까 볼륨을 줄인 채 텔레비전 화면을 멍하니 응시했다. 농가에 자빠져 있는 커다란 황소들, 양계장의 수백 마리 닭들과 경마장의 경주마 시체가 연이어 화면을 채우곤 사라졌다. 죽음은 종을 가리지 않고 생물들을 덮치고 있었다. 화끈거리는 감각과 함께 팔뚝에 소름이 돋았다. 5월의 끄트머리, 초여름 밤이었다. 벽에 걸어놓은 온도계는 24도를 가리키고 있었지만 내 몸은 부들부들 떨고 있었다. 붉은 비가 내린 지 30시간이 지나가고 있었다.

다음 날 아침은 의외로 평범하게 시작되었다. 희선이는 마치 초롱이의 죽음 같은 건 본 적도 없다는 듯 행동했고, 아내 역시 별다른 얘기 없이 묵묵히 아침 준비를 했다. 평소와 다른 점이라면 내가 뻣뻣한 몸을 주무르며 잠에서 깬 곳이 침실이 아닌 거실 소파란 것뿐이었다. 출근 준비를 하고 아내에게 일단 오늘은 아이를 학교에 보내지 말라고 했다. 그녀 역시 고개를 끄덕이며 함께 집에 있으면 안 되냐고 물었다. 오늘 꼭 처리해야 할 중요한 일이 아니었다면 나도 그러고 싶었다. 난 곧 돌아오겠다고 아내를 안심시키며 집을 나섰다. 마당을 가로지르며 무의식적으로 계단 아래를 돌아보았다. 초롱이의 시체가 들어 있을 검은 봉지 끄트머리가 삐죽이 나와 있는 게 보였다. 퇴근하면 마당에라도 묻어버려야겠다. 버스 정류장으로 내려가는 길 여기저기엔 아직도 빗물이 고인 웅덩이가 군데군데 남아 있었다. 가까이 보니 맑은 물 아래로 마치 개흙 같은 붉은 덩어리가 퇴적해 있었다. 저것이 원인일까, 저 붉은 덩어리들이 떼죽음의 정체일까. 나로선 알 길이 없었다. 다만 여기저기 찍혀 있는 기분 나쁜 붉은 얼룩들을 애써 피해갈 뿐이었다. 출근길 버스는 평소보다 한산했다. 들려오는 소문은 심상치 않았고 사람들은 불안해했으며 금요일이기도 했다. 아마도 사람들로 북적거리는 곳은 출근길이 아닌 병원 대기실일 것이다. 일이고 뭐고 다 잊어버리고 집에 남아 있을 걸 그랬나 하는 후회가 밀려왔다. 차창 밖으로 보이는 거리 풍경도 평소와는 사뭇 달랐다. 전원 총출동이라도 한 듯 수많은 환경미화원과 공익근무요원들이 저마다 커다란 마대자루를 옆에 찬 채 동물 시체를 수거하고 있었다. 도로에는 떠돌이 개와 고양이 그리고 이틀 전까지만 해도 거리를 활개 하던 비둘기들의 시체들로 가득했다. 처음엔 그것들을 피해가려 이리저리 핸들을 꺾던 운전자들은 그 수에 결국 포기하고 갓길에 차를 세우거나 그대로 차를 몰고 갔다. 덕분에 바닥엔 붉은 빗물 자국에 더해 자동차의 무게에 짓눌려 납작해진 동물의 흔적들이 늘어가고 있었다. 버스 역시 굼벵이 마냥 느릿느릿 전진하고 있었다. 동물 시체는 무시한다고 해도 앞서가는 다른 차들과 도로 사이를 오가는 미화원들을 피해야 했다. 간헐적으로 버스 바퀴가 무언가를 타고 넘는 감각이 전해졌다. 그럴 때마다 버스 안 승객들의 표정은 기분 나쁜 것이라도 본 마냥 찌푸려졌다. 나는 손잡이를 잡고 선 채 천천히 흘러가는 창밖 풍경을 살폈다. 작업복 차림에 주황색 조끼를 두른 다부진 체구의 미화원이 건너편 차선에서 지나가던 차를 멈춰 세우며 바닥에 너부러진 비둘기 시체를 처리하고 있었다. 이미 불룩해진 그의 자루는 제법 무게가 나가는 듯 바닥에 질질 끌리고 있었는데 어림잡아 대여섯 마리는 들어 있을 듯싶었다. 집게로 바닥에 눌어붙은 한때 비둘기였던 거무튀튀한 덩어리를 긁어내던 미화원의 행동이 순간 멈추더니 자신의 마대자루를 내려다보는 것이 보였다. 나 역시도 마대자루에 눈길이 갔다. 분명 조금 전 그 자루가 움직이는 것처럼 보였던 것이다. 그 사이에도 느린 속도지만 버스는 조금씩 전진하고 있었고 장승처럼 멀뚱히 서 있는 미화원의 모습은 점점 뒤로 멀어지고 있었다. 바로 그 순간 다시 자루가 움직였다. 이번엔 나도 분명히 보았다. 내용물의 무게로 푹 퍼져 있던 누런 자루가 꿈틀거리고 있었다. 바닥에 내려놓은 마대자루의 입구를 조심스레 펼쳐 안을 확인하려는 미화원의 모습이 버스 뒤편으로 점점 멀어지고 있었다. 나는 창 쪽으로 몸을 기울여 상황을 살피려 했지만 창틀에 가려 그의 모습은 제대로 보이지 않았다. 순간 요란한 충격음이 버스 안에 울려 퍼졌다.

'픽!'

버스가 급제동을 하자 사람들의 몸이 순간 앞으로 쏠렸다. 승객들의 시선은 일제히 소리가 난 운전석 쪽으로 향했다. 기사는 운전석에 몸을 푹 파묻은 채 정면 창을 바라보고 있었다. 커다란 앞 유리 한 가운데 시커먼 덩어리가 들러붙어 있었다. 조금 전 소리는 그 물체가 유리에 부딪히며 낸 것이었고 그에 놀란 기사는 브레이크를 밟은 것이었다. 럭비공 정도의 크기에 짙은 회갈색 깃털로 뒤덮인 덩어리를 자세히 살펴보았다. 도로 바닥에 눌어붙은 핏덩이처럼 그것 역시 한때 비둘기였던 덩어리였다. 하지만 그것이 대체 왜 버스 앞 유리로 날아들었는지 알 수 없었다. 누군가 바닥에 떨어져 있던 시체를 집어던지기라도 한 것일까? 그런 궁금증은 곧 해소되었다. 곧이어 두 번째 충격이 이어진 것이다. 이번엔 내가 서 있는 왼편 창문이었다. 갈색과 밝은 회색 깃털이 섞인 비둘기 한 마리가 맹렬한 속도로 날아오더니 유리창에 부딪혔다. 동시에 가느다란 균열이 유리를 따라 퍼져나갔고 창문 옆에 앉아 있던 고등학생이 펄쩍 뛰며 자리에서 일어났다.

"씨발, 이거 뭐야?"

여드름투성이 얼굴의 앳된 남학생은 저도 모르게 소리를 내지르며 자리에서 일어섰다. 순간 버스 안에 정적이 흘렀다. 무슨 일인지 창밖을 내다보는 순간 주변의 다른 사람들처럼 나는 할 말을 잃고 말았다. 조금 전 까지 바닥에 퍼져 있던 비둘기들이 꿈틀대며 일어나고 있었다. 이미 몇몇은 날개를 푸드득거리며 어디선가 날아온 다른 비둘기 무리들과 합류할 준비를 하고 있었다. 낮게 날아다니는 수백 마리 비둘기들이 하늘을 뒤덮었다. 하지만 정작 사람들을 경악하게 한 것은 따로 있었다. 도로 위의 동물 시체들을 처리하고 있던 사람들이 비명을 내지르며 몸을 피하고 있었다. 방금 전까지 그들이 들고 있던 자루 안에서 비둘기 시체들이 어기적어기적 기어 나와 그들을 공격하고 있었다. 그것은 히치콕의 영화 '새'를 연상시키는 광경이었다. 수십 마리 비둘기들이 날개를 퍼덕대며 한 사람에게 달려들었다. 갈퀴 같은 발로 옷과 머리채를 부여잡은 채 부리로는 연신 노출된 살점을 쪼아대고 있었다. 비명을 지르며 버스 옆을 지나치던 20대 초반의 공익 요원 얼굴은 이미 피투성이가 되어 있었다.

"꺄아악!"

왼편 뒷자리에 앉아 있던 정장 차림의 젊은 여자가 갑자기 비명을 내질렀다. 놀라서 그쪽을 보니 뒤쪽 창문 너머로 버스를 향해 달려드는 비둘기 무리가 보였다. 곧이어 푸드득 소리와 함께 녀석들의 날갯짓이 유리를 두들겨대는 소리가 들렸다. 조금 전 가미카제 식으로 부딪혀 오던 놈들과 달리 이번엔 창문 가까이 붙어서 부리로 유리를 쪼아대고 있었다. 뒷좌석에 앉아 있던 사람들은 황급히 자리를 피해 통로로 내려왔다. 그중 등산복 차림의 40대 남자 한 명이 앞쪽을 향해 소리쳤다.

"기사양반 빨리 버스 출발해요, 뭐하고 있어?"

"누군 안 그러고 싶어요! 저거 좀 봐요."

사람들은 우르르 앞쪽으로 몰려와 앞 유리 너머로 보이는 도로를 살폈다. 4차선 도로는 이미 주차장으로 변해 있었다. 비둘기 떼의 공격으로 도로 위의 차들은 방향을 잃고 이리저리 뒤엉켰고, 비둘기 떼로 뒤덮인 몇몇 차들에선 사람들이 뛰쳐나오고 있었다. 그들은 도로 옆 상가 건물로 비둘기의 공격을 피해 달아나고 있었다. 그렇게 버려진 차들로 막힌 도로에서 더 이상 버스를 움직이는 건 불가능해 보였다.

"그럼 문 열어요! 우리도 건물 안으로 피하자고요."

조금 전 소리친 남자의 말에 사람들은 고개를 끄덕이며 문 쪽으로 몰려들었다. 하지만 곧 사람들 사이에서 낮은 탄식이 터져나왔다. 문 바로 앞에 수십 마리 비둘기들이 진을 치듯 모여들고 있었다. 날갯짓을 하며 문가를 지키고 있는 녀석들은 마치 자동판매기 앞에서 음식이 나오길 기다리고 있는 것 같았다.

"언제 이렇게……."

새들의 날갯짓 소리와 유리창을 부리로 쪼아대며 내는 딱딱소리가 점점 커지고 있었다. 몇몇 유리창은 녀석들의 공격을 못이기고 금이 가기 시작했다. 순간 등산복 남자가 문 옆에 달려 있던 소화기를 빼들었다.

"기사 양반 문 열어요."

"어쩌게요?"

"보면 몰라요, 문에서 옆 건물까지 기껏해야 3미터야. 이걸로 녀석들 주위를 돌려놓고 한꺼번에 달려가는 겁니다."

그는 소화기의 안전핀을 제거하고 들어 올려 보이며 말했다. 그럴듯한 생각에 모여 있던 사람들은 고개를 끄덕였다. 남자는 주위를 둘러보며 말했다.

"다들 최대한 몸을 가려요. 겨우 새들일 뿐이니까 옷으로 가리면 어느 정도 보호가 될 겁니다. 내가 신호하면 이쪽 문 열어줘요."

남자는 자신도 상의를 올려 머리 위로 뒤집어쓰고선 출구를 향해 소화기 주둥이를 내밀었다. 사람들도 그를 따라 가방이며 옷가지로 머리를 감쌌다.

"열어요!"

남자는 단호하게 소리쳤다. 곧이어 익숙한 소리와 함께 자동문이 미끄러지듯 옆으로 움직이며 열렸다. 남자는 열린 문틈으로 분사구를 내밀고 힘차게 소화기의 레버를 잡아 쥐었다. 잠깐이나마 그의 작전은 성공하는 듯싶었다. 하얀색 분말이 쏟아져 나오자 눈이 먼 비둘기들은 방향을 잃고 이리저리 움직이며 서로 부딪혔다. 용기를 얻은 남자는 완전히 열린 문 밖으로 뛰쳐나가 계속 소화기를 분사했다. 하지만 채 3초도 지나지 않아 소화기는 피식 소리를 내며 작동을 멈추었다. 소화기 주둥이에선 이제 덩어리진 분말이 간헐적으로 튀어나올 뿐이었다. 제대로 점검 받지도 않고 장기간 방치해 둔 탓에 소화기의 압력이 떨어져 있었다. 기능을 상실한 것이다. 수십 마리 비둘기 떼 한가운데서 남자는 멍하니 자기 손에 들린 소화기를 내려다보고 있었다.

"이런 개 같은……."

그것은 끔찍한 광경이었다. 남자를 중심에 두고 원형으로 둘러싼 비둘기들은 일제히 그를 향해 달려들었다. 순식간에 비둘기들에게 뒤덮인 남자는 비명을 내지르며 건물로 달리기 시작했지만 이미 비둘기들 때문에 앞을 볼 수 없는 탓에 방향을 잃고 엉뚱한 방향으로 나아갔다. 이제 남자의 모습은 보이지 않았다. 비둘기들로 이루어진 거대한 덩어리가 움직이고 있을 뿐이었다. 하지만 그의 그런 시도가 완전히 실패한 것은 아니었다. 비둘기들이 모두 남자를 쫓아간 덕분에 버스에 남은 사람들에겐 기회가 생겼다. 사람들은 더 이상 그를 걱정할 여유가 없었다. 저마다 온힘을 다해 보도 건너 옆 건물로 달려가기 시작했다. 건물 안에 있던 사람들도 문을 열고 우리에게 어서 들어오라며 손짓을 해댔다. 승객들은 뿔뿔이 흩어져 문이 열려 있는 곳으로 뛰어 들어갔다. 그 사이 등산복 남자를 쫓던 비둘기 떼들 일부가 다시 방향을 선회해 돌아오기 시작했다. 놈들뿐 아니라 곳곳에 흩어져 있던 비둘기들도 우리를 쫓기 시작했다. 비둘기 떼들이 다시 몰려들기 시작하자 건물 안 사람들은 다시 문을 닫기 시작했다. 나는 문이 닫히기 직전 간신히 어느 가게 안으로 뛰어들 수 있었다. 그러나 몇 명인가는 뒤처지고 말았다. 애초에 늦게 출발했던 사람, 걸음이 느린 노인, 운전석에서 비집고 나오느라 늦어진 버스 기사 등이었다. 그나마 젊은 사람들은 황급히 비둘기 떼를 피해 다시 버스 안으로 돌아가거나 좀 더 멀리 떨어져 있는 건물로 몸을 피했지만 그러지 못한 사람도 있었다. 털실로 짠 얇은 감색 카디건 차림으로 보도블록 위에 쓰러져 있는 노파도 그 중 하나였다. 나는 유리문 너머로 노파에게 벌어지는 일을 모두 볼 수 있었다. 노파는 애처로운 눈으로 팔을 내저으며 우리에게 도움을 청하고 있었지만 누구 하나 문 밖으로 나갈 생각은 하지 않았다. 그 사이 비둘기들이 하나 둘 노파의 몸 위로 내려앉고 있었다. 노인의 작은 몸이 비둘기들에게 뒤덮이는 건 순식간이었다. 저 많은 비둘기들이 어디서 나타난 걸까. 언뜻 보니 거리에 퍼져 있던 비둘기 시체들이 거의 보이지 않았다. 자동차에 깔려 박살이 나버린 시체들 외엔 모두 사라진 것 같았다. 바꿔 말하면 그 비둘기 시체들이 모두 살아나 사람들을 공격하고 있었다. 노파를 뒤덮은 비둘기 떼들 아래로 검붉은 피가 흘러나오기 시작했다. 그 아래 노파가 어떻게 되었을지 상상하기 싫었다. 나는 안쪽으로 들어가 가장 먼저 보이는 의자에 걸터앉았다. 내가 들어온 곳은 치킨 가게였다. 고소한 닭튀김 냄새가 가게 안에 가득했다. 테이블 위에는 조금 전까지 먹다 내버려 둔 닭튀김이 담긴 접시도 보였다. 괜한 헛웃음이 나왔다. 어젯밤 텔레비전에서 본 양계장의 모습이 떠올랐다. 비닐하우스 마냥 지붕이 없던 곳이었지만 빗물은 어떻게든 새어 들어갔던 모양이었다. 수백 마리 닭들이 죽은 채 양계장 한쪽에 쌓여 있었다. 그 닭들도 저 비둘기처럼 다시 살아났을까? 정말 그 붉은 비가 동물들을 죽게 하고 또 살아나게 한 것일까? 답을 알 길 없는 의문들이 머릿속을 맴돌았다.

"저것들은 죽었었어, 내가 이 두 눈으로 똑똑히 봤다고."

테이블 뒤로 몸을 숨기고 있던 비쩍 마른 체구의 남자가 중얼거렸다. 앞치마를 두르고 있는 것을 보니 가게 주인인 듯했다. 옆에 있던 작업복 차림의 미화원도 그의 말을 거들었다.

"그건 분명해요, 내가 이 두 손으로 직접 딱딱하게 굳은 시체들을 치웠으니까."

미화원의 이마는 여기저기 부리에 쪼여 찢겨 있었다. 가늘게 흘러내린 핏줄기는 눈두덩이 근처에서 손으로 훔치며 만든 흔적을 따라 볼 옆으로 이어지고 있었다.

"죽은 것들이 다시 움직이다니. 꼭 좀비 같아요."

모로 앉은 채 창밖을 곁눈질하던 남학생이 말했다. 조금 전 버스 안에서 날아드는 비둘기를 보고 욕지거리를 내뱉던 학생이었다. 나보다 먼저 가게 안으로 뛰어들었던 모양이다. 학생은 떨리는 목소리로 계속 얘기했다.

"영화에 보면 나오잖아요, 죽은 사람이 다시 깨어나서 산 사람들 잡아먹는 거 말이에요. 그거랑 똑같잖아요. 사람이 아니라 비둘기이긴 하지만."

"좀비라……. 그거 말 되네, 비둘기 좀비. 좀 웃기긴 하지만."

가게 주인은 여전히 중얼거리는 어조로 혼잣말을 했다.

"그 비 때문이려나?"

미화원은 테이블 위에 놓인 상자에서 휴지를 여러 장 뽑아 들고 이마에 난 상처를 누르며 물었다. 별다른 대답은 없었지만 가게 안 사람들 모두 같은 생각을 하고 있었다. 순간 익숙한 벨소리가 가게 안에 울려 퍼졌다.

"아빠 힘내세요 ― 우리가 있잖아요 ―"

갑작스런 소리에 놀란 사람들은 일제히 소리의 진원을 찾아 두리번거렸다. 나는 황급히 전화기를 꺼내 받으며 미안한 표정을 지어 보였다. 그건 단순히 미안한 정도가 아니었다. 조금 전 벨소리를 들은 건지 창밖으로 보이는 비둘기들의 머리가 일제히 우리가 있는 쪽을 향하고 있었다. 나는 가게 안쪽으로 깊숙이 들어가 전화를 받았다. 소리를 죽이려는 목적도 있었지만 따가운 사람들의 눈총을 피할 심산도 있었다.

"여보세요?"

"상원 씨, 나야. 괜찮아? 뉴스 보고 내가 얼마나 놀랬는지 알아. 자기 회사 가는 길이 텔레비전에 나오잖아."

아내의 걱정스런 목소리에 나는 가능한 침착하게 응했다. 텔레비전 화면으로 그녀가 보았을 화면이 대충 어떠했을지 짐작할 수 있었기에 그녀를 안심시켜야 했다.

"응, 난 걱정하지 마. 집은 별일 없어?"

"동네는 조용해, 불안해서 아직 나가보진 않았지만."

"그래, 밖에는 당분간 나가지 마."

"그런데 뉴스에 나오는 거, 진짜야? 비둘기가 사람을 공격한다는 거."

나는 뭐라고 대답을 해야 할지 망설였다. 사태가 벌어진 건 불과 삼십여 분 전이었다. 뉴스에서 어디까지 보도 했는지 모르는 상황에서 괜히 아내의 불안을 키울 필요는 없었다.

"너무 걱정하지 마, 그렇게 심각한 건 아니니까. 하여간 집으로 바로 갈 테니까 기다리고 있어."

"그래, 잘 생각했어. 빨리 와. 심장 떨려 죽겠어."

"그래, 나중에 봐."

거짓말로 아내를 안심시키며 전화를 끊자마자 나는 길게 안도의 한숨을 내쉬었다. 어찌 되었든 아내와 딸은 무사했다. 나는 다시 가게 입구 쪽으로 돌아갔다. 눈총을 줄 때는 언제고 그 사이 가게 안 사람들 모두 핸드폰을 꺼내들고 어디론가 전화를 하고 있었다. 나는 애써 그런 그들을 못 본 척하며 창문 너머 거리를 다시 확인했다. 그 사이 도보 위를 점령하고 있던 비둘기 떼들은 하나둘씩 어디론가 날아가고 있었다. 눈에 띄게 줄어든 비둘기들 사이로 보도에 쓰러진 노파의 모습이 보였다. 노파의 스웨터는 비둘기들의 부리에 올이 풀리고 찢겨져 누더기가 되어 있었다. 노파는 양팔로 머리를 감싸 쥐고 엎드린 자세였는데 얼굴을 감싸고 있는 팔은 스웨터보다 상태가 더 심했다. 완전히 찢겨 너덜너덜한 옷 사이로 보이는 가냘픈 노인의 팔은 피부가 모두 뜯겨 나가 그 아래 진피와 근육이 드러나 있었다. 노파가 쓰러지는 모습을 본 후 고작해야 10여 분이 지났다. 미쳐 날뛰는 비둘기들의 식성은 아마존 강의 피라니아 같았다.

"맙소사, 주님……."

뒤늦게 노파의 모습을 본 미화원이 낮게 신음했다. 다른 이들도 그의 말에 바깥을 내다보곤 저마다 안타까움을 표시했다. 하지만 누구하나 쓰러진 노파를 돕지 않았음을 지적하는 사람은 없었다. 나는 창문에 바짝 붙어 하늘을 올려다보았다. 하늘을 메우고 있던 비둘기 무리는 사라지고 없었다. 이제는 서너 마리만이 도보 위에 남아 있었는데 모두 날개가 부러져 날지 못하는 녀석들이었다. 이유는 모르겠지만 다른 녀석들은 어디론가 가버린 것 같았다.

"죽은 것들이 동작한번 빠르구먼, 대체 어디로 간 거지?"

가게 주인은 양손을 쌍안경처럼 말아 쥐고 눈가에 가져간 채 주위를 둘러보았다.

"다들 숨어버리니까 다른 곳으로 이동하는 거겠죠. 사람들이 많은 곳으로."

고등학생의 대답에 주인은 한심하다는 듯 말했다.

"젠장, 비둘기 때문에 이렇게 쫄다니. 이거 창피해서 원."

"그런데 비둘기가 육식성이었나? 아니면 미쳐서 저러는 건가?"

미화원이 의아하다는 듯 물었다. 대답은 가게 주인이 했다.

"잡식성이야. 주면 주는 데로 다 주워 먹지. 강냉이부터 생선회까지."

그들의 대화를 잠자코 듣고 있던 나는 아내와의 통화내용을 떠올리며 가게 주인에게 물었다.

"여기 TV는 없나요, 뉴스에서 뭐라고 하는지 궁금한데."

"아차, 그 생각을 못했네. 기다려 봐요."

주인은 그제야 손뼉을 치며 카운터로 가더니 리모컨을 꺼내왔다. 23인치 LCD 텔레비전은 입구 쪽 천장에 설치되어 있었다. 전원을 켜고 볼륨을 조절하자 스피커를 통해 아나운서의 목소리가 흘러나왔다.

"비둘기 떼의 공격에 의한 피해자는 현재 300여 명으로 집계되고 있습니다. 아직 정확한 상황이 파악되지 않은 관계로 피해 규모는 더욱 커질 것으로 예상됩니다. 현재 현장에 나가 있는 우리 취재 헬기가 잡은 단독 영상을 보시겠습니다."

곧이어 익숙한 항공 촬영 화면이 나왔다. 명절 때면 차들로 가득한 고속도로를 비추던 모습 그대로였다. 단지 배경이 고속도로가 아닌 도심 한가운데였고, 카메라가 쫓는 대상은 차가 아닌 비둘기 떼였다. 화면 속에선 마치 검은 구름 같은 거대한 덩어리가 빌딩 숲 사이를 누비고 있었다.

"엄청나구먼."

"생각했던 것보다 사태가 심각한 걸요."

"하긴 비 맞은 놈들이 다 변했다면 시내 비둘기 중 9할은 해당

된다고 봐야하니까."

미화원이 인상을 찌푸리며 말했다. 매일 길을 청소하는 그로선 이중에서 가장 비둘기를 많이 봐온 사람일 터였다. 나는 다시 한 번 창밖을 살폈다. 비둘기들이 거의 사라진 것을 확인하고선 결심을 굳히고 나서야 난 입을 열었다.

"전 다시 나가봐야겠습니다."

내 말에 그들은 어리둥절한 표정으로 나를 쳐다보았다. 미화원은 답답하다는 듯 나에게 말했다.

"바보 같은 소리 말아요, 저 놈들이 완전히 사라졌다고 장담할 수 없어요. 어쩌면 어디 숨어서 우리가 나오길 기다리고 있는 지도 모른다고."

"글쎄요, 놈들이 그렇게까지 똑똑할까요. 그렇지 않아도 새대가린데 한 번 죽다 살기까지 했잖아요. 모르긴 해도 아마 철저히 본능에 따라 움직이고 있는 걸 거예요. 학생도 버스에서 봤잖아. 창문이 있는 줄도 모르고 몸통으로 박치기 하던 거."

내 말에 남학생은 고개를 끄덕이며 말했다.

"그렇긴 해요, 정말 좀비라면 지능은 매우 떨어질 거예요. 뇌세포가 죽었으니까."

"아까 뉴스에서도 나왔잖아요, 저렇게 무리로 이동하고 있으니 우리가 못 보고 지나칠 리가 없어요. 저런 숫자가 숨을 만한 곳도 없을 거고요. 하여간 전 나가겠습니다."

"저도 같이 가요."

남학생이 따라 나섰다.

"맘대로 하쇼, 어차피 난 가게를 지켜야 하니까."

주인은 맘대로 하라는 듯 어깨를 으쓱해 보였다. 미화원 역시 상처를 눌러 지혈하며 말했다.

"나도 오후까지는 여기서 작업하기로 돼 있으니까 기다리고 있으면 어차피 데리러 올 거요. 다시 한 번 생각해 봐요 젊은 양반. 조금 더 있다가 나랑 같이 움직입시다. 여럿이 움직이는 게 안전하지 않겠수?"

"집에 아내와 딸만 남겨두고 나왔어요. 어서 돌아가 봐야 해요."

"정 그렇다면야, 하지만 어떻게 갈 생각이요. 도로가 저 지경인데……."

가게 주인은 창밖으로 보이는 아수라장이 된 찻길을 손으로 가리켰다. 그의 말이 맞았다. 도저히 차로는 시내를 빠져나갈 방법이 없었다.

"지하철을 탈 겁니다. 비둘기도 땅속까지 들어가진 않았겠죠."

마지막으로 어색한 인사를 나눈 뒤 나는 건물을 나섰다. 조심스럽게 주위를 둘러 봤지만 날지 못하고 바닥을 기어 다니는 놈들 외엔 비둘기는 보이지 않았다. 학생도 나의 뒤를 따라 밖으로 나왔다. 그는 비둘기들을 자세히 살피더니 나의 팔을 두드리며 말했다.

"저거 보세요, 저 눈. 아까부터 이상하다고 생각했는데 가까이서 보니 확실하네요."

학생의 말에 나도 비둘기의 눈을 살펴보았다. 평소 나는 비둘기 눈이 어류를 닮았다고 생각했다. 동그랗고 커다란 검은 동공과 그 주변을 둘러싼 누런 색깔의 자위까지. 진화의 단계에서 조류는 포유류보다 양서류나 어류에 가까운 듯싶었다. 하지만 사람을 공격하던 비둘기들의 눈은 달랐다. 녀석들의 눈은 하얗게 변색되어 들떠 있었다. 마치 여름철 더위에 맛이 간 어물전 생선들 눈마냥 생기를 잃고 부패하기 시작한 눈. 어쩌면 학생 말대로 녀석들은 좀비일지도 모른다.

"그러고 보니 이름도 아직 모르네, 난 정상원이라고 해. 학생은?"

"조민석이요."

우리는 가볍게 악수를 나누고선 보도를 따라 걷기 시작했다. 2킬로미터 정도 길을 따라 올라가면 지하철역이 있었다. 지하철을 타고 7정거장만 가면 우리 동네였다. 역에서 다시 20분 정도 걸어가야 하지만 그걸 포함해도 넉넉잡아 한 시간 안에 집에 도착할 수 있을 것이다. 지하철이 아직 운행하고 있다면 말이다.

조금 가다보니 익숙한 사이렌 소리가 거리에 울려 퍼지기 시작했다. 민방위 훈련 때면 들리는 공습경보였다. 길게 이어지는 사이렌 소리 후에는 안내방송이 이어졌다.

'시민 여러분, 동물에 의한 공격이 계속되고 있으니 외출을 삼가시고 안전한 실내에 머물며 방송에 귀 기울여 주십시오. 이것은 실제상황입니다. 다시 한 번……'

계속되는 방송 때문인지 거리엔 인적이라곤 보이지 않았다. 하지만 시간이 지나며 드문드문 사람들이 보이기 시작했다. 문 밖으로 머리만 내밀고 주위를 살피다 우리에게 괜찮으냐며 말을 걸어오는 사람들도 있었다. 지하철역에 다다를 무렵엔 십대 대여섯 명이 괴성을 지르며 우르르 몰려다니는 것이 보였다. 어디서 가져왔는지 저마다 각목과 쇠파이프를 손에 든 소년들은 날지 못해 바닥을 어정대는 비둘기들을 쫓으며 닥치는 대로 때려죽이고 있었다. 우리는 길 가에 멈추어 서서 그 광경을 지켜보았다. 둔기를 든 소년들은 비둘기가 더 이상 움직이지 못할 때까지 마구 두들겨 패고 있었다. 그러고 나면 전정가위를 든 덩치 큰 소년이 마지막으로 비둘기의 목을 뎅겅 잘라버렸다. 목이 잘린 비둘기의 몸뚱이는 몇 번인가 경련을 일으키더니 더 이상 움직이지 않았다. 그것은 잔인한 광경이었지만 우리로선 딱히 말리고 싶은 생각은 들지 않았다. 길을 따라 오면서 비둘기들에게 처참하게 당한 사람들의 시신을 몇 구인가 봤기 때문이었다. 또 흉기를 손에 든 채 아드레날린을 뿜어내는 십대들을 자극하는 것이 그리 현명한 짓이 아니라는 생각에서이기도 했다.

"그만 가자, 민석아."

작은 목소리로 속삭이며 나는 민석을 잡아끌었다. 우린 서둘러 지하철역으로 향했다. 바닥에 뚫린 환풍구로 바람과 함께 전철이 다가오는 소리가 들려왔다. 그 소리가 이렇게 반가운 적은 없었다. 지하로 내려가는 계단에는 여기저기 부상자들이 누워 있었다. 그사이 달려온 구급요원들이 부상자들을 치료하고 있었지만 일손은 절대적으로 부족해 보였다.

"지하까지는 비둘기들도 내려오지 못했나 봐요."

"그러게 말이다."

승강장으로 내려가며 나는 핸드폰을 꺼내 다시 집으로 전화를 걸었다. 거리를 지나며 본 광경들은 계속해서 가족을 걱정하게 했다. 하지만 전화는 연결되지 않고 대기 상태가 계속되었다. 내가 몇 번이고 통화 버튼을 다시 눌러대는 것을 보고는 민석이도 자기 전화를 꺼내 어디론가 통화를 시도하더니 말했다.

"아무래도 전부 먹통이 된 모양인데요, 제 것도 안 터져요."

수신 상태를 알려주는 막대 아이콘은 끝까지 전부 들어차 있었다. 전파수신에 문제가 있는 건 아니란 얘기였다.

"통화량이 폭주해서 그러나보다. 하긴 우리 같은 사람이 한둘이 아니겠지."

그럴 수 있다는 듯 말은 했지만 맘은 불안하기 짝이 없었다. 떨어져 있는 가족과의 유일한 소통 수단이랄 수 있는 전화가 먹통이 된 것이다. 혹시라도 집에 무슨 일이 생긴다 하더라도 아내가 나에게 연락할 방법이 없을 수도 있다는 생각은 나를 더욱 불안케 했다. 먹먹한 후회가 밀려오며 아침의 결정이 잘한 것이었는지 곱씹게 됐다. 이런 어수선한 상황에 기어코 출근하겠다고 나서는 것과, 집에서 사태를 지켜보며 가족들과 함께 하는 것. 둘 중 어느 쪽이 더 가족을 위한 행동이었는지 판단이 서지 않았다. 적어도 오늘 아침까지만 해도 이런 지랄 맞은 일이 벌어질 줄은 아무도 예상치 못했을 것 아닌가. 교통카드를 찍고선 개찰구 안으로 들어가는 민석이를 보며 나는 멈추어 서서 말했다.

"넌 먼저 가라, 난 공중전화로 집에 한 번 더 연락해 봐야겠다."

"예, 그러세요. 어차피 반대 방향인걸요, 뭐."

민석은 손을 흔들어 보이며 승강장으로 내려갔다. 계단 아래로 사라져가는 민석을 뒤로하고 나는 근처의 원통형 공중전화 부스로 향했다. 다행히도 공중전화는 정상적으로 작동하고 있었다. 나는 다급한 손놀림으로 집 전화번호를 눌렀다.

"여보세요, 상원 씨?"

벨이 채 두 번도 울리기 전에 아내가 전화를 받았다. 하느님 감사합니다.

"응, 나야."

"어떻게 된 거야, 계속 전화했는데 연결이 안 돼!"

"나도 모르겠어, 핸드폰이 완전히 먹통이야. 통화량이 몰려서 그런 거 같아. 지금도 공중전화에서 거는 거야. 그런데 전화는 왜 하려고 그랬어, 무슨 일 있어?"

나의 질문에 아내는 떨리는 목소리로 머뭇거리며 대답했다.

"그게…… 초롱이 말이야."

"초롱이가 왜?"

"없어졌어."

"없어지다니, 그게 무슨 소리야."

"초롱이 담아 두었던 봉투 말이야, 그게 마당에 굴러다니고 있어. 텅 빈 채로 말이야."

수화기를 들고 있는 팔을 타고 소름이 돋아오는 것이 느껴졌다. 아내는 아직 정확한 상황을 모르고 있었다. 하지만 나는 모든 것을 직접 눈으로 확인했다. 죽어 있던 비둘기들이 좀비처럼 살아나 사람을 공격하던 모습이 아직도 생생했다.

"여보 잘 들어, 집에 문이랑 창문 전부 걸어 잠그고 내가 갈 때까지 애랑 집 안에만 있어. 절대 밖에 나가선 안 돼. 알았지?"

"대체 무슨 일이야? 아까부터 TV도 안 나와서 갑갑해 죽겠어."

집은 유선 케이블로 방송을 시청하고 있었다. 누군가 또는 무언가가 바깥의 케이블만 끊어버리면 방송은 그대로 중단된다. 공중파 안테나와 연결된 단자가 찾아보면 있겠지만 기계치인 아내가 그걸 연결할 생각은 엄두도 못 낼 터였다.

"알았어, 내가 말한 대로 하고 조금만 기다려 지금 지하철역이니까 금방 집으로 갈……."

내가 다음 말을 하려는 순간 지직거리는 소음과 함께 전화 연결이 끊겨버렸다. 나는 공중전화를 이리저리 두드려 보았지만 수화기에선 아무런 반응도 없었다. 곧이어 역내의 조명들이 일제히 깜박거리며 점멸하기 시작했다. 여기저기서 들리는 사람들의 웅성거림에 섞여 이상한 소리가 들려왔다. 그것은 여러 명이 동시에 속삭이는 것 같기도 하고, 작은 파도소리 같기도 했다. 하지만 분명 그보다 더욱 기분 나쁘고 소름끼치는 소리였다. 이리저리 메아리 쳐 어디서 들려오는 것인지 정확히 파악할 수는 없었지만 소리의 정체는 분명 빠르게 아래로 이동하고 있었다. 아래층 승강장으로 열차가 들어오는 소리와 함께 계단을 타고 올라오는 바람이 느껴졌다. 계속해서 불안하게 점멸하는 형광등 불빛 사이로 승강장의 소리들이 들렸다. 열차가 속도를 줄이며 승강장에 멈추어 서는 소리, 점점 커지는 사람들의 웅성거림. 곧이어 열차의 문이 열리는 소리가 들리자 웅성거림은 비명으로 바뀌었다. 다급하게 움직이는 사람들의 발소리와 함께 조금 전 들었던 낯선 소리 역시 요란하게 울려 퍼지기 시작했다. 나는 무슨 일인가 싶어 개찰구 쪽으로 다가갔다. 절규에 가까운 비명소리들과 함께 계단을 올라오는 사람들이 보였다. 무엇을 보았는지 모두 하얗게 질린 얼굴로 전력을 다해 달리고 있었다. 그들 가운데 민석도 있었다. 다리를 다쳤는지 쩔뚝거리며 민석은 내 쪽으로 달려왔다. 그 와중에도 옆을 우악스럽게 스쳐 지나는 사람들에 부딪혀 몇 번이나 쓰러질 뻔한 상황을 아슬아슬하게 모면했다. 가까이 다가오자 다리의 부상을 자세히 살필 수 있었다. 세로로 길게 찢어진 오른편 바지 아래로 무수히 작은 상처들이 보였다. 크기나 깊이가 제각각인 상처들은 모두 무언가에 물어뜯긴 자국이었다.

"무슨 일이야? 다리는 왜 그러고?"

"아저씨, 도망…… 도망쳐요!"

민석은 내 옷깃을 부여잡고 몸을 의지한 채 개찰구 옆 칸막이를 타고 넘으며 소리쳤다.

"무슨 일이냐고! 아래에 뭐가 있는 거야?"

"쥐, 쥐!"

한 단어만을 연발해 대는 민석의 모습에 난 계단 쪽을 보았다. 아까부터 들리던 소리의 정체가 계단을 올라오고 있었다. 마치 검은색 물결처럼 바닥에 퍼져나가고 있는 시커먼 그림자, 그것은 수천 마리의 쥐 떼였다. 내가 들은 것은 그 많은 수가 한꺼번에 움직이며 만들어낸 발자국 소리였다. 나는 민석이를 부축하며 지상으로 나가는 계단을 향해 달리기 시작했다. 등 뒤에선 쥐 떼 소리가 점점 크게 들려왔다. 민석은 체구가 호리호리한 편이긴 했지만 키는 거의 나와 비슷했다. 때문에 부상으로 다리를 절고 있는 그를 부축하며 움직인다는 것은 무척 힘든 일일 뿐 아니라 우리의 이동 속도를 현저하게 떨어뜨렸다. 우리가 계단 중간쯤 다다랐을 때 다른 사람들은 이미 계단 위로 사라지고 없었다. 내려올 때 보았던 구급요원과 부상자들도 어느새 대피한 후였다.

"조금만 힘내. 얼마 안 남았어!"

민석이를 격려하며 계단을 오르던 나는 힐끔 뒤를 돌아보았다. 계단 아래로 펼쳐진 광경을 보는 순간 숨이 턱 막히며 오금이 저려왔다. 시커먼 쥐 떼가 겨우 몇 발자국 뒤까지 쫓아오고 있었다. 나도 모르게 민석이를 잡아끌며 서둘러 내달리기 시작했고, 그 바람에 균형을 잃은 민석은 발이 꼬이며 그대로 넘어지고 말았다. 민석을 부축하던 나 역시 함께 계단 위로 자빠졌다. 둔탁한 계단 모서리가 옆구리를 때리자 통증이 전해졌다. 충격으로 경직된 몸을 애써 움직이며 계단을 기어오르려 했지만 맘처럼 되지 않았다. 자글거리는 쥐 떼 소리가 가까워지며 몇 마리인가가 바지 위로 기어오르는 감촉이 느껴졌다. 나는 발버둥을 치며 놈들을 떨쳐내려 했다. 굵직한 시궁쥐 한 마리가 민석의 어깨 사이로 얼굴을 내민 게 보였다. 허옇게 변한 눈 아래에서 연신 오물대는 주둥이 주위에 정체를 알고 싶지 않은 시뻘건 덩어리들이 들러붙어 있었다.

"저리 가! 으아아!"

민석도 자기 몸을 기어 다니는 쥐들을 떨쳐내려 애쓰며 비명을 질러댔다. 하지만 발버둥쳐 떨어내기에는 쥐들의 수가 너무 많았다. 놈들의 날카롭게 갈린 이빨이 몸을 파고들려는 순간 차가운 기운이 온몸을 때려대기 시작했다.

"저기, 사람들 위로 우선 방수해! 아저씨 움직이지 말아요!"

어디선가 들려오는 남자의 지시를 나와 민석은 말없이 따랐다. 곧 온몸을 때리는 감각의 정체가 차가운 물줄기란 것을 알았다. 머리를 감싸 쥔 팔 사이로 힐끔 올려다보니 주황색 유니폼의 119 구급요원이 다가오고 있었다. 그리고 물줄기를 쏟아내고 있는 소방호스도 보였다. 사람들을 대피시킨 구급요원들이 소방용 호스의 수압으로 계단을 올라오는 쥐 떼를 밀어내고 있었던 것이다. 개체 수는 엄청나지만 덩치가 작은 녀석들을 상대하기엔 더없이 좋은 방법이었다. 호스의 강력한 수압에 나와 민석은 온몸을 몽둥이로 두드려대는 통증을 감수해야 했지만, 쥐들의 작은 몸은 맥을 못 추고 뒤로 튕겨 나가고 있었다.

　몇 개의 소방호스 만으로 수천 마리 쥐 떼를 저지하는 데에는 한계가 있었다. 곧 경찰 시위진압대도 합류하였다. 그들이 함께 소방호스와 물대포로 쥐 떼들을 저지하는 사이, 다른 한편에선 나를 포함한 사람들의 대피가 시작됐다. 대피 행렬은 어찌 보면 우습기 짝이 없었다. 줄줄이 이어진 차량 선두에는 캐터필러를 단 굴삭기가 섰다. 굴삭기는 도로를 막고 있는 버려진 차들을 밀어내고 뒤집으며 길을 만들었다. 그리고 그 뒤로 차량 네 대가 뒤따랐다. 중간의 119 구급 차량을 제외한 세 대는 인원 수송을 위해 급조된 듯 모두 각각이었는데 하나는 초등학교 통학버스였고 나머지 두 대는 시내버스였다. 내가 탄 5600번 버스는 최후미였다. 버스 안에는 구급대원 한 명과 경찰 두 명이 동승하고 있었지만 누구하나 이들에게 말을 거는 사람은 없었다. 지친 기색이 역력한 탑승자들은 힘없이 창밖을 바라보거나 연신 흐르는 눈물을 훔치고만 있었다. 창밖을 바라보던 나는 불안한 마음에 개중 가장 높은 경사 계급장을 단 남자에게 물었다.

　"어디로 가고 있는 거죠?"

"저도 잘 모릅니다, 그저 임시대피소로 이동한다고만 알고 있어요."

그의 말이 거짓 같지는 않았다. 동물들이 살아나고 사람들을 공격하기 시작한지 세 시간도 지나지 않았다. 항상 동작이 굼뜬 정부나 기관들이니 아직 제대로 된 대응책도 마련하지 못했을 것이다. 임시 대피소라고 해봤자 빈 건물에 테이블 몇 개 가져다 놓은 것일 공산이 컸다. 그보다 나를 불안하게 하는 건 차의 진로였다. 행렬이 진행하는 방향은 우리 집과는 정반대 방향이었다. 그때 내 옆에서 핸드폰을 만지작거리던 민석이 소리쳤다.

"어, 잡힌다. 신호가 잡혀요!"

통신이 복구 된 줄 알고 기뻐하며 민석의 핸드폰 화면을 본 나는 곧 그 의미가 아니란 것을 알고 실망했다. 핸드폰 신호는 아까부터 계속 잡히긴 했다. 다만 통화가 안 될 뿐이었지. 민석이 말한 신호는 방송 신호였다. DMB폰 화면에는 긴급 뉴스를 전하는 화면이 나오고 있었다. 이어폰으로 방송을 듣고 있는 민석에게 물었다.

"뉴스에서 뭐라고 하나?"

"잠시만요."

민석은 손을 들어 내 말을 막고는 작은 핸드폰 액정 화면을 뚫어져라 바라보고 있었다. 소리는 들을 수 없었지만 화면이나마 함께 보기 위해 옆으로 다가갔다.

"미확인 바이러스 확산, 시민들 공포"

짙은 주황색의 굵은 글자로 화면 아래에 깔린 간단한 문구가 지금의 상황을 설명하고 있었다. 역시나 원인은 바이러스였던 모양이었다. 비 웅덩이 아래 쌓여 있던 붉은 침전물을 떠올리자 속이 메스꺼워졌다. 대체 어떤 바이러스가 저런 일들을 가능하게 하는 건지는 모르겠지만, 하여간 원인을 알아냈다면 분명 대응책도 있을 것이란 생각에 조금이나마 희망이 생겼다.

"그냥 바이러스가 퍼지고 있으니까 집 밖으로 나오지 말라는 얘기만 계속 하네요."

"피해는, 피해 상황 소식은 없어?"

"동물들 사이에서 전염되고 있으니까, 가능한 동물들에게서 떨어져 있으래요."

"뭐야, 자기들도 제대로 모르고 있는 거 아냐?"

난 민석의 이어폰을 빼앗듯 가져오며 말했다.

"그런 거 같아요, 계속 위험하니까 나오지 말란 말 뿐이에요."

민석의 말대로 앵커는 현장 소식을 전하는 가운데, 계속해서 원인 불명의 바이러스가 퍼지고 있으니 외출을 삼가라는 말만 앵무새처럼 반복하고 있었다. 방송도, 정부도 아직 이번 일의 정확한 원인은 파악하지 못하고 있는 것 같았다. 그때였다. 짐칸 안쪽에서 젊은 여자의 비명 소리가 들렸다.

"엄마야, 뭐야!"

무슨 일인가 싶어 보니 뒤쪽에 모여 앉아 있던 사람들이 창 쪽 자리에 앉은 40대 여자를 중심으로 황급히 물러서고 있는 게 보였다. 그 옆에는 비명을 지른 당사자로 보이는 20대 여자가 어정쩡한 자세로 일어서 바들바들 떨고 있었다. 나는 아줌마 쪽을 다시 보았다. 반쯤 풀린 파마머리에 화려한 꽃무늬가 프린트된 원피스 차림의 아줌마는 커다란 숄더백을 안고 있었다. 그리고 백 한쪽 귀퉁이에 빠끔히 대가리를 내놓고 있는 강아지가 보였다. 주둥이에 길게 난 털을 보아, 슈나우저 종으로 보이는 녀석은 사람들의 웅성거림에 놀랐는지 혀를 내 빼문 채 연신 주위를 두리번 거리고 있었다.

"아줌마, 뭐야! 그걸 갖고 타면 어떻게 해!"

"무서워하지 말아요, 얘 착한 애예요."

"착하든 아니든 그게 무슨 상관이야, 아까 쥐새끼들 못 봤어!"

사람들은 다들 흥분하여 한마디씩 던졌다. 처음엔 미안한 얼굴로 자기 개를 변호하던 아줌마도 사람들의 말이 거칠어지자 성질이 나는지 얼굴을 붉히며 언성을 높이기 시작했다.

"우리 애는 비도 안 맞았단 말이에요! 봐요, 이렇게 멀쩡하잖아. 아까까지 있는 줄도 몰랐잖아요. 그러면서 다들 왜 이리 난리에요!"

"이 여자 진짜 큰일 나겠네, 이봐 기사 양반! 차 세워, 빨리 세우라고!"

체크무늬 정장 차림에 50대로 보이는 남자가 자신의 허리띠를 잡고 바지를 추켜올리며 소리쳤다. 하지만 경찰들은 어찌할지 판단이 서지 않는지 당황스런 표정으로 머뭇거리기만 했고, 나와 대화를 나누었던 경사는 무전기로 누군가와 통신을 시도하고 있었다. 그 와중에 대학생으로 보이는 청년 하나가 아줌마에게 다가가더니 숄더백을 잡아 당겼다.

"긴말 필요 없고 이리 내요."

"아니 이 사람이 왜이래! 이거 놔! 이게 당신 거야, 이거 놓으라고!"

"씹할, 당신 때문에 이 안에 있는 사람 다 큰일 나는 거 보고 싶어? 어서 손 놔!"

"뭐라고, 이 사람이 진짜, 어디다 대고 반말이야!"

아줌마는 날카롭게 소리치며 숄더백을 홱 잡아 당겼다. 그 와중에 이리저리 치이던 강아지가 주인의 위협을 느꼈는지 작은 이빨로 청년의 손을 깨물었다.

"아야! 근데 이 개새끼가 진짜!"

손을 물린 청년은 버럭 성질을 내더니 다짜고짜 여자에게 발길질을 했다. 우악스런 발길질에 옆구리를 얻어맞은 아줌마는 자리에서 굴러 떨어지며 바닥에 주저앉고 말았다. 그 틈을 놓치지 않고 체크무늬 정장이 잽싸게 그녀의 품에서 가방을 낚아챘다.

"안 돼!"

아줌마의 비명소리는 아랑곳 않고 남자는 가방을 바닥에 패대기쳤다. 퍽 하는 소리와 함께 강아지가 깨갱거리는 소리가 들렸다. 가방에서 빠져나오려 안간힘을 쓰는 강아지의 머리를 향해 체크무늬 정장의 발길질이 이어졌다. 위협을 느낀 강아지는 도로 가방 속으로 기어들어갔지만 소용없는 짓이었다. 대학생과 체크무늬는 마구잡이로 가방을 밟아대기 시작했다. 강아지의 처절한 비명이 이어졌지만 누구하나 말리는 사람은 없었다. 오히려 몇몇은 가방 쪽으로 달려들려는 아줌마를 저지하고 나섰다. 경찰들 역시 곤란하다는 표정만 지을 뿐 소동에 끼어들 생각은 없는 듯 보였다. 속이 울렁거렸다. 금방이라도 위에 든 것을 다 토해낼 것만 같은 기분이었다. 그때 누군가 소리쳤다.

"그래봤자 다시 살아날 거야, 목을 잘라요. 그게 제일 확실해!"

나는 지하철역으로 오던 길에 보았던 십대 무리를 떠올렸다.

확실히 그네들에게 목이 잘린 비둘기는 완전히 죽은 것처럼 보였다. 아줌마가 사람들에게 붙들려 울부짖는 가운데 강아지의 목이 누군가 꺼낸 스위스 군용 나이프에 잘려나가기 시작했다. 이미 사람들 발에 밟혀 곤죽이 된 강아지의 목은 곧 몸에서 떨어져 나와 가방과 함께 창밖으로 버려졌다. 아줌마는 반쯤 실신하여 바닥에 누운 채 신음 소리만 낼 뿐이었다. 순간 버스가 멈추어 섰다. 아마도 선두의 굴삭기가 길을 트느라 멈춘 모양이었다. 나는 뒤편 출구로 다가가 하차벨을 눌렀다. 삐 소리와 함께 벨에 달린 전등이 불을 밝혔다.

"뭐요?"

기사가 짜증스런 눈짓을 보내며 말했다.

"문 열어 주세요, 내려야겠어요."

"왜, 우리가 강아지 죽였다고 그러는 거요?"

체크무늬 정장이 신경질 섞인 목소리로 투덜거렸다. 민석이 역시 당황하며 물었다.

"왜 그러세요, 밖에 나가면 위험해요."

"오해들 마세요, 지금 가는 방향이 집하고 완전히 반대 방향이라서 그래요. 아내하고 일곱 살배기 딸만 집에 두고 나왔단 말입니다."

난 경사 쪽을 바라보았다. 그가 운전기사에게 고개를 끄덕여 보였다. 기사가 레버를 올리자 뒷문이 열렸다. 나는 민석을 보고 씩 웃으며 말했다.

"몸조심해라, 민석아."

"아저씨도요."

텅빈 거리로 나와 몇 걸음인가 걷다 버스가 움직이는 소리에 나는 뒤를 돌아보았다. 차창 너머로 나를 바라보는 사람들의 얼굴이 보였다. 피로와 공포로 지친 기색이 역력한 그들의 시선은 싸늘했다. 이제 나는 더 이상 저 무리에 합류할 수 없을 것이란 생각이 들었다. 그리고 그들을 포함한 도시의 광경이 너무나도 낯설다는 느낌이 들었다. 그런 생각들을 떨쳐내려 고개를 저으며 나는 다시 걷기 시작했다. 지금 내가 할 일은 한시라도 빨리 집으로 돌아가는 것이었다.

집으로 가는 길은 만만치 않았다. 도로 옆 상가골목에서 주워 탄 자전거는 한동안 잘 나가다 갑자기 펑크를 일으키며 주저앉아 버렸고, 그 뒤 다시 거리에 방치된 배달용 스쿠터를 집어타기까지 한 시간 가까이 걸어야 했다. 그 와중에 하늘을 새까맣게 뒤덮으며 날아다니는 비둘기 떼를 피해 건물 안으로 대피해야 했고, 길옆에 버려진 냉동트럭 짐칸에 숨은 채 도로 한복판을 내달리는 쥐 떼가 사라지길 기다리기도 했었다. 동물들 시체로 뒤덮여 있던 아침과 달리 거리는 이제 놈들에게 당한 사람들의 시체들로 가득했다. 배꼽 티 아래 훤하게 드러낸 복부가 왕창 날아가 버린 젊은 여자, 사지가 너덜너덜하게 떨어진 채 자동차 위에 엎드려 있던 의경, 그리고 형체만을 겨우 알아볼 정도로 심하게 당한 어린아이 시체까지. 거리엔 차마 눈뜨고 보지 못할 끔찍한 광경들이 곳곳에 펼쳐져 있었다. 그리고 그런 모습들을 접할 때마다 가족에 대한 나의 걱정은 계속 커져만 갔다. 전화는 여전히 불통이었다.

간신히 동네에 도착한 것은 오후 3시 무렵이었다. 여기까지 오는 동안 집에 무슨 일이 생긴 건 아닌가하고 얼마나 마음을 졸였는지 모른다. 평소 같으면 핸드폰 한 통이면 될 일이었다. 너무나도 익숙한 문명의 이기가 얼마나 유용한 것인지 절실히 느낄 수 있었다. 집으로 이어지는 익숙한 골목길이 눈에 들어오자 지쳐 있던 몸 어딘가에서 새로운 기운이 솟아났다.

대문 앞에 도착했을 때 이웃집 대문에 걸치듯 쓰러져 있는 시체가 보여 가슴이 철렁했다. 아침에 자신의 죽은 애완견을 끌어안고 울고 있던 노부인이었다. 그 모습을 애써 무시하며 나는 조심스럽게 우리 집 대문을 열고 안으로 들어갔다.

'여보, 희선아?'

가늘게 떨리며 새어나온 목소리는 심하게 갈라져 쉰 소리를 내었다. 몇 시간 째 물 한 모금 마시지 못하고 땡볕 속을 내달렸으니 목이 남아날 리 없었다. 집 안에서 아무런 반응이 없자 불안감이 엄습해 왔다. 방금 보았던 노부인의 시신이 오버랩되며 불길한 상상이 비집고 들어왔다. 나는 목을 가다듬고 다시 한 번 가족을 불렀다.

"여보 나야, 희선아 아빠 왔어."

떨리는 목소리에 희미한 절망감이 배어 있었다. 내심 나 스스로 최악의 상황을 상정하고 있었던 것일까. 평소라면 한 시간도 안 걸릴 거리였지만 오늘은 달랐다. 집에 오기까지 너무 오랜 시간이 걸렸고 그만큼 가족들은 위험에 방치되어 있었다. 무력감과 절망을 느끼며 다시 한 번 아내의 이름을 부르려는 순간, 굳게 닫혀 있던 현관문이 벌컥 열렸다.

"아빠!"

희선이었다. 아침에 보았을 때와 다름없이 말짱한 모습의 딸내미가 양팔을 펼치며 나에게 달려오고 있었다. 그리고 그 뒤로 현관에 기대어 서서 울먹이고 있는 아내의 모습이 보였다. 나는 딸아이를 안아주기 위해 몸을 숙이며 팔을 내밀었다. 어느새 눈에선 주책없는 눈물이 흘러내리고 있었다. 그때 정원 구석진 곳에서 튀어나오는 작은 덩어리가 보였다. 흰색과 갈색이 섞인 작은 털 뭉치 같은 물체, 그것은 초롱이었다.

"아악!"

자지러지는 비명과 함께 아이는 달려오던 힘을 주체 못하고 초롱이와 엉킨 채 넘어지고 말았다. 30cm도 안 되는 작은 덩치의 시추는 하얗게 변한 눈을 부라리며 그 짤막한 주둥이로 연신 아이를 공격하고 있었다. 나는 황급히 달려가 아이에게서 개를 떼어냈다. 뒷덜미를 잡힌 초롱이는 발버둥치며 사납게 짖어대고 있었다. 놀란 아내가 부리나케 달려와 아이를 다시 집으로 데려가는 사이 나는 철로 된 대문 사이에 초롱이의 목을 끼어 넣었다. 그리고 문이 다시 열려 모가지가 빠지지 않게 손으로 지탱하며 있는 힘껏 문을 걷어찼다. 세 번째 발길질에 초롱이의 목은 몸에서 떨어져 나왔다. 목이 달아난 초롱이의 몸은 몇 번인가 발작을 일으키더니 움직임을 멈추었다. 십대들에게 목이 잘린 비둘기처럼, 버스 안에서 보았던 여자의 애완견처럼. 나는 그대로 대문에 기댄 채 주저앉고 말았다. 어지러움과 함께 속이 메스꺼워 왔다. 꼭 쥔 주먹으로 철문을 두드려대며 고함을 내질렀다. 고함소리는 점차 통곡으로 바뀌었고 나중엔 흐느낌으로 변했다. 왜인지도 누구를 향한 것인지도 모를 분노를 나는 그렇게 내뱉었던 것 같다.

　붉은 비가 내린 지 일주일이 지났다. 또한 동물들이 죽었다 살아난 지 닷새가 흘렀다. 나는 현관 계단에 걸터앉아 건너 집 지붕 너머로 보이는 하늘을 바라보고 있다. 지평선 가까이 걸친 태양이 서서히 붉게 물들어 가고 있었다. 그날 이후 출근도 않고 거의 집에만 있었다. 어쩔 수 없이 밖에 나가야 할 때는 온 가족이 함께 이동했다. 그건 다른 사람들도 마찬가지였다. 이틀 전 들른 마트에서 본 가족 단위 손님들은 대부분 노인부터 코흘리개까지 함께 움직이고 있었다. 마트 한쪽에 있던 애완동물 코너는 슬그머니 사라졌고 반대로 정육 코너는 도축 날짜를 확인하며 사재기를 하는 사람들로 북적였다. 정부는 붉은 비에 노출되었거나 노출이 의심되는 짐승들을 전부 소각처리하고 있었다. 자연히 고기 값이 치솟을 거란 예상이 나왔고, 붉은 비가 내리기 전에 도축된 고기를 사기 위해 사람들이 몰리고 있었다. 비슷한 이유로 냉동식품이나 가공육 쪽도 물건을 내놓는 족족 불티나게 팔려나가고 있었다. 같은 날 오후엔 보건소에서 나왔다는 남자 둘이 집으로 찾아왔다. 이젠 진짜로 죽어 두 토막이 난 채 다시 검은 봉투에 담긴 초롱이를 수거해 가며 그들은 나를 칭찬했다.

　"제대로 처리하셨네요, 감염된 동물들은 목을 치는 게 가장 확실하죠. 플라스틱 백에 넣어 두신 것도 잘 하신 거고요. 혹시 가족 분들 중에 감염이 의심되는 사람은 없습니까?"

　"아니요, 비가 올 때 모두 실내에 있었어요. 동물들한테 물린 사람도 없고요."

나는 애서 태연한 척하며 거짓말을 늘어놓았다. 다행히도 그들은 내 말을 믿는 눈치였다. 방송에선 붉은 비 바이러스(정식 명칭은 아니었지만 다들 그렇게 부르고 있었다)가 인체엔 영향을 미치지 않으며 일부 동물들에게서만 발병한다고 했지만 그 말을 믿는 사람은 없었다.

인터넷에는 벌써 흉흉한 소문이 돌고 있었다. 붉은 비 바이러스에 감염되어 발병한 사람들이 있고 정부에서 혼란을 막기 위해 입막음을 하고 있다는 것이다. 방송을 통해 나오는 뉴스들이 수박 겉핥기식인 것이나, 동물들이 깨어나던 날 이후로 한동안 통신이 먹통이었던 것도 그 때문이라는 음모론도 나돌았다. 하얗게 변한 눈으로 알 수 없는 소리를 지껄이는 사람을 목격했다는 얘기도 있고, 화장터에서 감염된 사람들을 산채로 태운다는 소문도 있었다. 근처 야산에서 목이 잘린 시체가 발견되었는데 그 눈이 하얗게 변해 있었다는 말도 있었다. 그리고 만약에 감염된 사람과 마주치면 무조건 목을 치라는 인터넷 댓글도 보았다.

소문, 소문, 인터넷은 온통 잔인하고 끔찍한 소문들로 가득했다. 그런 얘기들이 사실인지 아닌지 확인할 길은 없었다. 하지만 중요한 건 그런 얘기를 진짜로 믿는 사람들이 있다는 점이었다. 나는 무르팍에 앉아 바비 인형을 가지고 놀고 있는 희선이를 내려다보았다. 딸아이의 팔뚝과 뺨에는 미키마우스가 그려진 반창고가 여기저기 붙어 있었다. 부상은 심하지 않았다. 시추의 작은 입으로 물어봤자 큰 상처를 주기는 힘들었고 아이가 계속 발버둥 쳤기에 제대로 물 기회도 없었다. 하지만 붉은 비에 감염된 녀석에게 물렸다는 사실은 변함이 없었다. 나는 딸아이를 품에 꼭 껴안았다. 작은 심장이 콩닥콩닥 뛰는 것이 느껴졌다. 초롱이에게 물린 지 닷새가 지났지만 아이에겐 아무런 증상도 없었다. 방송에서 말한 대로 붉은 비는 인간에겐 영향이 없는 것인지도 몰랐다. 서편으로 해가 지며 붉게 퍼져가는 노을을 바라보던 나는 아이를 안은 채 자리에서 일어났다. 어디선가 나타난 비구름이 노을을 집어삼키고 있었다.

"이제 들어가자, 비 올 거 같다."

"아빠 저거 봐, 구름이 빨개."

아이의 고사리 손이 가리키고 있는 하늘을 보았다. 딸의 말대로 서쪽 하늘에서 낮게 깔린 채 몰려오는 비구름은 붉게 물들어 있었다. 하지만 그건 노을 때문이 아니었다. 노을보다 훨씬 검붉은 색을 띤 구름은 마치 피로 물든 것 같았다. 멀리서 천둥소리가 들려왔다. 나는 서둘러 집 안으로 들어와 현관문을 굳게 걸어 잠갔다. 얼마 지나지 않아 굵은 빗방울이 유리창을 때리는 소리가 들렸다. 불안해하는 아이를 침대에 뉘이고 거실로 나왔다. 마당이 보이는 통유리로 된 창문 앞에 아내가 서 있었다. 조용히 다가가 뒤에서 아내의 어깨를 감싸 안았다. 가녀린 떨림이 손을 타고 전해졌다. 아내는 떨고 있었다. 나 역시 싸늘한 전율이 몸을 감싸오는 것을 느꼈다. 나는 유리창을 타고 뱀이 지나간 것 같은 흔적을 남기며 빗물이 흐르는 것을 보았다. 붉은 빛, 그것은 전보다 훨씬 더 붉은 빛이었다. 마치 하늘에서 핏물이 떨어져 집을 감싸고 흐르는 것만 같았다. 구름 사이에서 강렬한 불빛이 번쩍였다. 창문 가득 흘러내리는 빗물을 뚫고 들어온 번개 불빛은 순간적으로 집 안 전체를 붉게 물들였다. 곧이어 요란한 천둥이 이어졌다. 마

치 사나운 야수가 바로 옆에서 포효하고 있는 것 같은 착각에 아
내를 안고 있던 팔에 힘이 들어갔다. 하늘이 울부짖고 있었다. 그
것은 무지한 인간들을 향한 하늘의 일갈이었다. 첫 번째 붉은 비
가 내린 지 150시간이 지난 후였다.

전건우

1979년 출생. 경영학을 전공하였으나 글쓰는 일에 마음을 뺏겨 스무 살 언저리에서부터 온라인 상에 여러 글을 발표하였다. 2007년에 〈매드클럽〉과 인연이 닿아 공포 소설 창작에 매진하고 있다. 출근해서는 열심히 일을 하고, 퇴근해서는 매일 글을 쓰며, 밤에는 아내 손을 잡고 잔다. 아내가 엄지를 치켜세울 만큼 멋진 글을 쓰는 것을 목표로 하고 있다.

1. 사고

터널 안을 달린다. 하얀 소실점을 향해 속도를 높인다. 음악이 흘러나오고, 그녀가 따라 부른다. 무슨 노래였지? 오래 전에 해체된 혼성그룹이 부른 댄스곡. 제목에 바다가 들어간 것 말고는 기억나지 않는다. 하지만 그녀는 용케 따라 부르며 어깨를 들썩인다. 나는 묻는다.

"바다에 가는 게 그렇게 좋아?"

여전히 어깨를 들썩이며 그녀가 말한다.

"그럼! 봄 바다를 얼마나 보고 싶었는데."

나는 마음속으로 '봄 바다'라고 중얼거려 본다. 어딘가 이상하다.

"봄 바다는 뭔가 어중간하지 않아? 여름의 열기도, 그렇다고 가을이나 겨울의 운치도 없는데."

"어중간해서 좋아. 너처럼."

그녀의 말에 나는 설핏 미소를 짓는다. 그러고는 헛기침을 하며 짐짓 화난 투로 말한다.

"뭐라고? 내가 어중간하다고? 어딜 봐서!"

그녀의 웃음이 팝콘처럼 터지며 차 안을 가득 메운다. 박수까지 곁들이는 그녀는 정말로 즐거운 표정이다.

"농담이야! 농담. 운전이나 똑바로 해."

잘 익은 포도 알갱이처럼 싱그러운 목소리로 그녀가 말한다. 나도 따라 웃으며 슬쩍 그녀를 돌아본다. 부드럽게 처진 눈초리에 행복이 가득하다. 그녀의 얼굴을 향해 손을 뻗는다. 그 순간, 거대한 빛이 덮치며 눈앞이 하얘진다. 짐승의 울부짖음 같은 경적이 귀를 파고든다. 그리고 그녀가 내지른 한 줄기 비명…….

페이드아웃을 하듯 서서히 장면이 바뀐다. 눈부신 빛이 잦아들면 다시 터널 안이다. 차는 멈춰 있고 주위에는 연기가 자욱하다. 웅성거리는 소리가 벌 떼의 날갯짓 같다. 플레이어가 고장 났는지 CD가 계속 같은 구간을 반복하며 절규처럼 "바다" "바다" "바다"를 외친다. 그리고 앞 유리를 뚫고 남자 하나가 들어와 있다. 남자의 함몰된 머리에서 붉은 액체가 쏟아진다. 뇌의 어딘가가 터졌는지 좁쌀처럼 작고 하얀 알갱이가 끊임없이 흘러내린다. 오른쪽 눈썹 위부터 입까지 일자로 죽 찢어져 너덜거리는 피부가 마치 축제의 끝을 알리는 박수처럼 짝짝짝 소리를 내며 세차게 펄럭인다. 갑자기 안구가 툭하고 빠진다. 깊고 어두운 공백이 나를 응시한다. 창문을 뚫고 들어온 남자가 선명하고 또렷한 목소리로 말한다.

"잡았다. 낄낄낄."

눈을 떴다.

꿈이다. 소름끼치도록 생생한 꿈. 다시 눈을 감았지만 눈꺼풀 안쪽에 달라붙은 꿈의 잔영은 쉽사리 사라지지 않았다. 오히려 처참했던 사고 현장의 모습, 귀청을 찢을 듯이 울려대던 사이렌, 구조요원들의 악다구니, 그리고 남자의 입에서 풍기던 단내 같은 것들이 불과 몇 분전의 일처럼 선명하게 떠올랐다.

할 수 없이 침대에서 일어났다. 어둠이 살아있는 생물처럼 재빠르게 내 몸을 감쌌다. 소름이 돋은 팔을 쓸어내리며 침대 옆에 놓인 알람시계를 봤다. 새벽 2시 30분. 오늘도 어김없이 잠은 채 10분을 머물지 않고 어둠 속으로 사라져 버렸다. 알람시계의 초록빛 디지털 숫자가 2시 22분으로 변하는 순간까지 기억하고 있으니 결국 18분 정도도 못 잔 셈이다. 사고 이후로 지금까지 불면의 밤이 계속되고 있다. 잠은 예민한 고양이처럼 살금살금 다가와 이내 폴짝 사라진다.

물이라도 마실 요량으로 주방으로 향했다. 붉은 달빛이 거실 창문으로 들어와 냉장고 앞에서 날름거리고 있었다. 그 모습을 보자 사고 당시의 기억이 다시 떠올랐다. 창문을 뚫고 들어온 남자, 덤프트럭 운전사는 마지막 발작처럼 "잡았다"라는 말을 남기고 숨을 거뒀다. 굵고 빨간 혀를 쭉 빼놓고는. 하지만 남자의 몸에서 피가 뿜어져 나올 때마다 그 혀는 살아있기라도 하듯 꿈틀거렸고, 그것은 마치 저 불길해 보이는 달빛처럼 내 귓불을 자꾸만 핥았다. 그때를 떠올리자 뒤꿈치가 팽팽하게 당겨 왔다. 나는 의식적으로 큰 소리를 내며 냉장고 문을 열었다. 얼음을 몇 개 넣고 찬물을 붓는 손이 가볍게 떨렸다. '쩡'하는 얼음 갈라지는 소리가 이상할 정도로 크게 들렸다. 새벽 공기가, 서늘했다.

사고는 순식간에 일어났다. 그리고 모든 것을 앗아갔다. 한 달 전 그날, "마지막 가는 길에 길동무라도 만들겠다."는 유언을 남긴 덤프트럭 운전사가 고속도로에서 역주행을 하고 있다는 사실을 그녀와 나는 까맣게 몰랐다. 그 운전사가 바람난 부인과 내연남을 잔인하게 살해한 직후였다는 사실도 모르긴 마찬가지였다. 덤프트럭은 미친 짐승처럼 라이트를 깜박거리며 먹이를 찾아 터널로 진입했다. 그리고 우리 차를 향해 달려들었다. 그 순간 덤프트럭의 헤드라이트가 우리를 할퀴었다. 조심하라는 그녀의 외침, 정면으로 달려오는 덤프트럭, 그리고 미친 듯이 웃어대는 운전사⋯⋯.

엄청난 충격이 몸을 흔드는 순간 그 모든 장면이 산산이 부서졌다. 그리고 굉음과 함께 에어백이 터졌다. 덤프트럭에서 튕겨 나온 운전사가 앞 유리를 뚫고 들어온 것도 바로 그때였다. 운전사는 피부가 너덜거리고 머리가 터져나간 상태에서도 살아서 낄낄거렸다. 나는 에어백과 좌석 사이에 갇혀 꼼짝도 할 수 없었다. 간신히 고개를 돌려 그녀를 바라봤을 때 그녀는 피투성이가 되어 얕은 숨을 몰아쉬고 있었다. 나는 내 몸에서 유일하게 자유로운 부분, 오른 팔을 뻗어 그녀의 손을 꼭 잡았다. 구조대가 올 때

까지 그렇게 그녀의 손을 잡고 있었다. 서서히 식어가는 그녀의
손을.

컵을 내려놓고 아직도 그때의 감촉이 생생한 오른손을 물끄러
미 내려다봤다. 그러면서 지난 한 달 동안 나를 괴롭혔던 질문을
다시 한 번 던졌다.
'왜 나만 살아남았지?'
그 순간 왼쪽 귀 위에서부터 정수리까지 섬뜩한 고통이 찾아
왔다. 저절로 숨을 몰아쉴 만큼 급작스럽고 강렬한 두통이었다.
동시에 이상한 소리가 들리기 시작했다. 둔탁하면서도 예리하게
떨리는, 정체불명의 소리였다. 머리를 움켜쥐고 귀를 막아 봐도 소
용없었다. 극심한 고통에 나도 모르게 다리가 꺾였다. 자동차 바
퀴에 깔려 납작해진 개구리처럼 사지를 뻗고 바닥에 엎드렸다. 몇
분 정도 지났을까. 고통과 환청은 시작이 그랬던 것처럼 갑자기
사라졌다. 천천히 숨을 고른 후 바닥에서 몸을 일으켰다. 순간, 어
둠의 농도가 진해졌다는 느낌이 들었다. 방금 전보다 더 짙어진
어둠이 끈적끈적 달라붙었다. 특히 달빛이 닿지 않는 거실 구석
은 유달리 더 어두웠다. 마치 어둠보다도 훨씬 검은 무언가가 웅
크리고 있는 것 같았다. 벽을 더듬었다. 스위치는 쉽게 잡히지 않
았다. 한 뼘. 두 뼘. 이윽고 튀어나온 무언가가 손에 걸렸다.
내리치듯 스위치를 눌렀다. 번쩍하며 불이 켜졌다. 그때, 검은
그림자가 내 옆을 스치고 지나갔다. 순식간이었다. 화들짝 놀라
재빨리 몸을 돌렸다. 하지만 아무것도 없었다. 한 달 동안의 은둔
생활을 말해 주는 헝클어진 옷가지와 쓰레기만이 거실 바닥에

널브러져 있을 뿐이었다. 허탈감에 다리가 풀리며 미끄러지듯 주저앉았다. 불면, 때문일 것이다. 두통이나 환청, 그리고 헛것이 보이는 것도 죄다 이 지긋지긋한 불면 때문일 것이다. 어쨌든 잠을 자야 한다. 잠을 자지 못하는 시간이 늘어나면서 혼자만 살아있다는 사실이 더욱 끔찍해졌다.

날이 밝으면 병원에 가서 수면제를 받아와야겠다는 생각을 하며 힘들게 자리에서 일어났다. 사고 이후로는 그때의 아픈 기억들, 예를 들면 코를 찌를 듯 풍기는 소독약 냄새와 피투성이가 된 그녀의 몸, 그리고 영안실의 서늘함 등이 떠올라서 의식적으로 병원을 피했다. 하지만 더 이상 견딜 수가 없었다. 이대로 불면이 계속된다면 나는 미쳐버릴 것이다.

나는 다시 한 번 거실을 휘둘러본 후 불을 끄기 위해 스위치에 손을 올렸다. 그 순간 무언가가 이상하다는 사실을 깨달았다. 내 시야의 삼분의 일, 그러니까 양쪽 눈의 끝부분이 마치 검은 막이라도 들이운 듯 보이지 않았다. 몇 번이나 눈을 비벼 봐도 마찬가지였다. 검은 '공백'은 사라지지 않았다. 어둠이 진해진 것이 아니라 내 눈이 이상해진 것이다.

뜬 눈으로 밤을 새고 병원을 찾았다. 사고가 났을 때 입원했던 병원이었다. 한 달 만에 맛보는 바깥 공기는 제법 상쾌했다. 봄에서 여름으로 기울기 시작한 햇살은 따뜻했다. 하지만 시야를 가로막는 검은 공백은 여전했다. 아니, 오히려 새벽보다 더 심해진 것 같았다. 양옆을 보기 위해서는 고개를 90도 이상 돌려야 할 정도였다. 외관상 눈에는 아무 이상도 없었다. 아프지도 않았다. 그렇지만 화선지에 떨어진 먹물이 서서히 번져나가듯이 그 검은 부분, 실명의 범위가 점점 넓어지고 있다는 사실이 꺼림칙했다. 집을 나서기 전 인터넷에서 찾아보니 비슷한 증상이 많았다. 사고 후 악몽과 불안에 시달리며 불면증이나 과민반응을 보이기도 한다는 '외상 후 스트레스 장애.' 심하면 일시적으로 신체적 장애도 겪을 수 있다는 말이 작은 위로가 되었다. 그래서 신경정신과를 택했다.

진료실은 한 달 전과 별반 달라진 게 없었다. 하늘색 블라인드, 부드러운 분위기를 더하는 푹신한 소파, 그리고 은은한 음악. 곡명은 생각나지 않지만 한 달 전에 들었던 바로 그 연주곡이었다. 나이 지긋한 의사도 그대로였다. 묵묵히 차트를 들여다보던 의사가 나를 알아보고는 웃으며 물었다.

"어서 오세요. 잠이 안 온다고요? 얼마나 됐습니까? 불면을 앓은 게."

"사고 난 후부터니까, 한 달 정도 됐어요."

의사가 고개를 끄덕였다.

"끔찍한 사고였지요. 좀 어떻습니까? 사고 후유증 같은 건……."

"두통이 좀 있어요. 이상한 소리도 들리고. 그리고 눈도 침침한 것 같고……."

"한 달 전 MRI 검사 땐 아무 이상 없었죠?"

"네."

"그럼 너무 걱정하지 마세요. 외상 후 스트레스 장애일 겁니다.

불면증도 그래서일 가능성이 높고요. 일단 몇 가지 간단한 검사를 해 보죠. 아니면 혹시 다른 이유라도 있나요? 본인이 생각하는 잠 못 자는 이유."

"저…… 그게."

"네. 말씀하세요."

나는 한참을 주저하다가 말을 이었다.

"잠을 못 자는 가장 큰 이유가 있어요. 꿈…… 꿈 때문인데요, 죽은 여자 친구가 계속 꿈에 나타나서……."

'죽은 여자 친구'라는 말이 생각보다 쉽게 나와 스스로도 놀랐다. 한 달 전, 나는 '죽은 여자 친구'의 영정 앞에서 미친 듯이 울부짖다 정신을 잃었다. 그리고 깨어보니 바로 이곳 신경정신과 진료실이었다.

내 말이 끝나자 의사는 작은 한숨을 쉬며 "쯧쯧쯧." 혀를 찼다. 그러고는 말했다.

"저런! 최근에 여자 친구가 돌아가셨나 보군요? 사고도 당하고 여자 친구도 잃고 나쁜 일이 겹쳤네요."

"네?"

순간 내 귀를 의심했다. 무슨 말을 하는 거지? 의사는 마치 내가 당한 교통사고와 여자 친구의 죽음이 별개의 사건인 것처럼 이야기하고 있었다. 나를 잊었거나 아니면 뭔가 큰 착각을 하고 있는 것 같았다. 하지만 한 달 전에 진료한 환자, 그것도 뉴스에 대서특필 됐던 사고의 생존자를 잊는다는 건 쉽사리 이해할 수 없는 일이었다. 내가 신경정신과에서 눈을 떴을 때, 의사가 연민에 가득 찬 표정으로 해 줬던 말을 아직도 생생하게 기억하고 있다. 여자 친구 일은 안타깝지만 시간이 해결해 줄 거라던 그 말. 마치 친아버지처럼 자상하던 그 목소리. 그런데 의사는 지금 전혀 다른 소리를 하고 있는 것이다.

"지인의 죽음은 굉장한 스트레스가 되기 때문에 불면증을 야기할 수도……"

"잠깐만요!"

나는 의사의 말을 가로막았다.

"혹시 차트가 바뀐 거 아닙니까?"

의사가 살짝 이맛살을 찌푸리더니 차트를 내려다봤다.

"선우, 이선우 씨 맞으시죠? 기억합니다. 한 달 전에도 교통사고 후유증으로 진료를 받으셨지 않습니까? 그 왜 미친 덤프트럭 운전사라고 신문에 실렸던……."

의사는 사건을 똑똑히 기억하고 있었다. 그런데 어째서?

"네 맞아요. 한 달 전에도 이 병원에 왔었죠. 교통사고로. 저는 의사 선생님들도 기적이라고 할 정도로 멀쩡했지만 제 여자 친구가 죽었잖아요! 기억나시죠?"

의사의 얼굴이 굳어졌다. 미간을 찌푸리며 한참 나를 바라보던 의사가 고개를 갸우뚱하며 말했다.

"이선우 씨는 기억하는데 여자 친구 얘기는 금시초문입니다만……."

갑자기 짜증이 밀려왔다. 순간, 날선 고통이 왼쪽 머리를 스쳤다.

"헉!"

갑자기 찾아온 두통에 숨이 멈출 것만 같았다. 의사가 놀라서 벌떡 일어났다.

"괜찮으세요?"

뭉텅. 낙지발이 잘려나가듯 정신이 아득했다. 하지만 예리한 두통도 속에서부터 끓어오르는 화를 잘라내지는 못했다.

"제가 여자 친구 장례식장에서 기절해서 이곳으로 왔잖아요. 그때 의사 선생님이 과도한 스트레스다 뭐다 했고!"

의사는 적잖이 당황한 표정이었다. 앞뒤로 빠르게 차트를 넘기더니 한 곳을 펴서 내 눈 앞으로 내밀었다. 그러고는 손가락으로 몇 줄을 짚어 보였다.

"이선우 씨! 진정하시고 이 차트를 좀 보세요. 그날 이선우 씨는 사고를 당한 후에 저희 병원으로 후송돼 왔고, 외과에서 여러 검사를 했는데 이상 없음이었죠? 그래서 외과에서 우리 신경정신과로 올려 보냈잖습니까. 사고 후에 횡설수설하고 있어서 혹시 정신적인 충격을 받은 건 아닌가 살펴보라고."

"뭐라고요? 지금 무슨 말씀을……. 여자 친구 장례식까지 치렀다니까요, 이 병원에서!"

"여자 친구는 없었어요! 적어도 이선우 씨가 당했던 그 교통사고에서는."

의사는 단호했다. 미칠 노릇이었다. 의사가 거짓말을 하고 있는 것 같지는 않았다. 자기도 이상하고 답답하다는 표정이었다. 나는 더 말해 봐야 소용없다는 걸 깨닫고 힘없이 자리에서 일어났다.

"이선우 씨. 검사를 더 받아 봅시다. 지금 상태가 안 좋아……"

"됐습니다."

나는 의사의 말을 잘랐다. 두통이 심해졌다. 왼손으로 머리를 움켜쥐고 진료실을 나왔다.

"이선우 씨. 이선우 씨."

의사가 계속해서 불렀지만 서둘러 복도로 나왔다. 엘리베이터는 내가 있는 3층을 지나 막 4층으로 향하는 중이었다. 다시 내려오려면 한참을 기다려야 할 판이었다. 나는 비상계단으로 향했다. 두통 때문에 걸음을 옮기기가 힘들었지만 우두커니 기다리면 안 된다는 생각, 일분이라도 빨리 병원을 빠져나가야 한다는 생각이 머릿속을 스쳤다. 아무리 생각해도 석연치 않았다. 어떻게 된 일인지 영문을 알 수 없었다. 벽을 짚으며 비틀비틀 내려가는 동안 여러 가지 가능성을 떠올려봤지만 어느 것 하나 들어맞지 않았다. 그때 뒤쪽에서 따가운 시선이 느껴졌다. 재빨리 고개를 돌렸다. 누군가가 4층 층계참에서 내려다보고 있다가 획 사라지는 게 보였다. 나는 급히 달려 올라갔다. 하지만 아무도 없었다. 정적만이 감돌뿐이었다. 몸을 돌려서 내려가려는 찰나, 그 정적이 깨졌다. 환청. 간밤 나를 찾아왔던 그 환청이 다시 찾아온 것이다. 정체를 알 수 없는 소리가 귀를 꿰뚫고 머리를 울렸다.

"뜨, 뜨, 뜨, 뜨, 뜨, 뜨."

그리고 나는 분명히 들었다. 그 정체불명의 소리 뒤에 희미하게 이어지는 흐느낌을.

2. 상실

공원이다.

어딘가에서 불꽃놀이가 펼쳐지는지 펑 하는 소리가 들릴 때마다 밤하늘이 반짝인다. 그녀는 불꽃을 보며 연신 웃는다. 보는 것만으로도 행복해지는 웃음이다. 또다시 펑. 그녀가 지금 막 하트 모양 불꽃이 피어난 밤하늘을 가리킨다. 그녀의 손가락에 끼워진 반지. 바로 몇 분 전 내가 선물했다. 결혼해 달라는 말과 함께.

그녀는 웃는다. 모든 여자들 중에서 최고로 예쁜 웃음이라고 나는 생각한다. 그녀의 웃음은 인간이 지을 수 있는 가장 아름다운 형태의 표정이다. 그녀의 웃음을 볼 수 있다면 평생이라도 광대로 살아가리라 마음먹는다. 조용히 그녀의 어깨 위에 손을 올려놓는다. 풍선처럼 가슴이 부푼다. 팔에 힘을 주어 그녀를 조금 끌어당긴다. 그녀의 입술을 향해 서서히 얼굴을 가져간다. 그때, 펑하는 소리와 함께 엄청난 섬광이 덮친다. 눈이 부셔 아무것도 보이지 않는다. 그리고 어느새 섬광은 사라지고 사방이 암흑에 휩싸인다. 어떤 기척도 느낄 수 없다. 앞뒤를 분간하기도 힘들다. 일순 머리가 어지럽다. 사방이 빙그르 돈다. 깜깜한 어둠 속에서 나는 의지할 것을 찾아 손을 뻗는다. 팔을 휘두르다가 옆에 있는 그녀를 끌어안는다. 서서히 어둠에 적응하며 희미하게 사물이 보이기 시작한다. 나는 그녀를 돌아본다. 어둠 속에서 두려움에 떨고 있을 그녀를 돌아본다. 하지만 그녀는 더 이상 그녀가 아니다. 시체. 코가 떨어져나가고, 광대뼈가 함몰되고, 얼굴이 삼분의 일이나 잘려나간 시체. 악취가 코를 찌른다. 두려움에 꼼짝도 할 수 없다. 그녀가, 천천히 입을 연다. 몇 마디를 하지만 알아들을 수 없다. 나는 온몸을 떨며 그녀에게로 귀를 가져간다. 그녀의 차가운 입김이 느껴진다. 갈라지는 목소리로 그녀가 말한다.

"네가 죽었어야 했는데."

"으아아악!"

비명을 지르며 깼다. 컴퓨터 앞이었다. 등과 목덜미가 식은땀으로 축축했다. 깊게 심호흡을 하면서 마음을 가라앉혔다. 어느 정도 진정이 되자 모니터의 시계가 막 12시 50분으로 넘어가는 게 보였다. 또 선잠을 잔 것이다. 모니터에는 잠들기 전까지 검색하던 신문기사가 떠 있었다. 나는 눈을 비비며 다시 한 번 기사를 읽었다.

2007년 5월 21일 오전 10시 10분경 영동 고속도로 하행선을 덤프트럭 한 대가 역주행 했다. 운전자는 장모씨(43세). 무려 40분 동안 계속된 광란의 질주는 끝내 비참한 사고로 막을 내렸다. 같은 날 10시 50분경 터널 안에서 장씨의 덤프트럭과 라세티 승용차가 추돌한 것이다. 경찰은 장씨가 부인과 내연남을 죽인 뒤 충동적으로 사고를 낸 것으로 보고 주변 인물들의 증언을 토대로 역주행을 한 정확한 원인을 밝히는데 총력을 기울이고 있다. 한편 이 사고로 덤프트럭 운전사인 장씨가 그 자리에서 숨졌고, 승용차 운전사 이모씨는 가벼운 찰과상을 입었다.

어디에도 그녀에 대한 이야기는 없었다. 몇 번을 읽어봐도 마찬가지였다.

어제 아침, 신경정신과 의사가 그녀를 기억하지 못할 때만 해도 그저 단순한 착각이라고 생각했다. 하지만 그게 아니었다. 고민 끝에 뒤이어 찾아간 외과에서도 마찬가지였다. 사고 당시의 담당 의사를 만났지만 똑같은 말만 되풀이 했다.

"몇 번을 말씀드려야겠어요? 그 트럭 기사하고 아저씨뿐이었다니까요. 구급차 두 대에 나란히 실려 왔는데 그걸 잊겠어요? 좌우지간 여자는 없었어요!"

모든 것이 혼란스러웠다. 의사 두 명이 동시에 미치지 않고서는 일어날 리 만무한 일들이 정말로 일어났다. 애초에 그녀라는 사람은 없었다는 듯 말하는 의사들의 딱딱한 표정을 떠올리니 두렵기까지 했다. 설명할 수는 없지만 분명 무언가가 잘못되고 있었다. 두 눈을 덮어오는 검은색처럼 불안과 공포가 서서히 내면을 잠식해 들어왔다. 두 사람의 완벽한 망각은 그만큼 충격적이었다. 두 사람은 마치 칼로 파낸 것처럼 그녀에 대한 기억만을 잊고 있었다. 어떻게 하면 한 사람에 대한 기억을 그토록 철저하게 잊을 수 있을까?

병원 로비를 걸어 나오면서, 문득 그녀의 장례식을 치른 병원 장례식장이라면 기록이 남아 있지 않을까 하는 생각이 들어서 찾아갔지만 아쉽게도 보수 공사 중이었다. 하지만 굳게 닫힌 장례식장 문을 보며, 만약 문이 열려 있었다고 해도 병원에서와 똑같은 대답을 들었을 것 같다는 불길한 느낌이 들었다. 서둘러 병원을 빠져나왔지만 누군가가 감시하는 것 같은 느낌 때문에 내 신경은 극도로 예민해졌다. 비상계단에서 그랬던 것처럼 누군가가 나를 미행하는 것 같아 수시로 주위를 살폈다. 그때마다 양쪽 눈의 끝, 막을 친 듯 검게 가려진 그 부분으로 검은 형체가 지나갔다. 재빨리 몸을 돌렸지만, 언제나 이미 사라진 뒤였다.

눈이 이상해서인지 몸을 가누기가 힘들었다. 하지만 미행이 있을지도 모른다는 생각에 바로 집으로 향하기가 두려웠다. 그래서 버스와 지하철을 번갈아 타면서 복잡한 곳만 골라 돌아다녔다. 정처 없이 거리를 걷는 동안 여러 가지로 생각을 정리해 봤지만 도무지 이해할 수 없는 일투성이였다. 왜 그녀의 죽음을 아무도 모르는가? 도대체 병원에서 무슨 일이 있었는가? 의문은 꼬리에 꼬리를 물고 일어났다. 그렇게 하다가 저녁이 되어서야 집으로 돌아왔고, 바로 컴퓨터를 켜고 검색을 시작했던 것이다.

나는 컴퓨터 앞에서 머리를 움켜쥐고 한동안 일어나지 못했다. 너무나 큰 충격에 정신을 차릴 수가 없었다. 신문 기사에도 그녀에 대한 이야기가 없다는 것은 무슨 뜻일까? 누군가의 악의적인 장난일까? 하지만 장난이라면 인터넷에 올라와 있는 신문 기사는 어떻게 조작했을까? 무슨 이유로 장난을 치는 걸까? 아무리 생각해 봐도 결론이 나지 않았다. 수많은 물음표들이 갈고리가 되어 불안과 공포를 끄집어냈다. 나는 멍하니 모니터를 바라봤다. 그 순간 끔찍한 사실 하나를 깨달았다.

없었다.

그녀의 아이디가 없었다. 컴퓨터를 켜면 자동으로 로그인 되는 메신저 프로그램. 거기에 그녀의 아이디가 사라진 것이다! 그녀와 나는 종종 메신저로 대화를 했었기에 그녀의 아이디는 항상 친구 리스트 맨 위를 차지했었다. 하지만 지금은 공백이었다. '오프라인' 상태가 아니라 아예 아이디가 사라졌다. 한 달 만에 컴퓨터를 켜 놓고도 기사 검색을 하느라 정신이 팔려 이제야 발견한 것이다. 불안했다. 떨리는 손으로 인터넷 주소창에 내 블로그 주소를 입력했다. 몇 초 후, 블로그 메인 화면이 떴을 때, 나는 내 불안이 적중했음을 깨달았다. 메인에 올려놓은 사진, 분명 그녀와 함께 찍었던 사진 속에 그녀는 없었다. 대신 나 혼자 허공에 대고 어깨동무를 한 채 활짝 웃고 있을 뿐이었다. 다른 사진들도 마찬가지였다.

모든 사진 속에서, 그녀가 사라진 것이다.

그녀만을 오려낸 듯 부자연스럽고 어색한 사진을 바라보며 나는 두려움에 떨었다. 뾰족한 바늘이 피부를 뚫고 몸 안으로 들어가 혈액을 타고 구석구석 찔러대는 것처럼 공포심이 사지를 헤집었다. 이제야 나는 단순한 실수나 악의적인 장난이 아님을 깨달았다. 무언가, 내가 알지 못하는 끔찍하고도 두려운 일이 벌어진 것이다. 일단 경찰에 알려야 한다. 그날의 사고를 담당했던 경찰을 만나서 자초지종을 이야기하고 도움을 구해야 한다. 내가 그런 생각들을 하고 있을 때, 컴퓨터 모니터에 뭔가가 비쳤다. 뒤쪽 창문으로 누군가 들여다보고 있는 모습이었다. 고개를 돌리자 누군가의 얼굴이 빠르게 사라졌다. 창가로 달려가서 창문을 활짝 열었다. 그러고는 고개를 빼서 이리저리 둘러보았다. 그러나 18층으로 불어오는 바람만이 얼굴을 때릴 뿐이었다. 나는 그 형체가 묘하게 낯이 익다는 생각을 하며 창문을 닫았다.

날이 밝았다. 밤새 두통과 환청에 시달리다가 새벽 무렵에야 조금 잠잠해졌다. 하지만 머리가 무거웠다. 피곤이 몰려와서 그런지 팔다리도 움직이기 힘들었다. 그래도 주섬주섬 옷을 챙겨 입고 길을 나섰다. 비틀거리며 공중전화부터 찾은 나는 동훈에게 전화를 걸었다. 핸드폰은 사고가 났을 때 부서져버렸다. 유일하게 외우는 번호는 가장 친한 친구이자 그녀와도 잘 아는 동훈밖에 없었다. 신호음이 떨어지는 동안 흐릿한 하늘을 올려다봤다. 역시, 절반 정도밖에 보이지 않았다. 누군가 내 눈에 검은색 커튼을 쳐 놓고 매일매일 조금씩 닫고 있는 느낌이었다. 겁이 났지만 당장은 주위에서 일어나고 있는 이상한 일을 해결하는 게 급선무라는 생각이 들었다. 왠지 그 일들을 해결하고 나면 두통과 환청, 그리고 점점 가려지는 시야도 말끔히 나을 것만 같았다. 동훈은 한참만에야 전화를 받았다. 아직 잠이 덜 깬 목소리였다.

"여보세요?"

"나야."

"선우? 야 인마! 어떻게 된 거야? 그동안 연락도 없고."

"사고 때 핸드폰이 고장 나 버렸어. 한 달 동안 집에만 틀어박혀 있었다."

"그건 그렇고, 어때? 몸은 괜찮아? 후유증은 없어?"

"응. 괜찮은 것 같은데, 그건 둘째 치고 너 내 여자 친구 알지?"

"여자 친구? 알지."

다행이었다. 갑자기 모든 것이 환해진 느낌이었다. 역시 무언가 착오가 있었던 것이다! 나는 들뜬 목소리로 동훈에게 물었다.

"정말 아는 거지? 응?"

"안다니까 그러네. 그런데 여자 친구 누구? 미선이? 현진이? 갑자기 옛날 여자 친구들 얘기는 왜 꺼내?"

"뭐? 너 무슨 소릴 하는 거야? 나영이 몰라? 나영이! 이번에 사고로 죽었잖아. 네가 장례식장까지 따라왔잖아."

"……."

녀석은 말이 없었다. 더불어 내 머릿속도 어지러웠다. 동훈은 그녀와 나에게 가족과 같았다. 부모는커녕 일가친척도 없는 천애 고아인 그녀, 그리고 부모님의 이혼으로 어려서부터 혼자 살았던 나에게 동훈은 때로는 형이나 오빠처럼, 또 때로는 귀여운 동생처럼 살가운 존재였다. 찾는 이가 없어 쓸쓸했던 그녀의 장례식 때도 동훈이 와서 얼마나 신경을 써 주었던가. 그런데 그런 녀석이 나영이를 기억하지 못한다고 말하고 있다. 나는 소리쳤다.

"정말 기억 안 나? 나영이랑 나랑 결혼하면 좋겠다고 네가 말했잖아, 또……."

"이선우."

"응?"

"너 괜찮은 거 확실해? 내가 너희 집으로 갈까?"

"……."

이번에는 내 쪽에서 말문이 막혔다. 녀석은 지금 내가 미쳤다고 생각하고 있는 걸까? 머릿속에서 형형색색의 실타래들이 마구 엉켜갔다.

"너 사고 때문에 조금 이상해진 것 같아. 같이 가 보자, 병원."

말없이 수화기를 내려놓았다. 어지러웠다. 역한 구토감이 몰려왔다. 팔에 힘이 풀리며 쥐고 있던 동전 몇 개가 바닥으로 떨어졌다. 딱따구리가 나무를 쪼는 것처럼 왼쪽 머리가 쪼개질 듯 아팠다. 다시 시작된 두통 뒤로 어김없이 환청이 따라왔다.

"뜨, 뜨,

뜨, 뜨, 뜨, 뜨, 뜨, 뜨, 뜨, 뜨, 뜨, 뜨, 뜨"

귀를 후벼 파고 싶을 정도로 심한 환청에 몸을 가눌 수가 없었다. 간신히 비척대며 공중전화 부스를 빠져 나왔다. 경찰서는 다음으로 미루고 일단 집으로 가야겠다는 생각을 하며 쓰러질 듯 걷는 동안에도 떨어진 동전 하나가 공중전화 부스를 벗어나 데구르르 구르는 게 보였다. 동전은 한참을 굴러가다가 어떤 남자의 구두에 부딪혀 넘어졌다. 쓰러질 듯 몸을 굽혔던 나는 천천히 얼굴을 들어 구두의 주인, 그 남자를 올려다봤다. 그러나 남자는 몸을 돌려 도망치듯 사라져버렸다. 바로 그 남자였다. 지금껏 나를 감시하고 있는 그 남자! 쫓아가고 싶었지만 몸을 가눌 수 없었다. 두통은 더 심해졌다. 나는 사라져가는 남자의 뒷모습을 보며 다시 한 번, 낯이 익다는 생각을 했다.

순간, 눈앞의 검은 공백이 조금 더 짙어졌다.

3. 기억

손. 길고 가느다란, 그녀의 손이다. 그녀의 손이 내 넥타이를 만진다. 먼지를 털어낸다. 그러고는 말한다.

"떨리면 이 말만 기억해. 나를 사랑하는 나영이가 있다, 나영이가 있다."

"뭐야? 무슨 주문 같잖아?"

"주문이야. 사랑의 주문. 파워 오브 러브라고나 할까?"

"이것 보세요, 순진한 아가씨! 오늘 내가 면접 보는 곳은 사랑의 힘 정도로는 턱도 없네요."

"흥. 파워 오브 러브가 통하지 않는 곳은 없어."

그녀는 만화 주인공처럼 팔을 엑스자로 교차시키며 짐짓 비장한 표정으로 말한다. 그러고는 환하게 웃는다. 나는 그런 그녀를 살며시 끌어안는다.

"알겠어. 파워 오브 러브, 아니, 나를 사랑하는 나영이가 있다지?"

"그래. 절대 나영이야. 다른 여자 이름 넣으면 안 돼!"

"하하하. 알겠다, 알겠어. 근데, 너 내가 이 회사 떨어져서 백수로 계속 지내면 나 안 만나 줄 거지?"

"그럼 나도 백조 돼서 같이 동물원에서 지내면 되겠네. 넌 사자우리, 난 백조의 호수."

"뭐? 하하하."

그녀의 맑은 웃음소리가 가슴을 뛰게 만든다. 그녀를 안은 두 팔에 조금 더 힘을 준다. 그녀가 팔로 내 허리를 감는다. 포근하다. 그 순간 갑자기 어둠이 닥친다. 어느새 어둠 속에는 나 혼자다. 그때 무언가 다가온다. 하지만 나는 볼 수 없다. 그것이 버적버적 다가온다. 조여 온다. 차가운 감촉이 팔뚝을 거쳐 서서히 얼굴 쪽으로 전해진다. 이내 차갑고, 가늘고, 긴 무언가가 얼굴을 더듬으며 지렁이처럼 꿈틀거린다. 그것은 내 시야가 가린 곳, 그 검은 공백 한 가운데 서 있다. 내가 볼 수 없는 그곳에서 그것이 가만히 속삭인다.

"이제 끝났어."

번뜩 정신을 차렸다. 침대 위였다. 온몸이 땀으로 젖었다. 꿈속에서 얼굴을 더듬던 그것의 느낌이 너무나 강렬해서 깨고 난 후에도 얼굴 근처가 근질근질했다. 나는 심호흡을 크게 한 다음 살며시 눈을 뜨려했다. 그러나 그때 누군가 내 왼쪽 옆에 앉아 있다는 느낌이 들었다. 나는 돌아보지 못하고 다시 눈을 질끈 감았다. 두려움으로 가슴이 터질 것 같았다. 얼마나 지났을까? 신경이 끊어질 듯 날카로운 침묵의 시간을 견디다 못한 내가 가만히 눈을 떴다. 하지만 눈 가장자리에 드리워진 검은 막 때문에 고개를 돌리지 않고는 왼편에 앉아 있는 '그것'을 볼 수 없었다. 나는 최대한 조용히, 그리고 조금씩 고개를 돌렸다. 긴장으로 입이 타 들어갔다. 1센티미터씩, 1센티미터씩, '그것'이 눈치 채지 못하게 서서히 왼편으로 고개를 돌렸다. 드디어 왼편에 앉아 있는 '그것'이 눈에 들어왔다.

그녀였다!

그녀가 내 옆에 앉아 조용히 울고 있었다. 어두운 침실에 앉아 있는 그녀는 마치 살아있는 것처럼 생생했다. 그녀의 흐느낌이 침실 전체에 나지막하게 울리고 있었다. 나는 아무리 애를 써봐도 손가락 하나 까딱할 수 없었다. 방금 전까지 움직였던 고개도 왼편으로 딱 고정이 된 듯 움직여지지 않았다. 울음이 터져 나왔다. 그녀가, 내가 사랑하는 그녀가 지금 내 앞에 있는데 난 아무것도 할 수 없었다.

그렇게 한 10분쯤 지났을까, 가만히 앉아서 한참을 울던 그녀는 안개가 흩어지듯 스르르 사라져 버렸다. 그제야 나는 움직일 수 있었다. 재빨리 일어나서 주위를 둘러보았지만 어디에도 그녀의 흔적은 없었다. 하지만 분명 꿈은 아니었다. 그녀는 실재했다. 만져볼 순 없었지만 그녀의 울음소리는 내 고막을 자극했고 그녀가 앉았던 침대도 그녀의 무게만큼 들어가 있었지 않은가. 나는 쉴 새 없이 울면서 중얼거렸다.

"어떻게 된 일이니? 응? 나영아. 어떻게 된 일이야?"

밤은 길었다. 울다가 쓰러져도 잠을 잘 수는 없었다. 그래서 더 길게만 느껴지는 밤을 보내는 동안 생각을 정리했다. 여러 가지 정황으로 미루어 경찰에서도 똑같은 대답, 그녀는 애초에 존재하지 않았고 사고 현장에도 나 혼자뿐이었다는 바로 그 대답을 들을 확률이 높았다. 동훈마저 그녀를 까맣게 잊었는데, 아니 아예 그녀의 존재조차 인식하지 못하는데 경찰들이라고 다를 리 만무했다. 그 누구도 그녀를 기억하지 못한다는 사실은 이제 명백하다. 그러나 그녀는 존재했다. 나는 분명 그녀를 알고 있고, 그녀와 함께 지냈으며, 그녀와 함께 사고를 당했고, 그녀의 죽음에 슬퍼했다. 그리고 오늘 본 그녀의 모습을 통해 한 가지 사실이 더 분명해졌다. 그녀에게 무슨 일이 생겼다는 것. 그녀는 지금, 울음으로밖에 도움을 구할 수 없는 어떤 상황에 처해 있는 게 분명했다. 그렇게 찬찬히 상황 정리를 하다 보니 자연스레 이 일이 초자연적인 것과 연관이 있다고 생각하게 되었다. 급작스러웠던 사고, 그녀의 죽음, 한 달 동안의 불면, 그녀를 기억하지 못하는 사람들, 그리고 나를 감시하는 남자. 모든 것이 상식적으로는 설명할 수 없는 일들이었다. 그래서 인터넷으로 여러 가지를 검색했다. 덕분에 '사라진 사람들의 모임'이라는 인터넷 카페를 알게 되었다. 그곳에는 나와 비슷한 일을 겪은 사람이 많았다. 그 중에서도 '구도자'라는 닉네임을 쓰는 사람의 글이 유독 눈에 들어왔다. "인간의 기억은 과연 믿을 만한가? 절대 조작될 수 없다고 자신할 수 있는가?"라는 날카로운 질문으로 시작되는 '구도자'의 글은 사고와 실종, 그리고 기억 조작에 대해서 다루고 있었다. 흥미가 생긴 나는 만날 것을 제안하는 쪽지를 보냈고, '구도자'도 마침 인터넷에 접속해 있었던지 얼마 안 있어 답장이 날아왔다.

'오전 10시 종로1가 만다린 커피숍. 미행을 조심할 것.'

"종로1가 만다린 커피숍……."

나는 가만히 중얼거렸다. 머릿속은 여전히 뒤죽박죽 엉망이었지만 어둠 속에서 홀로 켜진 등불처럼 '나영'이란 두 글자만은 환하게 빛났다. 나는 결심을 굳혔다. 일단 뭔가 해 보기로. 그러고는 정말로 주문이라도 외우듯 계속해서 되뇌었다.

"나를 사랑하는 나영이가 있다."

"나를 사랑하는 나영이가……."

"나를 사랑하는……."

그렇게 날이 밝았다.

"그러니까, 당신은 기억하는데 다른 사람들은 전혀 모른다?"

구도자는 머리가 벗어진 초로의 남자였다. 생각하던 이미지와는 많이 달랐다. 불안한 듯 연신 굴려대는 눈동자와 허름한 옷차림, 그리고 몸에서 풍기는 고린내 때문에 미덥지 않아 보였다.

"네. 구도자 님이 쓰신 글과 비슷하죠?"

"그렇군! 비슷해. 분명 그들의 짓이야!"

"그들……이라면?"

"어둠의 존재들이지. 어둠에 기생하고 어둠을 먹고 사는 존재들. 혹자는 귀신이라고 하고, 또 혹자는 외계인이라고도 하지. 정확한 이름은 몰라. 하지만 그들은 우리 인간들을 끊임없이 납치하지."

실망스러웠다. 나는 이번 사건에 논리적인 모순이 가득하다는 결론을 내렸다. 만약 내가 정말로 미친 거라면 그토록 광범위하고 체계적인 상상을 할 수 있을까? 대답은 '아니요'다. 물론 나 이외의 모든 사람이 동시에 기억을 잃었거나 미쳤을 가능성도 배재할 순 없지만 상대적으로 희박하다. 그렇다면 한 가지 남은 가능성은 모종의 음모가 있었을지도 모른다는 가설이다. 영화나 만화에서나 나올 법한 황당한 설정이지만, 간밤에 나영이의 유체인지 영혼인지 모를 무언가가 나타난 점과 더불어 누군가 나를 감시하고 있다는 느낌까지, 음모에 대한 혐의를 지울 수 없다. 음모라면 과연 누가? 무슨 이유로? 아무리 생각해 봤지만 해답을 찾지 못했고, 그 해답을 구도자에게서 얻을 수 있지 않을까 내심 기대를 했었던 터였다. 하지만 막상 귀신이니 외계인이니 하는 소리를 들으니 맥이 풀렸다. 그래도 한 가닥 희망을 걸고 다시 물었다.

"그런 것들이 진짜로 있습니까?"

"있지! 나도 어둠의 존재들에게 납치 됐던 적이 있는 걸."

"정말입니까? 좀 차근차근 설명해 주세요."

"그때가 80년대였지. 난 대학에서 물리학을 전공하던 교수였는데, 어느 날 밤 '그들'이 나를 납치했어. 연구실 안으로 강한 빛이 들어오는가 싶더니만 나는 곧 정신을 잃었고 깨어보니 온통 어둠으로 덮인 곳이더군."

"그래서요?"

"그래서긴 뭘 그래서야. '그들'은 나에게 이것저것 묻더니 처음보는 기계를 가지고 내 몸 여기저기를 검사하기 시작했어. 물론얼굴은 보이지 않았지."

구도자는 불안한 듯 계속해서 두리번거리며 무언가를 찾고 있었다.

"더 자세히 이야기 해 주세요. 어떻게 풀려난 거죠?"

"30만 원만 내."

"네?"

"30만 원. 상담료야. 그 돈만 내면 내가 자세히 이야기 해 주지."

"거짓말이군요!"

나는 화가 나서 소리쳤다.

"거짓말이 아니야! 이것 봐 내 머리엔 그들이 했던 수술 자국도 있어."

구도자는 뒤통수 쪽으로 나 있는 붉고 가느다란 자국을 보여줬지만 나는 자리를 박차고 일어났다. 엉뚱한 곳에서 시간을 허비한 자신이 한심했다. 납득할 만한 설명을 할 수는 없지만 분명히 논리적인 답이 있을 것이다. 이런 불확실하고 황당한 생각에 계속 빠져 있다가는 정말 중요한 점을 놓칠지도 모를 일이었다.

결국 경찰에 신고하기로 마음먹고 구도자를 그대로 놔둔 채 커피숍을 나왔다.

"이것 봐. 마지막으로 한 마디만 해 줄게."

구도자는 어지간히도 돈이 급했는지 커피숍 밖으로 따라 나왔다.

"돈 같은 거 드릴 생각 없습니다."

"돈은 괜찮아. 하지만 이건 알아두라고. 그들은 기억을 조작해."

순간 나는 멈칫하고 말았다.

"그들은 납치한 사람의 주변인들 기억을 조작해서 아예 존재하지 않았던 것처럼 만들어 버리지."

"그게 무슨……."

내가 구도자를 향해 한 발 다가서려는 순간, 커피숍 안에서 밖을 바라보던 남자가 황급히 내 시선을 피하는 모습이 눈에 들어왔다. 낯익은 뒷모습. 계속해서 나를 감시하던 남자가 틀림없었다. 나는 재빨리 커피숍 안으로 뛰어 들어갔다. 하지만 남자는 연기처럼 사라진 뒤였다. 점원들에게 물어봐도 아무도 그를 기억하지 못했다. 다시 밖으로 나와 보니, 어디로 갔는지 구도자도 보이지 않았다. 다시 혼란스러움과 불안감이 엄습해 왔다. 나는 길거리에 주저앉았다. 눈물이 났다. 두려웠다. 정말로 귀신의 장난인 걸까? 정말로 외계인의 음모인 걸까? 따뜻한 햇살이 비치고 있었지만 온몸에 돋은 소름이 가시질 않았다. 어쩌면 정말로 나는 미쳐 가고 있는 걸지도 모른다.

4. 진실

아무것도 없다. 암흑의 공간. 무. 오직 목소리만 들린다. 그녀의 목소리다.

"짠! 백일 기념 케이크야."

곧이어 내가 말한다.

"와! 너 이런 것도 만들 줄 알아?"

"그럼. 내가 안 해서 그렇지 한 번 마음먹으면 일류 요리사라고."

"아무튼 잘 먹을게. 아, 그전에 촛불부터 끄자."

"잠시만! 너도 선물 줘야지."

"뭐? 나 그런 거 없어. 자, 촛불 끄자."

"뭐야, 치사하게!"

"하하. 농담이야. 자, 여기 선물."

"와! 커플 머그잔이네."

"네가 꼭 가지고 싶어 했잖아. 더 비싼 거 사줄 수도 있는데……."

"아냐. 난 이게 좋아! 우리 이름도 새겨져 있고. 어? 근데 이 날짜는 뭐야? 우리가 사귀기로 한 날이 아닌데!"

"바보. 그건 우리가 처음 만난 날이야. '여성학' 수업 시간이었지?"

"생각난다. 너 그때 진짜 웃겼었는데."

"내가 생각해도 그때 왜 그랬는지 모르겠다. 하하."

"얼굴이 새빨개져서는 더듬더듬 한다는 말이, 차 있으면 시간이라도 한 잔 하시죠, 였지?"

"야! 그, 그건 일부러 웃기려고 그런 거지."

"내 어떤 모습에 반했던 거야? 응? 말해 봐. 응?"

라디오의 볼륨을 줄이듯 그녀의 목소리가 서서히 잦아든다. 여전히 암흑. 아무것도 없는 공간. 그때 빛 한 점이 들어온다. 바늘 구멍처럼 가늘고 약한 빛이다. 하지만 빛은 점점 더 커진다. 그리고 조금 더 크고 분명한, 그녀의 다급한 목소리가 들린다.

"눈을 떠!"

정말로 눈을 떴다. 그러고는 벌떡 일어났다.

'머그잔. 내가 왜 그 생각을 못했지!'

주방으로 달려가서 싱크대 서랍장을 뒤졌다. 한참을 뒤진 끝에 꿈속에서 나왔던, 백일 기념일에 내가 사서 하나씩 나눠 가졌던 그 머그잔을 찾았다. 머그잔에는 '이선우♡정나영'이라고 적혀 있었다. 정나영. 그녀의 이름을 보는 순간, 꼭꼭 눌러왔던 슬픔이 봇물처럼 터져 나왔다. 그녀는 존재한다. 세상 모든 사람이 부정해도 그녀는 존재한다. 낡아서 색까지 바랜 정나영이라는 글자가 마치 그녀 같아서 나는 쓰다듬고 또 쓰다듬었다.

그런 와중에도 점점 눈이 보이지 않았다. 모든 사물이 어둡게만 보였다. 카메라의 조리개가 닫히듯, 내 눈이 서서히 닫혀가고 있는 것만 같았다. 나는 울먹이며 중얼거렸다.

"나영아. 나 너무 힘들다. 도대체 어디에 있는 거니?"

구도자를 만나고 돌아오는 길에 나는 자꾸만 부딪치고 넘어졌다. 검은 부분이 늘어나 시야가 좁아진 탓도 있었지만 몸이 마음대로 움직여지지 않았다. 더 이상 어떤 사람도 믿을 수가 없어서 경찰에 신고해야겠다는 생각도 고쳐먹었다. 두려움과 절망감을 느끼면서 집으로 돌아왔을 때 나를 기다리고 있던 건 어머니였다. 사고가 났던 날, 어머니는 지방에서 당장 올라오셨고 나영이의 장례식까지 참석하셨다. 내 걱정을 하시며 당분간은 내려와서 같이 지내자고도 말씀 하셨다. 하지만 역시 어머니도 그녀를 기억하지 못하고 계셨다.

"동훈이가 전화했더라. 네가 요즘 이상하다고. 괜찮은 거니? 엄마가 내려오라고 했을 때 말을 들었어야지!"

"어머니도 모르시겠어요? 나영이. 일전에 올라오셨을 때 소개도 시켜드렸잖아요. 어머니도 걔라면 며느리로 딱이라고 좋아하셨고. 걔 장례식에서 울기도 하셨잖아요!"

"동훈이한테 대충 얘기는 들었다. 네가 사고 당하고 나서 충격이 큰가 보구나."

"어머니!"

"선우야. 집에 내려가서 치료받자. 병원이 싫으면 용한 점쟁이도 있고."

"제 말 좀 믿어주세요!"

"너부터 내 말 좀 들어라. 네 아버지란 양반은 여자하고 바람나서 지금 어디서 살고 있는지도 모르겠고, 나한테는 너 하나 달랑 남았는데 이 엄마 말 좀 들어라. 넌 어릴 때부터 상상력이 남달랐지 않느냐. 아마 사고 후에 충격이 심해서 엉뚱한 상상을 하게 됐나 보구나. 내 친구 딸년 중에도 그런 일이 있어."

결국 승낙하고 말았다. 치료받는 것을. 어머니가 눈물까지 흘리며 치료 이야기를 꺼내시니 달리 방도가 없었다. 그리고 사실 그 때쯤엔 스스로도 반쯤 포기한 상태였다. 모두가 나영이는 없다고 하는데 나만 그녀의 존재를 믿으니, 정말로 내가 미친 걸지도 모른다는 생각이 들었다. 그녀와의 추억들은 내 상상의 산물이고, 어색한 사진들도 모두 내 눈에만 그렇게 보이는 것이고, 감시당하는 느낌도 모두 착각이라는 생각. 그게 귀신보다, 외계인의 납치보다, 정부의 음모보다 훨씬 더 논리적이고 자연스러운 결말이란 생각이 들었다.

그랬는데, 내일 짐을 챙겨 내려가겠다고 어머니를 먼저 내려가시게 한 후, 모든 것이 나만의 망상이라는 결론까지 내렸는데, 정말로 그랬는데, 꿈에서 머그잔을 본 것이다. 그리고 정말로, 그 머그잔이 있었다. 다시 눈물이 흘렀다. 이제 내가 미친 것이 아니란 건 확실해졌다.

나영이가 정말로 존재한다는 확신이 들면서 앞으로의 일이 막막해지기 시작했다. 점점 어두워지는 두 눈은 단순히 피로 때문이라 하기엔 그 증세가 너무 심각했다. 뻣뻣해지고 있는 몸과 간헐적인 두통, 그리고 환청도 사고의 후유증이라 하기엔 석연치 않았다. 무엇보다도 이대로 계속해서 잠을 자지 못한다면 나영이를 찾기도 전에 정말로 미쳐버릴 것만 같았다. 마음을 다잡았다. 정신을 차리고 조금만 버티자! 처음부터 다시 시작하자. 다시 사람들을 만나고, 다시 조사하고, 다시 입증해 낼 것이다.

나는 머그잔을 품에 넣었다. 그리고 해결해야 할 문제들의 무게를 느끼며 힘겹게 몸을 일으켰다. 바로 그때였다. 누군가 어둠 속에 서 있었다. 주방의 불빛이 닿지 않는 거실의 구석, 일전에도 검은 형체가 도사리고 있던 그곳이었다. 나는 불을 켜지 않고도 직감적으로 '그 남자'임을 알 수 있었다. 계속해서 나를 감시하던 그 남자. 뒷모습이 낯익은 그 남자. 드디어 올 것이 온 것이다! 모든 비밀이 풀릴지도, 그것이 어떤 형태로든 간에, 어쩌면 나영이를 다시 만나게 될지도 모른다. 나는 벽 쪽으로 걸어갔다. 남자가 내 움직임을 따라 고개를 돌리는 게 희미하게 보였다. 가볍게 심호흡을 한 후, 불을 켰다.

환한 불빛 아래 남자의 정체가 드러났다.

바로 '나'였다.

남보다 조금 큰 귀, 밑으로 처진 눈썹, 하얀 피부, 작은 눈. 내가 거울을 보면 늘 서 있던 그 모습 그대로 '내가' 나를 보며 서 있었다. 남자가 말했다.

"일단 앉아. 너무 놀라지 말고."

목소리까지 똑같았다. 제일 먼저 든 생각은, 정말로 내가 미친 건가 하는 불안감, 그 다음 생각은 정말로 외계인인가 하는 놀라움. 문득 아침에 만났던 구도자의 얼굴이 스쳐지나갔다. 하지만 두렵지는 않았다. 오히려 왠지 모르게 차분해졌다. 그래서인지 내 목소리는 생각보다 떨리지 않았다.

"누, 누구……. 설마 나는 아닐 테고."

"아니, 맞아. 난 너야."

나를 닮은 남자는 자신이 '나'라며 웃었다.

"지금 무슨 소릴 하는 거야? 당신이 '나'일 리가 없잖아!"

"난 네가 맞아. 조금 더 정확히 말하자면, 난 네 의식의 또 다른 부분이지. 너도 느끼고 있을 걸? 너와 닮은 나를 보고도 그렇게 거부감이 들지 않는다는 걸."

그건 맞는 소리였다. 거부감은커녕 친숙함마저 들 정도였다. 그래도 믿을 수 없었다. 아직도 꿈을 꾸는 걸지도 모른다. 모처럼 길고 긴 꿈을 꾸고 있는 건지도…….

"맞아. 어떻게 보면 이건 꿈이지."

'나'는, 아니 내 앞에 앉아 있는 '나를 닮은 남자'는 내 생각까지 읽을 수 있었다! 당황스러웠다.

"당황하지 않아도 돼. 나는 너인 만큼 생각을 읽을 수 있는 건 당연한 일이니까. 어서 앉아서 차분하게 내 얘기를 들어 봐. 시간이 없으니까 빨리 진실을 말해 줄게."

말없이 자리에 앉았다. 뭐가 뭔지 알 순 없었지만 꼭 이야기를 들어야 할 것만 같다는 생각이 들었다. 더불어 어느 쪽으로든 결말이 나리라는 생각.

"나는 사고를 당했어."

묻지 않을 수 없었다.

"그러니까…… '우리'를 말하는 거지?"

"그래, 우리. 바로 나."

"……."

숨을 죽이고 '나'의 다음 말을 기다렸다. '나'는 여전히 차분한 목소리로 말했다.

"사고를 당했지만, 나영이는 죽지 않았어."

나는 벌떡 일어났다.

"잠시만! 지금 나영이라고 했지? 나영이는, 그게 그러니까, 나영이는 정말로 존재하는 거야? 내 말은, 나영이가 상상이 아니란 말이지?"

'나'는 빙그레 웃으며 말을 이어나갔다.

"그럼. 나영이는 존재해. 우리는 기억하고 있잖아. 나영이와의 그 행복했던 시간들을. 그게 어떻게 거짓이겠니?"

그가 일인칭 시점으로 나와 나영이에 관한 이야기만 하지 않았어도 나는 기쁜 마음에 그를 끌어안았을 것이다. 하지만 나와 닮은 얼굴을 하고, 자신이 또 다른 나라고 주장하는 그 남자에게 나는 선뜻 다가갈 수 없었다. 그렇지만 처음으로 나영이의 존재를 인정하는 사람을 만난 것은 큰 기쁨이었다. 모든 상황이 상식적으로는 절대 이해할 수 없었음에도 불구하고, 나는 지푸라기라도 잡는 심정으로 다급하게 물었다.

"그럼, 나영이는 어디에 있는 거지? 왜 다들 기억을 못하는 거지?"

"병원에. 나영이는 지금 이 시간에도 병원에 있어."

"병원? 역시 어딘가 다친 거야?"

"아니."

"그럼?"

"다친 건 나영이가 아니라 바로 '우리'야."

나는 무슨 말인지 쉽게 이해할 수 없었다. 다친 건 우리라니? 점점 침침해지는 내 눈을 두고 하는 말인가? '나'는 계속해서 이야기 했다.

"우리는 나영이와 함께 봄 바다를 보러 가는 길에 사고를 당했어. 불행한 사고였지. 아직 생생하게 떠오를 거야. 덤프트럭이 돌진해 오던 그 순간이. 바로 그 순간에 우리는 핸들을 꺾었지. 나영이가 앉아 있던 조수석을 최대한 보호할 수 있도록, 덤프트럭의 정면과 운전석이 충돌하도록 말이야. 그래서 나영이는 상처 하나 입지 않고 무사할 수 있었어."

도대체 무슨 말을 하고 있는 거지? 왜 전혀 다른 이야기를 하고 있는 거지?

"잠깐! 무슨 말인지 하나도 모르겠어. 다친 건, 그러니까 나라고? 난 멀쩡했고, 죽은 건 나영이란 말이야!"

또 다른 나가 고개를 저었다. 조금 쓸쓸하고 피곤해 보이는 미소를 지으면서.

"아니, 그건 그야말로 '우리'의 상상이야. '우리'는 왼쪽 머리를 다쳤어. 그것도 아주 심하게. 지금 이 순간에도 병원에 누워 있지. 산소호흡기 하나에 의지해서 말이야. 식물인간이거든, 우린 지금."

"또 이상한 소리! 식물인간이라고? 난 지금 여기 있잖아! 도대체 뭐야? 내가 정말로 미친 거야?!"

나는 통제할 수 없는 혼란을 느꼈다. 또 다른 나의 말은 도무지 믿을 수가 없었지만 이상하게도 자꾸만 그 말이 진실이라는 느낌이 들었다. 그래서 더 혼란스러웠다.

"여기는 바로 우리의 의식 속이야. '나'의 생각 속이지."

"뭐?"

"우리는 지금 '나'의 생각 속에 있는 거야."

"그래서……."

"그래, 그래서 꿈이라고 볼 수도 있다고 말한 거야. 자세히 말해 줄게. '우린' 식물인간이 됐고, 아직 뇌가 죽지 않았기 때문에 끊임없이 생각을 만들어 내고 있는 거야. 현실과는 다른 생각들. 즉, 이건 현실이 아냐. 현실은 우린 식물인간이고 곧 죽게 돼. 벌써 느끼고 있지? 몸이 말을 듣지 않고 있다는 걸. 너에게 들렸던 환청은 실은 병원의 생명유지 장치 소리야. 규칙적으로 기계음을 쏟아내고 있지. 하지만 곧 멈출 거야. 난 '우리'가 새로운 생각을 만들어 내고 난 후부터 쭉 지켜봤어. 언젠가 내가 개입할 때를 기다리며. 그리고 지금이 바로 그때야. '우리'가 죽기 전에 진실을 말해 주고 싶었어."

"거짓말 하지 마!"

나는 큰 소리로 외쳤다.

"거짓말이 아니야. 정 못 믿겠다면 내가 물을게. 나영이에 대한 꿈을 제일 처음으로 꾼 게 언제지?

"뭐?"

"꿈 말이야. 몇 번이나 꾼 그 꿈을 언제부터 꾸기 시작했냐고."

"그, 그거야 한 달 전부터……."

나는 더듬거리며 대답했다. 이상하게도 확신이 들지 않았다. 바로 몇 시간, 아니 몇 분전까지만 해도 철석같이 믿고 있던 사실이 너무 큰 신발을 신었을 때처럼 불편하게 느껴지기 시작했다.

"확실해? 한 달 전부터라는 그 말? 그렇다면 지난 한 달 동안 뭘 먹고 살았지? 집에 틀어 박혀서 뭘 하며 지냈지? 선명하게 기억할 수 있어? 한 달 전, 일주일 전, 그리고 바로 어제의 일을 선명하게 기억할 수 있어?"

또 다른 나의 말을 듣는 순간, 나는 멍해질 수밖에 없었다. 정말로 기억나지 않았다. 지난 한 달 동안 내가 무엇을 하면서 지냈는지, 그리고 바로 어제 무슨 일을 했는지가 지우개로 밀어버린 듯 새하얗게 날아가 버렸다.

"어, 어제는…… 구도자를 만나서……."

"아니, 아니야. 그건 어제의 기억이 아니야. 바로 지금 만들어 낸 기억이지. 자, 이걸 봐."

또 다른 나는 그렇게 말하며 커튼을 열어 젖혔다. 나는 커튼 틈으로 보이는 창문을 향해 멍하니 고개를 돌렸다. 그곳에는 창밖으로 보이던 도시의 화려한 야경 대신 도화지처럼 하얀 빈 공간뿐이었다.

"자, 잘 봐. '우리'가 기억을 만들어 내지 않으면 길거리도, 지나다니는 차들도, 그리고 건물도 없는 텅 빈 공간일 뿐이지."

"……믿을 수 없어."

나는 중얼거렸다. 초점 잃은 눈으로 순백의 공간을 바라보면서 그렇게.

"그렇게 말해도, 서서히 진실이라는 걸 깨닫고 있잖아. 그래, 이게 진실이야."

진실. 그렇다. 나는 진실인 걸 알 수 있었다. 마음속 깊은 곳에서부터 지금 내가 듣고 보는 이 현실이 진실이라는 느낌이, 아프도록 강하게 전해졌다. 그래도 확인하고 싶었다.

"그럼, 모두 내가 만들어 낸 생각들, 상상들이란 말이야? 나영이가 죽었다는 것도, 아무도 나영이를 기억하지 못한다는 것도?"

"그래. 우린, 마지막 순간까지도 나영이를 걱정했어. 핸들을 꺾는 그 순간까지도 나영이를 살리기 위해 노력했지. 그녀는 우리 인생의 전부니까. 그런 걱정들이 쌓여서 생각과 상상들을 만들어 냈던 거야. 나영이는 지금도 병실에서 '우리'를 지키고 있어. 눈물을 흘리면서 말이야. 좋은 여자야. 다시 태어나도 만나지 못할 만큼."

갑자기 목이 메여왔다.

또 다른 나의 눈에도 어느새 눈물이 고여 있었다. 나는 입을 열었다. 울음 섞인 목소리로.

"다행이군. 나영이가 살아있다니."

"그래, 다행이야. 만약 반대의 경우였다면 우린 아마 견디지 못했을 걸."

"나영이는 괜찮을까? 내가 없어도 괜찮을까?"

"인정하긴 싫지만 괜찮을 거야. '우린' 잘 알고 있잖아? 나영이는 참 강한 여자라는 걸."

"그 모습이 좋았지……."

"그래, 그래서 나영이를 사랑했어."

나는 알고 있었다. 내 인생이 나영이 때문에 조금 더 특별했었다는 걸, 그녀를 사랑했기 때문에 두 번 다시 가져보지 못할 행복을 맛봤다는 걸, 그녀를 알았기 때문에 튼튼한 영혼을 가지게 되었다는 걸, 웃을 수 있었다는 걸, 그녀를 진심으로 사랑한다는 걸…….

나는 눈물을 훔치며 물었다.

"그럼, 이제 나, 아니 '우리'는 어떻게 되는 거지? 언제 죽는 거지?"

"아마, 곧. 지금쯤 의사들이 몰려오고 있을 걸."

"죽으면 어떻게 되는 거지?"

"그건 나도 몰라. '우린' 아직 죽음에 대해선 잘 모르잖아?"

"그래 그렇구나. 고마워. 많은 걸 알려줘서. 뭐라고 부르지? 이름이 있니?"

"내가 너고 네가 나라니까. 하지만 굳이 구분 짓자면 나는 '왼쪽 뇌'라고 할까?"

5. 다시, 처음

봄 바다엔 바람이 가득했다. 파도가 넘실거리며 하얀 모래밭 위로 길고 진한 자국을 남겼다. 갈매기 몇 마리들이 한가롭게 하늘을 날고 있었다.

내 '왼쪽 뇌'와 작별을 하고 침실 문을 열었을 때, 그곳은 이미 봄 바다로 변해 있었다. 내가 상상했던 그 모습 그대로의 봄 바다. 눈은 점점 보이지 않게 돼 시야가 극도로 좁아졌고 몸은 잘 움직여 지지 않았지만 나는 봄 바다를 향해 걸어갔다. 해변을 걸으며 그녀에 대해 다시 생각했다. 다시는 보지 못하겠지만 오래도록 행복하길, 언제나 그 아름다운 미소를 잃지 말길, 조용히 기도했다.

어릴 적 읽었던 동화책에 사랑하는 사람을 놔두고 죽으면 별이 돼서 그 사람을 비춘다는 내용이 있었던 게 떠올랐다. 그 말이 사실이었으면 좋겠다는 생각을 하며 나는 봄 햇살이 따뜻하게 달

귀놓은 모래밭 위에 누웠다. 이내 참을 수 없는 졸음이 몰려왔다. 이제는 편히 잘 수 있겠다는 생각에 설핏 미소가 번졌다. 나는 잠을 잘 것이다. 아주 길고 편안한 잠을. 바람이 불었다. 눈이 서서히 감겨 왔다. 문득 그녀의 웃는 얼굴이 보고 싶어졌다…….

"저기요, 왜 수업 안 듣고 나만 쳐다봐요?"

"네?"

"계속 나 쳐다보고 있었잖아요? 내가 모를 줄 알아요."

"아, 아니, 그게…….."

"어머! 얼굴까지 빨개져서는. 혹시 변태 아니에요? 이상한 생각 했죠?"

"아니요! 절대 그런 건 아닙니다."

"쉿! 교수님이 쳐다봐요. 됐다. 이젠 됐어요. 그럼 왜 그랬어요?"

"예뻐서…….."

"네? 잘 안 들려요!"

"아뇨! 그냥, 차 있으면 시간이라도 한 잔 하실래요?"

"뭐라고요?"

"아, 아니, 그게 아니고, 시간 없으면 차라도 한 잔 하실…….."

"하하하. 웃기다!"

"웃는 모습 좋아요."

"순진한 거예요? 순진한 척하는 거예요? 좋아요. 어느 쪽인지 내가 알아 볼 거니까 수업 끝나고 만나요. 만나서 시간이라도 한 잔 하죠 뭐!"

"감사합니다. 하하."

"하하하."

"하하."

이종호

1964년 출생. 고려대에서 행정학 석사학위를 받고 은행에 취직. 뒤늦게 불타오른 창작에 대한 열망으로 3개월 만에 은행을 뛰쳐나와 방송 프로덕션에 입사한다. 다년간 주로 다큐멘터리와 각종 방송 영상물을 제작하는 PD로 활동하였다. 이후 공포소설의 매력에 빠져 전업작가로 나섰으며, 2005년 김종일, 장은호와 함께 공포소설 창작 집단 〈매드클럽〉을 결성하였다. 『흉가』, 『분신사바(모녀귀)』, 『이프』, 『귀신전』 등의 장편소설을 발표하였으며, 특히 『분신사바』는 한국 공포소설 최초로 일본에 수출되기도 하였다. 현재 네이버 카페 '유령의 공포문학(http://cafe. naver.com/64ghost)을 운영하고 있으며, 2006년부터 『한국 공포 문학 단편선』을 출간하며 한국의 공포문학을 주도하고 있다. 현재 『붉은 기와집』을 집필하고 있다.

1

    형이 마당으로 들어선 건 식구들이 저녁 식사를 하던 중이었다. 난 치매를 앓는 엄마를, 경희는 중풍에 걸린 아버지 식사를 도우며 저녁을 먹고 있었다. 대문 열리는 소리에 복실이가 벌떡 일어나 컹컹 짖어댔다. 복실이 때문에 낯선 사람인 줄 알았는데 마당으로 들어선 사람은 다름 아닌 형이었다. 형이 쭈뼛거리며 다가오더니 식구들의 눈치를 살피며 애매하게 말했다.

    "식사 중이었네?"

    나도 평소와 다른 형의 눈치를 살피며 말했다.

    "응. 밥 먹는 중인데……, 지금 퇴근하는 거야? 밥 먹었어?"

    "아니, 아직."

형이 대문 쪽을 쳐다봤고 복실이가 계속 짖는 걸 보니 또 누가 있는 모양이었다.

"누구 같이 왔어?"

형이 고개를 끄덕였다. 평소의 형답지 않게 행동이 조심스럽고 어색했다. 게다가 형의 얼굴은 발그레하게 달아올라 있었다. 형이 대문 쪽을 돌아보고 말했다.

"들어와요!"

형의 부름에 여자가 마당으로 들어섰다. 복실이가 더욱 앙칼지게 짖었다. 형이 진정시키려했지만 복실이는 평소와 달리 막무가내였다. 간신히 개를 진정시킨 형이 여자를 돌아보고 말했다.

"인사해! 식구들이야!"

여자의 표정이 밀가루 분칠을 한 것처럼 창백했다. 앞으로 나선 여자가 가볍게 고개를 숙였다. 복실이가 다시 으르렁거렸다. 난 형편없는 내 옷차림에 당황하며 어정쩡하게 고개를 숙였다. 형이 말했다.

"얘기했지? 은혜 씨라고."

순간 내 얼굴은 형보다 몇 배는 더 붉게 달아올랐다. 미래에 형수가 될지도 모르는 여자와 이런 구질구질한 모습으로 첫 대면을 하다니. 나만이 아니다. 우리 식구들의 모습은 정말 한심했다. 엄마는 먹는 밥의 절반을 바닥에 흘린 상태고 아버지의 얼굴엔 밥풀이 덕지덕지 붙어 있었으며 밥상은 어린아이들이 휘저어놓은 것처럼 지저분했다.

난 본능적으로 늘어지고 지저분한 셔츠를 팔로 가렸고 동생 경희도 얼굴을 붉히며 엉덩이까지 내려간 평퍼짐한 추리닝을 끌

어울렸다. 내 기억이 틀리지 않다면 얼마 전 형이 결혼할 거라고 말한 여자의 이름이 은혜였다.

그때 형은 이렇게 말했다.

'이름처럼 착한 여자야. 난 아직도 세상에 그런 천사가 있는 줄 몰랐어. 내가 우리 집 사정 다 얘기했는데도 자긴 괜찮대. 엄마, 아버지 다 모시고 살겠다는 거야. 너하고 경희까지 함께 살아도 자긴 괜찮대. 식구가 많고 돌봐줄 수 있는 사람이 있다는 게 오히려 살아가는 의미도 있고 좋다는 거야. 그렇게 예쁜 여자가 그런 마음을 가졌다는 게 믿어지지가 않아. 솔직히 처음엔 믿지 않았지. 그냥 순간의 감정이겠거니. 다른 여자들처럼 적당히 날 데리고 놀다가 차버리겠거니 생각했지. 그래서 일부러 건성으로만 대했어. 근데 오늘도 그러더라. 자기 마음은 변함이 없다고. 그때 이런 생각이 들더라고. 이 여자 진심인지도 모르겠다.'

나이 마흔이 가깝도록 결혼은커녕 연애도 포기하고 지내던 형이 갑자기 그 얘기를 꺼냈을 때 솔직히 나는 당황스러웠다. 우리 집 같은 최악의 조건을 두루 갖춘 집에 과연 시집을 여자가 있을까. 이전에 그랬던 것처럼 이번에도 착한 형만 마음의 상처를 입는 게 아닐까. 이런저런 걱정 탓에 난 착잡한 심정으로 이렇게 말했었다.

'형이 요즘 사람 같지 않잖아. 워낙 착하고 무던하니까. 형의 좋은 성격에 그 여자도 반한 모양이지. 하지만 너무 기대하진 마. 솔직히 직접 와서 보면 마음이 바뀔 수도 있잖아. 그냥 막연히 생각하던 것과 진짜 현실의 모습은 많이 다를 테니까. 그치?'

중풍으로 거동조차 못하는 아버지와 치매에 걸린 어머니, 늘

불평불만에 가득 찬 성격 나쁜 시누이에 이름만 화가지 대학로에서 남들 연필 초상화 그려주며 간신히 용돈이나 버는 무능력한 시동생까지. 온 식구가 형의 얼굴만 바라보며 살아간다고 해도 과언이 아니다. 형에게 결혼은 사실상 불가능한 꿈에 가까웠던 것이다.

당시에는 형도 내 말에 수긍하는 것처럼 씁쓸하게 고개를 끄덕였고 그게 벌써 한 달 전의 일이었다. 이후 형이 다시 그 여자 얘기를 꺼내지 않아 난 안타깝지만 결국 헤어졌을 것이라 멋대로 단정하고 있었다.

형이 난감한 얼굴로 여자에게 가족들을 소개했다.

"여긴 아버지, 여긴 어머니, 여동생 경희, 그리고 여긴…… 동생 상철이."

착한 건 좋지만 이런 때 형은 너무 융통성이 없어 화가 날 정도다. 여자를 데려올 거면 미리 연락이라도 했어야하는 게 아닌가. 아무리 집안 사정을 알고 왔다 해도 일부러 이런 참담한 모습까지 보여줄 필요는 없는 것 아닌가. 가족 소개가 끝나자 형이 무거운 음성으로 여자에게 말했다.

"얘기했지만 막상 보니까 어때? 생각했던 것보다 훨씬 나쁘지?"

경희는 벌써 형을 노려보며 일을 왜 이렇게 만들었냐고 탓하는 것처럼 입을 실룩거렸다. 엄마는 멍하니 여자를 쳐다보다가 히죽 웃더니 이내 다시 무서운 표정으로 돌아갔고 아버지는 깊게 한숨을 내쉬며 담배를 물었다. 형이 구원이라도 청하듯 날 쳐다봤다. 난감하긴 나도 마찬가지였다. 난 억지로 웃음을 지어보였다.

"누추하지만 올라오세요."

사실 난 우리 집을 형의 여자뿐 아니라 다른 누구에게도 보이고 싶지 않다. 가장 기본적인 생리현상조차 해결하지 못하는 환자가 둘이나 있다 보니 지저분하고 비좁은 건 둘째치고라도 벽지와 이불에 군데군데 남아 있는 오물의 흔적들은 나부터도 불쾌해 견디기가 쉽지 않았던 것이다. 형이 여자의 눈치를 살피며 말했다.

"올라올래?"

그때 경희가 발끈하고 나섰다.

"올라오긴 뭘 올라와? 큰오빠도 이럴 거면 미리 연락을 하든가 밖에서 만나자고 해야지 이게 뭐야?"

경희는 무슨 일이든 속에 담아 두질 못했다.

"너 왜 그래?"

"내 말이 틀렸어? 나라도 이런 집이라면 기겁을 하겠네."

내가 급하게 주의를 줬지만 이미 엎질러진 물이었다. 형도 나도 어떻게 해야 할지 몰라 안절부절 못하고 있는데 그때까지 입을 다물고 있던 여자가 앞으로 나섰다. 여자는 무척 작은 소리로 조심스럽게 말했다. 여자의 소리는 너무 작아 집중하지 않으면 들리지가 않았다. 다들 숨을 죽이고 여자의 말에 귀를 기울였다.

"괜찮아요, 제가 상호 씨한테 일부러 연락하지 말고 가자고 했어요. 어차피 결혼할 생각이라면 평상시 있는 그대로를 보는 게 좋겠다고 생각했거든요."

여자의 입에서 '어차피 결혼할 생각이라면'이라는 말이 나왔을 때 식구들은 모두 놀란 표정을 지었다. 심지어는 형조차도 놀란 기색이 역력했다. 여자는 그런 분위기에 아랑곳하지 않고 팔을 걷어붙이더니 내게 다가와 말했다. 역시 가만히 귀를 기울이지 않으면 거의 들리지 않을 정도로 작은 소리였다.

"괜찮다면 제가 해볼게요."

내가 엉거주춤 일어서자 여자는 얼른 내 자리에 앉아 엄마를 대신 부축하며 식사 시중을 들었다. 여자의 행동은 지나치게 위축되고 자신감이 없어보였지만 엄마를 다루는 솜씨는 몇 달 동안 시중을 들어온 나보다 더 능숙했다. 아마 이전에도 환자를 돌본 경험이 있는 듯했고 행동에 가식이 느껴지지도 않았다. 여자가 엄마 식사를 도우며 조곤조곤 말했다.

"제가 오랫동안 장애인 자원봉사를 해서 이런 일은 익숙한 편이에요."

이제야 얘기지만 여자는 화장기 하나 없는 얼굴인데도 상당한 미인이다. 아무리 선입견을 지우려 해도 여자를 보고 형을 보면 도무지 부부될 사이라는 생각을 할 수가 없다. 형은 실제보다 나이도 더 들어보였고 키도 작았으며 얼굴도 못생긴 축에 들었다. 단순히 어울리지 않는 정도가 아니라 둘은 너무 이질적이다.

이런 결혼이 정말로 가능할까. 저렇게 예쁜 여자가 정말 내 형수가 되어 이 구질구질한 집안에 들어와 희생을 할 수 있을까. 과연 여자는 진심으로 형을 사랑하는 것일까. 형에게 내가 모르는 특별한 매력이라도 있단 말인가. 그럼 왜 여태 형은 그 많은 여자들에게 번번이 퇴짜를 맞고 상처를 입었던 것일까.

난 고개를 흔들었다. 아무리 생각해도 이건 아니란 생각이 들었다. 요즘 여자들이 얼마나 영악하고 이기적인가. 혹시 저 여자는 결혼을 자원봉사 정도로 착각하는 건 아닐까. 자기희생을 통해 행복을 느끼는 아름다운 여자.

그렇다고 여자의 분위기가 지고지순한 순정파로 보이는 것도 아니다. 오히려 여자의 외모는 위축된 모습과 달리 세련된 현대적 미인에 가까웠다. 조금만 화장을 해도 밤의 장미처럼 금방 화려하게 피어날 것 같다. 보면 볼수록 여자에게선 비밀스런 냄새가 났고 내 머릿속에선 호기심과 의혹이 걷잡을 수 없이 번져나갔다.

이제 여자는 간간이 미소까지 보였다. 그리고 아버지와 농담을 주고받으며 저녁상을 치우기 시작했다. 경희가 다소 직설적이다 싶게 말을 툭툭 던져도 여자는 그저 수줍게 웃기만 했다.

"언니는 원래 목소리가 그렇게 작은 거예요. 아니면 일부러 내숭 떠느라 그런 거예요?"

여자가 뭐라고 말했지만 거의 들리지 않았다.

"예? 안 들려요!"

그러자 형이 변호하듯 얼른 끼어들었다.

"은혜 씨 원래 목소리가 작아. 그리고 사람들 대하는데 익숙하지도 않고."

"이상하다. 왜 그럴까? 얼굴도 예쁘고 목소리도 괜찮은데?"

여자가 이전보다는 조금 큰 소리로 말했다.

"성격이 내성적이라서……."

경희도 조금 황당하다고 느꼈는지 금방 분위기를 바꾸며 말했다.

"호호호. 그렇게 작게 얘기하니까 괜히 집중하게 되네. 상당히 여성스러운 것 같고. 그래서 큰오빠가 반한 건가?"

순간 형이 활짝 웃었다. 형의 얼굴은 입이 귀에 걸렸다는 표현도 부족할 지경이었다. 난 여태 형이 저토록 순진무구하게 웃는 모습을 한 번도 본 적이 없다. 있는 그대로 말하면 형은 이성을 상실한 순진한 바보처럼 보였다.

물론 지금 여자의 행동을 보고 형과 결혼하리라 확신할 수는 없다. 그저 동정심으로 예의상 분위기를 맞춰주는 것일 수도 있고 집을 나서는 즉시 '미안해요, 그동안의 정을 생각해서 신경써준 거예요. 하지만 이렇게 끔찍하리라고는 정말 생각지 못했어요!' 라며 형의 뒤통수를 치고 이별을 고할 수도 있다.

그럼에도 내 눈에 비친 여자는 이상하리만치 확신을 품게 만들었다. 좀 이상하게 들리긴 하겠지만 여자에게선 '어떻게든 반드시 결혼을 하고야 말리라.'라는 이상한 의지 같은 게 엿보이기까지 했다. 아무리 감추려 해도 금방 떠나갈 사람과 머물 사람은 손길 한 번에도 차이가 나는 법이다. 여자는 이제 절대 우리 집을 떠나지 않겠다고 작정한 사람처럼 보였다.

아버지가 국을 쏟아 옷을 망치자 여자는 주저 없이 경희와 함께 방으로 들어갔고 잠시 후 경희의 옷을 입고 나왔다. 자신의 옷도 망설이지 않고 세탁기에 밀어 넣었다. 옷까지 갈아입자 그녀는 이제 완전한 우리 식구처럼 보였다. 그 짧은 시간에 어떻게 저토록 완벽한 변신이 가능할까. 여자는 수줍고 위축된 겉모습과 달리 놀랄 만큼 빠른 속도로 우리 식구들 속을 파고들었다.

난 점점 더 강한 의혹에 휩싸였다. 그런 여자의 모습이 너무 부자연스럽고 상식적으로 이해가 되지 않았기 때문이다. 식구들이 웃고 행복해하는 모습을 보며 내 마음은 오히려 불길한 방향으로 내달렸다.

'대체 저 여자는 왜 저렇게 필사적으로 형과 결혼하려는 것일까.'

이건 형을 무시해서도 아니고 터무니없이 삐뚤어진 선입견에 사로잡힌 탓도 아니다. 모든 상황을 고려했을 때 눈앞에서 논리와 상식에 반하는 일이 일어나고 있기 때문이다.

게다가 난 처음 여자와 눈이 마주쳤을 때 대단히 꺼림칙한 모습을 목격했다. 바로 여자의 눈 때문이었다. 그냥 무심코 지나치면 아무것도 아닌 일인데 왠지 내겐 강렬하면서도 꺼림칙한 인상으로 남은 것이다. 순간의 행동이었지만 여자는 희한한 방법으로 눈동자를 뒤집고 돌렸다. 마치 고개가 아파 머리를 한 바퀴 돌리는 그런 느낌으로 여자는 인상을 찡그리며 눈동자를 뒤집었던 것이다.

난 순간적으로 여자의 눈에서 까만 동공이 사라지고 흰자위가 가득 차는 기이한 모습을 보고 말았다. 그 모습은 공포영화에나 나오는 소름끼치는 장면을 연상시켰다. 저렇게 예쁘고 수줍어 보이는 여자가 왜 저런 이상한 행동을 할까. 물론 단순한 습관일 수도 있고 눈에 티끌이 들어갔을 수도 있다.

그 때문인지 여자에게선 다른 세상에서 넘어온 것 같은 이질적인 냄새가 났다. 단지 형과 어울리느냐 아니냐의 문제가 아니었다. 여자는 나와 다른 종족처럼 느껴졌고 예쁜 얼굴에도 불구하고 백지장을 보는 것 같았다. 지나칠 정도로 위축된 모습도 어색하지만 웃을 때도 인상을 찡그릴 때도 여자에게선 전혀 감정을 읽을 수가 없었다. 솔직히 말하면 여자는 내게도 감정이 있어요, 라며 억지로 표정을 만들어 보이는 인형 같았다.

물론 내가 인물화를 그리는 화가이다 보니 사람의 얼굴이나 표정에 지나치게 민감한 것인지도 모른다. 하지만 이전에는 이런 느낌의 얼굴을 단 한 번도 만난 적이 없다. 여자에겐 희노애락의 감정이 결여된 것 같았고 정말로 사람의 냄새가 나지 않았다.

2

"괜히 신경 쓰지 마. 아무것도 준비할 거 없으니까."

내가 결혼식 준비에 대한 얘기를 꺼내자 형이 한 대답이었다.

"아무리 어려워도 할 건 해야지."

"그럴 필요 없어. 결혼식도 안 올릴 거니까."

"그게 무슨 소리야, 결혼식을 안 하다니. 여자 입장에선 많이 실망할 텐데?"

"아냐. 은혜 씨가 먼저 제안한 거야. 사정도 어려운데 그런 형식이 뭐가 중요하냐고. 나도 그 말에 동의해."

"그럼, 그냥 들어와 산다고? 동거하듯이?"

내가 섣불리 말을 내자 형이 발끈했다.

"동거는 무슨 동거야? 결혼식은 생략해도 혼인 신고는 당연히 할 텐데."

난 순간 '그 여자가 그렇게 하겠대? 혼인 신고 하겠대?'라고 묻고 싶은 말을 가까스로 주워 삼켰다. 형도 그런 내 속내를 알았는지 굳은 음성으로 이렇게 덧붙였다.

"은혜 씨 정말 좋은 여자야. 솔직히 그동안 나도 은혜 씨 진심을 믿지 못했어. 그런데 문득 이런 생각이 드는 거야. 나한테 그녀가 탐낼 만한 게 뭐가 있나. 아무리 생각해 봐도 내겐 그런 게 단한 가지도 없더라고. 비록 날개가 달리진 않았지만 난 은혜 씨가하늘에서 내려온 천사인 것만 같아. 그녀는 매주 일요일마다 교회에 나가 하루 종일 고아원에 가서 봉사활동을 한대. 그리고 그시간이 세상에서 가장 행복하대. 은혜 씨가 내게 요구한 유일한요구조건이 뭔지 알아? 결혼 후에도 휴일에 그 봉사활동을 할 수있게 해달라는 거였어. 은혜 씨는 그런 여자야. 우리 엄마, 아버지생각만 하면 늘 가슴에 납덩이가 들어앉은 것처럼 답답했는데 이젠 나도 정말 사는 것처럼 살아보고 싶어."

형은 마치 꿈꾸는 사람처럼 나른한 음성으로 말했다. 어쩌면형의 말대로 세상에는 아직 천사가 남아 있을지도 모르고 그 여자가 바로 그 천사인지도 모른다. 난 더 이상 형의 말에 반박할논리나 내 의혹을 정당화시킬 명분을 찾지 못했다. 형의 말대로우리 집엔 그 여자가 탐낼 만한 그 어떤 보물도 없었으니까.

방 문이 열리고 경희가 들어왔다. 경희는 밖에서 대충 얘기를들었는지 대뜸 대화에 끼어들었다.

"결혼식 안 할 거면 상견례라도 해야지."

"그것도 안 할 거야."

"사돈네하고 인사도 안 한다고?"

"실은 은혜 씨 고아야. 휴일마다 고아원에 가서 봉사하는 것도그래서고. 우리 집처럼 식구들 많은 집을 더 좋아하는 것도 어릴때부터 외롭게 자라서 그렇대."

경희가 깜짝 놀라며 호들갑을 떨었다.

"어머! 그 언니 고아였어? 어쩐지 표정도 어둡고 행동에 자신감이 없어 보이더라."

"그러니까 앞으로 이해도 해주고 배려도 많이 해주라."

경희가 다시 물었다.

"그럼, 언니 친구들이라도 불러! 친구들은 만나봤어? 아, 그러지 말고 언니 얘기 좀 해봐. 어떻게 만났는지, 어떤 사람인지. 큰오빠는 왜 그런 얘기 한 번도 안 해?"

형이 슬쩍 내 눈치를 살피는데 순간 표정이 어두워지는 느낌이었다.

"나중에. 나중에 해줄게."

"뭐야? 벌써부터 튕기는 거야?"

"그냥, 은혜 씨가 자기 과거 얘기하는 걸 싫어해. 워낙 내성적이고 소심한 탓도 있지만 고아로 혼자 어렵게 살아왔는데 지난 시간들이 행복했을 리가 없잖아."

경희도 물러서지 않고 집요하게 매달렸다.

"누가 언니 과거 얘기해 달래? 큰오빠하고 어떻게 만났는지 친구들은 어떤지 그런 거 얘기해 달라니깐. 여자들은 워낙 여우 짓을 잘 하니까 그 친구들을 보면 인간성이 어떤지 대충 짐작할 수가 있단 말이야."

형이 갑자기 정색을 하고 얼굴을 붉혔다.

"여우 짓이라니? 은혜 씨가 뭐가 아쉬워서 나한테 여우 짓을 하냐?"

"참나, 그냥 둘이 데이트한 얘기해 달라니까 왜 화를 내고 그래?"

"화를 내는 게 아니라 우리 집을 위해 자신을 희생하고 들어오는 사람인데 좀 따스하게 맞이해 주자는 거지. 은혜 씨 아니면 누가 나 같은 사람한테 우리 집 같은 최악의 환경에 자진해서 시집 오려고 하겠어? 막말로 은혜 씨가 과거에 무슨 짓을 했건 난 아무런 상관도 안 해! 다시 말하지만 그렇게 착한 여자, 이 세상에 없어. 괜한 꼬투리 잡지 말고 무조건 잘해줘! 무조건!"

"어이구야! 무서워라! 작은오빠, 큰오빠 변했다, 그치? 이건 뭐 언니가 우리 집에 시집오는 게 아니라 마치 자원 봉사하러 오는 분위기네? 그럼, 우린 무조건 '네, 네. 감사합니다!'하고 무조건 굽실거려야 하는 거야?"

"그런 얘기가 아니라……, 됐다. 그만 하자!"

얼굴이 벌겋게 달아오른 형이 먼저 말꼬리를 돌렸고 이내 자리를 피해 방을 나갔다. 경희가 그런 형을 보며 어이가 없다는 표정으로 내게 말했다.

"작은오빠, 봤지? 큰오빠 완전 변했어."

"너도 그만해라. 형 입장에서는 모든 게 조심스럽지. 형 말대로 우리 집에 단 한 가지라도 뭐 내세울 만한 게 있냐?"

"참나, 작은오빠까지 우리 집 남자들 다 왜이래? 아무튼 엄마가 아프시니까 나라도 시누이 노릇 제대로 할 거야. 솔직히 근본이 어떤 여잔지도 모르는 거잖아. 혹시 알아? 진짜 딴 맘 먹고 들어오는지."

"우리 집에 딴 맘 먹을 건덕지나 있냐?

경희가 갑자기 소리를 낮춰 속삭였다.

"솔직히 큰오빠 눈치를 보니깐 새언니한테 켕기는 구석이 있거나 약점이 있긴 있는 모양인데 그게 뭘까? 하긴 뭐 큰오빠 입장에선 새언니가 예전에 술집을 다녔으면 어떻고 애가 있었으면 어때?

그 정도 미인이 이런 구질구질한 집에 들어와 살아주겠다는 것만
으로도 감지덕지 아니겠어?"

"너, 그만해라?"

내가 인상을 쓰자 경희가 입을 삐죽 내밀며 방을 나가버렸다.
비록 화는 냈지만 내 생각에도 형이 형수에 대해 뭔가 숨기는 게
있다는 생각이 들었다. 따지고 보면 경희 말대로 우리 식구가 형
수에 대해 아는 것이라곤 달랑 이름 석 자가 전부가 아닌가. 아
니, 그 이름조차 진짜인지 확신할 수는 없지만 적어도 혼인 신고
를 할 생각이라면 최소한 그 부분은 믿어도 될 것 같았다.

아무리 생각을 하지 않으려 해도 형수에 대한 의혹은 소리 없
이 쌓이는 눈처럼 차곡차곡 내 마음에서 부풀어 올랐다.

형수는 어떤 여자일까. 왜 형과 결혼하려는 것일까.

3

불가능할 것 같던 결혼이 정말로 성사됐다. 형과 형수는 동사
무소에서 혼인 신고까지 마치고 당당한 부부가 됐다. 형수가 집에
들어오면서 집안은 완전히 달라졌다. 형수는 놀라울 정도로 헌신
적이었고 식구들을 감동시켰다.

집 안 청소며 경희와 내가 하던 부모님의 병수발까지, 자식들
도 하기 힘든 일을 형수는 도맡아 해치웠다. 결혼한 지 보름 만에
형수는 우리 집뿐만 아니라 동네에서도 효부로 소문이 자자할 정
도였다.

그런 모습을 보고 있노라면 내가 형수에 대해 의혹을 가졌던 것조차도 죄책감이 들 정도였다. 은혜라는 이름이 그토록 완벽하게 어울릴 수 있을까. 날 제외한 모든 식구들은 형수를 정말로 은혜로운 여자로 여겼다. 때론 나 역시 그런 생각에 동조하곤 했다.

당연히 형수에 대해 가지고 있던 의혹은 차츰 사라졌다. 그런 변화에는 형수 덕분에 내가 엄마, 아버지의 대소변 수발에서 자유로워졌다는 고마움도 한몫했다. 아무리 해도 그 일은 견디기 힘들었던 것이다. 식구들은 저마다 그렇게 형수에게 감사하는 마음을 가지게 됐다.

형은 회사에서 퇴근해 들어오기가 무섭게 형수 옆에 붙어서 함께 집안일을 거들었다. 이전에는 일주일에 두세 번은 술에 만취가 되어 들어오거나 집에 와서도 나하고 술을 마시곤 했는데 이젠 그런 일도 사라졌다. 대신 형은 집에서 형수와 단둘이 술을 마셨고 그런 날 형은 새벽 내내 커다랗게 잠꼬대를 하거나 비명처럼 소리를 질러대곤 했다.

이전에는 없던 잠버릇이었다. 어느 날은 내가 형의 잠꼬대 때문에 형수가 잠을 못자겠다고 걱정하자 그런 일이 있었냐고 반문하며 놀라워했다. 그러면서 이상하게 형수하고 같이 술을 마시면 마음이 편하고 기분이 좋아서 그런지 과음을 하게 되고 필름이 끊긴다는 것이다. 형은 앞으로 조심해야겠다고 스스로에게 다짐했지만 이후에도 그런 버릇은 고쳐지지 않았다.

결혼 후, 형은 식구들에게 잔소리와 불만을 쏟아내는 일이 꽤 잦아졌다. 그 또한 이전에는 볼 수 없던 모습이었다. 그 과정에서 경희는 불평을 하기도 했다. 형의 잔소리가 듣기 싫어서 형수까지 보기 싫다는 것이다.

"아니꼬워서 못 봐 주겠네, 정말!"

형이 잔소리를 하면 경희 입에선 영락없이 그 말이 튀어나왔다. 하지만 난 형의 입장을 충분히 이해할 수 있었다. 그토록 아름다운 아내가 식구들을 위해 희생하고 헌신하는 모습을 가만히 지켜만 본다는 게 어디 쉬운 일이겠는가.

다만 복실이만은 시종일관 형수를 경계했다. 복실이는 아무리 혼을 내도 형수만 보면 으르렁댔다. 으르렁대는 복실이를 보고 있으면 내가 다 미안하고 민망해질 지경이었다. 복실이는 강아지 때부터 15년째 우리가족과 함께 살았다. 원체 순하고 영리해 일단 집 안에 들어갔다 나온 사람은 식구로 알아보는데 형수만은 예외였다. 형수가 아무리 맛있는 밥을 주고 친해지려해도 그녀만 다가가면 영락없이 이빨을 드러내는 것이다.

"저 개새끼 내다 팔아버릴까?"

막 퇴근해서 들어오던 형이 형수를 보고 또 으르렁거리는 복실이를 보고 내뱉은 소리였다. 복실이가 다시 으르렁거리자 형은 갑자기 대문 옆에 세워둔 마대자루를 집어 들어 윙 소리가 나도록 복실이를 후려쳤다. 복실이가 캑 하고 비명을 질렀다. 난 여태껏 형이 그처럼 난폭하게 구는 모습을 본 적이 없다. 다리를 얻어맞은 복실이는 절뚝거리며 개집으로 들어가 낑낑거리며 신음했다. 그리고 나서도 형은 분이 풀리지 않는지 몽둥이로 개집을 위협적으로 두들기며 소리를 질러댔다.

"이 개새끼, 안 나와? 안 나와?"

형수가 형의 팔을 잡고 말리며 뭐라고 말을 하는 것 같았지만 알아들을 수는 없었다. 마루에 있던 아버지가 그런 형을 보고 한 마디 했다.

"개가 뭘 안다고 그렇게 심하게 때리냐?"

순간 형이 발끈하며 소리를 질렀다.

"세상에 자기 주인도 못 알아보는 개새끼가 어디 있다고 역성을 드세요? 아무리 짐승이라도 은혜를 모르는 건 키울 필요가 없다고요!"

형이 아버지에게 그토록 무례하게 말하는 모습도 처음 봤다. 어릴 때부터 누구한테 맞고 들어와도 마음에 담지 않을 정도로 숙맥인 형이었다. 아마 그렇지 않았다면 여태 이런 희망 없는 집에 얽매여 살지도 않았겠지만.

아무튼 결혼 후 형은 늘 신경이 곤두서 있다는 느낌이었다. 신경을 써서 그런지 늘 몸과 마음이 피곤해 보이는 것이다. 엄마가 그런 형 앞으로 다가가 넙죽 인사를 하고 말했다.

"안녕하셔요? 누구세요? 우리 집에 왜 왔어요?"

내가 그런 엄마를 잡아끌며 말했다.

"엄마, 지금 형 기분 안 좋으니까 그냥 놔둬요."

하지만 엄마는 내 팔을 뿌리치고 다시 형 앞으로 쪼르르 달려가서 말했다.

"우리 선상님이 친구끼리 싸우면 안 된다고 하셨어요."

형이 짜증이 가득한 표정으로 말했다.

"엄마, 그만 좀 해. 이젠 지친다, 정말!"

형수가 다시 형에게 뭐라고 속삭이며 방으로 잡아끌었다. 워낙 음성이 작아 둘이 얘기할 땐 아예 소리가 들리지 않았다. 형과 형수가 방으로 들어가자 마루에서 아니꼽게 둘을 지켜보던 경희가 한마디 했다.

"아니, 새언니는 좀 시원시원하게 큰 소리로 말하면 안 되나? 꼭 일부러 저러는 것 같아."

"말이 되는 소리를 해라. 뭐 하러 일부러 그래?"

"옛날부터 말을 입 안에서 우물거리는 사람은 속이 음흉해서 그렇다는 말 있지 않아? 새언니도 우리 앞에서만 효부인 척하고 큰오빠 앞에선 앵앵거리는 거 아냐? 그렇지 않고서야 큰오빠가 저렇게 변할 수가 있어?"

난 형이 들을 새라 얼른 인상을 썼고 아버지도 핀잔을 줬다.

"상호는 몰라도 너희 새언니는 욕하면 안 되지! 그리고 상호도 할 만큼 하는 거야. 요즘 세상에 그 정도면 효부고 효자지."

경희가 입을 삐죽거리더니 엄마를 끌고 방으로 들어갔다.

식구들이 모두 들어간 후 난 복실이를 살폈다. 다리가 잘못 되었는지 제대로 움직이질 못했다. 복실이는 저녁 내내 낑낑거렸다. 내일이라도 시간이 되면 병원에 데려 가봐야 할 것 같았다. 나는 이런저런 잡념으로 마음이 불편했다. 이해는 하면서도 형의 모습이 낯설기도 했고 서운하기도 했다. 형은 형수와 또 술을 마신 모양이었다. 건넌방에서 식구들을 원망하는 큰소리가 몇 번 났고 새벽에는 비명을 지르는 것 같은 커다란 잠꼬대가 몇 번이나 들렸던 것이다.

나는 심란한 기분으로 잠이 들었고 모처럼 꿈을 꿨다. 정체를 알 수 없는 시커먼 짐승이 어슬렁거리며 대문을 넘어와 복실이를 잡아먹는 꿈이었다. 거대한 짐승의 시뻘건 송곳니가 목덜미를 꿰뚫을 동안 복실이는 제대로 짖어보지도 못하고 낑낑대기만 했다. 꿈은 흑백이라는데 복실이의 목덜미에서 흘러나온 피는 너무도 선명한 붉은 색이었다. 복실이는 퀭한 눈을 껌뻑이며 날 쳐다봤고 짐승은 뱃가죽을 찢고 내장을 게걸스럽게 집어삼켰다. 내가 할 수 있는 일은 아무것도 없었다.

나는 소스라치게 놀라 잠에서 깼다. 둘러보니 내 다락방이었고 주변은 아직 컴컴했다. 축축한 식은땀이 온몸에서 배어나왔다. 우리 집엔 이 다락방까지 합쳐 방이 모두 세 개 있다. 건넌방은 형과 형수가 쓰고 다락방과 붙어 있는 안방은 아버지와 엄마, 그리고 경희가 함께 쓴다. 벽장 미닫이 문 같은 다락방 문을 열면 곧바로 안방으로 이어졌다.

새벽 3시를 조금 넘은 시간이었다.

다락방엔 내 얼굴 하나도 빠져나가기 힘든 작은 창문이 달려 있다. 그리로 내다보면 마당이 똑바로 보인다. 악몽을 꾼 탓에 난 괜히 복실이가 보고 싶어 창문을 열고 마당을 내려다봤다. 어스름한 달빛에 드러난 마당은 사물의 형체만 간신히 식별할 정도다. 마당은 어두운 그림 속 풍경처럼 적막했다. 평소 복실이는 바깥에서 웅크리고 자는데 오늘은 제 집에서 자는 듯했다.

창문을 닫으려는 순간 뭔가가 움직이는 기척이 느껴졌다. 난 얼른 얼굴을 다시 창문으로 가져갔다. 마당에 꿈속에서 본 것 같은 시커먼 형체의 그림자가 쓰윽 나타났다. 그림자는 미동도 하지 않은 채 복실이 집을 내려다보고 섰다. 어둠 속 어디선가 낑낑대는 복실이 소리가 들려왔다. 가만 보니 개집 속에서 두 개의 광채가 번들거렸다. 복실이가 밖을 내다보며 낑낑대고 있었던 것이다.

마당에 서 있는 사람은 다름 아닌 형수였다. 무슨 일인지 형수가 팔짱을 끼고 마당 한가운데서 복실이를 내려다보고 있었다. 처음엔 잠이 안 왔거나 복실이와 친해지고 싶어서 마당에 나온 것이 아닐까 짐작했다.

하지만 형수는 한가로이 마당을 거닐지도 복실이에게 다가가지도 않았다. 그저 말없이 복실이를 노려만 보고 있을 뿐이다. 주변 어둠보다 더 짙은 그림자가 그런 형수의 주변을 물들이는 것 같은 착각이 일었다. 그 때문인지 형수의 뒷모습은 음산했고 오싹한 느낌을 주었다. 나는 지금 형수가 어떤 표정을 짓고 있을지 무척 궁금했다.

이상한 건 또 있었다. 낮에는 그토록 으르렁대던 복실이가 지금은 겁을 먹고 제집에서 낑낑대고만 있다는 점이었다. 내가 잠깐 시선을 돌렸다가 다시 봤을 때 형수는 사라지고 없었다. 사람이 움직이는 소리도 들리지 않았고 인기척도 없었다. 마치 처음부터 거기 아무도 없었던 것처럼.

뒤숭숭한 밤이 지난 다음 날은 휴일이었다. 외출을 했다가 집에 들어왔는데 복실이가 보이지 않았다. 간밤의 일이 떠올라 가슴이 철렁하고 내려앉았다.

난 마루에 누워 있는 아버지에게 물었다.

"아버지, 복실이는요?"

아버지가 대답 대신 굳은 표정으로 한숨을 쉬었다. 그때 건넌방에서 자다가 깼는지 형이 부스스한 얼굴로 문을 열고 나오며 말했다.

"복실이 죽었어!"

난 깜짝 놀라서 소리를 질렀다.

"그게 무슨 말이야? 복실이가 죽다니! 왜?"

"몰라. 뭘 잘못 먹었는지 점심 때 내내 토하고 거품을 물더니 갑자기 축 늘어지더라고."

"대체 뭘 줬기에?"

"주긴 뭘 줘? 평소 먹던 거 줬지. 네 형수 오늘 지원봉사 하는 날이라 교회에 가서 내가 대신 줬다, 왜?"

형은 어제 늦게까지 술을 마신 탓인지 피곤한 표정이 역력했고 말투도 신경질적이고 거칠었다.

"그럼, 병원이라도 데려갔어야지."

"그럴 시간도 없었어. 몇 번 캑캑거리더니 눈을 까뒤집고 안 움직였다니깐. 그 개새끼 잘 죽었어. 주인도 못 알아보는 개가 세상 천지에 어디 있어?"

4

복실이가 죽은 후 집안 분위기는 이상할 정도로 가라앉았다. 식구들 사이의 대화도 눈에 띄게 줄어들었다. 아니, 대화가 사라진 건 형수가 들어오면서부터다. 형수는 워낙 말이 없었다. 하루 종일 함께 있어도 필요한 말 외에는 하지 않는다. 어쩌다 말을 해도 소리가 너무 작아 말을 한 것 같지가 않다. 형수와 함께 있다 보면 다른 식구들도 덩달아 목소리가 작아지고 조심스러워진다.

집안 분위기는 여자가 좌우한다는 말이 있다. 물론 부모님 수

발을 형수가 하면서 경희나 내 외출이 잦아져 집에 있는 시간이 줄어든 탓도 있고 결혼 전에 식구들과 웃고 떠들던 형이 결혼 후 완전한 아웃사이더가 돼버린 탓도 있을 것이다. 언제부터인지 형은 식구들에게 방어적으로 변했고 형수 눈치를 보느라 신경은 점점 날카로워졌다. 덕분에 형과 나머지 식구들과의 관계는 점점 소원해지고 불편하게 변해갔다.

그러던 차에 경희가 집 밖에서 날 불러냈다. 밖에서 할 얘기가 있다는 것이다. 우린 집 근처 놀이터에서 만났다.

"할 얘기가 있으면 집에서 하지."

경희가 평소와 달리 심각한 표정으로 대뜸 입을 열었다.

"내가 새언니 뒷조사를 좀 해봤거든?"

"뭐?"

난 뜻밖의 소리에 황당한 표정을 지었다.

"뭐 하러 그런 짓을 하고 돌아다녀?"

"솔직히 작은오빠도 궁금하지 않아? 새언니가 어떤 사람인지? 눈치 보니까 나보다 더한 것 같던데?"

"말 함부로 하지 마!"

"우리 피차 솔직해지자고. 물론 나도 새언니가 들어와서 엄마, 아버지 수발 들어주니까 편하고 좋아. 아니지, 어떻게 보면 내가 제일 신났지. 밥도 안 해도 되고 그 지긋지긋한 청소도 안 해도 되고. 근데 있잖아 아무리 생각해도 수상한 건 수상한 거야. 서로 얼굴 마주칠 때마다 불편하고 꺼림칙해. 실은 내가 몇 번 이런저런 말로 속을 떠봤는데 말을 전혀 안 해."

"무슨 말?"

"자기 얘기! 결혼 전엔 뭘 하며 어떻게 살았고 좋아하는 음식은 뭐고 배우는 누굴 좋아하고 텔레비전은 어떤 프로를 좋아하고. 심지어는 자원 봉사하러 다닌다는 고아원 얘기도 일절 안 해. 개인적인 걸 물어보면 항상 이런 식이야. 없어요, 몰라요, 그냥 그렇죠 뭐. 지금은 얘기하고 싶지 않아요."

"형이 그랬잖아. 과거 얘기하기 싫어한다고."

"내가 언제 과거 얘기 물어봤어? 좋아하는 배우가 누군지도 대답 못하냐고! 이건 단지 자기 얘기를 싫어하는 정도가 아니라 아예 과거가 없는 사람처럼 행동한다니깐. 결국 그게 뭘 말하겠어? 뭔가 켕기는 구석이 있다는 얘기 아냐?"

"아무리 그래도 그렇지 뒷조사가 뭐냐? 그러다 형이 알기라도 하면……"

"내가 하고 싶은 말이 그거야. 이건 큰 오빠도 알아야 한다는 거!"

경희의 흥분이 고스란히 내 심장까지 전해졌다.

"새언니가 왜 그토록 자신의 주변에 대한 얘길 안 하려고 하는지 알아냈어. 큰오빠, 속아서 결혼한 거야! 새언니는 큰오빠하고의 결혼이 처음이 아니었다고!"

"정말이야?"

"그렇다니깐! 어쩐지 이상하다했어. 생긴 것도 반반한데 왜 큰오빠하고 결혼하나 하고. 재혼도 아냐. 벌써 네 번째 결혼이야."

나도 적잖이 놀랐다. 두세 번도 아니고 네 번째라니. 막연히 뭔가 있겠다는 의혹이 들긴 했지만 막상 비밀이 밝혀지니 오히려 허탈한 기분도 들었다.

"큰오빠도 등신이야. 그것도 모르고 새언니를 무슨 여왕마마처럼 떠받들잖아."

"형은 처음부터 알았을 수도 있어."

"알았든 몰랐든 그건 상관없어. 난 솔직히 새언니가 무지 괘씸하네. 어떻게 그런 과거가 있으면서 뻔뻔하게 시치미를 떼냐? 그리고 어떻게 네 번씩이나 결혼을 하냐고? 그건 이혼을 세 번했다는 소리 아냐? 새언니 나이가 몇인데 벌써 세 번씩이나 이혼을 하냐고! 난 아직 결혼도 한 번 못했는데!"

물론 형수에게 형과의 결혼이 네 번째라는 건 내게도 꽤 충격적인 사실이었다. 하지만 난 경희와는 생각이 조금 달랐다. 요즘 세상에 결혼이야 네 번을 하던 열 번을 하던 무슨 상관인가. 유명 인사들 중에도 그보다 더 많이 결혼한 사람들이 수두룩한데. 내가 의아한 건 다른 사람도 아니고 형수처럼 착하고 순종적인 여자가 왜 이혼을 세 번씩이나 했는가 하는 점이었다.

"왜 이혼했대?"

"그건 모르지. 내가 취업 서류 떼러 동사무소에 갔다가 마침 생각이 나서 혹시나 하는 마음에 새언니 호적등본을 떼어봤지. 그거 보는데 진짜 어이가 없어서!"

경희가 자리에서 벌떡 일어나며 말했다.

"새언니 집에 있지?"

"왜?"

"가서 따져봐야지. 어떻게 된 거냐고?"

"야, 하지 마! 형이 알면 어떡하려고 그래!"

"무슨 소리야? 제일 먼저 알아야 할 사람이 큰 오빤데!"

"야, 생각해 봐. 형이 형수를 얼마나 끔찍하게 생각하는지. 또 형수를 얼마나 사랑하는지. 아마 요즘의 형 같으면 형수 대신 죽으라면 시늉이 아니라 정말로 대신 죽을지도 몰라. 그런 형한테 그 얘기했다가 뒷감당을 어떻게 하려고 그래? 또 형이 이미 다 알고 있었다면서 오히려 뒷조사한 널 원망하면?"

"몰라, 난 그런 거. 내가 무슨 죄졌어? 죄진 사람은 새언니야. 아무튼 우릴 속인 거잖아. 이대로 넘어갈 순 없어. 뭐라 그러면 이번엔 나도 들이받아 버릴 거니까!"

내가 말릴 틈도 없이 경희는 식식거리면서 집으로 빠르게 걸어갔다. 집에 들어가기도 불편해 난 저녁에 고등학교 동창인 창희와 만나 모처럼 술 한잔했다. 심부름센터에서 일하는 녀석은 술자리 내내 불륜남녀들 사진 찍고 다닌 얘기를 무슨 무용담처럼 늘어놓았는데 나중엔 듣는 것만으로도 지긋지긋할 정도였다.

밤에 집에 들어오면서는 낮의 일 때문에 은근히 걱정스러웠는데 의외로 집은 조용했다. 아버지에게 물으니 경희는 아직 들어오지 않았다고 했고 형과 형수는 일찌감치 잠자리에 든 모양이었다. 나는 모처럼 술기운에 일찍 잠자리에 들었다.

날카로운 전화벨이 울린 건 새벽2시가 조금 넘어서였다. 새벽에 울리는 전화는 짜증스럽기도 하지만 불길하기도하다. 이번엔 후자 쪽 느낌이 훨씬 강했다. 덕분에 눈을 뜨자마자 잠이 확 달아나는 것 같았다.

난 다락방 문을 열고 안방으로 내려섰다. 너무 컴컴해서 잠든 아버지와 엄마를 밟지 않도록 조심하며 움직였다. 너무 늦게 받아행여 끊어지지 않을까 싶었지만 전화는 영원히 계속될 것처럼 끈질기게 울려댔다. 아버지가 잠에서 깬 것 같은 기척을 뒤로 하고 난 얼른 전화를 받았다. 수화기 건너편에서 들려온 목소리는 건조하면서도 왠지 모르게 섬뜩한 기운을 품고 있었다.

"이경희 씨 댁이죠?"

"네, 그렇습니다."

"여기 강동 경찰선대요……."

수화기를 통해 들려온 이야기는 너무나 비현실적이었다. 그런 전화는 드라마나 소설의 주인공만 받는 줄 알았다. 난 뭔가에 홀린 사람마냥 수화기를 들고 있다가 가만히 내려놓고 돌아섰다. 어느새 안방엔 환하게 불이 켜져 있었다. 아버지와 엄마가 눈을 동그랗게 뜨고 날 쳐다봤고 방의 입구에는 잠에서 깬 형까지 서 있었다.

"무슨 전화야?"

형의 목소리에도 심상찮은 기색이 묻어났다. 난 마치 다른 사람 얘기하듯 얼빠진 음성으로 중얼거렸다.

"경희가…… 경희가…… 죽은 것 같다고……, 와서 맞는지 확인하래."

내 입으로 말을 전하고 나자 비로소 가슴 밑바닥에서 부글거리던 감정이 폭발하듯 목구멍으로 솟구쳐 올랐다. 그제야 난 견딜 수 없는 슬픔과 충격에 얼굴을 감싸고 흐느꼈다.

"그게 무슨 소리냐?"

아버지가 비명처럼 소리를 질렀고 참담하게 일그러지는 형의 얼굴도 느린 화면처럼 지나갔다. 아버지가 당신의 몸을 손으로 때리며 울부짖었고 형은 바닥에 주저앉았다. 몸을 떨며 흐느끼던 내가 퍼뜩 정신이 든 건 형이 주저앉는 순간 뒤에 서 있던 형수와 눈이 마주쳤기 때문이다. 형수의 동공이 순간 사라졌다 다시 나타났던 것이다. 처음 우리 집에 왔을 때 본 이후로 두 번째였다.

형수는 슬픔을 표현하고 싶은 듯 인상을 찡그렸지만 그 모습이 너무나 부자연스러웠다. 아마도 슬픔 자체가 뭔지도 모르는 사람이 비슷하게 흉내를 내려고 애를 쓴다면 비슷해 보일까. 형수의 눈에는 눈물은커녕 물기조차 보이지 않았다.

그날 밤 형과 난 강동서에 가서 경희의 시신을 확인했다. 경희는 단순사고로 죽은 게 아니었다. 경찰서의 차가운 시체실에 누워 있는 경희의 시신은 눈뜨고 못 볼 정도로 참혹했다. 온몸이 검붉은 피로 얼룩져 있었고 옷은 칼에 찢겨 너덜거렸다. 경찰 말로는 적어도 십여 군데 이상 칼에 찔린 것 같다고 했다. 그 순간이 얼마나 아프고 무서웠을까. 낮에 놀이터에서 본 경희의 모습이 떠올라 가슴이 먹먹하게 물들어갔다.

경찰은 금품이 그대로 있고 범행 방법이 잔혹한 점을 근거로 면식범에 의한 범행에 무게를 두고 주변에 원한을 가질 만한 인물이 있는지 조사를 하겠다고 했다.

난 놀이터에서 경희와 내가 형수에 대해 나누었던 얘기를, 경희가 형수에게 달려가 과거에 대해 따졌을지도 모른다는 얘기를 경찰에 해야 할지 말아야할지 망설였다. 왠지 그 얘기가 이번 경희의 죽음과 관련이 있을 것 같은 터무니없는 억측이 들었기 때문이다.

하지만 난 입을 다물었다. 그 얘기를 꺼냈을 때 경찰과 형의 황당해할 모습이 떠올랐던 것이다. 둘은 이렇게 물을 것이다.

'그 얘기가 경희의 죽음과 무슨 관계가 있는데?'

물론 나도 그것에 대해 설명할 어떠한 근거나 논리도 없다. 경희의 죽음과 형수가 세 번이나 이혼했다는 게 대체 무슨 관계가 있단 말인가. 맙소사. 지금 내가 무슨 생각을 하고 있는 거야. 난 스스로에게 몸서리치듯 세차게 고개를 흔들었다.

5

경희가 죽고 나서 식구들은 다들 힘들어했다. 단 한 사람, 형수만은 달랐다. 형수는 장례식 때도 울지 않았고 장례식이 끝난 후에도 경희 애기만 나오면 슬그머니 자리를 뜨곤 했다. 난 형수가 단 한 번도 먼저 경희 애기를 꺼내는 걸 보지 못했다. 대신 형수는 이전보다 더 열심히 집안일에 매달렸고 부모님 시중에도 더욱 지극정성이었다. 며칠 전에는 외출하고 돌아온 내게 아버지가 말했다.

"너희 형수한테 잘해라. 요즘 그런 효부가 없다. 오늘 네 정신 빠진 엄마가 뭔 짓을 한줄 아니? 네 형수가 힘들게 빨아서 마당에 널어놓은 이불을 몰래 걷어 와서 전부 똥칠을 했다! 아이고, 냄새가 진동을 하고 아무튼 난리가 났다! 그런데도 네 형수는 싫다는 내색 하나 없이 오늘 하루 종일 마당에서 그 더러운 이불 다시 다 빨고 헹구느라 아마 등골이 빠졌을 거다. 어디 그뿐이냐? 저 할망구 뭐가 예쁘다고 목욕까지 깨끗이 씻기고 곱게 옷까지 갈아입히더라. 원 참, 내가 다 면목이 없더라. 네 형수는 사람이 아니라 천사다, 천사!"

장례식이 끝나고 며칠 후 난 마루를 닦고 있는 형수를 뚫어지게 쳐다보고 있었다. 형수도 그런 내 시선을 느꼈는지 갑자기 행동이 부자연스러워졌다. 평소에도 형수는 다른 사람이 자신을 주목하는 걸 대단히 불편해하고 심지어 두려워하기까지 하는 것 같았다. 그런 시선을 느끼면 형수의 몸은 이내 뻣뻣하게 굳어져 행동이 부자연스러워지곤 했다. 지금도 형수는 끊임없이 내 눈치를 살피며 불편하게 걸레질을 하고 있었다.

"형수는 왜 형하고 결혼했어요?"

형수가 화들짝 놀라는 것처럼 돌아보고는 들릴까 말까한 소리로 되물었다.

"그게…… 무슨 말이에요?"

주의를 기울여 듣지 않으면 마치 소리 없이 입만 움직이는 것 같았다. 게다가 지금의 형수는 잔뜩 겁을 먹은 사람처럼 보였다.

"말 그대로 형의 어디가 좋아서 결혼했냐고요."

순간 형수의 눈빛이 변했다. 여전히 위축된 모습이지만 눈빛은 오히려 날 탐색하는 것처럼 날카롭게 번득였다.

"왜요? 내가 형을 좋아하지 않는 것처럼 보여요?"

"아뇨. 그냥 궁금해서."

잠시 굳은 것처럼 입을 다물고 있던 형수가 입을 움직이며 뭐라고 말을 했다.

"……."

난 정확히 소리를 듣지 못해 '예?'하고 반문했다. 형수가 조금 큰 소리로 말했다.

"착하니까."

난 속으로 '단지 착해서?'라고 되물었고 형수가 그런 내 생각을 읽은 것처럼 덧붙였다.

"내겐 그게 중요하거든요."

묘한 대답이었다. 중요하다니. 하긴 그동안 세 번이나 결혼에 실패했으니 무조건 착한 남자를 만나야겠다고 작정을 했는지도 모른다.

"형수는 친구 없어요? 다른 사람한테 전화 오는 거 한 번도 못본 것 같은데."

형수가 시선을 돌려 다시 걸레질을 하며 말했다. 날 훔쳐보듯 흘겨보면서.

"왜 그런 게 궁금하죠?"

"그냥요."

"그런 게…… 꼭 있어야 되나요?"

"꼭 그런 건 아니지만 친구나 아는 사람이 하나도 없어요?"

형수가 고개를 끄덕였다.

"왜요?"

"필요치 않아서."

원래 말투가 그런지는 모르지만 형수는 사람을 꼭 사물처럼 얘기했다. 내친 김에 난 더 집요하게 물고 늘어졌다.

"형수는 지금 하는 일이 힘들거나 답답하지 않아요? 하루 종일 집안일하고 환자 수발하는 거. 솔직히 말하면 내가 형수 입장이라면 견디기가 쉽지 않을 것 같은데. 나 아니라 다른 어떤 사람이라도 마찬가지일 테고."

형수의 표정이 갑자기 밝아졌고 목소리도 조금 커졌다.

"전 이런 일을 좋아해요. 봉사하는 거."

변화된 목소리와 표정이 오히려 가식처럼 느껴졌다. 난 '그런 분이 왜 세 번씩이나 결혼에 실패했어요?'라고 묻고 싶은 충동을 가까스로 억눌렀다. 나와 눈이 마주친 형수의 표정이 금방 어두 워졌고 그녀는 서둘러 걸레질을 끝냈다. 난 막 방으로 들어가려 는 형수의 등에 대고 물었다.

"혹시…… 그날, 경희가 죽기 전날 낮에 형수한테 아무 말도 안 했어요?"

형수의 양어깨가 움찔하는 게 보였다. 형수가 가만히 서 있다 가 돌아서서 입을 움직였다.

"기억이 없네요."

형수는 그 어느 때보다 싸늘한 얼굴로 방으로 들어 가버렸다. 이상했다. 불과 일주일 전의 일이고 경희가 죽기 바로 전날인데 기억이 없다니. 아버지 말로는 그날 분명 경희가 집에 들렀고 형 수와 무슨 얘기인가를 나눴다고 했다. 경희가 무슨 얘기를 했을 지는 짐작이 간다. 따라서 기억이 없다는 건 거짓이다. 형수는 왜 거짓말을 하는 것일까. 자신의 과거를 알고 있는 사람이 경희 한 사람이라고 믿고 있는 것일까. 영원히 과거를 숨길 수 있다고 생 각하는 것일까.

창희한테서 연락이 온 건 그 다음 날이었다. 심부름센터에서 일하는 녀석에게 형수에 대한 조사를 부탁했던 것이다. 커피숍에 들어서자 먼저 와 있던 녀석이 손을 번쩍 치켜들었다. 그가 몇 가 지 서류를 내밀며 입을 열었다.

"여기 이 사람들이 너희 형수하고 결혼했던 남자들이야."

서류에는 생전 처음 보는 남자들에 대한 신상 정보들이 담겨 있었다. 사진, 나이, 직장, 현재의 가족관계 같은 것들.

"사망? 세 명이 전부?"

내가 신음처럼 묻자 그가 고개를 끄덕였다. 난 다시 서류를 쳐다봤다. 놀랍게도 세 명의 남자들은 현재 모두 사망한 것으로 표기되어 있었다. 창희가 꺼림칙한 표정으로 말했다.

"솔직히 나도 무척 놀랐어. 전 남편들뿐만이 아냐. 너희 형수라서 이런 말하긴 뭣하지만 그 조은혜라는 여자, 조사를 하면 할수록 기분이 나쁘고 으스스한 느낌이 들었어. 전남편뿐만 아니라 그 가족들도 다치거나 죽은 사람들이 꽤 있어. 내가 한 가족을 만나봤는데 그 여자 얘기하니까 아예 벌벌 떨면서 너희 형수한테 저주가 붙었다는 거야. 집에 그 여자가 들어오고부터 무서운 일들이 생기기 시작했고 집안에 우환이 끊이지 않았다더군."

난 지금 이게 무슨 얘기인가 언뜻 납득이 가지 않아 멍하니 창희의 얼굴만 쳐다봤다. 창희가 불안하게 한숨을 내쉰 후 말했다.

"내가 괜한 참견을 하는 건진 모르겠지만 웬만하면 너네 형한테 그 여자하고 헤어지라고 해라. 물론 다들 우연한 사고로 죽거나 다친 거니까 그게 꼭 너네 형수 탓이라고 할 순 없겠지만, 그래도 사람이 재수란 것도 있고 운명이란 것도 있는 거잖아. 아마너네 형 결혼하기 전에 사주나 궁합 같은 거 봤으면 절대 결혼하지 말라고 했을 걸? 결혼 같은 인륜지 대사에는 그런 것도 다 봐야 하는 거야. 참, 너네 집은 아직 별 일 없는 거지? 경희는 결혼했나?"

6

나는 일찌감치 동네 놀이터에 나와 있었다. 형수가 집을 나선
건 아침 8시가 조금 넘어서였다. 휴일이라는 점을 감안하면 꽤 이
른 시간이었다. 외출 시에 형수는 주위를 거의 살피지 않는다. 집
에서도 식구들과 눈길을 마주치지 않고 낯선 사람들 속에서는
아예 고개도 들지 않는다.

얼마 전 마트에서 물건을 사는 형수를 우연히 봤는데 내가 거
의 십여 분을 뒤에 서 있어도 알아차리지 못했다. 그녀는 다른 사
람들을 아예 쳐다보지를 못했다. 계산을 할 때도 형수의 눈길은
물건에만 가 있었다. 저렇게 사람의 시선을 두려워하는 여자가 고
아원에서 아이들을 돌보며 자원봉사를 한다는 게 쉽게 납득이
가지 않았다.

아무튼 형수는 매주 일요일 그랬던 것처럼 집에 자원봉사를
간다고 하고 나왔을 것이다. 동네 어귀를 벗어나자 형수가 날 당
황하게 만들었다. 지하철을 타지 않고 택시를 잡아탄 것이다. 평
소 누구보다 검소해 보이던 사람이 자원봉사를 가기 위해 택시를
탄다는 건 뜻밖이었다. 예기치 않은 상황에 나도 황급히 손을 흔
들었고 다행히 때맞춰 온 택시를 간신히 집어탔다.

"부인인 모양이죠?"

택시기사는 내가 앞차를 따라가자고 하자 그런 엉뚱한 억측을
하며 다 안다는 듯 능글맞게 웃었다. 얼마 가지 않을 줄 알았던
택시는 거의 한 시간여를 달렸고 택시비만도 자그마치 4만 원이
넘게 나왔다. 조금만 더 달렸으면 택시비도 모자랄 판이라 나는

미터기를 보며 초조하게 마음을 졸여야 했다.

형수가 내린 곳은 서울 외곽 변두리 지역이었는데 주변엔 비닐하우스와 텃밭들이 들어차 있었다. 어디에도 고아원이나 교회처럼 보이는 건물은 없었다. 택시에서 내린 형수의 걸음이 갑자기 빨라졌다. 그녀는 마치 뭔가에 쫓기듯, 혹은 서둘러 어딘가로 가려는 듯 비포장 도로 위를 종종걸음 쳤다. 저렇게 서두를 거면 왜 택시를 타고 안까지 들어가지 않았을까 의구심이 생겼다. 혹시 기사의 눈을 피하고 싶었던 건 아닐까.

정신없이 걷던 형수가 어느 주택 앞에서 문득 걸음을 멈추더니 처음으로 뒤를 돌아봤다. 방심하고 따라가던 난 황급히 옆에 있던 전봇대 뒤로 몸을 숨겼다. 전봇대가 없었다면 영락없이 들켰을 것이다.

내가 전봇대 뒤에서 고개를 내밀었을 때 형수는 보이지 않았다. 주변에 다른 집이나 건물이 없었기 때문에 앞에 보이는 주택으로 들어간 것 같았다. 주변을 둘러봤다. 구조물이라곤 비닐하우스 몇 동이 전부였고 휴일 오전 시간임에도 사람이라곤 멀리 텃밭에서 일하는 몇 명이 전부였다.

난 주택 앞으로 걸어갔다. 벌판이나 다름없는 주변엔 오전의 가을 햇살이 따갑게 내리쬐고 있었지만 이 집만은 예외였다. 내 키를 훌쩍 넘어서는 회색빛의 높다란 담이 마치 요새처럼 집을 빙 둘러싸고 있었기 때문이다. 집이 만들어낸 커다란 그림자가 괴물처럼 비닐하우스 위로 드리워져 있었다. 하지만 집은 아무리 봐도 교회나 고아원처럼 보이지 않았다.

누구 집이기에 형수가 이곳으로 들어간 것일까.

아무리 기웃거려도 철제 대문 때문에 안을 볼 수가 없었고 어느 쪽을 둘러봐도 보이는 건 높은 담뿐이었다. 난감한 심정이었지만 일단 기다려보자는 쪽으로 마음을 정했다. 조금만 기다리면 형수가 밖으로 나와 고아원이나 교회로 향하지 않을까 하는 기대를 품고. 하지만 아무리 기다려도 대문은 열리지 않았다.

결국 난 점심까지 굶으며 꼬박 하루를 땅바닥에 앉아 보내고 말았다. 주변도 담 너머도 기이할 정도로 적막했다. 나중에는 형수가 정말 이집에 들어간 게 맞나하는 의문이 들었다. 초인종을 눌러볼까 고민하는 중에 누군가 나오는 기척이 났다. 난 비닐하우스 뒤쪽으로 몸을 숨겼다. 영원히 닫혀 있을 것 같던 대문이 열린 건 오후 5시가 다 되어서였다.

형수였다. 형수는 들어갈 때와 마찬가지로 조심스럽게 주변을 살핀 후 대문을 닫았다. 형수는 문이 확실히 잠겼는지 확인하듯 앞뒤로 잡아당겨 본 후 돌아섰다. 스스로 문단속을 하는 걸 보니 집 안에는 아무도 없는 듯했다. 그렇다면 지금까지 형수 혼자 이 집에서 뭘 하고 있었단 말인가.

형수는 올 때와 마찬가지로 빠른 걸음으로 길을 서둘렀다. 지금 대로로 나가 곧바로 택시를 타면 6시 조금 넘어 집에 도착할 것이다. 그 시간은 매주 휴일 형수가 봉사활동을 마치고 집으로 돌아오는 시간이기도 했다.

난 어떻게 해야 할지 마음을 정하지 못하고 주변을 맴돌았다. 이대로 그냥 돌아가기엔 궁금증을 참을 수가 없었다. 비닐하우스와 주변을 살피던 내 눈에 바닥에 놓인 사다리가 보였다. 난 사다리를 담에 기대놓고 올라섰다. 담 너머로 고개를 내밀자 콘크리트 마당이 보였다. 그 어떤 장식이나 나무 한 그루도 없이 콘크리트 바닥으로만 채워진 마당이었다. 도심도 아니고 이런 전원에 콘크리트 마당이라니.

난 그대로 담을 뛰어넘었고 바닥에 닿는 순간 꽤 큰 소리가 났다. 숨을 죽이고 기다렸지만 안에선 어떤 기척도 들려오지 않았다. 집 안엔 아무도 없는 듯했다. 마당에서 집 안으로 들어가는 문을 흔들어봤지만 단단히 잠겨 있었다.

벽의 한 면이 통유리로 된 부분이 있어 살펴봤지만 역시 커튼이 쳐져 있어 안을 거의 볼 수가 없었다. 그나마 커튼의 틈이 조금 벌어진 부분이 보여 나는 얼굴을 유리에 밀착시켰다. 커튼을 통과한 빛 덕분에 일부이긴 하지만 어렴풋이 실내를 볼 수 있었다. 마루와 벽면은 꽤 고급스러워보였다. 벽에는 대형 벽걸이 LCD TV도 걸려 있었다.

하지만 그게 전부였다. 마당과 마찬가지로 실내에는 그 어떤 장식물이나 가구도 보이지 않았다. 대신 바닥에 발을 디디기 힘들 정도로 많은 물건들이 아무렇게나 널려 있었다. 대부분 새로 산 물건처럼 보였고 개중에는 아직 포장도 뜯지 않은 택배 상자도 여러 개 보였다. 한쪽에는 먹다 남은 냉동 피자 조각이 바닥을 뒹굴고 있었다. 피자 조각은 언뜻 봐도 오래된 것처럼 말라 비틀어져 있었다.

집 안으로 들어가 제대로 살펴보고 싶었지만 방법이 없었다. 가슴속에서 이전과는 전혀 다른 의혹이 부풀어 올랐다.

이런 집에서 형수는 하루 종일 뭘 한 걸까.

7

　예전에는 형과 술자리도 많이 하고 대화도 자주 나눴는데 결혼 후에는 그런 시간을 거의 갖지 못했다. 덕분에 모처럼 마주한 자리가 어색하기도 했고 거리감도 느껴졌다. 지금부터 내가 형에게 할 얘기들 때문에 더 그런 생각이 드는지도 몰랐다.

　난 먼저 조심스럽게 창희에게 들은 이야기를 꺼냈다. 눈이 피곤한지 간간이 손으로 비비며 인상을 찡그린 것 외에 형은 묵묵히 내 얘기를 끝까지 들어주었다. 형은 술잔을 입에 털어 넣은 후 무거운 한숨을 내쉬고 날 똑바로 쳐다봤다.

　"그 얘기를 나한테 하는 이유가 뭐냐?"

　적어도 놀라는 시늉이라도 할 줄 알았는데 형의 반응은 의외였다.

　"혹시, 알고 있었던 거야?"

　"아니. 하지만 상관없어. 은혜가 과거에 어떻게 살았든 내겐 아무런 문제가 되지 않아. 오히려 네가 왜 은혜 뒷조사를 하고 다녔는지 이해가 안 가는군."

　"그 부분은 미안한데, 나도 느낌이 이상해서 그랬어. 그냥 우연이라 하기엔 좀 이해가 안 가잖아. 결혼할 때마다 남편이 죽고 집안에 안 좋은 일이 일어났다는 게."

　형이 술기운이 오른 불그레한 얼굴로 날 노려보며 말했다.

　"너, 대체 하고 싶은 얘기가 뭐야? 속된 말로 은혜가 재수 없는 여자라는 거야? 아니면, 저주라도 걸렸다는 거야?"

　형의 입에서 저주라는 말이 나오자 가슴이 철렁하고 내려앉았다. 순간 난 그보다 형수를 더 잘 표현할 수 있는 말은 없다는 생각이 들었다.

"솔직히 말할게! 형한텐 미안한 얘기지만 난 처음부터 형수가 마음에 들지 않았어. 그냥 꺼림칙한 느낌 있잖아. 형수가 우리 식구나 엄마, 아버지한테 정말 잘하고 있다는 건 나도 인정해. 아니, 잘한 정도가 아니지. 그런데도 이상하게 볼 때마다 꺼림칙한 거야. 물론 이것도 우연일 수 있겠지만……. 우리 집에도 형수 들어온 다음부터 우환이 생기기 시작했잖아. 복실이도 그렇고 경희도……."

"그만해, 이 자식아!"

형이 술잔을 바닥에 내팽개쳤다. 늦은 시간이라 다행히 술집에는 손님이 없었다. 난 당황해서 주인에게 양해를 구했다. 평소 형을 잘 아는 주인도 놀란 표정을 지었다. 형이 눈을 번들거리며 말했다.

"너, 이 자식! 말이면 단 줄 알아? 네 말대로라면 개새끼 죽은 것도 너네 형수 탓이냐? 너 계속 그런 식으로……."

소리를 지르던 형이 신음과 함께 눈을 감싸고 자리에 주저앉았다.

"형, 왜 그래?"

형이 대답 대신 한참 동안 눈을 움켜쥐고 있다가 고개를 들었다. 형의 두 눈이 붉게 충혈 되어 있었다.

"눈에 무슨 이상 있는 거 아냐?"

"너한테 말 안 하련다. 네 말대로라면 내 눈 아픈 것도 네 형수 탓할 거 아니냐?"

"무슨 일인데? 병원엔 가봤어?"

"됐어! 요즘 좀 피곤해서 그래. 병원에선 각막에 손상이 생겼다는데 치료받으러 다니고 있어."

확실히 형의 안색은 좋지 않았다. 아무래도 형수를 미행한 얘기까지는 하지 않는 게 좋을 것 같았다. 형수가 다녀온 그 집에 대해 어떻게 얘기해야 할지 나도 마음을 정하지 못했던 것이다.

"알았어. 아무튼 형수 뒷조사한 건 내가 사과할게."

난 술에 취해 몸조차 제대로 가누지 못하는 형을 부축해 집으로 들어갔다. 술을 많이 마신 것도 아닌데 형은 정말 몸에 이상이 생긴 건 아닐까 싶을 정도로 완전히 인사불성이었다. 대문을 넘어서는데 집이 유독 적막하단 생각이 들었다. 평소 같으면 얼른 달려 나오던 형수도 보이지 않았다.

안방에서 기이한 소리가 들려온 건 바로 그때였다. 틀림없는 아버지 음성이었다. 내가 형을 내려놓고 안방으로 달려가는데 지금까지 한 번도 들어본 적이 없는 형수의 소리가 비명처럼 터져 나왔다.

"아버님!"

방으로 달려가는 그 짧은 순간에도 불길한 예감이 전신을 휘감아왔다. 안방으로 뛰어 들어갔을 때 형수는 넋이 나간 것처럼 바닥에 주저앉아 있었고 엄마는 구석에서 빈 솥을 들고 서 있었다. 그 솥은 아버지 목욕시킬 때 뜨거운 물을 데우던 솥이었다. 바닥에는 밟기조차 힘들 정도의 펄펄 끓는 물이 흥건했고 아직도 뜨거운 김이 피어오르고 있었다. 그 한가운데 온몸이 벌겋게 달아오른 아버지가 꿈틀거리며 신음하고 있었다. 형수가 떨리는 소리로 말했다.

"제가 뜨거운 물과 섞으려고 찬물을 가지고 온 사이에 어머니가……"

순간 아무런 생각도 들지 않았고 머릿속은 하얗게 변해갔다. 엄마가 히죽 웃으며 날 보더니 넙죽 고개를 숙이고 말했다.

"인제 오셨어요?"

난 119에 전화를 한 다음 엄마에게 정신없이 소리를 지르며 악을 써댔다. 욕도 하고 온갖 못된 소리도 한 것 같은데 무슨 소리를 어떻게 했는지는 전혀 기억이 나지 않는다. 아니, 이후의 모든 일들이 필름이 끊긴 것처럼 생각이 나지 않는다. 내가 기억하는 건 응급실에서 아버지가 내지르던 고통스런 비명소리뿐이었다.

치료를 마치고 병실로 올라온 아버지의 얼굴엔 온통 붕대가 감겨 있었고 그 속에서 가늘고도 위태로운 숨소리가 새나왔다. 담당의 말로는 2도 화상이지만 워낙 몸이 약해 치료를 견딜 수 있을지 의문이라며 합병증 얘기를 했다.

난 그런 아버지 침대에 엎드려 흐느끼다가 깜빡 선잠이 들었다. 현실과 비현실의 경계에서 온갖 악몽을 다 꿨다. 소리 없이 병실 문이 열리는 순간에도 난 그게 꿈인지 현실인지 분간을 하지 못했다. 병실로 들어선 건 다름 아닌 형수였다. 분칠을 한 것처럼 창백한 얼굴에 검정색 원피스를 입은 형수의 모습은 내게 저승사자처럼 보였다.

형수가 특유의 조곤조곤한 소리로 물었다.

"좀 어떠셔요?"

난 대답하지 않았다. 가만히 날 힐끗거리던 형수가 말했다.

"설마 절…… 의심하는 건가요?"

뜻밖의 소리에 난 눈을 크게 떴다. 형수가 묘한 표정을 지으며 스스로 답을 했다.

"설마 했는데 역시 그랬군요. 하긴 도련님은 처음부터 절 안 좋게 생각했죠. 이유는 모르겠지만. 왜 그랬어요? 저한테서 뭘 보기라도 했나요?"

난 새삼 놀랐다. 형수는 처음부터 내 마음을 꿰뚫어보고 있었던 것이다. 난 왠지 불안했다. 형수가 스스로 이렇게 많은 말을 하고 얘기를 걸어온 기억이 없었기 때문이다. 내가 조심스레 입을 열었다.

"정말…… 엄마가 아버지를 이렇게 만든 겁니까?"

"제 생각에 도련님은 제가 무슨 말을 해도 안 믿을 것 같군요. 그러니 굳이 대답할 필요가 있을까요?"

내가 날카로운 음성으로 되받아쳤다.

"그럼, 형수 짓이 아니란 소립니까?"

"제가 왜 그런 짓을 해요? 설마 병 수발하는 게 힘들어서 그랬단 말은 하지 말아요. 그 일은 제가 스스로 자청해서 한 일이니까."

순간 말문이 막혔다. 늘 그 부분이 풀리지 않았었다. 형수가 무슨 이유로 이런 짓을 저지른단 말인가. 형수는 평소와 달리 분명하고도 강한 어조로 또박또박 얘기하고 있었다.

"아버님은 제가 간호할 테니 도련님은 들어가서 쉬세요. 많이 피곤해 보여요."

난 눈을 부릅뜨고 완고하게 고개를 내저었다. 내 마음을 읽은 것처럼 형수가 얼른 덧붙였다.

"걱정 마요. 이번에 또 무슨 일이 있으면 내가 책임질 테니까."

형수는 배시시 웃었고 내겐 그 표정이 너무나 무시무시해 보였다. 불길한 예감이 심장을 두드린 건 바로 다음순간이었다.

"엄마는? 엄마는 어떡하고 여기 왔어요?"

"집에 형님이 있잖아요."

엄마는 혼자 집에 두면 안 되는 사람이다. 늘 누군가 옆에 붙어 있어야 한다. 그렇지 않으면 집을 나가버릴지도 모르고 무슨 사고를 칠지 모른다. 형이 있다곤 하지만 내가 마지막으로 본 형은 엄마를 돌볼 수 있는 상태가 아니었다.

"집 나올 때 형이 깨 있었어요?"

"네. 약간 취하긴 한 것 같았지만 확실히 깨 있었어요. 자기가 병원에 가겠다기에 몸이 너무 안 좋아 보여서 제가 대신 온 거예요. 왜요?"

난 약간 취해 있었다는 형수의 말을 믿을 수가 없었다. 적어도 내 기억에 형은 거의 정신을 잃다시피 한 환자에 가까운 상태였다. 난 서둘러 집으로 전화를 걸었다. 전화벨이 아무리 울려도 형은 전화를 받지 않았다. 난 다시 형의 핸드폰으로 전화를 걸었다. 역시 받지 않았다. 끔찍할 정도로 불길한 상상이 오싹오싹 목 주위를 조여 왔다.

난 동네 슈퍼주인의 전화번호를 떠올렸다. 혹시 엄마가 길을 잃거나 할 경우를 대비해 부탁을 해놓은 집이다. 자정이 가까워오는 늦은 시간이긴 했지만 실례를 무릅쓰고 전화를 걸었다. 생사를 넘나드는 아버지를 남겨두고 내가 달려갈 수는 없었다. 핸드폰으로 걸자 슈퍼 주인이 전화를 받는데 주위가 무척 시끄러웠다. 전화 건 사람이 나라는 걸 안 슈퍼 주인이 마구 소리를 질러 댔다.

"이 사람아, 지금 어디야? 지금 자네 집에 불나서 난리 났어! 소방차도 오고 난리가 났다고! 얼른 와, 얼른!"

현기증이 일었다. 난 다급하게 물었다.

"어머니는요? 집에 형님도 있을 텐데 빠져나왔나요?"

"나오는 게 다 뭐야? 불이 너무 크게 나서 옆집에까지 번졌는데. 집에 어머니하고 형님이 있는 거야?"

나는 무엇에 홀린 사람처럼 멍하니 있다가 그대로 전화를 끊었다. 형수가 무슨 일이냐는 듯 혹은 자신은 전혀 모르는 일이라는 듯 눈을 동그랗게 뜨고 날 쳐다봤다. 하긴 모를 수도 있겠지. 형수는 내내 나하고 이 병실에 함께 있지 않았는가. 지금 형수의 얼굴은 단단하게 알리바이를 만들고 있는 범죄자의 얼굴처럼 보였다. 형수가 놀라기보다는 몹시 궁금해 하는 표정으로 물어왔다.

"왜요, 무슨 일인데요? 집에 불이라도 났대요?"

난 그 가증스러운 얼굴을 보며 몸서리치듯 말했다.

"당신 짓이지?"

"무슨 말을 하는지 모르겠네요. 나한테 왜 이래요?"

"당신이야말로 왜 이러는 거야? 우리 식구들한테 왜 이러는 거냐고! 우리가 당신한테 뭘 잘못 했다고!"

내가 위협적으로 다가서자 형수가 겁을 먹은 것처럼 몸을 웅크리더니 뭐라고 중얼거렸다. 평소 같으면 귀를 기울이고 무슨 얘기인지 들으려했겠지만 지금은 그런 여유도 의미도 없었다. 난 스스로도 통제하기 힘들 정도로 감정이 격앙되어 있었다.

"알아듣게 큰 소리로 얘기해! 내가 모를 줄 알아? 당신 정체가 뭐야? 고아원에 자원봉사를 해? 웃기지 마! 그 집 뭐야? 그 높은 담장으로 둘러쳐진 집! 집 안에 온갖 물건들이 산처럼 쌓여 있는 그 집 말이야!"

바로 그때였다. 고개조차 들지 못하고 웅크리고 있던 형수가 번쩍 얼굴을 치켜들었다. 형수가 다른 사람인 듯 날카로운 음성으로 말했다.

"날…… 미행한 거야?"

내가 뭐라고 말을 하려는 순간 형수의 눈에서 동공이 사라졌다. 형수가 흰자위만 가득한 눈으로 몸을 떨더니 잠시 후 인형처럼 눈을 깜빡이자 사라졌던 동공이 다시 나타났다. 형수는 정말 인형처럼 보였다. 감정도 표정도 없는 인형. 그 모습은 정말로 기묘하면서도 섬뜩한 느낌을 불러일으켰다. 형수가, 아니 낯선 여자가 히히거리며 웃기 시작했다.

"뭐하는 거야?"

내가 소리를 질렀지만 여자는 얼굴에 음흉한 미소를 하나 가득 담고 키득거렸다. 마치 비웃는 것 같은 여자의 웃음에 난 나도 모르게 손을 뻗었고 여자의 목을 조르기 시작했다.

"우스워? 뭐가 우스워? 우리 가족이 죽어 나자빠지는 모습이 네겐 그렇게 우습냐!"

여자가 캑캑거리더니 팔을 휘둘렀다. 다음 순간 뺨에서 불 같은 통증이 일었고 나는 여자를 놓고 얼굴을 감쌌다. 뺨에서 피가 배어나왔다. 그 사이 여자는 어느새 병실 입구에서 날카로운 손톱을 곤추세우고 앙칼지게 말했다.

"나가 뒈져버려!"

내가 악을 쓰며 달려들었지만 여자는 살려달라고 마구 비명을 지르며 병원 복도를 내달렸다. 여자의 목소리는 온 병원이 다 울릴 정도로 쩌렁쩌렁했다. 난 이내 환자 보호자들과 의사들에 의해 제지당했다. 여자는 유유히 사라졌고 그게 내가 본 조은혜의 마지막 모습이었다.

조은혜가 집에 들어온 후 복실이가 죽었고, 경희가 살해당했으며 아버지가 화상을 입었고 형과 엄마는 불에 타 죽었다. 경찰은 화재의 원인을 엄마가 솥에 옷가지를 넣고 가스 불을 켜놓아 옷가지에 불이 옮겨 붙어 일어난 것으로 최종 결론을 내렸다. 엄마는 전에도 한 번 그런 식으로 불을 낸 적이 있다. 예전에 빨래를 삶던 기억이 남아 있었는지 솥에 물도 붓지 않고 옷가지만 넣어 가스 불을 켰던 것이다. 시커먼 연기가 어마어마하게 치솟아 동네 주민들이 다 나올 정도였다.

하지만 난 엄마가 불을 냈다는 경찰의 조사결과를 절대 믿지 않는다. 틀림없이 범인은 아직 잡히지 않았고 위험한 그 여자는 지금도 세상을 활보하고 있을 것이다.

이제 난 병실에 혼자 남아 아버지 곁을 지켜야 한다. 비록 치료는 받고 있지만 아버지 또한 합병증으로 생명이 위독한 상태다. 난 아직도 내가 지금 뭘 하고 있는지 앞으로는 뭘 해야 할지 알 수가 없다. 내 삶에서 뭔가가 빠져나갔지만 그게 뭔지도 알 수가 없다.

우리 가족의 불행에 그 여자가 관련이 됐다는 확신은 있는데 경찰에는 신고할 엄두도 내지 못하고 있다. 내겐 경찰에게 범행을 주장할 만한 그 어떤 단서나 정황도 없기 때문이다. 특히 경희의 죽음은 정말 그 여자 짓이 맞는지 나조차도 의문스러웠다.

난 대신 틈만 나면 이전에 여자가 들렀던 그 외딴집을 찾아가 초인종도 눌러보고 밖에서 하루 종일 죽치고 앉아 여자를 기다리곤 했다. 그렇다고 여자를 딱히 어떻게 하겠다는 생각이 있는 건 아니었다. 다만 우리 가족에게 왜 그런 짓을 했는지 정말 여자가 한 짓이 맞는지 그것만이라도 알고 싶었다. 하지만 여자는 그 집에 단 한 번도 모습을 드러내지 않았다.

여자가 사라진 지 3주쯤 지났을 때였다. 잠깐 자리를 비웠다가 돌아왔는데 낯선 남자가 병실에서 아버지를 살피고 있었다. 누구냐고 묻자 그는 보험회사 직원이라며 명함을 건넸다. 남자는 형이 죽기 전 아버지 앞으로 상해보험과 생명보험을 들어놓았다고 했다. 금시초문인데다 형의 성격으로 보아 상당히 의외라는 생각이 들었다. 직원은 아버지를 피 보험인으로 형이 직접 계약서를 작성했다고 했다. 내가 형이 죽었는데 그럼 보험금은 어떻게 되냐고 했더니 놀랍게도 조은혜라는 이름이 튀어나왔다.

"조은혜 씨가 법적으로 배우자니까 보험금은 상속의 형태로 조은혜 씨가 수령하게 될 겁니다."

난 순간 멍했고 뭔가에 뒤통수를 얻어맞은 기분이 들었다.

"그럼, 혹시 다른 식구들은요? 다른 식구들 앞으로도 보험을 들어놨나요?"

"아뇨. 이상호 씨 아버님인 이영훈 씨 앞으로만 보험을 들어서

상해보험금이 지급될 예정이고 만약 사망하게 되면 사망보험금이 지급될 겁니다."

난 직원에게 형수의 연락처를 가르쳐달라고 했지만 거절당했다. 도저히 이해가 가지 않았다. 형이 왜 갑자기 아버지 앞으로 보험을 들 생각을 했을까.

내가 그토록 궁금해 하던 여러 의문들과 형수의 정체가 밝혀진 건 그로부터 반년쯤 지나서였다. 합병증으로 결국 아버지가 돌아가시고 한동안 견딜 수 없이 힘든 나날을 보내던 나는 다시 대학로에 나가 초상화를 그리기 시작했다.

그날은 유난히 손님이 없어 하루 종일 대학로 거리를 오가는 사람 구경만 하고 있는데 전화가 왔다. 형사라면서 날 만나 할 얘기가 있다는 것이다. 형사는 직접 대학로로 날 찾아왔다. 그는 내게 여전히 끔찍한 악몽으로 남아 있는 조은혜라는 이름을 꺼냈고 그 여자에 대한 얘기를 들려주었다.

형사는 최근 조은혜가 보험사기와 살인혐의 등으로 경찰에 체포됐다고 했다. 그녀는 보험사가 서로 정보를 공유하지 않는다는 점을 이용했다고 한다. 조은혜는 뛰어난 미모를 이용해 적당한 조건을 갖춘 남자를 골라 전략적으로 결혼했고 결혼할 때마다 남편 명의로 시댁 식구들의 보험을 들었다고 한다. 식구마다 보험사를 달리했기 때문에 보험사도 특별한 의심을 하지 않았다고 한다.

시댁 식구들의 보험을 든 다음에는 치밀하게 계획된 방법으로 상해를 입히거나 살해하여 남편이 상해보험금 혹은 사망보험금을 받도록 했고 마지막 단계에 이르면 남편을 살해해 상속의 형태로 자신이 보험금을 수령하는 수법을 썼다고 한다.

조은혜는 남편이나 그 가족들을 살해하는 수법에서도 잔혹하면서 기발한 방법을 사용했다고 한다. 술에 취해 의식이 없는 남편의 눈을 새벽마다 예리한 흉기로 찔러 실명케 한 후 그 합병증으로 숨지게 하거나 사고로 위장해 살해하였고 심부름센터를 이용해 청부살인과 방화도 서슴지 않았다고 한다.

문득 난 죽은 형이 술만 마시면 밤마다 잠꼬대처럼 비명을 지르던 일을 떠올렸다. 형도 죽기 전 눈에 이상이 있었다. 난 인사불성으로 술에 취한 형의 얼굴을 무릎에 올려놓고 새벽 내내 뾰족한 바늘로 눈을 찌르는 조은혜의 모습을 상상했다. 형이 비명을 지르면 사랑스러운 손길로 머리를 품에 안아주고 잠잠해지면 또 다시 눈을 찌르는 조은혜라는 괴물.

형사는 조은혜가 형의 명의로 아버지뿐만 아니라 우리 가족 모두의 앞으로 보험을 들었으며 날 제외한 나머지 식구들의 보험금은 이미 수령해 갔다는 말도 전해주었다. 현재도 계속 조사를 하고 있지만 조은혜의 여죄는 아직도 다 밝혀내지 못했다고 했다. 또한 쇼핑중독에 빠진 여자는 보험회사에서 받은 돈으로 TV 홈쇼핑을 통해 온갖 명품 옷들과 값비싼 물건을 닥치는 대로 사들였다는 말도 덧붙였다.

난 조은혜가 머물렀던 그 외딴집을 생각했다.

콘크리트로 된 마당과 대형 텔레비전 외에는 그 어떤 장식이나 치장도 없던 그 삭막하던 집. 바닥에는 금방 포장을 뜯은 온갖 물건들이 아무렇게나 흩어져 있고 한쪽에는 포장조차 뜯지 않은 택배상자가 수북하게 쌓여 있던 그 이상한 집. 말라비틀어진 피자 조각이 영원히 그 자리에 남아 있을 것 같은, 죽음처럼 적막하던 그 집.

대체 여자는 그 집에서 하루 종일 뭘 하며 지냈던 것일까.

여자는 왜 그토록 절실하게 돈이 필요했고 중독처럼 그 많은
물건들을 사들였던 것일까. 사람들과 눈조차 마주칠 용기가 없는
여자는 어차피 세상 밖으로 나올 수도 없었을 텐데. 난 여자에게
진정으로 묻고 싶다.

왜 그랬냐고.

두 명의 남편과 그 어머니, 오빠를 차례로 실명케 한 뒤 거액의
보험금을 타내고 자신을 돕던 지인의 집에 불을 질러 그 가족을
숨지게 하는 등 반인륜적인 '엽기 범죄'를 일삼은 20대 여성에게
무기징역이 선고됐다.

서울중앙지법 형사합의24부(이충상 부장판사)는 30일 가족에
게 중상을 입히고 타인의 집에 방화해 그 가족을 숨지게 한 혐의
등 무려 10개의 죄목으로 구속 기소된 엄 모(29, 여)씨에게 무기징
역을 선고했다고 밝혔다.

엄씨는 2001년 5월 남편 이 모씨가 수입이 적다는 이유로 수면
제를 먹인 뒤 흉기로 눈을 찔러 실명케 했으며 이듬해 2월까지 얼
굴에 끓는 기름을 붓는 등 학대를 계속하면서 그 때마다 남편이
사고를 당한 것으로 위장, 상해 보험금을 타냈다.

이듬해 남편이 합병증으로 숨지기까지 2억 8000여만 원의 보
험금을 받아낸 엄씨는 남편 장례 직후 나이트클럽에서 만나 재혼
하게 된 새 남편 임 모씨를 범행 대상으로 삼았다.

엄씨는 임씨의 눈을 찔러 시각장애인을 만든 뒤 똑같은 방법
으로 보험금 3천 8000여만 원을 챙긴 후 새 남편마저 원인불명의
화상 등을 입고 숨진 지 5개월만인 2003년 7월과 11월 어머니 김
모(52)씨와 오빠(29) 역시 차례로 실명케 했다.

　　　　　　　　2005년 10월 30일 모일간지 기사 중에서

얼음폭풍

황희

1967년 출생, 현재 미국 메릴랜드 주에 거주하고 있다. 주로 주말을 틈타 카페에서 글을 쓴다. 언제나 메뉴는 가장 싼 '보통 커피'. 살아가면서 자신의 힘으로 감당할 수 없는 것과 부딪칠때 가장 심한 불안감을 느낀다고 생각하며, 자연재해나 집단의 침묵, 폭력적인 사회 현상 같은 것들이 작품의 주요 소재가 된다. 2004년 영화진흥공사 재외동포 장편 시나리오 부문에 「썸머레인」이 당선되었다. 「숲속 간이 화장실」, 「지금 내가 갈게」, 「이웃주민 방숙자」 등이 시나리오 마켓 추천작으로 선정되었다. 「한국 공포 문학 단편선, 두 번째 방문」에 「벽 곰팡이」를 수록하였다.

폭풍이 휘몰아치고 있었다.

거리의 나무들은 무서운 소리를 내면서 폭풍의 입 안으로 뿌리째 뽑혀 나가는 듯했고, 고막을 찢을 듯 맹렬한 파도가 치는 검은 강은 아스팔트를 덮쳤다. 남편이 아이를 데리고 그 검은 물 속으로 한 발을 들여놓는 것이 보였다. 진은 목이 터져라 소리를 지르며 달리고 또 달렸지만 어쩐 일인지 조금도 그들에게로 가까워지질 않았다. 사지는 마비된 듯 움직여지지 않았고 바윗돌에 깔려 고통스럽게 죽어가는 물고기처럼 심장이 펄떡였다.

남편은 영미의 손을 꼭 잡고는 강을 향해 또 다시 한 발자국을 떼어놓았다. 제 아버지의 손에 끌려 들어가지 않으려고 필사적으로 버티며 영미가 비명을 질러댔다.

"엄마! 엄마! 나 죽기 싫어!"

영미는 팔을 내뻗어 무엇이든 잡고 버텨보려고 허우적거렸지만 뭔가에 홀린 듯 완강한 눈빛으로 또다시 한 걸음을 떼어놓는 남편은 기어이 영미를 데리고 검은 흙탕물을 건너고야 말았다. 그녀는 털썩 주저앉아 영미를 부르며 울부짖었다. 검은 강 건너편의 남편은 그제야 뒤를 돌아보며 슬프게 웃었다. 살아서는 결코 그들을 다시 만날 수 없을 것이라는 예감이 들었다.

얼마나 울었을까? 귀밑머리가 축축하다는 느낌이 들며 서서히 의식이 돌아오고 있었다. 꿈이었구나. 꿈에서 운 가슴이 아직도 쓰라렸다. '이젠 일어나서 애를 데리고 와야 해.'라고 생각했지만 의지와는 달리 몸은 납덩이처럼 무거워지며 일어나길 거부했다. 진은 거실의 소파에 가만히 누워 밖에서 들려오는 소리에 귀를 기울였다. 꿈속에서처럼 강한 바람이 불고 있었다. 끊임없이 윙윙거리는 섬뜩한 폭풍 소리. 무엇인지 알 수 없는 물체가 폭풍에 휘말려 떨어지는 소리들이 어렴풋이 들려왔다.

그제야 악몽을 뒤덮었던 먹구름이 조금씩 걷히며 완전히 현실로 돌아온 진은 눈을 떴다. 꿈에 목이 터져라 아이의 이름과 남편을 불러 댄 때문일까. 목구멍에 머리카락 같은 것이 걸린 듯 꺼칠꺼칠한 기분이 들었다.

그녀는 아랫배에 힘을 잔뜩 주고 목구멍으로 소리를 밀어내 보았다. 그러나 아무리 해도 꽉 막힌 듯한 목구멍의 갑갑함은 해소되지 않았다. 이 도시로 이사 와서부터는 늘 악몽에 시달렸고 잠에서 깨어나는 순간이면 어김없이 같은 증세가 일어나곤 했다. 진은 나지막이 한숨을 쉬었다. 그 증세의 원인을 누구보다도 잘 알고 있었기 때문이다.

유치원으로 첫 등교를 했던 날, 영미는 부모들의 손을 잡고 하교하는 친구들을 향해 "잘 가."라고 소리치며 손을 흔들었다. 그 모습을 보면서 벌써 친구를 만들었나 싶어 대견한 생각이 든 진은 당연히 인사가 되돌아 올 것이라고 믿으며 잔잔한 미소까지 띠우고 발걸음을 늦추었다. '너도 잘 가.'라고 누군가가 말해 준다면 그녀도 아이와 함께 돌아보며 우아한 얼굴로 '응, 너도 잘 가.'라고 말해 줄 참이었다. 그러나 그녀의 기대는 여지없이 무너졌다. 이상한 눈초리로 부모와 함께 흘낏흘낏 돌아만 볼뿐, 손을 흔들며 '영미야 너도 잘 가.'라고 대꾸해 주는 아이는 단 한 명도 없었다. 그럼에도 불구하고 영미는 계속해서 손을 흔들며 목이 터져라 인사를 해 댔다. 진은 가슴이 철렁해지도록 모멸감이 느껴져 아이의 손목을 낚아채고는 빠른 걸음으로 차로 들어와 다짜고짜 아이에게 화를 냈다.

"그만해! 아무도 너한테 인사 안 하잖아! 너 바보야?"

그렇게 한국말로 소리치고는 거칠게 시동을 걸고 학교 주차장을 빠져나왔다. 그날 집에 도착해서부터 잠자리에 들 때까지 그 모멸감은 끔찍하게도 진의 심장을 짓눌렀다.

그것이 시작이었다. 그 뒤로 매일 아침, 잠에서 깨고 싶지 않다는 생각이 더 강해졌고 백인들 일색인 유치원으로 아이를 데리러 가야 한다는 사실이 끔찍하도록 두려웠다.

그 차가운 외면에 아이가 받을 상처를 생각하자 절로 목구멍이 따끔거리며 아파왔다.

병이라도 나 드러누우면 남편이 대신 아일 데리러 가줄 테니까, 그러면 진은 모멸감을 매일 느끼지 않아도 되니까 하는 마음이 그런 중상으로 나타난 것이 분명했다. 누구라도 곁에 있다면 아이를 데려오는 일만큼은 대신 시키고 싶을 정도였다.

지금은 영미가 초등학교 3학년이 되었지만 그때 받은 모멸감은 어떤 병균처럼 몸속에 기생하다가 영미를 데리러 가야 할 시간만 되면 스멀스멀 신경을 타고 올라와 진을 옭아매곤 했다.

'이젠 정말 일어나야 해. 늦으면 어떡하려고 이래.'

진은 가까스로 무거운 몸을 일으켜 앉았다가 등골이 오싹해지는 기분을 느꼈다. 낮이라고 생각했는데 사방이 밤처럼 어두웠던 것이다. 맙소사 도대체 지금 몇 시야! 하는 생각이 퍼뜩 들었다.

"영미야."

아이를 학교에서 데려온 기억이 없다. 그녀는 본능적인 공포에 사로잡혀 아이의 이름을 불렀지만 아이의 목소리는 되돌아오지 않았다. 진은 다시 소리 높여 이름을 불렀다. 목소리의 끝이 갈라지며 떨려왔다. 아이가 집에 없다는 것이 확인 되는 순간이었다.

순식간에 패닉 상태에 빠져 버린 진은 벌떡 일어나 재빨리 전기 스위치를 올리고 벽시계를 보았다. 시계는 12시를 가리키고 있었다. 밤 12시인지, 낮 12시인지 분간이 가지 않았다. 낮잠을 잔 건 아이를 학교에 내려주고 온 뒤인 아침 9시 20분경이었다. 열두 시간 이상 낮잠을 잤을 리는 없다.

낮 12시라면 어째서 밖이 이렇게 어두운 걸까?

그제야 밖에 폭풍이 몰아치고 있다는 사실이 떠올랐다. 폭풍이 휘몰아치고 있다고 해도 그렇지. 이렇게 컴컴할 수가 있을까. 그래. 지금은 밤이 아닌 낮 12시다! 하교 시간은 오후 3시 반. 아이는 지금쯤 학교 식당에서 점심을 먹고 있겠지. 근데 왜 이렇게 불안할까. 진은 심장 근처를 손바닥으로 꾹 누르고 무의식적으로 전화기를 들었다. 회사에 있을 남편에게 폭풍이 심해졌으니 오는 길에 운전 조심하라는 말을 하려던 참이었다. 그러나 다음 순간 진은 망연자실해졌다.

진을 휘감고 있던 불안의 정체가 선명하게 떠올랐던 것이다. 그 것은 단지 폭풍 때문이 아니라 끔찍했던 어젯밤의 마지막 통화 때문이었다.

남편의 목소리는 공포에 질려 있었다.

"진아 잘 들어. 나 미쳤나 봐. 날 좀 도와줘. 당신한테 말하지 않아서 미안해. 카지노에서…… 돈, 돈을 모두 날려 버렸어. 처음 에는 앉은 자리에서 4만 불이나 땄단 말이야. 4만 불이면 나 몇 개월 월급이야. 그런데…… 그런데 으흐흑. 그 돈, 아니 우리 은행 돈까지 모조리 날려버렸어. 나 어떡하지? 우리 이제 어떡하지?"

진은 남편이 무슨 소리를 하는지 도무지 알아들을 수가 없었 다. 진이 뭐라고 말하기도 전에 전화는 일방적으로 끊겨 버렸고 이후로 휴대폰도 되지 않았다. 진은 다시 전화가 올까 봐 뜬 눈으 로 울면서 밤을 꼬박 새웠다. 남편의 말이 사실이라면 그들의 미 래와 꿈이 어젯밤 카지노에서 흔적도 없이 사라져버렸단 소리였 다. 진의 머릿속으로 진창 속을 허우적거리는 것만 같은 막막함 이 이어졌다.

오늘 아침, 동이 트기 무섭게 남편의 수첩에 적힌 회사 사람들 의 집마다 전활 걸어 다짜고짜 남편이 어디 있는지 아느냐고 물어 댔다. 그러나 아무도 남편이 어디 있는지 알지 못했고 심지어 어 떤 사람은 몇 번씩이나 남편의 이름을 발음해 주고 한국에서 온 남자라고 설명을 덧붙이자 겨우 "아. 그 사람."이라고 했다. 그러나 그 역시 남편이 어디에 있을지는 추측조차 하지 못했다. 직장동료들 사이에서 남편의 부재감이 여실히 느껴져 전화기를 든 채 혼자 울먹이고 말았다. 그렇게 몇 번 전화를 돌리는 동안 남편에게 무슨 일이 생겼는지를 알게 됐다.

공중분해.

멀쩡하게 잘 다니던 남편의 회사가 공중분해된 것이다. 어째서 왜 그렇게 되었는지는 누구도 설명해 주지 않았다. 그러나 그 회사가 문을 닫은 것은 한 달 전이었다고 했다. 한 달……. 지금까지 남편은 월급을 꼬박 가지고 왔고 같은 시간에 출근을 했고 밤늦게까지 일을 하다 피곤에 절은 모습으로 돌아왔다. 그제야 출근을 한다고 해 놓고 어디에서 그 많은 시간을 보낸 것인지, 월급으로 들고 온 돈은 어디에서 나온 것인지 그리고 어째서 카지노를 가게 된 것인지 모든 상황을 짐작할 수 있었다. 매일 아침 웃는 얼굴로 집을 나서야만 했던 남편의 속마음을 생각하자 미치도록 마음이 아팠다.

남편은 지금 이 시간까지 전화 한 통도 없었다. 절망에 휩싸여 죽음을 생각하고 있을지도 모를 남편과 미래에 대한 막막함에 울컥 눈물이 치밀어 올랐다.

'나쁜 자식 지금 어디에 있는 거야. 돈 없다고 사람이 죽니. 그냥 돌아와 주기만 해. 두 사람이 힘을 합치면 어떻게든 살 수 있을 거야.'

진은 찔끔찔끔 새어 나오는 눈물을 손등으로 억척스럽게 닦아 냈다. 떨리는 두 다리에 힘을 주고 일어나 베란다 창문을 향해 다가셨다. 무심히 블라인드를 걷어내던 진은 소스라치게 놀랐다. 창밖을 회색의 벽이 가로막고 있었다. '이게 뭐지?'라고 의문을 가지는 순간 그것이 눈이라는 것을 알았다. 눈이 베란다 유리를 뒤덮고 있었던 것이다. 밖은 눈 외에 아무것도 보이지 않았다. 심장이 덜컹 내려앉았다.

언제 이렇게 눈이 많이 온 걸까.

아침엔 이렇지 않았다. 뉴스에도 이 정도의 심각한 눈 폭풍을 예고하지는 않았다. 이런 상황이라면 아이들은 분명 조기 퇴교를 했을 것 같았다. 순간 눈앞이 아득해지며 현기증이 일었다.

조기 퇴교!

아일 데리고 와야 한다. 전학 온 지가 몇 달 되지 않아 백인들 일색인 아이의 학교에는 아는 학부형도 없었다. 누구 하나 아이에게 관심을 가져 줄 만한 처지가 아니라는 사실이 그녀를 더욱 불안하게 만들었다.

늦은 것이 아니길 바라며 떨리는 손으로 전화기를 들고 66구역 선셋힐(sunset hill) 초등학교의 전화번호를 눌렀지만 전화는 불통이었다. 자신이 잠든 사이 난리가 난 것이 분명했다. 무서운 환상이 뇌리를 스쳐갔다. 영미는 울면서 엄마를 찾으며 서 있고 학부모들은 자신의 아이들만을 황급히 차에 태워 폭풍을 뚫고 집으로 돌아가는 장면이었다. 학교 문이 닫히고 영미 혼자 겁에 질려 어둠 속에서 바들바들 떨고 있을 모습을 상상하자 공포가 전신을 휘감았다.

문득 자동응답기의 불이 켜져 있는 것을 발견한 진은 잠바를 입으며 황급히 재생 버튼을 눌렀다.

"선셋힐 초등학교 비서 미시즈 케이에요. 오늘 날씨 때문에 11시에 수업 일정을 모두 마쳤습니다. 영미만 남았어요. 어서 데리러 와주시기 바랍니다."

바보같이 어째서 전화가 온 것도 듣지 못하고 잠을 잤던 것일까. 안타까움과 불안으로 심장이 옥죄어왔다.

진은 다급하게 신발을 신으며 리모콘으로 TV를 틀었다. 치직하는 잡음과 함께 화면은 심하게 흔들리고 있었고 사납게 불어오는 얼음 폭풍에 마이크를 든 아나운서의 몸이 휘청거렸다. 아나운서의 보도는 자꾸 끊겨 무슨 소린지 알아들을 수가 없었고 화면은 온통 눈에 파묻혀 버린 도시와 도로의 눈을 파헤치는 제설차량을 비춰주고 있었다. 화면의 하단에는 오마하를 비롯하여 이웃의 모든 학교가 조기 퇴교를 한다는 빨간색의 경고 문구가 쉴 틈 없이 올라오고 있었다.

"치직, 오전 10시를 전후해서 내리던 눈은 얼음 폭풍과 함께 끔찍할 정도의 속도로 쌓이고 있습니다. 치직……, 11피트의 눈폭풍이 몰아 치……, 치직, 얼음 폭풍은 오마하를 덮치겠습니다. 빨리 가까운 대피소로……, 치직, 안전하게 대피……, 스쿨버스가 운영되지 않으……."

영미야…….

머릿속이 하얗게 비면서 오금이 저려왔다. 혼미한 의식으로 앓듯이 흐느끼며 차 열쇠를 찾아 두리번거렸다. 진의 머릿속엔 온통 영미 생각뿐이었다.

이대로라면 너무 떨려 운전조차 하지 못할 것 같았지만 이를 악물었다. 어서 학교로 달려가 아이가 무사하다는 걸 확인하고 안전하게 집으로 데려오고 싶었다. 진은 한국에서 미국으로 들어올 때 챙겨 왔던 우황청심환을 꺼내 입 안에 넣고 우물우물 씹으며 아파트 문을 열고 나왔다.

바깥은 엉망이었다. 모든 차들이 눈 속에 깊이 파묻혀 있었고 사방은 온통 눈이었다. 이런 상황에서 학교까지 제대로 갈 수 있을지 불안이 엄습했다. 그녀는 아침에 차를 주차한 지점을 어림잡아 나아가 눈을 헤쳤다. 눈을 조금 파헤치자 빨간색 사이드 미러가 나타났다. 1974년도 현대 액셀. 진의 차였다. 그러나 반가움도 잠시 진은 아찔해졌다.

'어쩌지 삽은 차 트렁크 속에 있는데'

진은 망설일 틈도 없이 처녀시절부터 끼고 다니던 낡은 가죽장갑을 꺼내 착용하고 차의 트렁크 부분에 쌓여 있는 눈을 두 손으로 허겁지겁 파내기 시작했다. 비교적 쉽게 파지는 윗부분의 눈에 비해 아래로 내려갈수록 눈은 딱딱하게 굳어 있었다. 그쯤에서 눈은 더디게 줄어들었고 시간은 점점 눈 속으로 녹아들어가는 것 같았다. 작은 체구의 영미가 겁에 질려 우는 얼굴이 속수무책으로 떠올랐다. 진은 입술을 깨물며 미친 듯이 눈을 파냈다.

문득 하얀 눈 위로 붉은 피가 방울방울 번지기 시작하자 그녀는 행동을 멈추었다. 발광하듯 파낸 눈은 차의 표면에도 미치지 못했다. 대신 장갑의 가죽이 굳은 눈에 쓸려 구멍이 나면서 손끝의 살이 터져버린 것이다. 손가락은 이미 얼어붙어 아픔조차 느껴지지 못했다. 오직 삽이 절실히 필요하다는 생각뿐이었다.

진은 급히 주위를 살폈다. 저쪽 주차장에서 검은 털모자를 쓴 바싹 마른 백인 남자가 커다란 삽으로 눈을 파내고 있는 것이 보였다. 그의 밴은 이제 완전히 모습을 드러내고 있었고 바퀴 근처에 쌓인 눈만 파내면 될 것 같았다.

진은 지금까지 살아오면서 단 한 번도 남에게 도움을 요청해본 적이 없었다. 없으면 없는 대로 불편하면 불편한 대로 참고 살아왔고 무엇이든 자신의 손 안에서 해결하는 것을 원칙으로 살아왔다. 그런 점은 남편도 마찬가지였다.

처음에는 낯선 이방인들에게 거절을 당할까 그것이 두려워서 그랬지만 이후에는 나름대로 삶의 패턴이 되어 그렇게 사는 것에 큰 불편을 느끼지 못했다.

저 백인 남자도 지금 진 못지않게 삽이 필요할 테니 빌려달라고 하면 거절당할 것이 분명했다. 그러나 남의 입장을 따질 상황이 아니라는 판단이 들었다. 진은 무작정 백인 남자 앞으로 가서 섰다. 심장이 요동쳤다. 첫마디를 어떻게 꺼내야 할지 알 수 없었다. 사람이 왔다는 걸 느끼면서도 돌아보지 않는 남자의 쌀쌀맞은 행동에 더 위축된 진은 입술을 질근 깨물었다.

"저……, 삽, 삽을 좀 빌려주세요."

남자는 대꾸하지도 돌아보지도 않았다. 진은 울컥 화가 치밀었다.

"저기요. 삽 좀 써도 될까요?"

"바쁜 거 안 보이시나?"

남자는 여전히 파는 데만 열중했다.

"아저씨. 지금 제가 좀 급해서 그래요. 학교에 아일 데리러 가야 해서요."

그는 계속 삽질을 하며 고개를 가로젓기만 했다. 차가운 바람이 뼛속까지 불어 들어와 이가 딱딱 부딪쳐왔다. 진은 피가 나도록 입술을 깨물었다. 어찌되었건 이 남자라도 설득해서 삽을 빌려야만 했다. 그가 아무리 바쁘다고 한들 진처럼 아이 문제가 걸려 있진 않을 것이라고 생각했다.

"다른 애들은 부모들이 모두 데리고 가고 내 딸 아이 혼자만 학교에 남아 있어요! 날씨가 이렇게 미쳐 날뛰는지 몰랐다고요!

"……!"

아이라는 말 때문이었을까? 아니면 버럭 소리를 질러서였을까? 그제야 남자는 삽질을 문득 멈추고 얼굴을 들었다. 뜻밖에도 남자의 시선은 진의 꽉 쥐어진 두 손에 가 있었다. 꽁꽁 얼어붙은 새빨간 손가락을 의아한 표정으로 훑어보더니 이윽고 고개를 들고 진을 쳐다봤다.

"나 원 참……."

남자는 투덜거리며 트렁크를 열었다. 진은 순간, 트렁크 안에 들어있는 다른 삽을 보았다. 씨발. 속으로 욕이 터져 나왔다. 이기적인 새끼. 삽을 두 개나 가지고 있으면서 모른 척해?

"빨리 쓰고 돌려줘. 지금 슈퍼엔 삽이 다 팔려버려서 살 수도 없으니까."

남자는 추위에 잔뜩 얼어붙은 얼굴을 확 구기며 삽을 건네주었다. 삽을 받아든 진은 자신의 차를 향해 미친 듯이 뛰었다. 운전석 문을 열 수 있을 정도와 차바퀴가 나갈 수 있을 만큼의 눈만 파면 그대로 달려 나갈 생각이었다. 진은 단단히 삽을 잡고는 딱딱하게 굳어버린 눈을 파내기 시작했다.

"나쁜 자식! 옹졸한 백인 놈."

두 개나 가지고 있으면서 빌려주지 않으려고 했던 놈을 향한 욕이 삽질을 할 때마다 반사적으로 튀어나왔다.

'개자식. 개새끼. 씨발 놈! 놀부 같은 놈!'

그리고 그 욕은 희한하게도 삽질을 하는데 엄청난 힘이 되어 주었다.

가까스로 눈을 파내고 아파트 주차장을 빠져나와 도로로 접어들고 보자 상황은 더욱 열악했다.

눈은 미친 듯이 공기 사이를 휘저으며 섬뜩한 소리로 퍼붓고 있었고 빠르게 움직이는 와이퍼에도 불구하고 차창 밖은 한 치 앞을 볼 수 없는 상황이었다. 유리창 위로 와이퍼가 한 차례 지나간 그 짧은 순간에도 살얼음이 끼고 두꺼운 눈이 쌓였다. 평소대로면 10분이면 도착할 거리인데 30분이 지나도 채 반을 가지 못했다. 진은 자신의 몸이 꽁꽁 얼었다는 것을 깨닫고는 히터를 켰다. 뜨거운 바람이 곧바로 불어나왔다. 시선이 연료판에 가 닿았다. 기름이 얼마 남지 않았다. 겁이 덜컥 났다.

74 현대 액셀은 이미 닳을 대로 닳아빠진 고물이었다. 언제 멈춰 설지 알 수 없었다. 도로 한복판에 멈춰 서서 영미를 데리러 가지도 못하고 발만 동동 구르고 있는 자신의 모습이 떠올라 진은 재빨리 히터를 껐다. 방금 한 상상은 절대로 일어나서는 안 되는 최악의 상황이었다.

모두가 떠나고 없는 텅 빈 학교 안에 홀로 남아 있을 아이 생각을 하자 조급해진 마음에 손바닥에선 진땀이 흐르고 온 몸은 팽팽하게 긴장됐다. 사륜구동이 아닌 진의 차는 조금만 액셀을 밟거나 브레이크를 밟으면 사방으로 미끄러지며 빙그르 돌기가 일수였다. 팽팽한 긴장 속에서 시속 5마일로 달리며 진은 끊임없이 중얼거렸다.

'침착해. 침착해. 넌 할 수 있어. 영미는 무사할 거야. 아무 일도 없었다는 듯 엄말 기다리고 있을 거야. 미시즈 케이가 전화를 했으니까 마지막까지 영미를 잘 보호해 주고 있을 거야.'

'아냐, 그 여자도 자기만 살아남으려고 벌써 학교에서 떠났을 걸. 어느 누가 백인도 아닌 동양인 여자 애 하나를 지켜주려고 남아 있겠어?'

'그래도 공무원인데.'

'혹시 경찰이 보호하고 있는 건 아닐까. 그러면 아이가 겁에 질려 있을 텐데……'

경찰이든 누구든 상관없었다. 누구든 아이를 데리고 있어주길 바랐고 아이 혼자 집을 찾아 학교를 떠나지 않았기를 바랄 뿐이다. 평소에도 겁이 많은 그녀는 온갖 최악의 시나리오를 생각하며 운전을 했다.

도로 여기저기로 눈 속에 처박혀 있는 차들이 보였다. 전파 방해로 치직거리는 뉴스에서는 얼어 죽은 거리의 홈 리스들에 대한 보도가 계속되고 있었다.

휘몰아치는 폭풍을 뚫고 구급차량이 비틀거리며 기어가고 사방에서 사이렌 소리가 들려왔다. 인근 주민들에게 대피소로 피신하라는 신호였다. 아우성을 치며 대피소로 도망가는 사람들과 바닥에 넘어져 사람들의 발에 밟혀 비명을 질러대는 사람들의 모습이 영상처럼 떠올랐다.

시시각각 눈이 쌓이는 도로 위로 앞서간 차들이 만들어 놓은 타이어 자국들이 보였다가 순식간에 사라졌다. 앞서 달리는 차도 연신 미끄러지기만 했다.

그녀는 앞 차들과 충돌할까 두려워 적당한 거리를 유지하려했지만 마음이 급해 그것조차 마음대로 되지 않았다. 몸과 마음이 따로 움직였다.

한 치 앞을 볼 수 없는 뿌연 눈보라 속으로 들어서는 차들의 빨간 후미등은 들어서자마자 눈 속으로 사라졌다.

"신, 넌 할 수 있어. 할 수 있어. 영미는 안전하게 있을 거야"

어깨를 잔뜩 모으고 운전대가 부서져라 잡고는 온 신경을 집중한 채 중얼거렸다. 자기 최면이라도 걸지 않고서는 차바퀴의 방향과 다르게 헛 돌아가는 운전대와 중앙선을 넘어 제멋대로 움직이는 차를 감당할 수 없었다.

맥박은 초시계 바늘처럼 펄떡였다. 끔찍한 폭풍 소리에 아이 울음소리가 뒤섞여 들려오는 것만 같았다.

저 앞으로 언덕이 보였다. 언덕, 하고 생각하자 머릿속이 텅 비며 다리가 딱딱하게 굳어왔다. 눈앞에 보이는 급경사가 진 하얀 언덕은 전혀 눈이 치워지지 않은 채 방치되어 있었고 그 언덕은 아이의 학교로 가는 유일한 길이었다.

도저히 넘을 수 있을 것 같지가 않았다. 몸이 덜덜 떨려왔다. 학교는 언덕 지대를 지나 저지대에 위치해 있었다. 날씨가 좋은 날에도 저 언덕을 넘는 것은 일종의 공포였다. 언덕 중간쯤에 앞 차들이 정차해 있기라도 하면 브레이크를 밟아야 했고 밟았다 떼는 순간 차가 뒤로 미끄러져 내리는 것이 다반사였다. 비가 오는 날이면 더욱 끔찍한 상황이 연출되는데 지금 같은 상황이야 두말할 필요도 없었다. 차라리 차를 세우고 내려서 걸어가는 것이 더 빠를 것 같았다.

하지만 진은 액셀을 세게 밟았다. 바퀴가 헛돌며 눈을 튕겨냈다. 눈은 양 사방으로 분수처럼 치솟았다. 조금씩 앞으로 나아간다 싶었지만 결국은 다시 미끄러져 내려왔다. 이렇게 미끄러운 길을 다른 차들은 어떻게 넘었을까? 그러고 보니 뭔가 이상했다. 진은 몇 번을 시도하던 끝에 눈 위로 다른 차들이 지나간 흔적이 보이지 않다는 것을 깨달았다.

'다른 길이 있는 게 아닐까? 나는 모르고 그들만 아는. 다른 길. 그렇지. 다른 길이 있을 거야. 부모들이 아이를 태워갔으면 분명 눈이 치워진 길이 있을 거야.'

진은 샛길을 찾기 위해 후진 기어를 넣었다. 후진을 한다 싶은 순간 덜컥, 차가 어딘가로 빠지는 기분이 들더니 기울어진 상태로 바퀴만 헛돌았다. 어딘가에 바퀴가 빠진 것이 분명했다.

진은 코트 후드를 턱밑으로 단단히 묶고 헤진 장갑을 낀 손으로 차 문을 열었다. 차가운 눈과 함께 회오리치는 섬뜩한 폭풍 소리가 퍼붓듯 쏟아져 들어왔다. 운전석에서 발을 내리자 푹, 하고 눈 속으로 몸이 빨려 들어갔다. 악. 비명을 내지르며 순식간에 공포에 질려 버린 진은 본능적으로 주위를 살폈다. 짙은 눈보라 속엔 무슨 일이 일어나도 도와줄 인적이라고는 없을 것 같았다. 얼굴로 휘몰아치는 눈가루는 눈 속으로, 콧구멍 안으로, 입 안으로 파고들었다.

'침착해, 침착해. 넌 할 수 있어.'

자기 최면을 걸며 눈 속에 빠져 버린 바퀴를 살펴보았지만 도무지 자기 혼자 힘으로는 어쩔 수 없다는 판단이 들었다. 어딘지 모를 샛길을 찾아간다고 시간을 낭비하느니 아는 길로 가는 것이 좋을 것 같다는 판단이 섰다. 서두르지 않으면 지금보다 더욱 참혹한 사태가 몰려올 것만 같아 겁이 더럭 났다. 두 발로 걸어간다면 오히려 차보다 더 빠르게 저 언덕을 넘을 수 있을 것 같았다. 언덕만 넘으면 곧장 아이의 학교였다.

정신을 바짝 차리고 한 발, 한 발, 눈을 헤치고 앞으로 나아갔다. 눈 속으로 몸이 쑥쑥 빠져 들어갔다. 온 몸이 얼어버려 급기야 감각이 없어졌을 때쯤 진은 네 발로 기는 짐승처럼 눈을 헤치고 언덕을 기어 올라갔다.

어느 정도 올라서자 저 밑으로 학교가 보였고 제설 차량이 학교를 중심으로 동그랗게 눈을 파 놓은 것이 보였다. 학교는 기괴한 동굴 같은 모양으로 재앙의 눈에 뒤덮여 있었다.

"영미야!"

내리막길을 구르듯 미끄러져 내려온 진은 딸의 이름을 외치며 학교로 뛰어 들어 갔다.

"영미야! 으흐흑."

어서 대답해. 엄마. 나 여기 있어! 하고 달려 나와!

텅 빈 학교 안은 침묵에 싸여 있었다. 모두 돌아간 듯 사람이라고는 단 한 명도 보이지 않았다. 진은 아이의 이름을 외치며 차가운 복도를 달렸다. 복도의 끝으로 서무실이 보이고 왜소한 체격, 검은 단발머리에 검은 눈동자를 한 아이가 백인 비서 미시즈

케이의 풍만한 허벅지 위에 앉아서 지겹도록 읽고 또 읽은 해리
포터 책을 소리 내어 읽고 있는 것이 보였다.

"엄마!"

진을 발견한 영미가 미시즈 케이의 허벅지에서 미끄러지듯 내
려와 반가움에 비명을 지르며 달려왔다.

"영미야!"

영미를 끌어안은 진은 자기도 모르게 참았던 울음을 터트리고
말았다. 아이처럼 엉엉 울면서 한국말로 울먹였다.

"엄마 무서웠단 말이야. 얼마나 무서웠다고. 우리 영미 잃어버
릴까봐서!"

옷자락으로 엄마의 눈물 콧물을 닦아주는 영미를 보고 있던
미시즈 케이가 진에게 조용히 휴지를 내밀었다.

학교 앞 노인 아파트에 살고 있는 미시즈 케이의 요청으로 집
밖으로 나온 몇 명의 노인들은 노련한 솜씨로 진의 차를 구덩이
위로 빼주었다.

"폭풍이 저녁 무렵 되면 더 심해진다니까 얼른 집으로 돌아가.
해지면 운전하기도 어려울 거야."

허리가 굽은 할머니가 말했다. 고마운 마음을 어떻게 표현해야
할지 어색해하며 쩔쩔매는 진과는 달리 영미는 시원스럽게 노인
들을 힘껏 포옹했다. 미시즈 케이는 따스한 미소로 진을 꼭 안았
다가 등을 툭 쳤다.

"서둘러요."

운전석에 올라 탄 진은 시동을 걸었다. 집에까지 무사히 돌아
가야 하는 것이 관건이었지만 영미와 함께 있다는 사실만으로 안

심이 됐다.

"영미야. 엄마 너무 무서워서 오줌까지 쌀 뻔했다."

"에이 바보."

"진짜야. 엄마가 얼마나 놀랐는지 알아?"

"왜 놀래?"

"다들 가고 너 혼자만 남아서 울고 있을까 봐."

"미시즈 케이가 있잖아."

아이는 당연하다는 듯 되물었다.

"미시즈 케이가 잘해줬어?"

"응."

당연하다는 듯 고개를 끄덕이던 영미는 다음 순간 부끄러운 듯 살짝 웃으며 다음 말을 이었다.

"사실 나도 첨에는 울었어. 다들 엄마나 아빠가 와서 데리고 가는데 나만 남았잖아. 아무리 기다려도 오지 않아 너무 무서웠거든. 학교 청소부 탐 아저씨랑. 미시즈 케이가 마지막까지 남았는데 미시즈 케이가 걸(girl)은 걸끼리 있어야 된다면서 나랑 있어줬어."

가끔 진의 눈에 비친 미시즈 케이는 예순 정도의 백인 할머니로 머리 모양은 단정한 커트에 백발을 하고 있었고 주름진 입가에는 늘 다정한 미소를 잃지 않는 여자였다.

"미시즈 케이는 애들한테 인기가 많아. 애들은 아프지도 않으면서 목 아프다고 꾀병 부리고 미시즈 케이한테 가거든?"

"왜?"

"왜냐면 미시즈 케이가 레몬 사탕을 갖고 있다가 그런 애들한테 하나씩 주는 거야. 그 사탕 먹으려고 그러는 거지."

"넌? 너도 그랬어?"

"헤. 헤. 그 사탕 되게 맛있어. 엄마도 하나 먹어볼래? 다음에 학교가면 목 아프다 그러고 하나 받아서 갖다 줄까?"

"됐네. 이 사람아. 그 사탕 어디가면 살 수 있는지 알아와. 엄마가 가득 사서 미시즈 케이한테 갖다 주게."

"정말?"

"응."

"하지만 우린 돈 없잖아?"

"에이 그 정도는 있어."

"오케이."

영미 덕분에 유쾌해진 진은 차갑게만 느껴지는 이 마을 백인 중에도 그녀같이 사려 깊은 사람이 있다는 사실에 가슴속이 따스해져 왔다. 어쩌면 백인들이 아니라 진 스스로가 인종의 피해의식에 사로잡혀 있는 것인지도 모른다는 생각을 난생 처음으로 해보았다.

"그런데 아빠?"

영미가 물었다.

"아빠⋯⋯."

차마 아이에게 진실을 말해줄 수 없었다. 말한다고 해도 영미가 이해할 만한 것이 아니었다. 어쩔 수 없이 거짓말을 하기로 했다.

"아빠 출장 갔지. 곧 오시겠지?"

파산이라고 했다. 매일 밤 직장에서 일이 밀려 늦게 돌아온다고만 생각했었는데 그 시간에 남편은 카지노에서 피를 말려가며 돈을 잃고 있었다. 남편의 일이 떠오르자 다시 절망감이 고개를 쳐들었다. 같이 한 이불 속에서 잠을 자고 매일 얼굴을 보며 지냈던 자신이 어떻게 일이 이 지경이 되도록 눈치를 채지 못한 걸까. 자괴감이 들었다. 진은 한숨을 내쉬었다. 한숨 끝으로 온갖 불길한 생각들이 꼬리를 물고 눈덩이처럼 불어났다.

눈앞으로 시퍼런 불빛이 번쩍인 것도 자각하지 못하고 멍청하게 앞으로만 달리고 있는 데 갑자기 꽝! 하고 천둥번개가 바로 차 앞에서 터졌다. 망막이 네거티브 필름처럼 검어지며 시퍼런 불빛의 잔상만이 남았다.

"꺄악!"

영미가 비명을 질렀다.

오싹한 전율이 등을 타고 내렸다. 바로 눈앞에서 세상이 찢어지는 듯한 소리를 내며 거대한 전신주가 진의 차 앞으로 쓰러졌다. 끊겨나간 전선 가락들이 휘몰아치는 폭풍에 살아있는 전기뱀장어처럼 꿈틀거리며 전기를 튕겨내고 있었다.

"엄마. 무서워. 아빠가 있었으면 좋겠어."

브레이크를 꽉 밟은 진의 오른쪽 무릎이 주체할 수 없이 덜덜 떨리더니 온 몸이 함께 떨려오기 시작했다.

"여, 영미야. 어, 엄마 어떻게 하지? 엄마 이 길 말고는 집에 가는 길 몰라. 어쩌지? 응? 어쩌지?"

진은 자기도 모르게 영미에게 매달리며 중얼거렸다. 아이의 학교, 집. 몇 군데의 슈퍼마켓. 진이 아는 도로는 그것이 전부였다.

진의 차 뒤로 달려오던 차가 쓰러진 전신주를 발견한 듯 깜빡이를 넣고 유턴을 하는 것이 보였다. 어디로 가야 할지 알 수 없던 진은 무작정 그 차를 따라 유턴을 했다. 광폭한 폭풍에 차가 뒤집힐 듯 흔들렸다. 연료판의 바늘은 가장 밑바닥의 붉은 선 밑으로 내려가고 있었고 차는 기름이 떨어져 간다는 경고의 소리를 내기 시작했다.

진은 앞서 달려가는 차를 놓칠까 봐 바싹 붙어 그 차를 따라 도로를 달렸다. 진을 송두리째 부수고야 말겠다는 듯 운전석 유리창 앞으로 커다란 우박덩이들이 부딪혀 왔다. 영미도 난생 처음 들어서는 낯선 거리에 잔뜩 겁을 집어먹은 듯 동그랗게 눈을 뜨고 입을 꾹 다문 채 창 밖에만 시선을 고정시키고 있었다. 앞서가던 차는 오른쪽 깜빡이를 넣더니 고급 주택가 단지로 들어가 버렸다. 길잡이를 잃어버린 진은 자신의 헤드라이터 불빛에만 의존한 채 깜깜한 어둠 속을 달렸다. 울퉁불퉁한 길에 차가 어느 한쪽으로 기울기만 해도 다시 바퀴가 빠지는 일을 당하게 될까봐 더럭 겁부터 집어 먹었다. 울음이 터져 나올 것만 같았다.

"엄마. 나, 이 길 알아!"

영미가 손가락으로 세븐일레븐을 가리키며 소리쳤다. 잠시 희망이 엿보였지만 세븐일레븐은 어느 동네에나 같은 모양을 하고 있어 그것만으로 위치를 파악할 수는 없었다. 게다가 문을 닫았는지 어스름한 불빛만이 밝혀져 있었다. 진은 주차 장소로 들어와 차를 세웠다.

"여보, 이 지도 당신 차에 넣어둬."

남편의 목소리가 불쑥 떠올랐다.

"지도는 무슨……. 지도도 볼 줄 모르는데. 우리가 언제 지도 필요할 일이 있으려고? 만날 다니는 그 길이 그 길인데. 어디 남들처럼 휴가를 갈 것도 아니고."

"갑자기 무슨 일이 생길지도 모르잖아."

그래 지도! 자기도 모르게 소리를 지르며 진은 실내등을 켜고 지도를 찾았다. 지도를 펼쳤지만 도무지 자신이 어디에 있는지를 알 수 없자 지도도 무의미했다.

"아빠가 우리 집은 남쪽에 있대. 그러니까 남쪽으로 따라 내려 가면 되잖아?"

"남쪽?"

그러고 보니 차를 세운 곳 앞으로 사거리가 뻗어 있었고 남쪽 으로 내려가려면……. 집을 찾을 수 있겠다는 생각이 들었다. 진 은 시동이 걸리지 않을지도 모른다는 불안한 생각을 하며 조심스 럽게 시동을 걸었다. 다행히 시동이 걸려 주었다. 남쪽으로 방향 을 돌려 5분 정도 달렸을까 갑자기 차체가 덜덜 떨리기 시작하더 니 탕탕 하고 폭발음이 들려오기 시작했다. 차가 서고야 말 것이 라는 불안감이 덮쳐왔다.

"여기서 서면 안 돼! 조금만 더. 조금만 더! 제발!"

진은 필사적으로 매달렸다.

"엄마! 저거 우리 아파트 아냐?"

영미가 소리가 지르며 가리키는 그곳에 진의 아파트 입구가 보 였다.

아파트로 들어온 진은 차의 속도를 줄이고 가장 가까운 주차 공간에 차를 세웠다. 한 무리의 주민들이 손전등을 들고 어딘가 를 향해 황급히 달려가고 있는 것이 보였다. 자신만 모르는 일이 벌어지고 있는 건 아닐까. 잠시 가라앉았던 불안감이 다시 치밀어 올랐다. 차문을 열자 사이렌 소리가 터지듯 들려왔다. 아파트 주민들은 비상 대피소로 가고 있는 것 같았다. 진은 차에서 내리자마자 그들처럼 눈보라를 뚫고 대피소를 향해 달려갔다.

아이를 안고 달리면서도 좁은 대피소에서 벌어질지도 모를 최악의 상황들이 걱정스러웠다. 대피소는 아파트 주민 모두를 수용할 만한 공간이 아니었다. 누군가는 대피소 안에 들어갈 수 없을 것이 분명했다. 그 누군가가 진의 가족이 아니길 바랐다. 그 순간에도 남편에 대한 생각이 떠올랐지만 지금은, 아이와 함께 들이닥치는 재앙의 폭풍을 피해 살아남는 일이 우선이었다. 달리는 진의 발이 빨라졌다.

대피소의 공간은 입구까지 사람들로 가득 차 있었다. 진은 대피소 안으로 들어가지도 못한 채 어정쩡하게 입구에 멈추어 섰다. 광적으로 휘몰아치는 폭력적인 얼음 폭풍으로 인해 딱딱하게 굳은 표정을 한 사람들이 그녀를 한 번씩 쳐다보고는 고개를 돌렸다.

진은 그들의 사나운 눈빛에 질려 버렸다. 그들은 거대한 바위였고 진은 그 바위에 깔린 물고기였다. 맥박이 뛰며 목구멍이 턱턱 막혀왔다. 사람과 사람 사이를 좀 더 좁혀주면 몇 사람은 더 들어갈 수 있는 공간이 만들어 질 텐데도 누구 하나 거리를 좁히려 하지 않았다.

처음 이 도시로 이사를 왔을 때도 그랬다. 마을에는 동양인이라고는 찾아 볼 수 없어 저절로 위축감이 느껴졌었다. 온통 백인들 일색이었고 간혹 흑인 한둘이 보일 뿐이었다. 맥도날드를 가든 KFC를 가든 어떤 곳에서든 진의 가족이 들어서면 보지 않는 척 하며 흘깃흘깃 이상한 눈길로 지겹도록 돌아보곤 했다. 그 눈초리 를 견뎌내기 힘들어 오랫동안 마음이 상해 바깥 출입을 거의 하 지 않고 은둔자처럼 지내기도 했다. 소수민족을 무시하는 듯한 그 눈초리. 그것은 학부형들 사이에서도 마찬가지였다.

여기서도 차갑고 매서운 눈초리가 괴물처럼 진의 정신을 야금 야금 갉아 먹고 존재감을 뒤흔들어 놓고 있었다. 눈초리라는 괴 물과 모멸감이라는 자괴감에 둘러싸인 진은 질식할 것만 같았다. 괴물은 삽시간에 진과 영미를 둘러싸고는 점점 거리를 좁혀왔다. 진은 그 눈초리를 피해 바닥에 시선을 고정시키고 이빨을 앙다물 며 모멸감을 견뎌내려고 노력했다.

진땀이 흘렀다. 지금 여기에 남편이 있다면. 남편의 따스한 손 을 잡을 수만 있다면. 이들의 눈초리가 이토록 두렵지는 않을 것 같았다.

"안으로 움직여 주세요."

대피소와 연결되어 있는 위층 사무실에서 내려온 아파트 직원 은 입구에 걸쳐 서 있는 인원들을 모조리 대피소 안으로 밀어 넣 었다. 덕분에 억지로라도 간격을 좁힌 사람들 사이를 비집고 들어 가 대피소 안에 설 수 있었다.

대피소 안에서는 라디오로 간간이 전해지는 소식 외엔 도무지 바깥의 상황을 알 수 없었다. 시간이 지나 상황이 더 나빠진 건 지 아파트 측에서는 커다란 박스를 들고 들어와 담요와 비상식량 주머니를 나누어 주기 시작했다.

"반 지하를 비롯해 아파트 전체가 거의 눈에 파묻혀 버렸고 맨 위층은 지붕이 날아가 버렸습니다. 아파트 계약 서류 사인할 때 주택 보험 들어 놓으신 분들은 보험에서 보상 받으시게 될 겁니다."

사람들이 웅성거리며 직원을 쳐다보았다. 그러나 그는 더 이상의 설명을 덧붙이지 않았다. 보험이라니 무슨 보험? 진은 남편이 아파트 보험을 들어놓았는지 아닌지 조차 모르고 있었다.

"그리고 현재 외부와도 차단되어 최대한 비상식량은 아끼도록 하십시오. 장기화 된다면……."

노련해 보이는 아파트 직원은 사람들을 동요시키기엔 이르다는 생각을 한 것인지 말끝을 흐렸다. 한 가족당 한 주머니의 비상식량이 나눠지는 동안 영미는 식량주머니를 받아가는 사람들의 손을 집요하게 쳐다보고 있었다. 배가 고파 보였다. 보통 때라면 하교해서 간식을 먹고 있을 시간이 아닌가. 피해의식에 사로잡힌 진은 혹 자신들에겐 차례가 돌아오지 않아 아이가 상처를 받을까 미리부터 걱정이 됐다.

"곧 집에 들어 갈 수 있을 거야. 그때까지만 좀 참자. 집에 가면 엄마가 영미 좋아하는 야채 만두 구워줄게."

진은 영미에게 속삭였다.

"그때 아빠랑 나랑 같이 만들었던 만두 아직 남아 있어?"

"응."

대답하는 진의 목소리가 떨렸다. 그런 적이 있었지. 진의 가슴 속으로 잠시 슬픔이 일렁였다. 부엌 식탁에 세 가족이 둘러 앉아 만두를 빚던 적이 있었다. 그때의 남편과 딸아이의 웃음소리가 아직도 귓전에 선했다. 어째서 행복한 순간은 영원히 계속되지 않는 것일까? 불행의 시간에 비해 행복의 시간은 항상 짧았다는 생각이 들었다.

다음 차례는 어느 인도인이었다. 인도인이 식량주머니를 향해 손을 내미는 순간이었다. 시종일관 못마땅한 표정으로 차례를 기다리고 있던 중대가리 백인 남자가 벌떡 일어서더니 인도인을 밀어 버리고는 직원이 들고 있는 상자를 강제로 빼앗았다. 사람들은 놀란 시선으로 그를 주목했다. 식량 주머니를 가로챈 남자는 자신의 가족으로 보이는 아이들과 아내 그리고 가까운 이웃들로 보이는 사람들에게 그것을 먼저 나누어 주었다. 그들은 서로의 눈치를 보면서도 주머니를 받아 챙겼다. 차례를 기다리던 사람들의 인상이 험악하게 일그러졌지만 누구 한 사람 나서는 사람 없이 날카로운 침묵만이 흘렀다. 여차하면 터져버릴 것 같은 위태로운 침묵이었다.

"씨발, 그 상자 내려놔."

사람들 속에서 누군가의 목소리가 튀어나왔다. 우락부락한 근육질의 흑인 남자가 주먹을 쥐고 상체를 일으켜 세웠다. 흑인 특유의 누런 색깔을 한 눈동자는 증오심에 불타는 것 같이 보였다. 사람들의 시선이 한꺼번에 흑인 남자에게 쏠렸다.

"너 방금 뭐라 그랬어? 멍청한 니그로 새끼."

네브라스카의 대표 축구 팀인 붉은 악마의 약자 N이 새겨진 티셔츠를 입은 백인 남자는 아예 인종을 씹으며 거칠게 나왔다.

"뭐? 니그로? 이 씹할 화이트 트래시(백인 쓰레기) 같은 새끼가!"

백인 남자에게 결코 지지 않겠다는 듯 흑인이 욕지거리를 내뱉자 실내는 순식간에 팽팽한 긴장감에 휩싸였다. 진은 두 사람을 주시하는 사람들의 얼굴에서 기묘한 것이 꿈틀거리는 것을 눈치채고는 오싹한 전율을 느꼈다. 그것은 색깔이 다른 이 두 사람이 피터지게 싸워주길 바라는 듯한 얼굴이었다. 그렇게 해서라도 재앙의 공포로부터 긴장감을 해소시키고 싶은 것이 분명했다. 문제가 일어난다면 두 패로 나뉠 것이다. 소수 쪽과 주류 쪽. 또는 흑인 남자 하나를 두고 집단 폭행이 일어날지도 모를 일이었다.

먼저 주먹을 날린 것은 커다란 덩치의 백인 남자였다. 그리고 잽싸게 피하며 백인 남자의 옆구리에 주먹을 꽂은 것은 흑인 남자였다.

"으읔!"

백인 남자가 옆구리를 움켜잡으며 몸을 일으키지 못하자 그의 뒤에서 백인들의 무리가 서서히 상체를 일으키고 섰다.

반대로 흑인 남자의 가족인 듯한 아프리카계 여자는 바싹 겁에 질려 6살 정도로 보이는 아들을 와락 끌어안았다. 진은 그녀의 눈에서 공포와 살의를 동시에 느꼈다.

"좆 같은 니그로 새끼!"

백인이 침을 뱉으며 소리쳤다. 여기저기서 편을 드는 듯한 백인들의 조소가 이어졌다.

"쓰레기 같은 새끼들! 덤벼 봐."

아내를 등 뒤로 세우고 죽으면 죽었지 당하진 않겠다는 저돌적인 눈빛으로 흑인이 대꾸했다. 그때였다. 날카로운 시선으로 지켜보고 있던 나이가 지긋하게 든 백인 직원이 매섭게 눈을 치켜뜨고 입을 열었다.

"두 사람 모두 더러운 입 닥치고 조용히 하시오. 아이들 앞이란 걸 잊지 마시오."

목소리는 강한 힘이 배어 있었고 그의 말대로 아이들의 눈초리가 어른들을 지켜보고 있었다. 흑인의 아내가 남편의 어깨를 잡자 그는 마지못한 듯 살기를 억누르며 상체를 낮추었다. 그러나 그의 검은 주먹은 여전히 꽉 쥐어진 그대로였다.

백인 남자는 비상식량 주머니 상자를 직원에게 돌려주었다. 아파트 직원은 침착한 행동으로 식량 주머니를 다음 차례의 사람들에게 나누어 주었지만 담배를 꼬나물고 있는 뚱뚱한 백인 여자와 진의 앞에서 식량주머니는 끝이 났다. 직원은 흘끗 진과 아이를 돌아보았다. 진은 그 눈빛 속에서 조금의 동정심이나 관심을 기대했지만 어떠한 메시지도 읽을 수 없었다.

인종차별에 대한 분노가 치밀어 올랐지만. 뚱뚱한 백인 여자도 식량 주머니를 받지 못한 상황이라 인종 차별이라고 느끼기에도 뭣했다. 그러나 분명 가슴 밑바닥에서 치밀어 오르는 울컥한 심정에 진은 꿀꺽 숨을 삼켜야만 했다. 그때였다.

"이건 불공평해!"

갑자기 영미가 두 눈을 또렷하게 뜨고는 사람들 앞에서 보란 듯 외쳤다.

"저 사람이 두 개나 가졌어!"

영미의 작은 손가락이 방금 전의 백인 남자를 지목했다. 사람들은 일제히 영미가 지목한 백인 남자를 쳐다보았다.

"이 쥐새끼 같은 중국 년아! 넌 네 나라로 돌아가서 살아!"

백인 남자는 비열한 표정으로 영미를 쏘아보았다. 진은 남자가 금방이라도 영미에게 달려들어 손찌검이라도 할 것 같아 재빨리 영미를 자신의 등 뒤로 숨겼다. 아이에게 어떤 해코지라도 한다면 목숨 따위 내팽개치고는 저 놈을 물어뜯어 죽여 버릴 참이었다. 그런데 영미는 엄마의 손을 뿌리치고는 당당하게 앞으로 나와 섰다.

"그래? 내가 쥐새끼 같은 중국 년이면 넌 살만 뒤룩뒤룩 찐 머리 나쁜 양키 새끼야! 세계사 공부 좀 더 해! 여긴 인디언의 땅이고 이민자들의 나라야! 그리고 난 중국애가 아니라 한국 애야!"

영미의 고음이 대피소 안으로 쩌렁쩌렁 울렸다.

앙상궂게 따지며 대드는 영미의 낭창한 목소리에 사람들은 두 눈을 동그랗게 뜨고 자그만 체구의 동양인 아이를 놀랍다는 듯 쳐다보았다.

대피소 안의 모든 사람들은 영미와 거대한 체구의 백인 남자를 재미있다는 듯 번갈아 쳐다보았다. 그럼에도 불구하고 사람들의 눈초리에 주눅들어하는 진과는 달리 영미는 사람들의 눈초리 따위에 조금도 무서워하는 기색이 없었다.

"저 애 말이 맞네."

누군가 영미를 두둔했다.

"쳇! 이민자들의 나라 좋아하시네. 이민자들이 우리 밥그릇 뺏어간다는 소린 못 들었나?"

누군가 분노했다.

제멋대로 중얼거리는 소리들이 들려오며 대피실 안은 묘한 기류에 휩싸였다. 영미를 바라보고 있던 직원의 눈썹이 꿈틀했다. 진은 과연 그가 어떤 반응을 보일지 바싹 긴장했다. 그때였다. 대학생으로 보이는 백인 여자 한 명이 환호성을 지르며 박수를 쳤다.

"쟤가 옳아!"

팽팽하게 긴장되어 있던 대피소 안으로 또 다른 사람의 목소리가 들려왔다

"저 아이 몫을 줘."

그는 진에게 삽을 빌려준 심술궂어 보였던 남자였다. 진을 향했던 매서운 눈초리들이 이번엔 식량주머니를 슬쩍한 문제의 백인 남자를 향해 집중됐다. 모두들 그를 비웃듯 쳐다보았다.

백인 남자는 적의가 담긴 눈을 지켜뜨며 영미에게 마지못해 식량 주머니를 던져줬다. 식량주머니를 받아든 영미가 아이답게 생긋 웃었다. 후 하고 진은 안도의 한숨을 내쉬었지만 폭풍이 지나가고 난 다음에 있을지도 모를 보복을 떠올리지 않을 수 없었다.

어른들은 식량주머니를 열어보려는 아이들을 달래거나 겁을 줬다. 참을 때까지 참아보자는 심정으로 식량주머니를 꽉 움켜쥔 사람들은 라디오 소리에 귀를 기울인 채 언제 돌아갈지도 모를 막막함에 지쳐갔다.

점차 천정의 전등 빛이 약해진다 싶더니 라디오 소리는 끊겨버리고 이윽고 실내는 어둠에 잠겼다. 여기저기서 나지막한 비명 소리가 들려왔다.

"여러분 동요하지 마십시오. 지금까지는 자체 동력으로 버텨왔습니다. 여기 촛불이 준비되어 있습니다. 옆 사람에게 한 자루씩 나눠주십시오."

침착한 아파트 직원의 안내에 따라 사람들은 하나 둘씩 촛불

을 밝혀들었다. 그들은 쪼그리고 앉은 채, 불안한 표정으로 타오르는 촛불만 응시하고 있었다.

도대체 이런 상황에 남편은 어디서 무엇을 하는 것일까? 이제 이 아파트 월세를 내지 못해 나가야 할 상황이 되면 영미를 데리고 돈 한 푼 없이 어떻게 살아가야 하는 걸까. 아무리 생각해 봐도 해답 따위는 존재하지 않았다. 진은 질끈 눈을 감았다. 해결책이 없는 질문은 생각하지 않는 것이 오히려 낫다는 생각이 들었다.

"엄마, 아빠가 출장 간 곳도 이럴까? 비행기가 뜨지 않아서 집에 못 오는 거 아냐?"

아빠에 대한 걱정이 가득 담긴 눈으로 영미는 진을 올려다보았다. 진은 딸의 어깨를 꼭 끌어안았다.

한참 만에 위층으로 올라갔던 그 직원이 다시 내려오는 것이 보였다. 좋은 소식을 가져왔길 기대하며 모두의 시선이 그에게 집중됐다.

"다행히 비상 경계령이 해지되었습니다. 그러나 지금 오마하 전체가 정전입니다. 도로는 엉망이고 집들은 부서졌어요. 도심에서는 은행이 털리고 폭동이 일어났습니다. 카지노에서는 총격전이 벌어져 경찰 한 명이 죽었고 범인은 도주 중이랍니다……"

진은 심장이 덜컹하고 떨어져 내리는 것만 같았다.

카지노의 총격전?

설마 남편은 아니겠지. 그이는 총 따위 가지고 있지 않으니까. 그래, 그 사람이 아니야. 진은 그렇게 믿으려고 노력하며 직원의 다음 말에 귀를 기울였다. 그러나 자꾸 무겁게 가라앉으며 초조해지는 마음은 어쩔 수 없었다.

"경찰들은 도로에서 최대한 자신들의 일을 할 것입니다. 그러니 여러분들도 집으로 돌아가서서 정전이 해결 될 때까지 조용히 자신이 할 일을 하며 기다려주시기 바랍니다. 한 분씩 차례로 나가 주세요."

사람들은 그의 지시에 따라 동요하지 않고 움직였다.

진은 영미를 안고 대피소 밖으로 나와 섰다. 사람들은 뿔뿔이 흩어져 갔다. 진은 대피소의 그 백인 남자와 눈이라도 마주치게 될까 봐 될 수 있는 한 사람들과 시선이 마주치지 않도록 먼 곳을 바라보았다. 끔찍하던 얼음 폭풍은 이제 사라졌다. 그러나 밖은 암흑 천지에 정신이 아득해질 정도로 혹한이었다.

진은 잠든 영미를 꼭 안은 채 아파트 복도로 들어섰다. 203호의 문을 열고 들어서며 신발장 위에 놓여 있는 타다 남은 촛불에 불을 밝혔다. 어스름하게 실내가 밝아졌다. 현관에 눈이 가득 묻은 남편의 구두가 놓여 있었다. 남편이 돌아왔다는 사실에 오늘 하루 동안의 끔찍했던 일들이 스르르 사라져 버리는 것만 같았다. 죽은 듯 깊은 잠에 빠져 있는 아이에게도 끔찍하고 고된 하루였다.

진은 아이를 안은 채로 조용히 남편의 구두 앞에 웅크리고 앉았다. 닳고 닳은 남편의 구두. 갈색의 단화. 언제 샀던 것인지 조차 기억나지 않았다. 사는데 바빠 남편의 구두를 닦아준 기억도 옷을 다려주었던 기억도 없었다. 그 구두에 더러운 진흙과 하얀 눈이 가득 묻어 있다. 마음이 아려왔다.

'그래도…… 돌아와 주었구나. 당신.'

깊은 안도감이 들었다. 분명 하루 종일 제대로 먹지도 않았을 남편을 위해 된장국이라도 끓이려고 일어섰다. 남편이 꺼칠한 수염이 난 초췌한 모습으로 안방 침대에 아무렇게나 쓰러져 잠들어 있을 것만 같았다. 진은 잠들었을 남편을 깨우지 않기 위해 조용히 아이를 소파에 눕히고 돌아서 침실로 걸어갔다. 그러나 침실로 들어왔을 때 있어야 할 남편의 모습은 보이지 않았다. 그녀는 당황하며 방안을 돌아보았다.

"여보?"

살며시 화장실 문을 밀어보았지만 남편은 그곳에도 없었다. 순간 가슴 밑바닥에서부터 불길한 뭔가가 스멀스멀 기어올라 심장을 짓누르기 시작했다.

진은 조금 열려 있는 창고 문을 마주보고 섰다. 어스름한 불빛에 공중에서 흔들리는 남편의 두 발이 보이는 것 같았다. 불길한 쪽으로만 치닫는 생각을 떨쳐버리려는 듯 고개를 세게 흔들었다. 그러고는 창고 문을 밀었다. 손바닥으로 창고의 나무표면이 거칠게 와 닿았다. 끼이익……. 창고 문이 열리며 진의 심연 같은 깊은 어둠이 천천히 드러났다.

눅눅한 종이 박스와 옷 냄새가 물씬 풍겨 나왔다. 남편의 모습 대신 창고 안에는 커다란 이민 가방 두 개가 나란히 서 있었다.

한국에서 미국으로 태평양을 건너오던 날, 진과 남편의 손에는 똑같이 커다란 옷가방이 하나씩 들려 있었다. 낯선 나라에 정착해야 할 사람들에게 가장 필요한 것이 무엇인지를 알지 못했던 두 사람은 철따라 갈아입을 옷과 이불, 수저를 비롯해 심지어 화장실에서 쓰던 두루마기 휴지까지 가방 속에 넣어왔다. 미국에 정착하고 나서야 태평양을 건널 때는 그렇게 많은 짐이 필요한 것이 아니라는 것을 깨달았다. 필요한 것은 돈뿐이었다. 사람 사는 곳에는 어디에나 가게가 있고 가게 안에서는 돈만 있으면 모든 것이 해결됐다.

들고 다니느라 생고생을 했던 커다란 짐 가방 두 개는 마치 두 사람의 인생을 보는 것 같았다.

"탕!"

창고 문을 닫고 돌아서려는데 거실 쪽에서 섬뜩한 소리가 났다. 진의 몸은 본능적으로 경련을 일으키며 휙 돌아섰다. 그 소리는 고막을 찢을 듯 무시무시했다. 직감적으로 총소리라는 생각이 들었다.

'영미야!'

'거실에는 영미가 있다! 거실로…… 거실로 가야 해.'

다리가 후들거려 움직일 수가 없었다. 한 손에 촛불을 들고 이를 악다물며 가까스로 바닥을 엉금엉금 기어갔다.

"여, 여, 여엉 미……"

진의 목에서 딱 딱, 끊기는 쉰 소리가 이어졌다. 심장이 너무 떨려 아이의 이름조차 제대로 부를 수가 없었다.

"여, 여엉미……"

바로 그 순간 어둠 속에서 튀어나온 우악스러운 손이 그녀의 입을 틀어막았다. 진은 그대로 얼어붙었다.

"조용히 해. 영미는 먼저 보냈어."

'영미를 먼저 보내다니 무슨 소리를 하는 거야! 당신 미쳤어?'

진의 목소리는 남자의 손아귀 안에서 버둥거렸다.

"쉿! 영미가 원해서 태어난 세상이 아니야. 이 끔찍한 세상에서 영미를 살게 할 수 없어. 영미는 내 몸에서 나왔으니까 내가 데리고 가야 해."

'미쳤어! 당신 미쳤어! 영미가 무슨 죄야!'

진은 울부짖었다. 남편은 버둥거릴수록 더욱 우악스럽게 입을 틀어막았다.

"이젠 우리 차례야. 너랑 영미는 살려서 한국으로 돌려보내려고 했어. 하지만 생각을 바꿨어……. 영미야. 나 카, 카지노에서 사람을 죽여 버렸단 말이야. 이…… 씨발…… 미, 미안해."

사람을 죽였다. 어딘가 병적이고 지친 듯한 남편이 흐느꼈다. 언제 이 남자가 이토록 망가졌단 말인가. 남편이 불쌍하고 섬뜩해 신음 같은 눈물이 절로 터져 나왔다. 총에 맞아 피를 쏟으며 죽어 있을 영미 생각에 몸서리가 쳐졌다.

"갖고 있던 돈 모두 써 버렸어. 영주권 신청한 돈도 아파트 월세 내는 돈도 보험금도 모두 빚이었어. 카드를 막아보려고 했지만……, 크윽, 돈 없이는 인간답게 살 수 없어. 우린 그런 썩은 세상에 살고 있는 거야. 그건 미국이든 한국이든 다르지 않아. 알지?"

진은 고개를 끄덕였다.

'당신 마음 알아. 당신이 왜 그렇게밖에 할 수 없었는지도 알고.'

잠시 그게 아니라는 생각이 들기도 했지만 역시 돈 없는 세상에서 버티기란 쉽지 않은 것 같았다.

"진아. 살고 싶니? 고개를 끄덕여 봐, 그럼 넌 보내줄게."

"……!"

"너라면 한국 돌아가서 좋은 남자 만나서 새 인생을 살 수 있을 거야."

진은 강하게 고개를 가로저었다. 아니, 살고 싶지 않아. 같이 죽자. 남편도 없이 아이도 없이 다시 시작하고 싶은 생은 아니었다. 진은 다음 순간을 예상할 수 없는 생이라는 것이 두려웠다. 이겨낼 자신이 없었다. 남편은 한동안 말없이 총구를 진의 뒤통수에 댄 채 서 있더니 이윽고 진의 귀에 대고 속삭였다. 목소리가 떨렸다. 귓전으로 남편의 축축한 눈물이 느껴졌다.

"고마워. 진아. 사랑한다."

진의 입을 틀어막았던 남편의 우악스런 손아귀가 느슨해졌다. 그 순간, 진은 몸을 돌리려고 했다. 그러나 탕! 하는 소리가 먼저 났고 총소리와 함께 남편의 몸이 옆으로 쓰러졌다. 순식간이었다. 뜨거운 액체가 진의 등 뒤로 날아들었다. 무엇인지 모를 흐무러진 덩어리가 진의 뺨으로 목으로 흘러내렸다.

"……!"

순간, 싸늘한 공포에 정신이 나가버렸다. 아무것도 보이지도 느껴지지도 않았다. 머릿속에서는 총소리만이 계속해서 울려대고 있었다.

시간이 얼마나 지난 것일까. 어디선가 누군가의 흐느끼는 소리가 아득히 먼 곳에서 들려오는 듯 의식 속으로 스며들었다. 조금씩 정신이 돌아왔다. 흐느끼는 사람은 다른 누구도 아닌 바로 진, 그녀 자신이었다. 완벽한 정적 속으로 자신의 울음소리만이 새어나오고 있었다. 제정신이 든 진은 이제 자신이 해야 할 일, 아니 하고 싶은 일이 무엇인지 정확히 알 것 같았다. 잠에서 깨어날 때마다 살아갈 일이 두려워 목구멍에 이물질이 걸린 듯 갑갑해 왔던 그 순간에 어렴풋이 느껴졌던 그것이 무엇인지 뚜렷해졌다.

진은 권총을 찾아 쓰러진 남편의 몸을 더듬었다. 축축하고 뭉클한 덩어리들이 손바닥에 느껴졌다.

'어두워서 다행이야. 처참하게 터져나간 당신 얼굴 따위 보지 않아도 되잖아. 당신은 언제나 따스한 미소를 가진 남자였고 내가 첫눈에 반할 만큼 잘생긴 남자였어. 나, 그 모습 그대로 간직할 거거든.'

진은, 남편의 배 밑에 깔려 있는 권총을 잡았다. 남편의 시체는 빠르게 식어가고 있는 것 같았다. 그러나 아직 남편의 체온이 남아 있는 권총의 손잡이에는 미지근한 피로 미끈거렸다.

입을 벌리고 덜덜 떨리는 손으로 총구를 입 안에 넣었다. 그냥 방아쇠만 당기면 끝이다.

얼마나 쉽고 시원한 결정인가!

빨리 끝내고 이 끔찍한 현실에서 벗어나고 싶었다. 이상하게도 생과 사를 결정하고 나자 후련해졌다. 지금까지 한국으로 돌아가지도 못하고 그렇다고 적응해서 잘 살지도 못하는 어정쩡한 삶을 사는 동안 지독하게도 느껴졌던 절망감의 응어리들이 모두 사라져 버리는 것 같았다. 어떻게 먹고 살아야 할지, 어떻게 이 힘든 세상에 아이를 키워내야 할지. 온갖 공포감이 순식간에 사라져 버렸다.

진은 정말로 홀가분해져 난생 처음 행복하게 웃었다.

그리고 방아쇠를 당겼다.

"딸깍."

노리쇠가 빈 탄창을 치는 소리가 났다. 총알은 발사되지 않았다. 터져 나가야 할 두상은 그대로였다.

총알이 없다!

간단하게 목숨을 끝내 버릴 총알이 없다는 사실이 시시각각 확대되어 오며 깨끗하게 사라졌던 공포감이 다시 치밀어 올랐다. 차분하게 가라앉았던 그녀의 심장이 벌컥거리며 죄어 왔다. 살아야 한다는 사실이 끔찍했다.

그녀는 다시 한번 방아쇠를 당겨 보았다.

"딸깍. 딸깍."

거의 발작하듯 방아쇠를 당겼다.

"딸깍. 딸깍. 딸깍⋯⋯."

돌아버릴 듯 방아쇠를 당겨보았지만 진을 위한 총알은 남아 있지 않았다. 문득 며칠 전의 꿈이 기억났다. 영미의 손을 잡고 기어코 검은 흙탕물 범벅인 강을 건너고 말던 남편.

"엄마! 엄마! 나 죽기 싫어!" 하고 소리치던 영미.

꿈속의 영미의 울부짖음이 너무나도 생생해서 고통으로 벌컥거리는 심장을 파내고 싶었다.

"으아악! 으아악!"

진은 권총을 내던지며 미친 듯이 고함을 질렀다.

남편의 시체와 영미의 시체를 차 뒷좌석에 실은 진은 계기판의 남은 기름이 허락해 주는 거리만큼 달려보기로 했다. 그러나 시동은 걸었지만 정작 어디로 가야 할지 알 수 없었다. 이 길로 태평양을 건널 수 있을까? 바다가 육지라면? 그게 어느 노래의 가

사였던가?

훗 하고 웃자 뜨거운 눈물이 줄줄 흘러내렸다.

어디로 이어지는지, 끝은 있는 것인지 진으로서는 도저히 알 수 없는 눈 덮인 네브라스카의 도로. 달리면 어디까지 달릴 수 있을까?

아파트 입구로 여러 대의 경찰차들이 진입하고 있는 것이 보였다. 분명 그 차들은 남편을 찾아 온 것이리라. 진은 그들을 스치며 아파트 단지를 빠져 나와 도로로 접어들었다. 곳곳에 경찰차들의 사이렌 등이 번뜩이고 있었고 눈에 뒤집어진 사고 차량들이 곳곳에 처박혀 있었다. 부서진 전주, 휘어진 가로등, 내려앉은 지붕들 두껍게 쌓인 눈의 벽. 얼어 죽은 노숙자들, 아비규환 같은 얼음 폭풍의 잔해 속을 달렸다.

오직 살아있다는 것만이 공포였다.

불

김종일

1975년 출생. 엄격한 가정교육 하에 바르게 생활하는 모범생으로 평범한 유년기를 보냈다. 그러나 그 이면에는 여린 천성 탓에 사소한 일에도 상처를 입던 동심이 있었다. 그림을 그리고, 닥치는 대로 책을 읽고 영화를 보며 마음의 상처를 치유하는 법을 배웠다. 2004년 연작소설집『몸』으로 제3회 황금 드래곤 문학상 대상을 수상했고, 2008년 첫 장편『손톱』을 출간했다. 출간 예정작으로 중편『화』가 있으며, 현재 장편『칼날』과『이빨』의 집필을 병행하고 있다. 김종일의 공포 소설 네이버 카페(http://cafe.naver.com/kimjongil)를 운영하고 있다.『한국 공포 문학 단편선』에「벽」과「일방통행」을 수록하였다.

누구든 괴물과 싸우는 자는
그 와중에 스스로도 괴물이 되지 않도록 조심해야 한다.
그대가 심연을 오랫동안 들여다보면 그 심연도 그대를 들여다볼 것이다.
— 프리드리히 니체, 『선악의 저편』

"우리 엄마 아빠 불에 타 죽었어."

녀석이 말했다. 무심하고 심상한 말투였다. 말투만 듣자면 마치 가물가물한 과거사를 떠올리는, 세상 다 산 늙은이 같았다.

돋보기로 개미를 태워 죽이고 있던 나는 고개를 들고 녀석을 물끄러미 바라보았다. 오래된 노트북 컴퓨터 LCD에 생기는 멍처럼 군데군데 허연 마른버짐이 끼어 있는 녀석의 거무튀튀한 얼굴은 나를 향하고 있지 않았다. 내 앞에 쪼그리고 앉은 녀석은 기형적일 정도로 길고 짙은 속눈썹을 내리깔고, 하수도의 웅덩이처럼 번들거리는 꺼먼 눈동자로 개미들을 바라보고 있었다. 네 마리째였다. 제법 굵직굵직한 왕개미라 죽이는 재미가 쏠쏠했다. 집에서 기어 나와 먹이를 찾아 헤매던 개미들은 머리 위로 따라다니는 태양열을 처음에는 대수롭지 않게 여기다 막상 고온의 열기가 갑각질을 파고들기 시작하면 이내 당황하여 열을 피해 이리저리 달아났다. 그러나 이미 때는 늦은 후였다. 돋보기를 투과하며 응축된 태양열이 집요하게 따라다니며 머리나 가슴, 혹은 배를 태울 때마다 개미들은 아르마딜로처럼 몸을 동그랗게 말고 버르적거렸다. 고소한 냄새가 솔솔 풍겨왔다.

"뻥 까고 앉았네, 병신."

무심코 튀어나가려던 그 말을 내가 도로 집어삼켰던 것은 무덤덤한 본새와 달리 그 말이 담고 있는 의미가 끔찍하기 그지없었기 때문이었다. 개미나 바퀴벌레도 아닌 엄마 아빠가, 차에 치이거나 병에 걸린 것도 아니고 불에 타 죽었다니…… 열 살즈음의 사내 녀석들은 과시할 거리도, 우길 거리도 많았다. 아직 열리지도 않은 88올림픽 개막식에 다녀왔다는 녀석이 있는가 하면 밤하늘을 날아가는 우뢰매를 봤다는 녀석도 있었다. 그러나 엄마 아빠가 불에 타 죽었다는 녀석은 처음이었다. 거짓말 치고는 참신하고 기발했으나 하고많은 대상 중에서 하필이면 신성불가침한 부모를 골랐다는 게 영 꺼림칙했다.

신경이 녀석에게로 쏠려 있던 동안 들리지 않던 민방위 훈련 방송이 다시금 귀청을 따갑게 자극하고, 나무 그늘을 타 넘은 뙤약볕이 정수리를 뜨끈하게 파고들었다. 현기증이 일었다. 이놈의 민방위의 날 훈련은 대체 언제나 끝나려는지 모를 일이었다. 책상 밑에 쪼그리고 앉아 있든 운동장 나무 그늘 밑에 쪼그리고 앉아 있든, 그 십오 분이 열다섯 시간처럼 느껴지는 건 매한가지였다.

녀석은 더 이상 말이 없었다. 때문에 나는 녀석이 대체 어떤 반응을 이끌어내려는 의도로 그 말을 내게 꺼냈는지조차 파악할

수가 없었다. 우와, 진짜? 근데 넌 왜 안 타 죽었어? 녀석이 만만
치 않은 상대였다면 예의상 그런 반응을 보여줄 수도 있었다. 그
러나 녀석은 일명 '좆삐리'였다. 녀석이 우리 반으로 전학 온 후로
사내애들은 서열을 재정비하고자 하나둘 녀석에게 싸움을 걸었다.

"너, 나 이겨?"

그때마다 녀석의 대답은 매번 한결같았다.

"아니, 져."

심지어 2학년 꼬마에게 얻어터져서 코피까지 났다는 소문이
파다한 윤길성이 주위의 부추김에 못 이겨 기어들어 가는 목소
리로 싸움을 걸었을 때도 같은 대답이었다. 일말의 망설임도 없었
다. 하지만 그 대답을 하면서도 약자가 강자의 아량을 구하며 으
레 보이기 마련인 비굴한 빛은 추호도 보이지 않았다. 녀석은 싸
움을 못 한다기보다 그 자체에 아예 관심이 없는 듯했다. 그래서
인지 같은 반 녀석들은 매번 싱겁게 판가름 나는 승부에 어깨를
으쓱하면서도 한편으로는 못내 떨떠름한 기색이었다. 정말이지
녀석에게는 어딘가 찜찜한 구석이 있었다. 비단 오랫동안 안 씻
은 몸뚱이에서 풍겨오는 땟국 내 때문만은 아니었다. 도무지 속내
를 짐작할 수 없는 무표정이 그러했고, 열 살배기 사내애의 입에
서 나오는 것으로는 믿기지 않을 정도로 무덤덤한 말투도, 대화
를 하면서도 절대 상대와 시선을 마주치지 않고 내리까는 눈초리
도 그러했다. 전학 온 후로 녀석이 줄곧 외톨이였던 것도 바로 그
런 연유 때문일 터였다.

어쩌면 녀석이 내게 건넸던 말은 돋보기로 햇빛에 모아 죄 없
는 개미를 태워 죽이고 있는 내 행동에 대한 우회적인 질책인지

도 모를 일이었다. 우리 엄마 아빠 불에 타 죽었어. 너도 불에 타 죽을 수 있어. 그러니까 그러지 마. 불에 타 죽는 게 얼마나 고통스러운지 알아? 선생님, 애 좀 보래요. 불쌍한 개미를 돋보기로 막 태워 죽여요! 어쩌면 녀석이 하고 싶었던 말은 그것이었는지도 모를 일이었다. 그러나 우리 반 대표 '좆삐리'가 던진 실없는 한마디 때문에, 지루하기 짝이 없는 민방위 훈련을 비교적 즐겁게 보낼 수 있는 소일거리를 포기할 수는 없는 노릇이었다.

녀석이 겸연쩍어하는 투로 다시 입을 연 것은 민방위 훈련이 거의 막바지에 다다랐을 즈음이었다.

"나두 그거 할 수 있는데……."

이번에는 내 쪽에서 녀석을 외면했다. 관심을 줄 가치도 없는 소리였다. 뙤약볕이 내리쬐는 오후, 돋보기만 있다면 개미 태워 죽이는 일쯤이야 어떤 유치원생 코흘리개인들 못 하겠는가. 아무래도 한 동네에 산다는 이유로 내게 친한 척 엉겨 붙으려는 심사인 게 분명했다. 어쩌면 녀석의 생뚱맞은 말들도 다 나와 친해지려는 수작일지도 모를 일이었다. 나는 녀석을 아예 무시하기로 마음먹었다. 모름지기 '좆삐리'와 어울리면 '좆삐리' 취급을 받게 되는 게 수컷 사회의 생리였다.

훈련 종료를 알리는 사이렌이 운동장과 홍주 전역에 길게 울려 퍼졌다. 운동장 나무 그늘 여기저기에 쪼그리고 앉아 흙장난을 하거나 땅따먹기를 하며 시간을 죽이던 아이들이 하나둘 자리를 털고 일어섰다.

"자, 집합해라. 집합!"

담임이 확성기에 대고 아이들을 불러 모았다. 나는 용케 치명상을 피해 끈질기게 달아나던 개미 한 마리를 마저 태우려다 포기하고 일어섰다. 그런데 이상했다. 분명 돋보기를 거두었는데도 개미에게서는 연기가 피어오르고 있었다. 그리고 그 직후 개미에게서 일순 불꽃이 확 일었다. 순간적으로 번쩍했다가 사그라진 불꽃이라 나 외에는 아무도 그 불꽃을 보지 못한 듯했다. 개미는 불꽃과 함께 증발했다. 개미가 누워 있던 자리는 화약이 터진 듯 거무스름한 자국만이 남아 있을 뿐이었다. 어안이 벙벙해진 나는 그제야 녀석을 바라보았다. 방금 전까지만 해도 내 곁에 쪼그리고 앉아 있었던 녀석은 어느새 담임 앞으로 모여들고 있는 아이들의 무리에게로 향하고 있었다. 바람 한 줄기가 내 목덜미를 뜨끈한 혓바닥으로 핥고 지나갔다.

거짓말이라 여겼던 녀석의 말은 사실이었다. 그 이튿날 밤 이부자리에 누워 막 잠이 들려는 찰라, 나와 두 살 터울인 누나가 옆구리를 찔러대며 호들갑을 떨었다.

"야야, 니네 반에 이한율이라고, 전학 온 애 있지? 구형섭 선생님이 그러는데, 걔네 집에 불나서 걔네 엄마 아빠랑 동생까지 다 죽었대."

오늘도 일찍 자기는 글렀구나 싶었다. 누나와 한 방을 써야 하는 처지가 원망스러워지는 순간이었다. 구형섭은 누나네 담임이었는데 어찌나 허풍이 센지 말도 안 되는 유언비어나 허튼소리들을 무슨 교리라도 되는 양 학생들에게 유포하는 게 취미인 실없는 인간이었다. 그는 내 앞니 하나가 비뚤게 나는 데에 결정적으로 기여한 장본인이기도 했다.

"아이고, 너 인제 큰일 났다. 구형섭 선생님이 그러는데, 이빨 썩은 게 잇몸으로 번지면 죽는대."

누나가 그렇게 겁을 주었던 당시, 내 앞니 사이는 까맣게 썩어 있었다. 그 말을 전해들은 후로 나는 밤마다 잇몸이 까맣게 썩어 들어가 죽는 악몽에 시달려야 했고 급기야는 흔들리지도 않는 앞니를 시간이 날 때마다 붙들고 이리저리 뒤흔들며 용을 써야 했다. 결국 나는 썩은 앞니를 이갈이 시기보다 일찍 내 잇몸에서 뽑아내는 데에 성공했다. 그리고 그 허튼소리를 믿고 용을 쓴 대가로 한쪽이 볼썽사납게 비뚤어진 앞니를 평생토록 달고 살아가게 되었다. 나중에야 친구들로부터 그 정보가 아무 근거 없는 헛소리이며, 구형섭의 별명이 '구라쟁이'임을 전해 들었을 때 내가 느꼈던 감정은 살의에 가까운 배신감이었다. 그런데도 누나는 툭하면 '구형섭 선생님이 그러는데'로 시작하는 유언비어를 무슨 복음이라도 되는 양 내게 전파하곤 했다. 한심한 노릇이었다.

"아, 됐어. 구라쟁이 말을 누가 믿어?"

내가 홱 돌아누우며 퉁을 주었는데도 누나는 여전히 진지했다.

"아냐, 내가 봤다니까. 오늘 걔네 할머니가 학교에 왔거든. 교무실서 청소하고 있는데 그 할머니가 '우리 한율이, 불쌍한 우리 한율이……' 막 이러면서 니네 담임이랑 얘기하구 있더라고. 근데 그 할머니 옆에 한 일곱 살 정도 먹은 여자애가 서 있는데 걔 볼때기에 꼭 소보로빵 같은 게 붙어 있는 거야. 뭔가 해서 자세히 쳐다봤더니 화상이드라. 아으, 징그러 죽는 줄 알았어. 나 인제 소보로빵 못 먹어."

몸서리까지 쳐가며 치를 떠는 품이 거짓말은 아닌 모양이었다.

나는 마지못해 누나 쪽으로 돌아누우며 물었다.

"동생까지 다 죽었대매? 근데 걘 뭐야."

"걔도 이한율 동생일걸? 동생이 둘이었다던데? 죽은 앤 세 살인가 그랬대."

아무래도 누나는 녀석의 인적사항에 대해 사전조사라도 한 모양이었다. 민방위의 날 훈련 때 녀석이 무심하고 심상하게 내뱉던 말이 새삼 떠올랐다. 우리 엄마 아빠 불에 타 죽었어. 그 말이 사실이었던 걸까. 긴가민가하는 사이 누나의 호들갑은 이어졌다.

"불에 타 죽으면 얼마나 아플까? 생각만 해도 끔찍하지 않냐. 구형섭 선생님이 그러는데, 불에 타 죽는 게 세상에서 최고로 고통스럽대."

"웃기시네. 자기가 불에 타 봤대?"

"책에 나와 있대."

"무슨 책? 몇 페이지, 몇째 줄?"

괜한 오기에 유치하게 따지고 들었지만 불의 무서움이나 화상의 고통 정도는 나도 익히 알고 있었다. 부모가 집을 비운 어느 날, 누나와 함께 석유곤로로 라면을 끓여먹다 집에 불을 낼 뻔했던 적이 있었다. 성냥불을 아무리 심지에 갖다 대어도 불이 붙지 않자 누나는 석유가 다 떨어진 모양이라고 나더러 창고에서 석유통을 가져오라고 했다. 나는 내용물이 절반쯤 남아 있는 석유통을 끙끙대며 들고 왔고 누나가 시키는 대로 곤로의 주유 구멍에 대고 석유를 들이부었다. 그러나 당시 여덟 살에 불과했던 내가 흘리지 않고 석유를 부을 수 있었을 리 없었다. 석유통에서 쏟아진 석유가 곤로를 흥건히 적시며 흘러내렸고 바닥까지 석유로 질펀해졌다. 이만하면 라면 한 박스는 끓여 먹겠다 싶도록 석유가 들어갔을 때 나는 뒤로 물러났고 임무교대를 한 누나가 곤로의 심지에 성냥불을 붙였다. 그런데도 불이 잘 살지 않자 누나는 심지통을 좌우로 돌리고 심지통을 들춰 입으로 바람을 훅훅 불어넣었다. 그러다 심지에서 튕겨 날아간 불똥이 바닥에 흥건하던 석유 위로 떨어져 불이 났다. 순식간에 석유곤로는 통째로 불길에 휩싸였다.

"엄마야!"

누나가 기겁하며 뒤로 나가떨어졌기에 망정이지, 그 자리에서 머뭇거렸더라면 분명 누나도 큰 화상을 입었을 터였다. 누나의 비명과 치솟는 연기에 놀라 달려온 옆집 아주머니가 급한 대로 빨랫줄에 널려 있던 젖은 담요를 걷어와 석유곤로에 덮었다. 신속하게 산소의 유입을 차단하지 않았더라면 분명 대형 화재로 이어졌을 사고였다. 그날 누나는 부지깽이가 휘어지도록 아버지에게 두들겨 맞는 체벌로, 나는 온몸이 불타는 악몽을 꾸다 잠자리에 오줌을 지리는 망신으로 각각 대가를 치렀다. 그날 밤 잠자리에 누웠다가 손등이 화끈거려서 보니, 새끼손가락만 한 물집이 잡혀 있었다. 놀란 와중에 데는 줄도 모르게 데었던 모양이었다. 가벼운 화상이었는데도 그 상처가 어찌나 화끈거리고 쑤시는지 그날 밤 잠을 제대로 이루지 못할 지경이었다. 그러니 불에 타 죽을 정도라면 말 다 한 셈이었다. 누나가 이런저런 잡말을 주절주절 늘어놓다 제 풀에 잠들고 난 후 나는 오랜만에 잠을 이루지 못하고 뒤척였다.

부모가 불에 타 죽었다던 녀석의 말이 사실이었다면 대체 왜 녀석은 내게 묻지도 않은 가족사를 꺼냈던 것일까. 돋보기도 없이 개미가 불에 타 사라진 일은 또 어찌된 영문이었을까. 혹시 그 일이 '나두 그거 할 수 있'다던 녀석의 참견과 모종의 관계가 있는 것은 아닐까. 어린 마음속에서도 그런 복잡한 의문들이 꼬리에 꼬리를 물었다. 의문들의 끝에는 정체를 알 수 없는 불안과 공포가 괴물처럼 똬리를 틀고 있었다. 나는 민방위의 날 훈련 때 돋보기에 타 죽던 개미들이 그러했듯 아르마딜로처럼 몸을 동그랗게 말고 이불을 뒤덮어 쓴 채 그 속에서 더운 숨을 몰아쉬었다. 그날 밤 나는 내 부모가 불길에 타들어가는 광경을 목격하는 악몽까지 꾸었다.

이튿날 등굣길에서 녀석과 마주쳤을 때 그 뜨악한 기분이란 이루 말할 수 없었다. 사실 등굣길에서 녀석과 마주쳤다기보다는 녀석이 나를 기다리고 있었다는 게 정확한 표현일 터였다. 내가 대로변으로 통하는 동네 어귀의 모퉁이를 돌자마자, 책가방을 메고 서 있던 녀석이 슬그머니 내 지척으로 다가와서는 나와 발걸음을 맞추어 걷기 시작한 것이었다. 다들 보세요. 우리는 둘도 없는 친구예요. 나와 나란히 학교로 향하는 녀석의 행동이 꼭 주위에 대고 그렇게 외쳐대는 것만 같았다. 하지만 나는 녀석과의 조우가 영 달갑지 않았다. 어젯밤 이후로는 녀석과 얼굴을 마주치는 것조차 껄끄러웠다. 그러나 녀석은 내 의사 따위는 아무래도 상관없는 모양이었다. 도리어 나에게 일방적으로 제 가족사를 고백한 행동이 제 딴에는 피를 나눈 의식이라도 되었던지 내 사적 공간을 허락도 없이 침범해 들어왔다. 더욱 거북한 것은 그러면서도 나와 눈을 맞추는 일은 지극히 드문 녀석의 시선이었다. 눈을 아래로 내리깐 채 나와 붙어 다니는 녀석의 눈초리는 의뭉스럽기 짝이 없었다. 딱히 무슨 말을 하는 것도 아니었다. 녀석은 그저 묵묵히 나와 걸음을 맞출 뿐이었다. 그런데도 그게 못 견디게 싫었다.

"꺼져, 좀!"

등굣길 내내 그 말이 입 안에서 뱅뱅 맴돌았다. 당장이라도 그렇게 내뱉고 싶은데 어찌된 영문인지 교실에 도착할 때까지도 도통 입이 떨어지지 않았다. 녀석이 그 말에 행여 상처라도 받지 않을까 염려되었기 때문이 아니었다. 녀석에게 섣불리 그런 말을 했다가는 감당할 수 없을 후환이 내게 닥칠 것만 같다는, 막연한 불안감 때문이었다. 녀석은 그런 존재였다. 주위 사람을 이루 말할 수 없이 거리끼게 하는 존재. 그러나 그 거리낌을 표현하는 것조차 꺼려지게 하는 존재. 그런 존재가 하필이면 나에게 들러붙다니 그야말로 재수 옴 붙는 일이 아닐 수 없었다.

며칠이 지났다. 방과 후 청소를 마친 나는 녀석과 나란히 운동장을 가로지르고 있었다. 나는 유리창 청소 당번이었고 녀석은 복도 청소 당번이었는데, 청소가 나보다 먼저 끝났음에도 교실 밖에서 나를 기다려주는 눈물겨운 우정을 발휘했다. 그 즈음 나는 내게서 녀석을 떼어 버리는 일을 반쯤 포기한 상태였다. 까짓것 될 대로 되라는 심정이었다. '좆삐리'와 어울릴 수 없다는 내 자존심은 녀석에게서 풍기는 땟국 내를 맡지 못할 정도로 마비된 후 각만큼이나 느슨해져 있었다.

예비군들이 흙먼지를 일으키며 운동장에서 축구를 하고 있었다. 요즘도 그렇지만 당시에도 학교에 양해를 구하고 운동장에 예비군들을 소집해서 향방작계 훈련을 시키는 경우가 있었다. 훈련이 끝난 후였는지 그네들은 군복 차림에 군홧발로 축구공을 좇아 이리저리 뛰어다니고 있었다. 누군가 군홧발로 뻥 내지른 공이 공중으로 치솟아 오르는 게 보였다. 상승의 정점에 다다른 공이 자연스럽게 땅으로 곤두박질했는데 그 지점이 하필이면 나와 녀석의 대여섯 발짝 앞이었다. 등 뒤에서 다급한 발소리들이 우르르 달려들었다.

"꺼져!"

땅바닥에 떨어진 축구공이 눈높이까지 튕겨 오른 순간, 등 뒤에서 내달려온 군홧발 중 하나가, 아까부터 내가 녀석에게 하고 싶었던 말을 일갈하며 축구공 대신 내 엉덩이를 걷어찼다. 퍽 하는 소리가 들려왔고 나는 곧바로 1~2미터쯤 허공을 날아 땅바닥에 처박혔다. 엉덩이뼈가 으스러진 것만 같은 통증에 숨조차 제대로 쉴 수 없었다. 나는 엉덩이를 붙든 채 땅바닥을 버르적거리며 가쁜 숨을 몰아쉬었다. 나를 걷어찬 군홧발은 경주마가 장애물을 뛰어넘듯 나를 펄쩍 뛰어넘어 축구공을 향해 내달았다. 내 옆에 쪼그리고 앉은 녀석이 나지막이 물어왔다.

"괜찮아?"

나는 대답하지 못했다. 전혀 괜찮지 않았다. 아프고 분해서 눈물까지 찔끔찔끔 흘러나왔다. 녀석이 내 팔을 어깨에 걸치고 내 몸을 일으켜 세웠다. 나는 녀석의 부축을 받으며 걸었다. 걸을 때마다 엉덩이뼈가 욱신거려서 절뚝거려야 했다. 나를 걷어차고 공을 낚아채는 데에 성공했던 군홧발이 다른 예비군의 태클에 맥없이 공을 빼앗기는 광경이 보였다. 열 살짜리 사내애의 엉덩이를 격파하고 내달렸던 저돌성에 비하면 허무하기 이를 데 없는 말로였다. 군홧발이 내 쪽으로 돌아섰다. 나는 일부러 더 눈에 띄게 절뚝거렸다. 그러나 군홧발의 안중에는 축구공밖에 없는 모양이었다. 군홧발에게 내 존재를 상기시켜준 것은 그의 옆에 있던 사각턱 친구였다.

"새끼야, 아무리 급해두 그렇지, 애를 그렇게 무식하게 걷어차고 그러냐."

사각턱이 나무라자, 군홧발은 나를 흘끔 보더니 이내 성가시다는 듯 외면하며 짜증을 냈다.

"씨발, 좆만 한 게 알짱대잖아. 골 찬스에……."

군홧발은 사과 한 마디조차 없이 나와 녀석을 홱 지나쳐 갔다. 그 순간 녀석이 걸음을 우뚝 멈추더니 뭐라고 웅얼거렸다. 그러나 내 귀에 온전히 들어온 단어는 '내가'라는 주어와 '버릴까?'라는 서술어뿐이었다.

"뭐라고?"

내가 녀석을 돌아보고 물었을 때에야 녀석은 좀 더 크고 분명하게 말했다.

"내가…… 태워 버릴까?"

나는 그게 무슨 의미인지 몰라서 한동안 녀석을 멀뚱멀뚱 바라보았다. 물론 고작 열 살밖에 되지 않는 사내애가 진로를 방해한다는 이유로 그 조막만 한 엉덩이를 무지막지하게 걷어찬 군홧발의 행태는 분명 백번 지탄받아 마땅한 것이었다. 그러나 아무리 그렇다 해도 "내가 태워 버릴까?"라는 말은 당찮은 소리였다. 태워 버린다니……. 덩치만 해도 족히 내 두 배는 되는 군홧발이 개미나 파리라도 된다는 말인가. 어처구니가 없었다. 그런데 녀석은 진지하기 그지없었다. 으레 내리깔려 있던 시선도 이번에는 대상을 똑바로 노려보고 있었다.

"너 먼저 가."

녀석이 나를 돌아보고 말했다. 예의 무심하고 심상한 말투였지만 녀석의 눈빛에는 심상치 않은 기운이 어른거리고 있었다. 그것은 살기를 띤 노기였다.

"뭐 하려고?"

내가 물었지만 녀석은 대답하지 않았다. 녀석이 무슨 짓을 저지르려는 심사인지는 확실치 않았지만 큰일을 저지를 작정인 것만은 분명했다. 덜컥 겁이 났다. 혹시 군홧발에게 기름을 들이붓고 성냥으로 불을 붙이려는 심사는 아닐까. 그러나 녀석에게 기름이나 성냥이 상비되어 있을 리 만무했다. 녀석이 벌이려는 일이 무엇인지는 도통 알 수가 없지만 모진 놈 옆에 있다 벼락을 맞느니 일단 자리부터 피하고 보자는 비겁한 생각이 들었다. 그래서 흘끔흘끔 녀석을 돌아보면서도 나는 운동장 끝에 나 있는 후문으로 슬그머니 몸을 피했다. 운동장 밖으로 나온 나는 운동장 둘레를 가로막고 있는 허름한 시멘트 담장으로 다가섰다. 당시 담장은 중간 중간에 가로로 틈새가 벌어져 있어 운동장을 쉽게 들여다볼 수 있었다.

담장 틈새로 녀석을 관찰한 지 채 일 분도 지나지 않아 나는 온몸의 긴장이 쭉 빠져나가는 허탈감을 느꼈다. 당장 도시락 폭탄 투척이라도 할 기세였던 녀석은 당초의 기세와 달리 운동장 구석으로 걸어가서는 얌전히 서 있기만 했다. 언뜻 보자면 축구를 구경하며 응원이라도 하는 듯한 모양새였다. 이겨라. 이겨라. 녀석이 예의 무심하고 심상한 말투로 축구를 응원하는 환청이 귓가를 희미하게 스쳤을 정도였다. 녀석은 운동장 구석에 우두커니 서서 축구공을 쫓아 뛰어다니는 군홧발을 빤히 바라보며 미동조차 하지 않았다. 하다못해 군홧발에게 욕지거리라도 한마디 던지고 달아날 줄 알았건만 오산이었다. 그럼 그렇지. 나는 내심 안도의 한숨을 내쉬면서도 한편으로는 녀석이 보여준 기대 이하의 소극적 행태에 적지 않은 실망감을 맛보아야 했다. 그러나 나는 선뜻 자리를 뜰 수 없었다. 녀석이 한자리에 붙박인 채로 내내 군홧발을 주시하고 있는 품이 어쩐지 미심쩍었기 때문이었다.

누군가 걷어찬 축구공이 담장을 넘어가 버리면서 예비군들의 축구는 싱겁게 끝났다. 공 찾아오는 일이 여의찮았던지 예비군들은 하나둘 운동장을 뜨기 시작했고 군홧발도 사각턱과 함께 운동장 정문을 나섰다. 운동장 구석에 붙박여 있는 것만 같았던 녀석이 기다렸다는 듯 움직이기 시작한 것은 바로 그때였다. 운동장 저 너머로 퇴장하는 군홧발의 뒤를 쫓는 녀석의 동작은 어쩐지 느긋하면서도 노련해 보였다. 마치 오랫동안 잠복 끝에 나타난 용의자를 뒤쫓아 움직이기 시작한 형사 같았다. 어떻게 할까. 잠시 망설이던 나는 녀석이 대체 무슨 꿍꿍이속으로 저러는지 알고 싶은 마음을 못 이기고 다시 운동장으로 들어섰다. 결국 나는 군홧발과 녀석의 꽁무니를 따르기 시작했다.

정문을 나서자 멀찌감치 군홧발과 군홧발의 뒤를 따르는 녀석의 뒤통수가 보였다. 군홧발은 학교 근처의 사거리에서 사각턱과 헤어져 혼자가 되었다. 군홧발은 원래 무신경한 인간이었던지 녀석이 십여 미터 정도를 두고 제 뒤를 졸졸 따르고 있는데도 그 사실을 전혀 의식하지 못하고 있는 듯했다.

변두리 산동네 어귀로 들어선 군홧발이 후미진 골목으로 들어서자 녀석은 민첩한 동작으로 군홧발과의 사이를 4~5미터로 줄였다. 나도 덩달아 걸음이 빨라졌다. 가슴이 두근거렸다. 본능적인 긴장감이 숨통을 조여 오고 있었다. 녀석이 군홧발을 불러 세운 것은 그가 녹슨 대문 앞에 다다라 안으로 들어서려던 순간의 일이었다.

"야."

무심코 모퉁이를 돌던 나는 뜨끔해서 얼른 모퉁이 뒤로 몸을 숨기고 상황을 주시했다. 녀석은 나를 등진 채 군홧발과 마주보고 서 있었다. 녀석을 돌아본 군홧발이 어이없다는 듯 코웃음 쳤다.

"야아? 혹시 저 말씀이신가요?"

녀석은 대답하지 않았다. 군홧발이 마지못해 녀석에게로 몸을 돌렸다.

"뭐냐, 좆만아."

녀석은 주위를 휘둘러보았다. 이상했다. 도와줄 누군가를 찾고 있는 눈치가 아니었다. 도리어 그 반대였다. 꼭 누군가 나타나지 않을까 염려하는 눈치였다. 나도 덩달아 주위를 휘둘러보았다. 골목길 모퉁이 너머에서 그 광경을 훔쳐보고 있는 나를 제외하면 녀석과 군홧발 사이에는 아무도 없었다. 사방은 기이할 정도로 무거운 정적에 휩싸여 있었다. 군홧발이 녀석에게 재차 물었다.

"뭐냐고."

녀석은 눈을 내리깔고 군홧발의 구두코를 올려다보고 있었다.

해질녘의 햇빛이 내려앉은 군홧발의 구두코가 딱정벌레의 등껍질처럼 반들거리고 있었다.

녀석이 뭐라고 나지막이 한마디 내뱉었다.

"뭐?"

녀석이 또 뭐라고 내뱉었다. 보다 크고 분명한 목소리였다.

"타."

"타아? 뭘 타, 새끼야. 말을 타? 여잘 타? 돌았냐? 좆만 한 게 싸가지 없이 어른한테 반말이나 찍찍 해 대고……."

"타 버려."

녀석이 그 말을 또렷하고 냉혹하게 씹어뱉은 순간, 가슴이 덜컥 내려앉으며 불길한 직감이 고개를 번쩍 쳐들었다. 녀석이 뒤통수와 어깨를 기괴하게 떨고 있었다. 저를 둘러싸고 있는 세상은 마냥 평온하기만 한데 저 혼자 진도 3의 지진을 맞고 있는 것만 같은 모양새였다. 녀석이 나를 등지고 있었기에 얼굴은 제대로 볼 수 없었지만 녀석이 모종의 발작을 일으키고 있다는 것만은 알아차릴 수 있었다.

오금이 저릿저릿하고 명치끝이 간질간질했다. 군홧발에게 소리를 질러 어서 달아나라고 외치고 싶었다. 그러나 가위에 눌린 듯 손가락 하나 꼼짝할 수 없었고 입도 떨어지지 않았다.

군홧발의 머리 위로 공기가 이글이글 일그러지고 있었다. 아지랑이였다. 무더운 한낮에 운동장이나 도로 너머에서나 일어나는 기상 현상이 군홧발의 정수리 위에서 일고 있었다. 군홧발 주위의 공기가 맹렬히 달아오르며 부피가 팽창하고 있는 것만 같았다. 뒤늦게 이상한 낌새를 눈치 챈 군홧발의 얼굴이 놀람으로 일그러졌다. 바로 그 순간이었다.

확.

불꽃이 그의 얼굴에서 솟구쳤다. 성냥갑의 마찰 면에 그어진 성냥 대가리처럼 그의 머리가 불길에 휩싸였다. 외부에서 옮겨 붙은 것이 아니라 내부에서 우러나온 불길이었다. 노을빛 불길이 순식간에 그의 얼굴을, 그가 입고 있던 군복을, 그리고 그의 몸뚱이를 꾸역꾸역 집어삼켰다. 불길은 지방질과 단백질을 비롯해 군홧발의 몸을 구성하고 있던 모든 유기물을 연료로 활활 타올랐다. 발화점이 성대 부근인 듯 그는 외마디 비명조차 지르지 못했다. 그는 그저 필사적으로 불을 끄려는 듯 양팔을 허우적댈 뿐이었다. 매정한 불길은 그 양팔마저도 먹어치웠다. 큰대 자로 된 불길이 탈춤을 추듯 가로획을 너울거렸고, 그럴 때마다 그의 머리 위로 짙은 아지랑이가 마블링의 소용돌이를 만들어내며 회오리쳤다. 화르르화르르. 정적 속에 들리는 소리라고는 군홧발이 불길에 타오르는 소리뿐이었다. 열기와 누린내가 공기 중에 진동했다.

더욱 놀라운 것은 녀석의 반응이었다. 지척에서 불길에 휩싸인 사람이 발광하고 있는데도 녀석은 꿈쩍도 않고 서서 그 참혹한 광경을 빤히 지켜보기만 했다. 육신을 집어삼킨 화마와 맞닥뜨린 열 살배기 사내애의 반응이라고는 믿기지 않을 정도로 태연자약하기만 한 녀석의 반응에 온몸의 피가 하얗게 얼어붙는 기분이었다. 그제야 나는 군홧발의 발화가 녀석에게서 비롯되었다는 사실을 깨달았다.

한동안 침묵의 탈춤을 추어대던 인간 성냥개비가 끝내 땅바닥에 풀썩 고꾸라졌다. 뼛속까지 타들어간 군홧발의 몸뚱이가 바닥에 던져진 연탄재처럼 퍽 하고 부스러졌다. 불과 반시간 전만 해도 축구를 하고, 진로를 방해한 엉덩이를 걷어찼던 유기체는 이제 원래의 형체조차 알아볼 수 없는 잿더미로 화해 땅바닥을 나뒹굴고 있었다.

원래의 형체를 유지하고 있는 소지품이라고는 노을빛을 받으며 여전히 번들거리고 있는 군화뿐이었다. 검게 그을린 정강이가 군화 위로 비죽 튀어나와 있지 않았다면 주인이 급한 용무가 있어 군화만 골목길에 벗어둔 채 자리를 뜬 것으로 오인할 정도였다. 그 몰골이 마치 벼락 맞은 나무의 그루터기 같았다.

온몸의 힘이 풀려 그 자리에 털썩 주저앉은 나는 뱃속에 들어 있던 모든 것을 게워냈다. 눈물이 줄줄 흘러내리고 온몸이 부들거렸다. 도저히 믿기지 않는 광경이었지만 두 눈으로 똑똑히 목격한 이상, 믿을 수밖에 없었다. 대체 어떻게 저런 인체발화가 가능했는지는 모를 일이었지만, 분명한 것은 녀석이 저보다 두 배는 큰 어른을 불태워 죽였다는 사실이었다. 그것도 손가락 하나 까딱하지 않고…….

"봤지?"

어느새 내 곁으로 다가와 묻는 녀석의 목소리에 나는 기겁했다. 달아나려고 버르적거렸지만 힘이 빠져 버린 몸이 말을 듣지 않았다. 봤지? 그러게 왜 따라왔어, 먼저 가라니까. 넌 보지 말아야 할 것을 봤어. 그러니 너도 죽어줘야겠어. 당장이라도 녀석이 그렇게 내뱉으며 나를 불태워버릴 것만 같아서 울음이 터져 나왔다. 그러나 녀석은 나를 불태우는 대신 부축해 일으켜 세웠다. 그리고 내 귓가에 조곤조곤 속삭였다.

"걱정 마. 네가 비밀만 지키면 아무 일 없을 테니까."

그 말에 눈물이 왈칵 쏟아졌다. 공포와 감격에 겨운 눈물이었다. 나는 녀석의 어깨에 얼굴을 파묻고 아기처럼 울어 댔다. 녀석은 그런 나를 부축한 채로 신속하게 골목길을 빠져나왔다.

얼마 후 나는 홍주 정경이 내려다보이는 시멘트 둑 위에 녀석과 나란히 걸터앉아 있었다. 한바탕 휘몰아치고 간 울음보의 뒤끝이 그때까지도 미미하게 남아서 나는 이따금씩 숨을 흑흑 들이마셨다. 녀석은 내 울음기가 완전히 가실 때까지 참을성 있게 기다려주었다. 땅거미가 내려앉고 있는 변두리 소도시는 마냥 안온해 보이기만 했다. 앰뷸런스의 사이렌이라든가, 사람들의 비명따위는 그 어디에서도 들려오지 않았다. 방금 전 군홧발이 불에 타죽었던 일이 과연 실제로 일어났던 일인지조차 의심스러울 지경이었다. 혹시 헛것을 본 게 아닐까. 군홧발에 걷어차인 충격에 기절해서 잠시 비현실적인 악몽을 꾼 게 아니었을까. 그러나 옆에 앉아 있던 녀석이 예의 그 무심하고 심상한 투로 내뱉은 말이 나를 단숨에 혼몽에서 끄집어냈다.

"우리 엄마 아빠 내가 불태웠어."

녀석은 걸터앉아 있는 둑 벽을 발뒤꿈치로 툭툭 굴러대며 멍하게 운동화 코를 내려다보고 있었다. 녀석의 말투와 태도는 민방위의 날 훈련 때와 별 다를 바 없었지만 그때와 달리 이번에는 가슴이 철렁 내려앉았다.

'우리 엄마 아빠 불에 타 죽었어.'와 '우리 엄마 아빠 내가 불태웠어.'라는 말의 간극은 천양지차였다. 전자가 상대를 떠보느라 날려보는 잽이었다면 후자야말로 두개골을 송두리째 뒤흔드는 강

펀치였다. 녀석이 군홧발을 불태워 죽이는 광경을 목격한 것만으로 나는 충분히 치명타를 입은 상태였다. 한데 그로기에 빠져 휘청거리는 내게 녀석은 결정타를 먹였다. 목이 바짝바짝 말라오고 입에서 단내가 났다. 속에서 다시금 거슬러 올라오는 욕지기를 억누르느라 연방 마른 침을 집어삼켜야 했다.

"나더러 저주받은 새끼랬어. 나 땜에 되는 일이 하나도 없대."

그렇게 털어놓은 녀석은 팔뚝을 걷어붙여 내게 내밀었고, 그것으로도 모자라 아예 웃통까지 까서 몸을 보여주었다. 녀석의 몸을 본 순간 나는 소스라치며 뒤로 물러났다. 성한 데가 없었다. 온통 흉터투성이였다. 담뱃불로 지진 자국이 온몸에 빼곡했고, 군데군데 찢기고 뜯기고 벗겨진 상처가 아물어 생긴 흉터들이 선명했다. 그 흉터만으로도 나는 숨이 넘어갈 지경이었다. 대중목욕탕에서 전신문신을 새긴 폭력배와 마주쳤을 때의 기십 배는 족히 될 위압감에 온몸이 오그라들었다. 나에게 녀석은 더 이상 '좆삐리'가 아닌 괴물이었다. 상상을 초월하는 학대의 흔적을 온몸에 문신처럼 새긴 괴물. 손가락 하나 까딱하지 않고도 덩치 큰 어른을 불태워죽일 수 있는 괴물.

그 발화능력이 선천적인 것인지 후천적인 것인지, 만일 후천적인 것이라면 대체 어떤 경위로 그 불가해한 능력을 지니게 되었는지, 녀석은 그에 대해서는 일언반구도 없었다. 다만 제 부모가 저를 죽도록 미워했고, 제가 부모를 죽이지 않으면 부모가 먼저 저를 죽일 것 같았다고 주절댈 뿐이었다.

"자고 있는데 목을 조른 적도 있고, 찻길로 떠민 적도 있어."

어쩌면 녀석의 괴력난신은 선천적인 것이었을 수도 있었다. 녀

석의 부모도 일찍이 녀석의 괴력난신을 간파하고 두려워했는지
도 모를 일이었다. '저주받은 새끼'라는 모진 소리도 그 때문에 퍼
부었던 저주가 아니었을까. 아니, 어쩌면 후천적인 것일 수도 있었
다. 녀석의 괴력난신은 부모의 학대에서 살아남으려는 자구책으
로 생겨난 능력일 수도 있었다. 그러나 나는 그 어떤 의혹도 녀석
에게 감히 토로할 수 없었다.

"아무한테도 말하면 안 돼. 알았지?"

녀석이 새끼손가락을 내밀어왔을 때 나는 일말의 망설임도 없
이 녀석과 새끼손가락을 걸었다. 만일 약속의 증표로 녀석이 땅
에 침을 뱉고 그것을 발로 문지른 후 발바닥을 핥으라고 요구했
더라도 나는 주저 없이 그 요구를 따랐을 터였다. 생명의 위협. 그
때 나는 그런 원초적인 공포심에 사로잡혀 질식하기 일보 직전이
었다.

"내가 왜 이런 얘길 너한테만 해주는 줄 알아?"

끝으로 녀석이 물었다. 그 질문이야말로 내가 내내 품었던 의
문이었다. 대체 무슨 억하심정으로 나를 이 누린내 자욱한 악몽
속으로 끌어들였단 말인가. 그 답을 몰랐기에 나는 고개를 가로
저었다. 녀석이 제시한 정답은 실로 어처구니없는 단답형이었다.

"내 친구니까."

돌이켜 생각해 보면, 녀석이 과연 나를 친구로 여기고 있었는
지는 의문의 여지가 있다. 어쩌면 녀석은 다른 녀석들처럼 제 능
력을 과시할 또래의 누군가가 필요했는데, 그 대상으로 재수 없게
내가 당첨되었던 것인지도 모른다. 그리고 그런 과시가 녀석의 비
뚤어진 가학적 만족감을 채우기 위한 수단이었는지도 모른다. 여

하튼 한 가지만은 분명했다. 녀석은 괴물이었다.

그날 어떻게 집으로 돌아왔는지도 기억나지 않는다. 망각의 가위에 싹둑 잘려나간 기억의 필름은 누나가 텔레비전을 보고 있던 대목부터 다시금 이어진다.

"너 받아쓰기 또 50점 맞았지?"

방으로 들어서는 내 얼굴을 보고 누나가 속 모르는 소리를 지껄였지만 그에 응대할 여력조차 없어서 그대로 방바닥에 주저앉았다. 텔레비전에서는 당시 누나가 가장 좋아했던 「천사소녀 새롬이」가 막 시작하고 있었다.

"살랑얄랑 빙글뱅글, 살랑얄랑 빙글뱅글 밤빠라밤빰. 내 이름은 유우리 그리고 또 새롬이. 아롬이와 다롬이가 살며시 도와주면 예쁜 천사 모습의 나는 새롬이, 고운 노래 부르는 자악은 마법사아."

평소에는 평범하게 살아가는 소녀가 알고 보면 남몰래 마술 지팡이를 높은음자리표 모양으로 휘둘러 웨이브 파마머리의 아리따운 아이돌 스타로 변신하는 마법소녀라는 내용의 일본 애니메이션 시리즈였다. 공교롭게도 그 애니메이션의 내용은 녀석의 정체와 일맥상통하는 구석이 있었다. 평소에는 '좆삐리'로 살아가는 소년이 알고 보면 제 비위에 거슬리는 인간을 손 하나 까딱하지 않고 불태워버리는 꼬마괴물이라는 내용으로 '발화소년 한율이'라는 애니메이션 시리즈를 제작해도 손색이 없을 터였다. 그러나 「천사소녀 새롬이」는 어디까지나 텔레비전의 전원을 끄는 순간 눈앞에서 사라지는 허구였던 반면, '발화소년 한율이'는 125센티

미터의 키와 24킬로그램의 체중에 불과했던 당시 내 힘으로는 도저히 감당해낼 수 없는 현실이었다. 내가 돋보기로 개미를 죽였듯 녀석은 어른을 불태워 죽였고 나는 그 광경을 지척에서 목격했다. 게다가 녀석은 제 부모도 제가 태워 죽였노라고 고백했다. 군홧발 건으로 미루어 보건대, 그 고백도 사실일 가능성이 컸다. 어쩌면 녀석이 아직 털어놓지 않은 건이 또 있을지도 모를 일이었다. 군홧발을 불태우던 녀석의 태도로 미루어 보건대, 그 추측도 마냥 억측만은 아닐 터였다.

이대로 앉아만 있을 수는 없었다. 녀석은 아무한테도 말하지 말라고 했고, 나도 그러겠다고 약속을 했지만 그 약속은 내 자의로 정한 것이 아니었다. 누군가에게 사실을 알려서 모종의 조치를 취해야만 했다. 내가 녀석의 비밀을 알고 있는 한, 언제가 되었든 나도 녀석에게 화를 당할지 모른다는 불안감이 목을 조여 왔다. 잠자리에 누워 눈을 감으면 불길에 휩싸인 군홧발이 허우적대던 광경이 어른거렸다. 활활 타오르던 그 얼굴에 내 얼굴이 겹쳐지면 차라리 혀를 깨물고 싶었다. 불에 타 죽는 게 세상에서 최고로 고통스럽대. 누나의 그 말이 내 앞날의 암시인 양 윙윙 귓가를 맴돌았다.

더욱 견디기 힘들었던 것은 내가 행여 녀석의 비위를 건드리지 않을까 전전긍긍하는 동안에도 남들은 녀석을 그저 '좆삐리'로 오인하고 있다는 사실이었다. 녀석이 나를 제외한 만인에게는 천연덕스럽게 '좆삐리' 행세를 하고 있었으니 당연지사였다. 몇몇 질나쁜 패거리들은 녀석을 괴롭히기까지 했다. 녀석의 목을 조르거나 뒤통수를 후려치고 달아나는 것은 예사였다. 녀석에게 여자애들의 고무줄을 끊거나 '아이스께끼'를 하고 오라고 시키기도 했고 저희들의 청소구역을 녀석에게 떠맡기기도 했다. 그런데도 녀석은 가증스럽게도 제가 순한 양인 척 패거리들에게 일말의 맞대응도 없이 굴복했고 녀석들의 말에도 고분고분 따랐다. 그럴 때마다 나는 녀석의 정체를 만방에 폭로하고 싶어 안달이 날 지경이었다. 야, 이 병신들아. 저 새끼가 얼마나 무서운 새낀지 알아? 사람을 막 태워 죽여! 지네 엄마 아빠도 태워 죽였대! 그러나 녀석이 두 눈을 빤히 뜨고 나를 주시하고 있는 마당에 아무리 속이 까맣게 타들어간다 한들 그 속내를 녀석들에게 섣불리 드러낼 수도 없는 노릇이었다. 녀석이 양의 탈을 쓴 괴물이라는 사실을 알고 있는 사람도, 녀석이 당장이라도 그 패거리들을 소각시켜 장작더미로 만들어 버릴 것만 같은 노파심에 가슴 졸이는 사람도 이 세상에 오직 나뿐이었다. 그때 나는 대숲에라도 '임금님 귀는 당나귀 귀'를 외쳐대야 했던 두건장이의 심정을 정말이지 뼈저리게 공감할 수 있었다.

"야, 아까 보니까 어떤 애들이 복도에서 막 이한율 괴롭히고 있더라. 하여간 진짜 못 됐어. 그 불쌍한 애를 왜 그렇게 괴롭힌대냐. 네가 보면 좀 말려라, 보니까 걔랑 잘 다니더만. 넌 꼭 그럴 땐 비겁하게 암말도 않고 딴 짓하고 있더라? 넌 걔가 불쌍하지도 않냐?"

남의 속도 모르는 누나는 그렇게 타이르기까지 했다. 그럴 때마다 나는 정작 불쌍한 사람이 누구이며, 누구를 말려야 마땅한지 누나에게라도 까발리고 싶은 충동을 가까스로 억눌러야 했다.

녀석에게 목숨을 저당 잡힌 처지보다 더 절망적인 것은 아무리 주위를 휘둘러보아도 나를 구원해 줄 사람이 아무도 보이지 않는 현실이었다. 선짓국밥집을 운영하며 근근이 먹고사는 내 부모는 새벽 다섯 시에 집을 나가 자정이 다 되어서야 돌아왔다. 때문에 부모자식간의 끈끈한 감정 교류는커녕 일상적인 대화조차 주고받을 일이 드물었다. 누나는 나와 가장 가까운 인물이었지만, 어떤 면에서는 오히려 나보다 더 어렸다. 5학년이 되어서도 '구라쟁이' 구형섭을 신봉하며 복음을 전파하는 누나에게 녀석의 이야기를 털어놓는다 한들 누나가 속 시원한 해결책을 제시할 리는 만무했다. 무섭고 외로웠다. 내 일생을 통틀어 그때처럼 죽느냐 사느냐를 두고 고뇌했던 적도 없었다.

며칠 밤을 전전반측한 끝에 가까스로 쥐어짜낸 구원자는 학교 담임이었다. 담임은 학년 체육 담당답게 다부진 체격과 아이들을 쥐 잡듯 휘어잡는 통솔력과 사리를 냉철하게 분별하는 판단력까지 겸비하고 있어 적잖이 믿음이 갔다. 내가 이치에 맞게 모든 정황을 조곤조곤 설명하기만 한다면 담임이 조치를 취해줄 가능성이 아주 없는 것만은 아니었다. 문제는 날마다 나를 그림자처럼 따라다니는 녀석을 어떻게 떼어놓고 담임에게 귀띔을 하느냐 하는 점이었다. 내가 녀석의 감시 반경에서 자유로워지는 것은 학교를 마치고 집으로 돌아와 시간을 보낼 때뿐이었다. 그 시간대에 담임에게 모든 사실을 털어놓아야만 했다.

며칠간 나는 갖은 핑계거리로 교무실을 들락거리며 기회를 모색했다. 교사들이 돌아가며 숙직을 서는 체계를 파악하는 데에도 자그마치 사흘이 걸렸다. 사흘 만에야 비로소 나는 담임이 숙직 서는 날을 알아낼 수 있었다. 이윽고 나는 결심했다. 담임에게 녀석의 정체를 폭로하기로.

그날도 청소를 마친 녀석은 평소와 다름없이 나와 나란히 학교를 나섰다. 녀석과 동행하는 등하굣길이 내게는 곤혹을 넘어 고문이었다.

일단 녀석이 옆에만 서면 시간도, 거리도 갑절 이상으로 엿가락처럼 늘어졌다. 죽는 날까지 계속될 것만 같은, 피 말리는 동행. 언제든 수틀리면 가차 없이 누군가를 불태워버릴 것이라는 불안, 그 대상이 내가 될지도 모른다는 불안. 나는 그 불안 때문에 녀석과 동행하는 동안 둘도 없는 단짝 친구라도 되는 양 녀석의 비위를 맞추며 살살거려야 했다. 군홧발 사건 이후로 약육강식의 논리가 녀석과 나 사이를 지배하고 있었다.

그날은 유독 녀석과의 동행이 길게 느껴졌다. 이윽고 동네 어귀의 갈림길이 눈앞에 나타났을 때 나는 만세라도 외치고 싶은 심정이었다.

"잘 가."

녀석이 작별 인사를 건네고 돌아섰을 때 나는 녀석의 뒤통수에 대고 저주를 퍼붓고 싶은 심정이었다. 너야말로 잘 가라. 가다가 벼락 맞아 뒈져라. 그래서 제발 내 앞에 다시는 나타나지 마라. 녀석이 골목 너머로 사라진 것을 모퉁이에 붙어 확인한 후에야 나는 살금살금 학교로 되돌아왔다. 학교 운동장으로 들어선 나는 그네를 타거나 철봉에 거꾸로 매달리거나 정글짐에 오르며 다른 교사들이 모두 퇴근하기를 기다렸다. 나는 딱히 집에 가도 할 일이 없어서 운동장에서 노는 아이인 양 행세하고 있었지만 마음속에서는 오만 감정과 갈등이 교차하고 있었다. 과연 담임이 내 말을 곧이곧대로 믿어줄까. 솔직히 자신이 없었다. 같은 반 친구가 손 하나 까딱하지 않고도 사람을 태워 죽이는 괴물이라니……. 세상 어느 누구에게 털어놓아도 정신 나간 개소리로밖에 들리지 않을 이야기였다. 차라리 여기서 돌아갈까. 학년이 올라가고 반이 바뀌면 녀석과도 멀어질 수 있을 터였다. 그러나 언제까지나 녀석이 내게 들러붙어 떨어지지 않는다면 어떻게 해야 할까. 평생 녀석의 뒤를 졸졸 따라다니며 행여 녀석이 나를 불태워죽이지는 않을까 전전긍긍하며 녀석의 개로 살아야 한다면? 군홧발이 앞으로 내가 줄줄이 목격할 발화놀이의 첫 희생자에 불과하다면? 나는 이를 앙다물고 고개를 세차게 가로저었다. 그래, 더 늦기 전에 말해 버리자.

운동장 저편에서 녀석이 나타나 예의 그 무심하고 심상한 말투로 "뭐 해?"라고 물어올 것만 같은 불안감이 자꾸만 고개를 들었다. 혹시 나 몰래 담임한테 고자질하려는 건 아니겠지? 그렇담할 수 없지. 너도 불태워 버릴 수밖에……. 어둑어둑해질 때까지 운동장에서 소일하는 내내 녀석의 목소리 환청이 귓가를 맴돌았다. 그러는 동안 나는 피가 바짝바짝 타들어가는 긴장과 초조를 맛보았다.

다행히 내 예상은 맞아떨어졌다. 교무실을 찾아갔을 때 담임은 텅 빈 교무실에 혼자 앉아 교사 수첩에 뭔가를 적고 있었다. 나는 심호흡으로 두근대는 가슴을 가라앉힌 후 교무실의 미닫이 문을 조용조용 열고 안으로 들어섰다. 인기척에 나를 돌아본 담임이 의아해하는 표정으로 물었다.

"어, 집에 안 갔냐?"

까짓것 얼른 말해 버려. 이한율이 사람을 불태워버리는 괴물이라고. 단언하건대, 당시 내 행동은 비겁한 고자질이 아니라 목숨을 건 폭로였다. 나는 주먹을 부르쥐었다.

"할 말이 있어서요."

"'드릴 말씀이 있어서요.'라고 해야지, 인마. 뭔데? 말해 봐."

담임이 의자를 내 쪽으로 돌려 나를 빤히 바라보았다. 막상 그가 멍석을 깔아주니 수도 없이 연습해 두었던 대사들이 바닥에 쏟아진 시녀처럼 일순에 날아가 버려서 떠오르는 게 없었다. 게다가 그놈의 의심이 도깨비바늘의 가시처럼 머릿속에 들러붙어 떨어지지를 않았다. 과연 담임이 나를 믿어줄까. 하지만 여기까지 온 이상 이대로 돌아설 수도 없었다. 나는 눈을 질끈 감고 용건을 입 밖으로 끄집어냈다.

"이한율…… 때문에요."

"이한율이 왜?"

담임이 심드렁하게 물었다. 용기를 내야 했다. 솔직하게 털어놓으면 믿어줄지도 모를 일이었다. 오, 그래? 역시 내 예감이 맞았군. 안 그래도 그 녀석이 수상쩍었어. 집에 불이 나서 부모에 동생까지 죽었는데 그 녀석만 무사한 게 이해가 안 됐거든. 이제야 모든 게 확실해지네. 그런 식의 반응까지는 아니어도 일말의 긍정적인 반응을 기대하며 나는 두려움과 의심에 굴복하려는 마음을 다잡았다. 그리고 기어들어가는 목소리로 이실직고했다.

"이한율이 사람을 태워 죽였어요."

내 말에 담임은 무슨 뚱딴지같은 소리냐는 표정이었다.

"뭐?"

"이한율이 사람을……."

고개를 든 그 순간 나는 보고 말았다, 담임의 정수리 위로 피어오르는 아지랑이를. 겨울날 난로 위로 공기가 이글거리는 대류현상. 지난번에는 실외에서 목격했던 것을 이번에는 실내에서 목격했다는 게 다를 뿐이지, 그 아지랑이가 바로 인체발화의 시발점이라는 사실은 지난번과 매한가지였다. 눈이 휘둥그레져서 뒤돌아본 나는 교무실 창 너머로 떠올라 있는 녀석의 눈과 마주치고 아연실색했다. 살기로 번뜩이는 눈으로 이쪽을 노려보는 녀석은 간질 발작을 하듯 온몸을 부들거리고 있었다. 나를 따라 창가 쪽으로 흘끔 돌아본 담임이 '어?' 하는 표정을 지었다. 그 직후 담임의 얼굴에서 불길이 치솟았다.

나는 불길에 휩싸인 석유곤로 앞에서 누나가 그러했듯 기겁하며 뒤로 나동그라졌다. 군홧발과 달리 담임은 침묵의 탈춤조차 추어보지도 못한 채 앉은자리에서 녀석에게 당했다. 다부진 체격과 야무진 통솔력과 냉철한 판단력도 뼛속까지 파고드는 불길 앞에서는 한낱 무용지물이었다. 담임은 의자에 앉아 의자 손잡이를 붙든 채로 타오르는 온몸을 버둥거리다 의자와 함께 뒤로 벌렁 넘어갔다. 교무실 바닥에 고꾸라진 후에도 온몸이 타들어가는 고통에 겨워 몸부림치던 담임은 이내 축 늘어졌다. 불길은 담임의 숨통을 끊고도 발목 바로 위의 그루터기만 남을 때까지 그를 날름날름 집어삼켰다. 교무실의 공기가 매캐한 연기로 자욱해졌고 담임이 앉아 있던 의자는 시커멓게 눌어붙었지만 기이하게도 불길은 교무실 어디로도 번지지 않았다. 제 소임을 다한 불길이 서서히 잦아든 후에야 나는 내가 바지에 산똥을 싸 버렸다는 사실을 깨달았다.

"말하지 말라고 했는데 왜 그랬어. 네가 말만 안 했음 안 죽였을 거야."

녀석의 힐난에는 서슬 퍼런 원망이 담겨 있었다. 연기를 발견하고 누군가 달려오기 전에 녀석과 함께 교무실을 빠져나온 나는 학교 담장 밑에 뱃속의 내용물을 모두 토했다. 쓰디쓴 위액이 혀를 얼얼하게 적셨다. 눈물샘이 고장 난 듯 쉴 새 없이 눈물이 쏟아졌다. 그야말로 상토하사(上吐下瀉)하였다. 온몸이 중풍 환자처럼 바들바들 떨려서 서 있기조차 힘들었다. 세상이 빙빙 돌고 윙하는 이명이 사이렌처럼 머릿속에 울려 퍼졌다. 녀석이 내 귓가에 나지막이 속삭였다.

"담임은 네가 죽인 거야."

어처구니없다기보다는 녀석이 두려워 미칠 지경이었다. 작별 인사를 하고 헤어지던 때만 해도 녀석이 이렇듯 살금살금 뒤를 밟아 와서는 나를 지켜볼 정도로 용의주도할 줄은 상상조차 하지 못했다. 녀석이 말했다.

"잘 들어."

잘 듣고 싶지 않아도 지금 내 귀에 들리는 소리라고는 녀석의 색색대는 숨소리와 목소리뿐이었다. 차라리 고막에 구멍을 뚫어 버리고 싶은 심정이었다.

"네가 네 엄마한테 말하면 네 엄마를 태워 죽일 거야. 네가 네 누나한테 말하면 네 누나를 태워 죽일 거야. 그래도 네가 막 아무한테나 말하고 다니면……."

녀석이 예의 그 무심하고 심상한 투로 나를 협박하는 동안 차마 서 있지 못할 지경으로 다리가 후들거려서 나는 벽에 어깨를 기대고 몸을 간신히 지탱해야 했다. 잠시 말을 멈추었던 녀석이 말을 끝맺었다.

"……널 태워 죽일 거야."

녀석은 그 말을 끝으로 돌아섰다. 나는 반사적으로 주위를 휘둘러보았다. 담장 아래 잡초 틈새에 뒹굴고 있는 돌덩이가 보였다. 지금이야! 저 돌로 저 새끼 뒤통수를 찍어 버려! 마음 한편의 목소리가 그렇게 충동질했지만 실행에 옮길 수는 없었다. 저녁 어스름이 짙게 깔린 운동장 저편으로 녀석의 뒷모습이 사라져갈 때까지 나는 그 자리에 붙박인 채로 옴짝달싹하지 못했다.

이틀 후 학교 운동장에서 영결식이 거행되었다. 교장은 담임이 숙직 중 과로로 쓰러져 세상을 떠났다고 거짓말을 하면서도 손수건으로 눈물을 찍어냈다. 영구차가 조회 대형으로 서 있는 전교생 주위를 휘도는 동안 녀석은 눈을 내리깔고 멍하니 운동장 흙바닥을 운동화로 툭툭 찍으며 헤집고 있을 뿐이었다. 녀석의 낯빛에서 사람을 죽인 죄책감이나 번민 따위는 추호도 찾아볼 수 없었다. 그런 녀석의 얼굴이 가증스럽기보다는 몸서리치게 두려웠다. 녀석의 발화 행각이 과거완료가 아닌 현재진행형이었기 때문이었다.

도무지 잠을 이룰 수가 없었다. 온몸이 진땀으로 범벅되어 있었지만 나는 이불 밖으로 얼굴을 내밀 엄두도 내지 못했다. 녀석이 내 머리맡에 앉아 나를 빤히 내려다보고 있을 것만 같았기 때문이었다. 화장실에 갈 용기도 나지 않아서 참다 참다 방광이 터질 지경에 이르러서야 마당으로 나가 수돗가에서 볼일을 해결했다. 오줌을 누면서도 나는 사방을 불안한 눈으로 두리번거렸다. 어릴 적부터 나는 담대한 편이었다. 누나가 「전설의 고향」의 '내 다리 내놔' 귀신을 보며 기겁할 때에도 태연히 브라운관을 응시했고, 누나가 외화시리즈 「브이」에서 긴 혓바닥을 날름거리던 파충류 외계인에 경기를 일으켜 잠을 설칠 때에도 멀쩡히 숙면을 취했던 나였다. 그러나 이제 사정은 백팔십도로 달라져 있었다.

"구형섭 선생님이 그러는데, 너네 담임…… 사실은 과로로 죽은 게 아니라 불에 타 죽었대. 우리 학교 지을 때 땅속에서 엄청 큰 구렁이가 나왔는데 그걸 인부들이 태워 죽였대는 거야. 그 자리가 지금 교무실 있던 자리래. 그래서 그 구렁이 귀신이 똑같이 복수한 거래. 아우, 나 인제 다신 교무실 안 가."

누나가 잠자리에 누워 떠들어대는 괴담 따위가 귀에 들어올 리 없었다. 지척에서 살인이 자행되는 무자비한 현실을 판에 박힌 괴담으로 오인할 수 있는 누나의 구상유취가 차라리 부러웠다. 담임의 죽음이 구렁이의 복수처럼 비현실적인 원인에서 비롯된 사건이었더라면 이토록 두렵지는 않을 터였다. 다들 바보 멍청이에 병신들이었다. 이한율이라는 괴물이 담임을 불태워 죽였는데 그 사실을 알고 있는 사람은 이 세상에 나 혼자뿐이었다. 사건을 수사한 경찰도 그 사건을 업무상 과실로 인한 사고사로 일단락 지은 모양이었다. 온갖 억측과 괴담들이 학교에 나돌았지만 진실에 근접한 추측이라고는 전혀 없었다. 차라리 경찰에 신고를 해볼까도 고민했지만 역시 무리였다. 담임이 그러했듯 그네들도 내

말을 믿어줄 것 같지 않았을 뿐더러 그 후에 닥칠 후환을 감당할
재간이 내게는 없었다. 나를 태워 죽이겠다던 녀석의 협박은 분
명 호언장담이었다. 녀석은 능히 그러고도 남을 위인이었다.

누나가 잠들어버린 후 공포는 더욱 뚜렷하게 제 실체를 드러냈
다. 어둠은 축축하게 나를 좀먹어 들어왔다. 미치도록 두려웠다.
비명이라도 왁왁 내지르고 싶었다. 나를 스멀스멀 잠식해오는 어
둠이 그토록 두려웠던 이유는 그 어둠 저편에 나를 태워버릴 불
이 도사리고 있다는 불안감 때문이었다. 여차하면 어둠에 잠긴
내 몸속에서 불길이 확 하고 피어오를 것만 같았다. 언제든 불길
이 어둠을 뚫고 나를 집어삼킬 수 있으며, 그것이 참혹한 고통 끝
에 나를 죽음의 나락으로 끌어내릴지도 모른다는 불안은 그 자
체로 지독한 가위눌림이었다. 참다못한 나는 자리에서 일어나 불
을 켰다. 잠시 깜빡이던 형광등이 방안의 어둠을 몰아냈다. 나는
잠자리에 주저앉아 가쁜 숨을 몰아쉬었다. 잠들어 있던 누나가
미간을 찌푸리며 눈을 뜨더니 잠기가 가득한 목소리로 물었다.

"불 왜 켜?"

나는 대답 없이 깊은 한숨을 토해냈다. 한숨조차 바르르 떨려
나왔다. 그제야 심상치 않은 기색을 눈치 채고 몸을 일으킨 누나
가 내게 바싹 다가앉으며 물었다.

"왜 그래? 무서워? 구렁이 얘기 땜에?"

나는 대답하지 않았다. 아니, 대답할 수 없었다. 누나에게 사실
을 털어놓았다가는 누나마저 화를 입을 것만 같은 노파심에 입을
열 수 없었다. 그러나 누나는 집요하게 파고들었다.

"이 땀 좀 봐. 왜 그래, 너? 어디 아파? 괜찮아, 뭣 땜에 그러는

지 말해봐. 이 누나가 다 들어줄게. 담임 돌아가신 거 땜에 그래? 슬퍼서?"

차라리 담임의 죽음을 슬퍼하는 동심 때문이라면 얼마나 좋을까. 열 살배기의 자잘한 일상사에서 다시는 돌아갈 수 없을 정도로 멀리 동떨어져 나와 버린 내 신세가 처량했다. 설움이 북받쳤다. 내가 무슨 잘못을 저질렀기에 이 지경에 이르렀는지 한탄스러웠다. 그래서 나는 끝내 북받쳐 오른 울음을 터뜨리고 말았다. 나의 통곡에 당황해 엉거주춤하던 누나가 머뭇거리며 나를 품에 안았다.

"괜찮아, 괜찮아. 하긴 나도 영구차 보는데 막 눈물나려고 그러더라. 그러니 넌 오죽했겠니. 분명히 천국 가셨을 거야."

순진무구한 누나는 뭣도 모르고 내 어깨를 다독여주며 빗나가도 한참 빗나간 위로와 격려를 아끼지 않았다. 그 나긋나긋한 목소리와 따스한 품속이 한없이 눈물샘을 자극하는 바람에 나는 누나의 품에 안겨 서럽게 울어댔다. 그리고 목이 쉴 정도로 울어댄 후 나는 누나에게 품에 깊숙이 간직하고 있던 판도라의 상자를 열어주고 말았다.

"누나, 아무한테도 말 안 한다고 약속할 수 있어?"

돌이켜보면 극도에 달한 공황이 사고력과 판단력을 마비시켰던 게 틀림없다. 아니면 긴장의 안전핀이 통곡으로 풀려버렸거나. 무엇보다 당시 나는 열 살배기 철부지에 불과했다. 도저히 내 힘으로는 해결할 수 없을 정도의 궁지, 사람이 둘이나 불에 타죽는 광경을 지척에서 목격한 극한상황에 내몰려 있었기에 그런 바보짓을 저질렀는지도 모른다. 여하튼 누나는 절대 아무에게도 말하지 않겠다고 철석같이 약속했고 어리석게도 나는 누나가 그 약속을 지켜줄 것이라 믿었다. 그래서 민방위의 날 훈련 때 녀석이 접근해왔던 일부터 담임이 불에 타 죽기까지 녀석과 관계된 모든 자초지종을 누나에게 털어놓고 말았다. 그러나 그러지 말았어야 했다. 담임으로 끝냈어야 했다.

"야, 이한율, 일루 와 봐."

학교를 마치고 나오는 길이었다. 누나에게 사실을 털어놓은 지 이틀이 지난 후였다. 학교 건물을 막 나서는데 녀석을 입구 옆에 삐딱하게 서 있던 윤철이 불러 세웠다. 윤철은 녀석을 괴롭히곤 하는 패거리 중 우두머리 격이었다. 내 옆에 서 있던 녀석은 '좆삐리' 본연의 자세로 돌아가 겁먹은 듯한 얼굴로 윤철에게 다가가 물었다.

"왜 그래?"

윤철이 다짜고짜 말했다.

"불내 봐."

그 말에 가슴이 덜컥 내려앉았다.

"그게 무슨 말이야?"

녀석이 되묻자, 윤철이 어깨를 으쓱하며 대답했다.

"우리 누나가 그러던데? 니가 담임 태워 죽였다고……."

눈앞이 아득해졌다. 녀석이 어색하게 웃으며 윤철에게 물었다.

"너네 누나가 봤대?"

"아니, 누구한테 들었대."

"누구?"

윤철의 시선이 내게로 향한 순간, 나는 윤철에게로 달려들어 그 입을 틀어막고 싶은 충동을 느꼈다. 나는 윤철을 바라보며 속으로 부르짖었다. 제발 하지 마. 그만! 그러나 간절한 무언의 애원은 여지없이 묵살되었다.

"쟤네 누나."

온몸의 힘이 쭉 빠져나갔다. 그제야 나는 윤철의 누나와 내 누나가 한 학년에 한 반이라는 사실을 깨닫고 절망했다. 절대 아무에게도 말하지 말라는 내 신신당부에 걱정 말라며 새끼손가락까지 걸었던 누나는 결국 약속을 지키지 않았다. 이거, 아무한테도 얘기하면 안 된다? 있지, 내 동생이 그러는데……. 분명 누나는 그렇게 윤철의 누나에게 운을 뗐을 터였다. 병신, 병신 같은 년! 나는 울고 싶어졌다. 모든 것이 내 책임이었다. 촉새 같은 누나를 믿고 무덤까지 갖고 갔어야 할 비밀을 실토한 내 잘못이었다.

윤철의 말을 듣는 순간 녀석의 눈이 날카롭게 번뜩였다. 가면 속의 괴물이 낯가죽에 드러나는 찰나였다.

"미친 새끼, 지랄하네. 증거 있어? 우리 누나가 그랬단 증거 있냐고!"

나는 둘 사이에 끼어들어 윤철의 가슴팍을 거칠게 밀치며 언성을 높였다. 윤철의 얼굴에 황당해하는 표정이 어렸다. 윤철은 나보다 덩치도 크고 싸움도 잘 했다. 그러나 사람의 목숨이 달린 계제에 이렇게라도 윤철의 말을 끊어놓지 않으면 안 될 것 같았다. 윤철도 발끈해서 내 가슴팍을 떠밀었다.

"뭐야? 네 누나, 우리 누나랑 친구잖아, 개새꺄."

이판사판이었다. 나는 윤철의 멱살을 잡고 주먹으로 윤철의 얼굴을 후려쳤다. 격분한 윤철이 내게로 달려들어 나를 넘어뜨리고 올라타서는 주먹을 휘둘렀다. 입술이 터지고 얼굴이 까졌다. 그러나 아픈 줄도 몰랐다. 주위에 있던 아이들이 뜯어말려 나와 윤철을 가까스로 떼어놓았을 때 녀석은 증발해 버리고 없었다.

나는 미친 듯이 동네로 내달렸다. 녀석과 누나. 둘이 만나기 전에 둘 중 하나를 내가 먼저 찾아야만 했다. 그러나 아무리 둘러보아도 녀석도, 누나도 보이지 않았다. 오금이 저려오고 똥줄이 탔다. 집에 도착해 방 문을 열어보았지만 방은 텅 비어 있었다. 오후 네 시가 넘은 시각이었다. 학교 수업은 벌써 끝났을 터였다. 혹시나 해서 선짓국밥집으로 달려가 보았다. 거기에도 없었다. 나는 다시 학교로 뛰었다. 숨이 턱까지 차오르고 비지땀이 얼굴을 타고 흘러내렸다. 그러나 힘든 줄도 몰랐다. 학교 근처에서 마주친 누나의 한 반 친구로부터 누나가 도서 대출실에서 책을 빌리고 있다는 이야기를 전해 들었다. 학교 안으로 들어선 나는 도서 대출실이 있는 건물 쪽으로 전력 질주했다. 저만치 책 몇 권을 품에 안고 건물 입구를 막 나오고 있던 누나를 발견한 순간 온몸의 맥이 턱 풀렸다.

"병신, 저 병신 같은 년……."

나는 안도와 회한이 뒤섞인 볼멘소리를 터뜨리며 누나에게로 내달렸다. 한데 저만치 학교 건물 모퉁이에서 거무스름한 얼굴이 불쑥 튀어나왔다. 녀석이었다. 녀석은 우리를 노려보고 있었다. 심장 박동이 멎는 것만 같았다.

"누나!"

나는 누나에게로 내달리며 목이 터져라 외쳤다. 녀석이 몸을 떨어대기 시작했다.

"왜 그래?"

누나가 얼빠진 표정으로 나를 바라보며 물어왔다. 아지랑이! 누나의 머리 위로 아지랑이가 피어올랐다. 녀석의 시선을 느낀 누나가 '뭐지?' 하는 얼굴로 녀석을 돌아보았다. 그 순간 누나의 얼굴에서 불길이 치솟았다. 열 살배기의 힘으로는 도저히 끌 수 없는 불길. 몸을 구성하고 있던 모든 유기물을 연료로 타오르는 맹렬한 불길. 어떻게든 꺼보려 했다. 그러나 누나의 몸을 휘감은 열기는 섣부른 접근을 허락하지 않았다. 멀찌감치 수돗가가 보였다. 나는 짐승처럼 울부짖으며 그리로 내달렸다. 물이 새는 수도꼭지 밑에 받쳐놓은 고무 양동이가 보였다. 물이 반쯤 차 있는 그 양동이를 들고 나는 무력하게 허우적대고 있는 누나에게로 달려가 물을 끼얹었다. 부연 연기가 솟아올랐다. 그러나 잠시 수그러든 듯했던 불길은 이내 다시 타올랐다. 누나가 뒤로 벌렁 넘어갔다. 두 번째로 수돗가에서 물을 떠왔을 때 누나는 이미 땅바닥에 잿더미가 되어 나뒹굴고 있었다. 반쯤 타 버린 책이 발목만 남은 누나의 시신 조각과 뒹구는 광경이 을씨년스럽기 그지없었다. 돌아보았을 때 녀석은 사라지고 없었다.

"개새끼, 씨발새끼. 뒤졌어, 개 같은 새끼."

나는 눈물이 범벅된 얼굴로 울며불며 녀석을 저주했다. 도망치듯 학교를 빠져나오면서도 나는 연방 주위를 두리번거렸다. 도둑고양이 같은 녀석이 언제 어디서 기습해올지 짐작할 수 없는 상황이었다. 그러나 이제 더 이상 녀석이 두렵지 않았다. 비등점에 다다른 공포는 더 이상 공포가 아니었다. 증오와 분노였다. 내 머릿속은 들끓어 오르는 증오와 분노로 가득 차 있었다. 제 만행을 누설한 내가 문제라면 애먼 담임과 누나를 죽이기 이전에 나를 죽였어야 옳았다. 녀석의 말대로 입방정을 떨어 그 두 사람을 죽게 한 장본인은 바로 나였으니까. 그런데도 녀석은 담임과 누나를 불태웠다. 이제야 알 것 같았다. 녀석은 나를 갖고 놀고 있었다. 다 잡은 쥐를 노리개 삼아 앞다리 사이에 놓고 굴려대는 고양이가 그러하듯. 나는 녀석의 친구가 아닌, 노리개였다. 녀석은 제 손바닥 위에 나를 올려놓고 이리저리 굴려보며 어디로 튈지 지켜보고 있었을 뿐이었다. 나는 뿌득뿌득 소리가 나도록 이를 갈았다.

집으로 돌아온 나는 창고로 들어가 석유통을 끄집어냈다. 석유는 삼분의 일 정도 남아 있었다. 창고 구석에 먼지를 수북이 이고 있던 팔각 성냥갑도 챙겼다. 집을 나서려던 나는 공책 한 장을 북 찢어 거기에 한 문장을 휘갈겨 썼다.

'우리 반 교실로 와라.'

먼발치에서 보기만 했던 녀석의 집은 실제로 들어서며 보니, 예상했던 것보다 훨씬 낡아 있었고 비좁기까지 했다. 예상했던 대로 녀석은 집에 없었다. 그 집에 쪼그라들 대로 쪼그라든 녀석의 할머니가 몸져누워 있었고 누나의 말대로 얼굴에 소보로빵이 들러붙은 여동생이 종이인형으로 인형놀이를 하고 있었다. 나는 그 애에게 쪽지를 건넸다.

"오빠 오면 줘라."

돌이켜 보면, 열 살배기가 감당할 수 없을 정도로 참혹했던 일련의 사건들이 내 사고를 비정상적일 정도로 비약시켰던 것이 분명하다. 그때 내 생각과 행동은 열 살배기의 수준을 완전히 뛰어 넘어 있었다.

　나는 교실 창가에 서서 경찰과 소방관들이 누나의 시신을 수습하고 사고를 조사하는 광경을 지켜보았다. 폴리스라인이 쳐지고 사복 경찰들까지 북적이는 품이 이제야 연이은 인체발화 사건을 심각하게 받아들이기 시작한 모양이었다. 날이 어두워지기 전에 나는 교실 입구에서부터 교실 끝까지 석유를 뿌렸다. 왁스를 칠한 마룻바닥에 석유가 흥건해지자 성냥불만 댕겨도 불바다가 될 성싶었다.

　녀석을 맞이할 준비를 마치고 난 후 나는 책상 위에 걸터앉은 채로 교실 뒤편에 걸린 거울을 바라보았다. 하단에 하얀 붓글씨로 '제 23회 졸업생 일동 贈'이라 적힌 그 벽거울에 열 살배기 사내애가 비치고 있었다. 악에 받친 눈빛이 낯설었다. 매일같이 보아오던 내 얼굴이 아니었다.

　어둠이 깔리면서 사건을 수사하던 경찰들이 하나둘 자리를 뜨기 시작했다. 그네들이 모두 철수하고 나자, 이제 학교 안에 남은 것은 나 혼자뿐인 것 같았다. 아니, 이 세상에 홀로 남은 듯한 기분이었다. 나는 울었다.

　밤이 이슥해지도록 녀석은 오지 않았다. 어쩌면 영영 오지 않을 수도 있었다. 하지만 나는 밤새도록 기다릴 작정이었다. 죽을 때까지도 기다릴 수 있었다. 궁지에 몰린 쥐가 물겠다고 덤빈다 하여 고양이가 달아날 리는 없었다. 나는 왼손에 팔각 성냥갑을, 오른손에 성냥개비를 쥔 채 책상에 걸터앉아 녀석을 기다렸다.

　실낱같은 희망이 서서히 절망으로 기울어갈 때쯤 복도에서 발소리가 났다. 마룻바닥이 삐걱대는 소리만으로도 나는 그게 녀석임을 직감했다. 내 짐작은 맞아떨어졌다. 교실 문이 열리고 안으로 들어선 그림자의 주인은 분명 녀석이었다. 창가로 새어드는 달빛이 교실 안으로 걸어 들어오는 녀석의 얼굴을 비추었다. 녀석의 거무튀튀한 얼굴이 유난히 창백해 보였다. 녀석이 말했다.

"내가 말했지. 아무한테도 말하지 말라고……. 근데 왜 그랬어?"

녀석의 목소리는 민방위 훈련 때처럼 무심하고 심상했다. 분명 교실 바닥에 흥건한 휘발유 내가 코를 찌를 텐데도 몸을 사리는 기색도 없었다. 어쩌면 녀석에게는 공포라는 감정이 아예 결여되어 있는지도 모를 일이었다. 하긴 저보다 훨씬 큰 어른도 눈 하나 깜짝하지 않고 불태워 죽이는 녀석이 제 또래 따위를 무서워할 리 없었다. 녀석의 채근에 나는 솔직히 대답했다. 이제 와서 속내를 감출 이유도 없었다.

"무서워서. 너무 무서워서……."

나와 녀석은 불과 2~3미터를 사이에 두고 선 채 한동안 서로를 노려보았다.

"아무튼 넌 약속을 안 지켰어. 내가 두 번이나 기회를 줬는데도……."

녀석의 몸이 미세하게 떨리고 있었다. 바로 지금이야! 저 괴물을 불태워버려! 나는 재빨리 성냥을 성냥갑 옆구리에 그었다. 그러나 너무 서둘렀다. 성냥개비는 불붙기도 전에 교실 바닥으로 떨어져 버렸다. 허겁지겁 또 하나를 꺼내어 성냥갑에 그었다. 이번에는 성냥개비가 부러졌다. 녀석의 경련이 점점 정도를 더해가고 있었다. 녀석의 눈에 불그스름한 안광이 이는 듯했다. 세 번째 성냥개비도 불붙지 못하고 헛된 마찰만 되풀이하다 맥없이 부러져 버렸다. 네 개, 다섯 개. 모두 불이 붙기도 전에 부러졌다. 뭔가 이상했다. 성냥갑 속을 거칠게 헤집어본 나는 절망했다. 성냥갑은 습기로 축축했다. 습기에 젖은 성냥에 불이 붙을 리 만무했다. 이제 녀석이 나를 노려보며 온몸을 부들부들 떨어대고 있었다. 목 부근에 화끈한 열기가 느껴졌다. 숨이 턱 막혔다. 내 손에서 성냥갑이 떨어져나갔다. 성냥갑은 질펀한 교실바닥에 내동댕이쳐졌고 그 속에서 쏟아진 성냥들이 볼썽사납게 나뒹굴었다. 나는 뒤로 주춤주춤 물러섰다. 목이 타들어가는 것처럼 뜨거웠다. 나는 잠시 후 불길에 휩싸일 내 운명을 예감하고 미친 듯이 교실 뒤편으로 달아났다. 나에게 부딪친 책걸상들이 요란한 비명을 내지르며 밀려나거나 뒤로 넘어갔다. 교실 뒤편 벽에 매달린 벽거울 앞에 이르렀을 때에는 더 이상 몸을 움직일 수가 없었다. 거울에 비친 내 얼굴은 공포와 경악으로 일그러져 있었다. 거울은 증오와 분노로 온몸을 부들거리는 녀석의 모습도 비추고 있었다. 나는 목을 감싸 쥐고 거울에 등을 기댄 채로 돌아섰다. 녀석과 나 사이에 아지랑이가 피어오르고 있었다. 발화 직전, 공기가 달아오를 때마다 보였던 아지랑이였다. 팽팽하게 달아오른 공기가 금방이라도 폭발할 듯 꿈틀거렸다. 불과 몇 시간 전에 누나를 불태웠기 때문이었을까. 녀석이 나를 발화시키는 속도는 여느 때보다 훨씬 더뎠다. 그러나 그랬기에 더 괴로웠다. 다리에 힘이 풀려 더 이상 서 있을 수가 없어서 교실 바닥에 털썩 주저앉았다. 숨을 쉴 수가 없었다. 나를 노려보는 녀석의 증오와 분노가 고스란히 내 속을 파고들었다. 그때는 녀석이 차라리 어서 모든 것을 끝내주기를 바랐던 것 같기도 하다.

　확.

　마침내 불길이 솟구쳤다. 그런데 불길에 휩싸인 것은 내가 아
닌 녀석이었다. 녀석이 불태워 죽인 모든 사람이 그러했듯 녀석도
비명조차 지르지 못하고 불덩어리가 되어 침묵의 춤을 추었다. 예
상치 못한 녀석의 발화를 경악에 차 지켜보던 내 뇌리에 뭔가 번
뜩 스쳤다. 거울. 나는 거울을 돌아보았다. 거울에도 녀석이 불길
에 휩싸여 몸부림치는 광경이 오롯이 비치고 있었다. 내가 쓰러지
면서 녀석이 거울에 비친 제 모습을 보았던 게 아닐까. 그리하여
나에게 쏠려 있던 증오와 분노가 고스란히 녀석에게로 되돌아갔
던 게 아닐까. 분명한 것은 아무 것도 없었다. 돌발적인 우연과 불
확실한 추측만이 있을 뿐이었다.

　불길은 지방질과 단백질을 비롯해 녀석의 몸을 구성하고 있던
모든 유기물을 연료로 활활 타올랐다. 그러나 이번 불길은 여느
때와 달리, 녀석을 집어삼키고도 모자라 이내 교실바닥으로까지
번졌다. 나는 내게도 달려드는 불길을 피해 다급히 교실 뒷문을
열고 복도로 뛰쳐나왔다. 불길에 휩싸인 교실 속에서 어른거리던
녀석의 그림자는 이내 발광하던 화마 속으로 맥없이 사라졌다.

　내 이야기는 여기까지다.

　그 이후의 일은 그다지 특별할 게 없을 뿐더러, 시시콜콜히 밝
힐 이유도 없다. 세월이 흘렀고 나는 삼십 대 후반의 성인이 되었
다. 세상은 여전하다. 강자는 약육강식의 논리로 약자 위에 군림
하고 있고, 가끔, 아주 가끔은 아르마딜로처럼 몸을 동그랗게 말
고 버르적거리던 약자의 증오와 분노가 괴물로 화해 세상에 모습

을 드러내기도 한다.

　이한율이라는 괴물이 재로 화한 지 몇 달이 지난 뒤의 민방위의 날 훈련 때 운동장 그늘에 쪼그리고 앉아 있던 나는 먹이를 찾아 헤매고 다니던 왕개미를 돈보기 없이 태워 죽였다. 그제야 나는 내가 녀석에게 유기체발화라는 저주받은 능력을 물려받았다는 사실을 비로소 깨달았다. 또한 그제야 깨달았다. 그 능력의 근원이 바로 인간의 가슴에 속속들이 사무친 증오와 분노라는 것을. 그렇다. 증오와 분노를 배양하는 세상은 지금도 달라진 게 없다. 그렇기에 내 증오와 분노도 과거완료가 아닌 현재진행형이다.

나의 식인 룸메이트

1판 1쇄 펴냄 2008년 7월 31일
1판 6쇄 펴냄 2022년 6월 28일

지은이 | 이종호 외
발행인 | 박근섭
편집인 | 김준혁
펴낸곳 | 황금가지

출판등록 | 2009. 10. 8 (제2009-000273호)
주소 | 06027 서울 강남구 도산대로 1길 62 강남출판문화센터 5층
전화 | 영업부 515-2000 편집부 3446-8774 팩시밀리 515-2007
홈페이지 | www.goldenbough.co.kr

도서 파본 등의 이유로 반송이 필요할 경우에는 구매처에서 교환하시고
출판사 교환이 필요할 경우에는 아래 주소로 반송 사유를 적어 도서와 함께 보내주세요.
06027 서울 강남구 도산대로 1길 62 강남출판문화센터 6층 민음인 마케팅부

ISBN 978-89-6017-156-5 03810

㈜민음인은 민음사 출판 그룹의 자회사입니다.
황금가지는 ㈜민음인의 픽션 전문 출간 브랜드입니다.